RED RABBIT

1.

TOM CLANCY

RED RABBIT

1.

ROMAN

*Traduit de l'américain
par Jean Bonnefoy*

Albin Michel

Ceci est une œuvre de fiction. Les personnages et les situations décrits dans ce livre sont purement imaginaires : toute ressemblance avec des personnages ou des événements existant ou ayant existé ne serait que pure coïncidence.

Titre original :
RED RABBIT
© Rubicon, Inc. 2002
Publié en accord avec G.P. Putnam's Sons,
Penguin Putnam, New York.
Traduction française :
© Éditions Albin Michel S.A., 2003
22, rue Huyghens, 75014 Paris
www.albin-michel.fr
ISBN 2-226-14176-6

À Danny O
et aux hommes de la voiture 52
et de la grande échelle 52.

« Les héros sont souvent les hommes les plus ordinaires. »

Henry David THOREAU

« L'essentiel dans la vie est de savoir gagner son âme au bien ou au mal. »

PYTHAGORE

« Celui qui ne reconnaît pas les ordonnances célestes ne peut être un homme supérieur. »

CONFUCIUS

Le jardin de derrière

L E plus effrayant, estima Jack, était d'être obligé de conduire. Il avait déjà acheté une Jaguar – *Jag-you-ah*, comme disaient les autochtones, il faudrait qu'il s'en souvienne –, mais, lors de ses deux visites chez le concessionnaire, il s'était dirigé vers la portière gauche au lieu de la droite. Le vendeur ne s'était pas moqué de lui, mais Ryan aurait parié que ce n'était pas l'envie qui lui manquait. Au moins ne s'était-il pas couvert de ridicule en montant à gauche pour se retrouver assis à la place du passager. Là aussi, il faudrait qu'il s'en souvienne : le bon côté de la route, tel que le dictait la « loi », était le gauche. C'étaient les virages à droite et pas à gauche qui coupaient la circulation venant en sens inverse. La file de gauche était la file lente sur les interstates – les *autoroutes,* se corrigea-t-il. Les prises de courant avaient une drôle de tête. Son logement était dépourvu de chauffage central, malgré la somme princière qu'il avait déboursée. Il n'y avait pas non plus de climatisation, mais ce n'était sans doute pas indispensable par ici. Le climat n'avait rien de tropical : les autochtones se mettaient à tomber comme des mouches sitôt que le mercure dépassait vingt-cinq. Jack se demanda quel effet ça leur ferait de vivre à Washington. À l'évidence, la réputation de durs à cuire des Anglais était bel et bien oubliée.

Mais enfin, ça aurait pu être pire. Il avait quand même obtenu un laissez-passer pour aller faire ses provisions à l'économat de la RAF – également connu sous le sigle « PX » – sur la base aérienne voisine de Greenham Commons, ainsi ils avaient au moins des hot-dogs convenables et des produits de marques analogues à celles qu'il achetait à son supermarché, chez lui dans le Maryland.

Et tant d'autres notes discordantes. La télévision britannique était différente, bien sûr, même s'il n'envisageait plus franchement de végéter devant le tube cathodique, mais la petite Sally avait besoin de sa ration quotidienne de dessins animés. D'ailleurs, quand on lisait quelque chose d'important, le papotage crétin de certaines émissions constituait un fond sonore qui avait quelque chose de réconfortant. Les infos télévisées n'étaient pas mal, cependant, et la presse était d'une qualité assez remarquable – dans l'ensemble plutôt meilleure que ce qu'il avait l'habitude de lire à la maison, même s'il regretterait sa rubrique *Far Side*. Mais, qui sait, peut-être l'*International Herald Tribune* la reprenait-elle. Il pourrait l'acheter au kiosque de la gare. De toute manière, il faudrait bien qu'il se tienne au courant du championnat de base-ball.

Les déménageurs s'affairaient comme des castors sous la direction de Cathy. La maison n'était pas si moche, même si elle était plus petite que leur résidence de Peregrine Cliff, désormais louée à un colonel des marines qui enseignait aux jeunes recrues de l'Académie navale. La chambre principale donnait sur un jardin qui devait faire royalement ses deux cents mètres carrés. L'agent immobilier n'avait pas tari d'éloges à son sujet. Et les précédents propriétaires y avaient manifestement consacré du temps : des roses d'un bout à l'autre, en majorité rouges et blanches, comme pour honorer les maisons d'York et de Lancaster. S'y intercalaient quelques-unes de couleur rose, sans doute comme un symbole de l'union des deux familles pour constituer les Tudor, même si la lignée s'était éteinte avec Elizabeth Ire – avant de céder la place à la nouvelle variété des Royales, que Ryan avait de bonnes raisons d'apprécier.

Et puis, la météo n'était pas si mauvaise. Ils étaient là depuis trois jours et il n'était pas tombé une seule goutte de pluie. Le soleil se levait très tôt et se couchait tard, et l'hiver, avait-il entendu dire, il ne montait jamais et se recouchait aussitôt. Certains de ses nouveaux amis aux Affaires étrangères lui avaient dit que les jeunes enfants pouvaient avoir du mal à supporter les longues nuits. Avec ses quatre ans et demi, Sally entrait bien dans ce cadre. En revanche, à cinq mois à peine, son frère Jack ne remarquerait sans doute pas ce genre de détail. D'ailleurs, il dormait très bien – c'était le cas en ce moment même, sous la bonne garde de sa nounou, Margaret van der Beek, une jeune rousse, fille d'un pasteur méthodiste sud-africain. Elle leur avait été chaudement recommandée, puis avait reçu l'aval de la police urbaine, après enquête approfondie. Cette histoire de nounou gênait Cathy aux entournures. L'idée qu'une autre puisse élever son bébé l'agaçait comme un raclement d'ongles sur un tableau noir, mais c'était une coutume locale fort appréciée qui avait plutôt bien réussi à un certain Winston Spencer Churchill. Miss Margaret avait été soumise à l'enquête d'habilitation des services de sir Basil – sa propre agence avait en fait reçu l'aval officiel du gouvernement de Sa Gracieuse Majesté. Ce qui ne voulait strictement rien dire, se remémora Jack. Il avait eu droit à une instruction approfondie lors des semaines précédant leur arrivée ici. L'« opposition » – un terme local également en usage à Langley – avait pénétré la communauté du renseignement britannique à plusieurs reprises déjà. La CIA estimait qu'elle n'y était pas encore parvenue à Langley, mais Jack n'en était pas aussi sûr. Le KGB était bougrement efficace et des gens avides, on en trouvait partout. Les Russes ne payaient pas très bien, mais certains étaient prêts à vendre leur âme et leur liberté pour des clopinettes. Ils ne se baladaient pas non plus avec une pancarte clignotante : Je suis un traître.

De toutes les séances d'instruction, celles dévolues à la sécurité avaient été les plus fastidieuses. Le père de Jack avait été le flic de la famille, mais Ryan n'était quant à lui jamais parvenu à maîtriser tout à fait ce mode de pensée. C'était une chose de traquer des données concrètes parmi des tombereaux de merde et une autre de lorgner d'un air soupçonneux tous ses collègues de bureau et d'escompter malgré tout garder des relations de travail cordiales avec eux. Il se demanda si les autres le considéraient ainsi... Sans doute pas, estimat-il. Il avait fait ses classes à ses dépens, après tout, et les pâles cicatrices sur son épaule en étaient la preuve, sans parler des cauchemars où il revivait cette nuit dans la baie de Chesapeake, des rêves où son arme refusait de tirer quoi qu'il fasse, avec les cris d'effroi désespérés de Cathy et la sirène d'alarme qui lui carillonnait aux oreilles[1]. Il avait remporté cette bataille, non ? Pourquoi les rêves persistaient-ils à affirmer l'inverse ? Un truc à raconter à un psy peut-être, mais, comme disait l'autre, fallait être cinglé pour consulter un psy...

Sally tournait en rond en courant, examinant sa nouvelle chambre, admirant le nouveau lit qu'étaient en train de monter les déménageurs. Jack se tenait à l'écart. Cathy lui avait dit qu'il était totalement inapte ne fût-ce qu'à superviser ce genre de chose, nonobstant sa trousse à outils, sans laquelle aucun Américain de sexe masculin ne saurait se sentir viril, et qui avait du reste fait partie des premiers articles déballés. Les déménageurs avaient eux aussi leurs outils, bien sûr – et ils avaient été eux aussi contrôlés et habilités par le SIS, le Service du renseignement britannique, de peur que quelque

---

1. Voir *Jeux de guerre*, Albin Michel, 1988. *(Toutes les notes sont du traducteur.)*

agent stipendié par le KGB ne vienne poser un micro dans la maison. Manquerait plus que ça.

« Où est le touriste ? » lança une voix à l'accent américain. Ryan retourna dans l'entrée voir qui...

« Dan ! Comment ça va, vieille branche ?

— Je m'emmerdais au bureau, alors Liz et moi, on est sortis voir comment ça se passait de votre côté. » Et, de fait, l'attaché d'ambassade avait dans ses pas sa ravissante épouse, sainte Liz des lamentations des Femmes du FBI. Mme Murray s'avança vers Cathy pour lui faire la bise, puis elles s'éclipsèrent aussitôt bras-dessus bras-dessous vers le jardin. Cathy adorait les roses, bien entendu, ce qui convenait parfaitement à Jack. Dans la famille, c'était son père qui avait été doté de tous les gènes du jardinage, et il n'en avait transmis aucun à son fils. Murray considéra son ami. « T'as une mine épouvantable.

— Un vol interminable, un bouquin chiant, expliqua Jack.

— T'en as pas profité pour dormir ? s'étonna Murray.

— Dormir en avion ? rétorqua Jack.

— Ça te turlupine à ce point ?

— Dan, dans un bateau, on peut voir sur quoi on tient. Pas dans un avion. »

Cela fit rire son ami. « T'as intérêt à t'y faire, vieux. Parce que tu vas les accumuler, les bons kilométriques, à faire la navette entre ici et Dulles.

— J'imagine. » Bizarrement, Jack n'avait pas vraiment songé à cela quand il avait accepté le poste. *Crétin*, réalisa-t-il trop tard. Il allait se taper des allers-retours à Langley au moins une fois par mois – pas l'idéal pour quelqu'un qui déteste l'avion.

« Le déménagement se passe bien ? Tu peux faire confiance à ces gars, tu sais. Bas les utilise depuis plus de vingt ans, et mes potes du Yard les aiment bien, eux aussi. La moitié sont des ex-flics. » Et les flics, cela va sans dire, sont plus fiables que les espions.

« Pas de micro dans les chiottes ? Super », observa Ryan. Durant sa très brève expérience en la matière, il avait appris que la vie d'espion était un rien différente de celle d'un enseignant d'histoire à l'Académie navale. Il y avait sans doute bel et bien des micros – mais reliés au bureau de Basil...

« Je sais... Moi aussi. Une bonne nouvelle, malgré tout : tu vas me voir pas mal – si ça ne te dérange pas. »

Ryan acquiesça, avec lassitude, tâchant d'esquisser un sourire. « Ma foi... au moins, j'aurai quelqu'un pour partager une bière.

— C'est le sport national. Il se traite plus d'affaires dans les pubs que dans les bureaux. La version locale du country-club.

— La bière n'est pas si mauvaise.

— Toujours meilleure que la pisse qu'on a chez nous. De ce côté-là, je suis entièrement converti.

— On m'a dit à Langley que tu faisais pas mal de renseignement pour Emil Jacobs.

— Plus ou moins, opina Murray. Le fait est qu'on est en général plus doués en la matière que vous autres de l'Agence. Les gars des Opérations ne se sont pas encore remis de 77, et je ne suis pas sûr que ça s'arrange de sitôt. »

Ryan dut en convenir : « L'amiral Greer le pense aussi. Bob Ritter a beau être malin – et même un peu trop, si tu vois ce que je veux dire –, il n'a pas assez d'amis au Congrès pour développer son empire autant qu'il le voudrait. »

Greer était le directeur adjoint du Renseignement de la CIA, et Ritter, le directeur adjoint des Opérations. Tous deux se bouffaient souvent le nez.

« Ils se fient moins à Ritter qu'au directeur adjoint du Renseignement. Un reliquat du chantier provoqué par la commission Church, il y a dix ans. Tu sais, le Sénat n'a toujours pas l'air foutu de se rappeler qui a dirigé ces opérations. Ils canonisent le chef et crucifient les malheureuses troupes qui ont essayé de suivre ses ordres – tant bien que mal. Merde, si ce n'était pas une... » Il chercha le mot. « Les Allemands appellent ça une *Schweinerei*. Il n'y a pas de traduction exacte[1], mais enfin, le terme est évocateur. »

Jack grommela, amusé : « Ouais, c'est toujours mieux que merdier. »

La tentative de la CIA pour assassiner Fidel Castro, conçue par le bureau du ministre de la Justice aux temps héroïques, avait été digne d'un dessin animé de Woody Woodpecker avec une touche des Deux Nigauds : des politiciens qui voulaient jouer les James Bond, héros inventé par un espion britannique raté.... Les films n'avaient rien à voir avec la réalité, comme Ryan l'avait appris à ses dépens, d'abord à Londres et ensuite dans son propre salon.

« Alors, Dan, est-ce qu'ils sont vraiment si bons que ça ?

— Les Rosbifs ? » Murray précéda Ryan sur la pelouse en façade. Les déménageurs étaient certes habilités par le SIS – mais Murray était du FBI. « Basil est un type de classe internationale. C'est pour cela qu'il dure depuis si longtemps. Sur le terrain, c'était un brillant opérationnel, il a été le premier à avoir des doutes sur Philby... et, souviens-toi, Basil n'était encore qu'un bleu, à l'époque. Il s'y entend en gestion, c'est un des penseurs les plus agiles que je connaisse. De part et d'autre de l'échiquier politique local, il est aimé et apprécié. Ce qui n'est pas un mince exploit. Un peu comme Hoover chez nous dans le temps, mais sans le côté culte de la personnalité. Il me plaît bien. C'est sympa de bosser avec lui. Et Bas t'aime énormément, Jack.

— Ah bon, pourquoi ? s'étonna Ryan. Je n'ai pas fait grand-chose.

— Bas sait détecter le talent. Il pense que tu as de l'étoffe. Il a adoré ce truc que t'as inventé l'an dernier pour intercep-

---

1. « Cochonnerie ».

ter les failles de sécurité – le piège du Canari – sans compter que sauver la vie de l'héritier de la Couronne n'a pas pu te faire de mal, tu crois pas ? T'es bien parti pour être populaire du côté de Century House. Si tu te montres à la hauteur de cette réputation, tu pourrais avoir de l'avenir dans le métier d'espion.

— Super... » Ryan n'était toujours pas convaincu que ce fût son désir, toutefois. « Dan, je suis un courtier en Bourse qui a viré prof d'histoire, ne l'oublie pas.

— Jack, tout ça, c'est du passé. Regarde un peu devant toi, veux-tu ? Tu avais plutôt le chic pour flairer les bons titres chez Merrill Lynch, pas vrai ?

— J'ai fait ma pelote », admit Ryan. En fait, plutôt grosse, la pelote, et son portefeuille continuait de grossir. Les boursicoteurs s'engraissaient à Wall Steet.

« Alors, emploie tes neurones à quelque chose de vraiment important, suggéra Dan. Je suis au regret d'admettre qu'il n'y a pas tant de lumières que ça dans la communauté du renseignement. Je sais : j'y bosse. Un paquet de zombies, quelques types modérément intelligents, mais pas vraiment de pointures, mec. Toi, tu en as l'étoffe. Jim Greer en est convaincu. Basil itou. Tu es capable de prendre de la hauteur pour réfléchir. Moi aussi. C'est pour ça que j'ai cessé de traquer les pilleurs de banques à Riverside, Philadelphie. Mais moi, je n'ai jamais gagné des millions de dollars à jouer sur le marché.

— Avoir de la chance ne fait pas de toi une lumière, Dan. Merde, Joe, le père de Cathy, a gagné bien plus que je n'empocherai jamais et ça ne l'empêche pas d'être un fils de pute dominateur et dogmatique.

— Eh bien, tu as quand même fait de sa fille l'épouse d'un chevalier honoraire, non ? »

Sourire timide de Jack. « Ouais, je suppose.

— Voilà qui ouvre quantité de portes, par ici, Jack. Les Rosbifs adorent leurs titres de noblesse. » Il marqua un temps. « Bon... et si je vous invitais à boire une pinte ? Il y a un pub sympa, un peu plus haut, Le Zigzag. Toutes ces histoires de déménagement vont vous prendre la tête. C'est presque pire que de construire une maison. »

Son bureau était situé au premier sous-sol de la Centrale, une mesure de sécurité qu'on ne lui avait jamais expliquée, mais il se trouvait qu'il y avait l'exacte contrepartie de cette salle au QG de l'Ennemi principal. Son nom là-bas était MERCURY, ou Mercure, le messager des dieux – fort bien choisi, si son pays avait toutefois admis le concept de divinité. Après être passés entre les mains de spécialistes du code et du chiffre, les messages parvenaient sur son bureau et il en examinait à la fois le contenu et les méthodes de codage, avant de les dispatcher vers les bureaux idoines et les agents chargés de les traiter ; puis les messages redescendaient et il effectuait l'opération inverse. Le trafic était devenu une routine ; le matin était en général réservé à la réception, les après-midi à l'émission de messages. Le plus pénible était le cryptage, bien sûr, vu le nombre d'agents opérationnels qui utilisaient chacun leur propre masque jetable – la seule copie existante de chacun d'eux était rangée dans une suite de bureaux sur sa droite. Leurs employés transmettaient et gardaient des secrets qui allaient de la vie amoureuse de parlementaires italiens à la hiérarchie de ciblage détaillée des plans américains de frappe nucléaire.

Détail curieux, aucun n'évoquait jamais ce qu'il faisait ou ce qu'il cryptait et décryptait. Les employés étaient assez débiles. Peut-être étaient-ils recrutés en fonction justement de leurs faibles capacités intellectuelles – cela ne l'aurait pas surpris. Cette agence était conçue par des génies pour être gérée par des robots. Si quelqu'un avait su les fabriquer, il était sûr qu'on les aurait mis ici, parce qu'on pouvait se fier aux machines pour ne pas dévier du chemin prévu.

Les machines étaient toutefois incapables de penser, or, pour sa tâche, réfléchir et se souvenir étaient bien utiles si l'on voulait que l'agence fonctionne. Et elle devait fonctionner. C'était « le glaive et le bouclier » d'un État qui avait besoin des deux. Et, quelque part, il était le receveur des Postes : il devait mémoriser où allait chaque chose. Il ne savait pas tout ce qui se passait ici, mais il en savait considérablement plus que la plupart des gens dans ces murs : les noms et les lieux des opérations, et, bien souvent, les missions sur le terrain avec le détail de leur procédure. Il ignorait en général le nom et le visage des officiers proprement dits, mais il connaissait leurs cibles, le nom de code des agents recrutés et, pour l'essentiel, la teneur de ce qu'ils fournissaient.

Il était dans ce service depuis bientôt neuf ans et demi. Il avait débuté en 1973, juste après avoir décroché sa licence de mathématiques à l'université d'État de Moscou, et son esprit extrêmement discipliné l'avait bien vite fait repérer par les chasseurs de têtes du KGB. Il était un joueur d'échecs émérite et c'était, supposait-il, de là que lui venait sa mémoire exercée – de l'étude de toutes ces parties des grands maîtres du passé, afin de toujours savoir, quelle que soit la situation, le mouvement à effectuer. Il avait d'ailleurs songé sérieusement à embrasser la carrière de joueur d'échecs professionnel, mais il avait eu beau étudier à fond, cela n'avait, semblait-il, pas été encore suffisant. Boris Spassky, jeune joueur lui aussi à l'époque, l'avait annihilé par six parties à zéro, avec deux matches nuls de justesse, ce qui avait mis un terme à ses rêves de fortune et de gloire... de voyages, aussi. Il soupira derrière son bureau. Les voyages. Il avait étudié également ses manuels de géographie et il lui suffisait de fermer les yeux pour voir les images – le plus souvent en noir et blanc : Venise et le Grand Canal, Regent Street à Londres, Rio et la plage superbe de Copacabana, les pentes de l'Éverest, qu'Hillary avait escaladées quand lui-même en était encore à apprendre à marcher... tous ces endroits qu'il ne verrait jamais de ses propres yeux. Pas lui. Pas un individu avec son habilitation d'accès et de sécurité. Non, le KGB redoublait de prudence avec les gens comme lui. Le service ne se fiait à personne, une leçon qu'il avait apprise à ses dépens. Qu'avait donc son pays pour que tant de gens cherchent à s'en échapper ? Et tant de millions pourtant étaient morts en luttant pour la *rodina*[1]... Il avait été dispensé du service militaire à cause de ses capacités en mathématiques et aux échecs, mais aussi, supposait-il, suite à son recrutement au 2, place Djerzinski[2]. Recrutement assorti d'un superbe appartement de soixante-quinze mètres carrés, dans un immeuble tout récent. Mais aussi d'un grade militaire – il avait été bombardé commandant quelques semaines à peine avant sa majorité, ce qui, dans l'ensemble, n'était pas si mal. Mieux encore, il avait déjà commencé à recevoir son traitement sous la forme de « roubles certifiés » qui lui permettaient de faire ses achats dans les boutiques « réservées » vendant des articles destinés aux consommateurs occidentaux – et, mieux encore, avec des files d'attente réduites. Ce qu'appréciait son épouse. Il ferait d'ici peu ses premiers pas dans la nomenklatura, tel un petit prince tsariste contemplant l'échelle de l'ascension sociale en se demandant jusqu'où il pourrait l'escalader. Mais, à l'encontre des tsars, il n'était pas ici par la vertu du sang, mais par son mérite – ce qui flattait sa virilité, estimait le capitaine Zaïtzev.

Oui, il avait mérité sa place ici, et c'était important. C'était la raison pour laquelle on lui confiait des secrets ; celui-ci, par exemple : un agent répondant au nom de code CASSIUS, un Américain vivant à Washington, semblait avoir accès à des renseignements politiques de valeur fort recherchés par les occupants du quatrième étage, et souvent transmis aux

---

1. « Patrie ».
2. Où se trouvait le siège du KGB.

21

experts de l'Institut américano-canadien qui lisaient l'avenir dans le marc de café américain. Le Canada n'était pas d'une importance cruciale pour le KGB, hormis pour sa participation aux systèmes de défense aérienne des États-Unis et pour le fait que certains de ses hommes politiques influents n'aimaient pas trop leur puissant voisin méridional – si du moins il fallait en croire ce que répétait régulièrement le *rezident* d'Ottawa à ses supérieurs installés dans les étages. Zaïtzev se demandait qu'en penser. Les Polonais n'appréciaient pas non plus particulièrement leur voisin oriental, mais, en général, ils faisaient ce qu'on leur disait – avait rapporté avec un plaisir non dissimulé le *rezident* à Varsovie dans sa dépêche du mois dernier –, comme l'avait découvert à ses dépens cette tête brûlée de syndicaliste de Gdansk. « La lie contre-révolutionnaire », tel était le terme employé par le colonel Igor Alexeïevitch Tomatchevsky. Le colonel était considéré comme une étoile montante, promis à un poste à l'Ouest. C'était en effet là qu'on envoyait les éléments vraiment bons.

À quatre kilomètres de là, Ed Foley passait le premier la porte, son épouse Mary Patricia sur les talons, tenant Eddie par la main. La curiosité écarquillait ses grands yeux bleus, mais le bambin de quatre ans et demi allait vite apprendre que Moscou n'était pas Disney World. Le choc culturel allait lui tomber dessus comme le marteau de Thor, mais ses parents jugeaient que cela contribuerait à élargir quelque peu son horizon. Comme le leur.

« Mouais... », fit Ed Foley au premier regard. Un agent consulaire avait logé ici avant eux, et il s'était au moins efforcé de faire le ménage, sans doute aidé par une de ces domestiques russes que le gouvernement soviétique leur procurait et qui se montraient pleines d'empressement... pour leurs deux patrons. Ed et Mary Pat avaient reçu des directives précises durant les semaines – non, les mois – précédant le long vol Pan Am entre JFK et Moscou.

« Alors, voilà notre chez-nous, hein ? observa Ed avec une neutralité affectée.

— Bienvenue à Moscou », lança Mike Barnes aux nouveaux venus. Agent consulaire lui aussi, espion de carrière, il se retrouvait pour la semaine chargé de l'accueil à l'ambassade. « Le dernier occupant était Charlie Wooster. Un type sympa, désormais retourné à Washington profiter de la chaleur estivale.

— Comment sont les étés, ici ? s'enquit Mary Pat.

— Un peu comme à Minneapolis, répondit Barnes. Pas vraiment torrides, l'humidité n'est pas trop pénible... et les hivers ne sont en fait pas si sévères... J'ai grandi à Minneapolis, expliqua-t-il. Bien sûr, l'armée allemande ne serait peut-être pas de mon avis, Napoléon non plus, mais enfin, personne n'a dit que Moscou devait ressembler à Paris, pas vrai ?

— Ouais, on m'a parlé de la vie nocturne », rigola Ed. Ça ne le dérangeait pas. Ils n'avaient pas vraiment besoin d'un chef d'antenne discret à Paris, et c'était de loin le poste le mieux loti qu'il ait pu espérer. La Bulgarie, sinon, mais on n'y était pas vraiment dans le ventre même de la bête. Bob Ritter avait dû être vraiment impressionné par son passage à Téhéran. Et, Dieu merci, Mary Pat avait choisi ce moment pour accoucher. Ils avaient raté la prise d'otages en Iran de quoi ? Trois semaines ? La grossesse avait été difficile et le gynéco de Mary Pat avait tenu à ce qu'ils reviennent à New York pour l'accouchement. Les enfants étaient certes un don du ciel... en outre, cela avait fait du jeune Eddie un New-Yorkais et Ed avait toujours voulu que son fils soit, de par la naissance, un supporter des Yankees et des Rangers.

Ce qu'il y avait de mieux avec ce poste, en marge de l'aspect professionnel, c'était qu'il pourrait assister aux meilleures compétitions mondiales de hockey sur glace, ici même à

Moscou. Au diable les ballets et les concerts. Ces salauds s'y entendaient pour patiner. Dommage qu'ils ne comprennent rien au base-ball. Sans doute trop complexe pour des moujiks. L'embarras du choix entre les lancements...

« Ce n'est pas si grand que ça », observa Mary Pat, tout en lorgnant une fenêtre au carreau cassé. Ils étaient au cinquième étage. Au moins ne seraient-ils pas trop dérangés par les bruits de la circulation. Le quartier – le ghetto – des étrangers était entouré d'une enceinte gardée. Pour leur protection, insistaient les Russes, mais les agressions contre les étrangers n'étaient pas un problème à Moscou. La loi interdisait au Russe moyen de détenir des devises étrangères et il n'avait en pratique aucun moyen de les dépenser de toute façon. De sorte qu'il n'y avait pas grand intérêt à braquer un Français ou un Américain en pleine rue, et ils étaient facilement repérables : leurs vêtements les faisaient remarquer aussi nettement que des paons au milieu de corbeaux.

« Hello ! » L'accent était britannique. Le visage rubicond se manifesta un instant après. « Nous sommes vos voisins. Nigel et Penny Haydock. » L'homme avait quarante-cinq ans environ, grand, maigre, cheveux déjà gris et clairsemés. Sa femme, plus jeune et plus jolie qu'il ne le méritait sans doute, apparut un instant plus tard avec un plateau de sandwiches et du vin blanc pour leur souhaiter la bienvenue.

« Vous devez être Eddie », dit une Mme Haydock aux cheveux de lin. C'est à cet instant qu'Ed Foley remarqua la robe de grossesse. Elle en était apparemment au sixième mois. Les briefings avaient donc été exacts jusqu'au moindre détail. Foley faisait confiance à la CIA, mais il avait appris à ses dépens qu'il valait mieux tout vérifier, du nom des voisins de palier au fonctionnement de la chasse d'eau. *Surtout à Moscou*, songea-t-il en se dirigeant vers les toilettes. Nigel le suivit.

« La plomberie marche correctement, bien qu'elle soit bruyante. Mais personne ne se plaint », expliqua Haydock.

24

Ed Foley actionna la chasse et, en effet, ce n'était pas discret.

« Je l'ai réparée moi-même. Je suis un peu bricoleur, vous savez... » Puis, plus bas : « Soyez prudent quand vous parlez ici, Ed. Ces saletés de micros sont partout. Surtout dans les chambres à coucher. Ces enculés de Russes doivent aimer faire le décompte de nos orgasmes. Penny et moi, on tâche de ne pas les décevoir. » Sourire matois. Enfin, dans certaines villes, on avait intérêt à apporter ses propres distractions nocturnes.

« Deux ans ici ? » La chasse d'eau semblait devoir ne jamais s'arrêter. Foley fut tenté de soulever le couvercle du réservoir pour voir si Haydock n'avait pas remplacé le mécanisme par quelque bricolage personnel. Il décida de se passer d'une vérification.

« Vingt-neuf mois. Encore sept à tirer. On ne s'embête pas ici. Je suis sûr qu'ils vous l'ont dit, où qu'on aille, on a toujours un "ami" sous la main. N'allez pas les sous-estimer non plus. Les gars de la Deuxième Direction sont parfaitement formés... » La chasse finit de se vidanger et Haydock changea de ton : « La douche... l'eau chaude marche plutôt bien, mais le tuyau de la pomme... il vibre, exactement comme celui de chez nous... » Il tourna le robinet pour faire la démonstration. Et, certes, il vibrait. *Quelqu'un aurait-il bidouillé le collier de fixation pour le desserrer ?* se demanda Ed. Sans doute. Sans doute le fameux bricoleur qui se trouvait à ses côtés.

« Parfait.

— Oui, il y a encore pas mal de boulot à faire ici. Prendre une douche accompagné, c'est autant d'eau économisée... n'est-ce pas ce qu'on dit en Californie ? »

Foley éclata de rire, c'était la première fois depuis son arrivée à Moscou.

« Ouais, c'est bien ce qu'ils disent, c'est vrai. » Il lorgna son visiteur. Il était surpris qu'Haydock se fût présenté si vite, mais peut-être était-ce une façon de tromper l'adversaire sur l'image traditionnelle des Anglais. Le milieu de l'espionnage avait toutes sortes de règles, et les Russes étaient très à cheval dessus. Aussi, lui avait dit Bob Ritter, jette une bonne partie du manuel. Tu t'en tiens à ta couverture, celle du crétin d'Américain imprévisible, le plus possible. Il avait également dit aux Foley que Nigel Haydock était un type de confiance. Lui-même était fils d'un autre officier de renseignement[1] – un homme trahi par Kim Philby soi-même, un de ces pauvres bougres parachutés en Albanie pour tomber dans les bras du comité de réception du KGB. Nigel avait cinq ans à peine à l'époque, juste assez âgé pour se souvenir de ce que ça faisait de perdre son père devant l'ennemi. Les motivations de Nigel étaient sans doute aussi valables que celles de Mary Pat, et c'était tant mieux. Meilleures même que les siennes propres, devait bien admettre Ed Foley après quelques verres. Mary Pat détestait ces salauds autant que le Seigneur détestait le péché. Haydock n'était pas chef d'antenne ici, mais il était le principal limier du réseau du SIS à Moscou, ce qui faisait de lui un client sérieux. Le directeur de la CIA, le juge Moore, faisait confiance aux Rosbifs : après l'affaire Philby, il les avait vus passer le SIS au lance-flammes pour cautériser toutes les fuites éventuelles. Inversement, Foley se fiait au juge Moore, tout comme le Président. C'était la partie la plus dingue du métier d'espion : on ne pouvait pas se fier à n'importe qui... mais il fallait bien se fier à quelqu'un.

Enfin, se dit Foley en tâtant avec la main la température de l'eau, personne n'a dit que le métier était logique. C'était comme la métaphysique classique, somme toute. Il était. Point final.

---

1. Rappelons que dans la terminologie consacrée dans le monde du renseignement, l'« officier de renseignement » dans un pays étranger est chargé du recrutement d'« agents », généralement autochtones, qui espionnent pour son compte.

« Quand est-ce que le mobilier arrive ?

— Le conteneur devrait être sur un camion à Leningrad, à l'heure qu'il est. Vous croyez qu'ils vont y toucher ? »

Haydock haussa les épaules. « Faut tout vérifier, prévint-il avant de se radoucir. On ne peut jamais savoir jusqu'à quel point ils seront scrupuleux, Edward. Le KGB est une fichue monstrueuse bureaucratie, et personne ne connaît vraiment le sens de ce terme tant qu'on ne l'a pas vu à l'œuvre. Un exemple, les micros dans votre logement... selon vous, combien d'entre eux fonctionnent vraiment ? Rien à voir avec British Telecom ou AT&T. C'est la plaie de ce pays, en fait – un avantage pour nous –, mais, là non plus, il ne faut pas trop s'y fier. Quand on vous file, vous ne pouvez pas savoir si vous l'êtes par un limier expérimenté ou par un pauvre glandu qui ne serait pas fichu de trouver le chemin des chiottes. Ils se ressemblent tous et s'habillent pareil. Comme les gars de chez nous, à tout prendre, mais leur bureaucratie est si vaste qu'il est bien plus probable qu'elle protégera l'incompétent – mais, encore une fois, rien n'est moins sûr. Dieu sait qu'à Century House nous avons nous aussi notre content de zombies. »

Foley opina. « À Langley, on les baptise la direction du Renseignement.

— Tout à fait. Les nôtres, c'est le palais de Westminster, observa Haydock, émettant ce qui était son préjugé favori. Bon, je pense qu'on a suffisamment testé la plomberie. »

L'Américain referma le robinet et les deux hommes réintégrèrent la salle de séjour, où Penny et Mary Pat achevaient de faire connaissance.

« Eh bien, nous aurons déjà de l'eau chaude en abondance, chérie.

— Ravie de l'apprendre », répondit Mary Pat. Elle se tourna vers son invitée. « Et où faites-vous vos courses, dans le coin ? »

Sourire de Penny Haydock. « Je pourrai vous guider. Pour

les articles spéciaux, nous pouvons commander à une société de VPC à Helsinki. Ils ont d'excellents produits : anglais, français, allemands... et même américains, pour les jus de fruits et les conserves. Les denrées périssables viennent de Finlande et sont en général de très bonne qualité, surtout l'agneau. N'est-ce pas que leur agneau est délicieux, Nigel ?

— Absolument, aussi bon que celui de Nouvelle-Zélande, répondit son époux.

— Les steaks en revanche laissent un peu à désirer, intervint Mike Barnes, mais toutes les semaines, un avion nous en apporte d'Omaha. On en reçoit des tonnes... on les distribue à tous nos amis.

— C'est absolument vrai, confirma Nigel. Votre bœuf nourri au maïs est sublime. J'ai bien peur qu'on soit tous devenus accros.

— Que le ciel bénisse l'US Air Force, poursuivit Barnes. Ils livrent le bœuf à toutes leurs bases de l'OTAN et on est sur la liste de distribution. Les pièces nous arrivent congelées... ce n'est peut-être pas aussi bon que la viande fraîche de Delmonico, mais assez proche pour rappeler le pays. J'espère que vous avez pensé à amener un grill. C'est qu'on a l'habitude de monter sur le toit faire nos barbecues. On importe même le charbon de bois. Les Popovs n'ont pas l'air de piger le truc. »

L'appartement n'avait pas de balcon, peut-être pour leur éviter les odeurs de gazole et de fuel qui imprégnaient la capitale.

« Et pour se rendre au travail ? s'enquit Foley.

— Mieux vaut prendre le métro. Il est vraiment magnifique, indiqua Barnes.

— Tu me laisserais la voiture ? » intervint Mary Pat avec un sourire plein d'espoir. Tout se passait conformément au plan. C'était certes prévu, mais, dans ce métier, tout ce qui se passait bien était plus ou moins une surprise, comme les cadeaux désirés au pied du sapin. On espère toujours que le Père Noël aura reçu la lettre, mais on ne sait jamais...

« Vous auriez intérêt à apprendre à conduire dans cette ville, suggéra Barnes. Enfin, au moins vous avez une chouette voiture. » Le précédent locataire leur avait laissé une Mercedes 280 blanche, qui était en effet une belle voiture. En fait, un peu trop belle, ne datant que d'à peine quatre ans. Non pas qu'il y eût tant de voitures que cela à Moscou, avec de surcroît les plaques qui la désignaient comme appartenant à un diplomate américain, la rendant d'autant plus facile à repérer par un agent de la circulation et par le véhicule du KGB qui ne manquerait pas de la suivre où qu'elle aille. Là encore, tout le contraire du système anglais. Mary Pat devrait apprendre à conduire comme une habitante d'Indianapolis à son premier voyage à New York. « Les artères sont belles et larges, lui dit Barnes, et la station-service n'est qu'à trois pâtés de maisons. » Il tendit le doigt. « Elle est immense. Les Russes aiment bien bâtir grand.

— Sensass' », observa-t-elle à l'intention de Barnes, retombant déjà dans son rôle de jolie blonde évaporée. Sur toute la planète, les jolies femmes étaient censées être de ravissantes idiotes, et les blondes encore plus. C'était bigrement plus facile de jouer les gourdes que de faire travailler ses neurones, après tout – en dépit des actrices d'Hollywood.

« Et pour l'entretien de la voiture ? s'enquit Ed.

— C'est une Mercedes. Elles tombent rarement en panne, lui assura Barnes. L'ambassade d'Allemagne a un gars qui pourra vous faire toutes les réparations. Nous entretenons des relations cordiales avec nos alliés de l'OTAN. Vous aimez le foot ?

— Un jeu de fillettes, répondit Foley du tac au tac.

— Ça, ce n'est pas très aimable de votre part, observa Nigel Haydock.

— Parlez-moi plutôt du foot américain, rétorqua Foley.

— Peuh, un jeu de sauvages, stupide, plein de violence et coupé de séances de blabla », persifla le Britannique.

Foley sourit. « Mangeons. »

Ils s'assirent. Le mobilier provisoire était parfait, du genre de celui qu'on pourrait rencontrer dans un motel anonyme en Alabama. On pouvait dormir sur le lit et la bombe anti-punaises avait sans doute réglé leur compte à toutes les bestioles. Sans doute.

Les sandwiches étaient OK. Mary Pat alla chercher des verres et ouvrit le robinet...

« Ça, je ne vous le conseille pas, madame Foley, prévint Nigel. Certains se plaignent de maux d'estomac causés par l'eau du robinet...

— Oh ? « Elle marqua un temps. « Et appelez-moi Mary Pat, Nigel. »

Ils avaient désormais officialisé les présentations.

« D'accord, Mary Pat. Nous préférons boire de l'eau minérale. L'eau du robinet est juste bonne pour le bain... mais vous pouvez la faire bouillir pour le café ou le thé.

— C'est encore pire à Leningrad, avertit Nigel. Les autochtones sont plus ou moins immunisés, me disent-ils, mais les étrangers peuvent avoir de sérieux problèmes gastro-intestinaux.

— Et comment sont les écoles ? » La question avait tracassé Mary Pat.

« L'école anglo-américaine s'occupe très bien des enfants, assura Penny Haydock. Moi-même, j'y travaille à mi-temps. Et leur programme est d'un très bon niveau.

— Eddie commence déjà à lire, n'est-ce pas, chérie ? annonça le père, plein de fierté.

— Juste *Pierre Lapin* et ce genre d'histoires, mais ce n'est pas si mal pour un bambin de quatre ans », confirma à l'assistance une mère tout aussi ravie. Quant au jeune Eddie, il avait trouvé l'assiette de sandwiches et grignotait avec appétit. Ce n'était pas ses spaghettis préférés, mais un gamin affamé ne fait pas toujours le difficile. Il y avait également quatre grands pots de beurre de cacahuète Skippy's Super Chunk bien planqués dans un coin. Ses parents s'étaient dit qu'ils pourraient trouver de la gelée de groseilles à peu près partout, mais sans doute pas de la pâte Skippy. Le pain était correct, de l'avis général, même si ce n'était pas exactement le Wonder Bread avec lequel étaient élevés tous les jeunes Américains. Et Mary Pat avait une machine à pain dans leur conteneur de déménagement – qui devait se trouver en ce moment sur un camion ou un wagon quelque part entre Moscou et Leningrad. Bonne cuisinière, c'était une véritable artiste pour la fabrication du pain et elle comptait sur ce talent pour faciliter son entrée dans le milieu mondain de l'ambassade.

Pas bien loin de l'endroit où ils étaient en train de manger, une lettre passait de main en main. Le coursier venait de Varsovie, dépêché par son gouvernement – plus précisément par un service de son gouvernement s'adressant à un service du gouvernement destinataire. Le messager n'était pas si ravi que cela de sa mission. Il était communiste – il devait l'être pour se voir confier une telle tâche –, mais il était malgré tout polonais, tout comme le sujet du message et de ladite mission. Et c'était là le hic.

La missive était en fait une photocopie de l'original, délivrée en main propre dans un bureau de Varsovie – un bureau important – pas plus tard que l'avant-veille.

Le messager, colonel du renseignement de son pays, n'était pas un inconnu pour le destinataire, même si leurs relations n'étaient guère empreintes d'affection. Les Russes employaient leurs voisins de l'ouest à bien des tâches. Les Polonais avaient un réel don pour les opérations d'espionnage, et pour la même raison que les Israéliens : ils étaient cernés par des ennemis. À leur frontière occidentale, il y avait l'Allemagne, à leur frontière orientale, l'Union soviétique. Les événements malheureux impliquant ces deux voisins avaient bien vite conduit la Pologne à orienter ses élites vers la filière du renseignement.

Le destinataire savait tout cela. En fait, il connaissait déjà mot pour mot le contenu de la missive. Il l'avait appris la veille. Il ne fut pas surpris du retard, toutefois. Le gouvernement polonais avait mis à profit cette journée pour en jauger le contenu et l'importance avant de le transmettre et le destinataire n'en prit pas ombrage. Tous les gouvernements de la planète prenaient au moins vingt-quatre heures pour examiner ce type d'affaire. C'était simplement dans la nature des hommes de pouvoir d'hésiter et tergiverser, quand bien même ils savaient que tout retard était une vaine perte de temps et d'énergie. Même le marxisme-léninisme ne pouvait changer la nature humaine. Triste, mais vrai. Le Nouvel Homme soviétique, tout comme le Nouvel Homme polonais, restait, en définitive, toujours un homme.

Le ballet qui se jouait en ce moment était aussi bien chorégraphié que n'importe quelle représentation de la troupe du Kirov à Leningrad. Le destinataire aurait presque cru entendre jouer la partition. En fait, il préférait le jazz occidental à la musique classique mais, quoi qu'il en soit, la musique d'un ballet n'était jamais qu'une fioriture, le cadre qui indiquait aux danseurs à quel moment sauter ensemble comme des chiots bien dressés. Les ballerines étaient bien trop minces au goût du Russe, bien sûr, mais les vraies femmes étaient bien trop lourdes pour être lancées dans les airs par ces petites tapettes qui se baptisaient des hommes.

Pourquoi son esprit dérivait-il ainsi ? Il se rassit, retombant lentement dans son fauteuil de cuir tout en dépliant la missive. Elle était écrite en polonais et il ne parlait ni ne lisait cette langue, mais on y avait joint une traduction en russe. Bien sûr, il devrait la faire examiner par ses propres traducteurs, plus deux ou trois psychiatres pour évaluer l'état mental du rédacteur, lesquels rédigeraient à leur tour leur analyse personnelle circonstanciée, encore une liasse de papiers qu'il devrait lire, même si c'était une perte de temps. Puis il devrait à son tour rendre compte, fournir à ses supérieurs politiques – non, ses *homologues* politiques – toutes sortes d'intuitions complémentaires pour qu'ils puissent à leur tour perdre leur temps à parcourir le message et jauger son importance avant de décider enfin de la marche à suivre.

Le président se demanda si le colonel polonais se rendait compte à quel point ses propres responsables politiques avaient eu la tâche facile, eux. En définitive, tout ce qu'ils avaient eu à faire était de transmettre le message à leurs propres maîtres pour qu'ils décident, se déchargeant de leur responsabilité comme le font tous les fonctionnaires gouvernementaux, où qu'ils soient et quelle que soit leur idéologie. Les vassaux restaient des vassaux, partout sur la planète.

Le président leva les yeux vers le messager. « Camarade colonel, je vous remercie d'avoir porté ceci à mon attention. Veuillez transmettre mes salutations et mes respects à votre commandant. Rompez. »

Le Polonais se mit au garde-à-vous, salua, de cette étrange façon qu'ont les militaires polonais de saluer, fit son plus beau demi-tour réglementaire, puis s'éclipsa.

Iouri Andropov regarda la porte se refermer avant de reporter son attention sur le message et sa traduction.

« Alors, Karol, on nous menace, hein ? » Il fit claquer la langue et hocha la tête avant de poursuivre, aussi calme qu'auparavant : « Tu es courageux, mais tes jugements méritent d'être révisés, mon camarade en soutane. »

Il releva les yeux, songeur. Les murs du bureau étaient garnis des œuvres d'art habituelles – pour la même raison que dans les autres bureaux : pour meubler. Il y avait deux huiles de maîtres de la Renaissance, empruntées à la collection de quelque tsar ou noble depuis longtemps défunt. Un troisième portrait, plutôt bon, d'ailleurs, représentait Lénine, avec ce teint pâle et ce grand front connus de millions d'hommes de par le monde. Un portrait photographique en couleur de Leonid Brejnev, l'actuel secrétaire général du Parti communiste d'Union soviétique, était accroché à côté, dans son cadre. Le cliché était mensonger, qui montrait un homme jeune et vigoureux, pas le vieux bouc sénile qui trônait désormais au bout de la table du Politburo. Enfin, tous les hommes vieillissaient, et à peu près partout, ils se retiraient pour prendre une retraite méritée. Mais pas dans son pays, nota Andropov, avant de baisser les yeux sur la lettre. Et pas cet homme non plus. Ce boulot aussi était à vie.

Mais voilà qu'il menace de changer cet élément de l'équation, songea le président du Comité pour la sécurité de l'État. Et c'est là que résidait le danger.

Danger ?

Les conséquences étaient imprévisibles, et c'était déjà bien assez dangereux. Ses collègues du Politburo verraient la chose du même œil, tous ces vieux bonshommes âgés, prudents et craintifs.

C'est pourquoi il ne devait pas se contenter de signaler le danger. Il devait aussi proposer un moyen de traiter efficacement la menace.

Les portraits qui auraient dû être accrochés à son mur en ce moment étaient ceux de deux hommes désormais à moitié oubliés. Le premier aurait été celui de Félix de Fer – Dzerjinski soi-même, fondateur de la Tcheka, l'organe précurseur du KGB. L'autre, celui de Josef Vissarionovitch Staline. Ce dernier avait un jour posé une question parfaitement appropriée à la situation à laquelle Andropov faisait face à présent. Mais cela se passait en 1944. Maintenant, peut-être l'était-elle encore plus.

Quoique... cela restait à voir. Et il reviendrait à lui d'en décider, pensa Andropov. Tout homme pouvait être amené à disparaître. Lorsqu'elle surgit à son esprit, l'idée même aurait dû le surprendre, mais non. Les murs de ce palais, construit quatre-vingts ans plus tôt pour accueillir somptueusement le siège de la compagnie d'assurances Rossiya, en avaient vu maintes fois l'exemple, et ses locataires avaient émis des ordres pour provoquer des quantités et des quantités d'autres morts. Les exécutions se déroulaient dans les sous-sols. Elles n'avaient pris fin que quelques années plus tôt, quand le KGB s'était étendu pour tout englober dans cette massive structure – sans compter un autre bâtiment situé le long du boulevard périphérique intérieur –, mais les équipes d'entretien chuchotaient des histoires de fantômes aperçus les nuits calmes, qui surprenaient et affolaient parfois les vieilles femmes de ménage avec leurs seaux, leurs brosses et leurs cheveux de sorcière. Le gouvernement de ce pays ne croyait pas à ces calembredaines de spectres et d'esprits, pas plus qu'il ne croyait à l'immortalité de l'âme, mais se débarrasser des superstitions des simples paysans était une tâche bien plus ardue qu'amener l'intelligentsia à se procurer les volumineux écrits de Vladimir Illitch Lénine, Karl Marx ou Friedrich Engels, sans oublier la prose boursouflée attribuée à Staline (mais en fait rédigée par une commission formée de scribouillards pétrifiés de peur, et par là même d'autant plus indigeste), qui n'était, Dieu merci, plus très courue, sinon par les plus masochistes des lettrés.

Non, se dit Iouri Vladimirovitch, *amener les gens à croire au marxisme n'est pas bien sorcier.* D'abord, on leur martelait la doxa dès l'école primaire, et chez les Jeunes Pionniers, et au lycée, et aux Komsomolets, et à la Ligue des jeunes communistes, avant enfin que les plus doués d'entre eux ne deviennent de plein droit membres du Parti et conservent leur carte « près du cœur » dans la poche à cigarettes de leur chemise.

Mais, à ce moment-là, ils n'étaient plus dupes. Les membres doués d'une conscience politique professaient leur foi lors des réunions du Parti parce qu'ils devaient le faire pour pouvoir progresser. De la même manière, les courtisans rusés de l'Égypte des pharaons s'agenouillaient et se voilaient les yeux devant le visage éblouissant du souverain pour ne pas être aveuglés – ils levaient les mains parce que, en pharaon, incarnation de leur dieu vivant, résidaient le pouvoir personnel et la prospérité, aussi s'agenouillaient-ils en signe d'obéissance, niant ce que leur dictaient leurs sens et leur intelligence pour aller de l'avant. Pareil ici. Cinq mille ans entre les deux, non ? Il pourrait vérifier dans un livre d'histoire. L'Union soviétique avait engendré certains des meilleurs médiévistes mondiaux, et sans aucun doute d'excellents spécialistes de l'Antiquité, parce que c'était là un domaine d'études où la politique n'entrait guère. L'histoire de l'Égypte ancienne était trop loin de la réalité contemporaine pour avoir suscité les spéculations philosophiques d'un Marx ou les interminables divagations d'un Lénine. Voilà pourquoi certains des plus fins lettrés se consacraient à ce champ d'études. D'autres préféraient les sciences pures, parce que la science pure était de la pure science et qu'un atome d'hydrogène n'avait pas d'opinion politique.

Mais l'agriculture, si. L'industrie, si. De sorte que les plus brillants et les plus malins évitaient ces domaines, préférant opter pour les sciences politiques. Parce que c'était là que résidait la réussite. On n'avait pas besoin d'y croire plus qu'on ne croyait que Ramsès II était le fils vivant du dieu soleil ou de quelque autre divinité. À la place, se doutait Iouri Vladimirovitch, les courtisans voyaient que Ramsès avait une vaste quantité d'épouses et une progéniture encore plus vaste, et que, l'un dans l'autre, ce n'était pas une si mauvaise existence. L'équivalent d'une datcha dans les monts Lénine et de vacances estivales sur la plage de Sotchi. Alors, le monde avait-il vraiment changé ?

Sans doute pas, décida le président du Comité pour la sécurité de l'État. Et sa tâche était pour l'essentiel de veiller à le protéger du changement.

Or cette lettre menaçait d'apporter des changements. C'était une menace, certes, et il devait y réagir pour la contrecarrer. Ce qui voulait dire contre l'homme qui était derrière.

Cela s'était déjà produit. Cela pourrait encore se reproduire.

Andropov ne devait pas vivre assez longtemps pour apprendre qu'en envisageant une telle action, il venait de mettre en branle la chute de son propre pays.

1

Rêves et ruminations

« QUAND est-ce que tu commences, Jack ? » demanda Cathy, blottie dans le douillet silence de leur lit.

Et son mari était heureux que ce soit le leur. Si confortable qu'eût été l'hôtel à New York, ce n'était pas pareil, et, de toute façon, il en avait largement assez de son beau-père, avec son duplex sur Park Avenue et son sens hypertrophié de son importance personnelle. D'accord, Joe Muller avait un bon matelas de quatre-vingt-dix millions entre la banque et ses divers portefeuilles, et son magot s'arrondissait gentiment avec la nouvelle présidence, mais trop c'était trop.

« Après-demain, répondit Jack. Je crois que je devrais y aller après déjeuner, juste me faire une idée.

— Tu devrais déjà dormir, à l'heure qu'il est », observa-t-elle.

Il y avait des inconvénients à avoir épousé une femme médecin, se disait parfois Jack. On ne pouvait pas leur cacher grand-chose. Une douce caresse aimante suffisait à transmettre votre température corporelle, votre pouls et Dieu sait quoi d'autre, et les toubibs dissimulaient leurs sentiments sur leurs découvertes éventuelles avec l'habileté d'un joueur de poker professionnel. Enfin, la plupart du temps.

« Ouais, une longue journée. » Il n'était même pas cinq heures du soir à New York, mais sa « journée » avait duré plus longtemps que les vingt-quatre heures habituelles. Il faudrait vraiment qu'il apprenne à dormir en avion. Pourtant, son fauteuil était loin d'être inconfortable. Il avait surclassé en première ses billets fournis par le gouvernement en réglant le supplément avec sa carte American Express et bientôt, il aurait accumulé tant de bons kilométriques que le surclassement deviendrait automatique. *Mouais, super*, se dit Jack. Il serait connu comme le loup blanc à Heathrow et Dulles. Enfin, au moins avait-il son passeport diplomatique noir tout neuf qui lui éviterait d'être embêté par les contrôles et les tracasseries douanières. Techniquement, il était affecté à l'ambassade américaine à Londres, sise Grosvenor Square, juste en face de l'immeuble qui avait abrité le QG d'Eisenhower pendant la Seconde Guerre mondiale, et cette affectation était assortie d'un statut diplomatique qui faisait de lui un super-individu, au-dessus de futiles contingences comme le droit commun. Il pouvait faire entrer en contrebande deux ou trois livres d'héroïne et personne ne se hasarderait ne serait-ce qu'à toucher ses sacs sans autorisation – qu'il pourrait retirer sommairement, au prétexte de privilège diplomatique ou autres affaires urgentes. C'était un secret de polichinelle que les diplomates ne se souciaient pas des obligations douanières pour des babioles comme le parfum destiné à leur épouse (ou autres personnes chères à leur cœur) et/ou la gnôle pour leur usage personnel, mais, à l'aune catholique de Ryan pour mesurer la conduite personnelle, c'étaient là péchés véniels et non mortels.

L'habituel brouillard de pensées d'un esprit épuisé, reconnut-il. Cathy ne se permettrait jamais d'opérer dans un tel état mental. Certes, pendant son internat, elle avait eu des heures de garde interminables – l'idée étant de l'accoutumer à prendre de bonnes décisions malgré les circonstances les plus défavorables –, mais, quelque part, son mari s'était toujours demandé combien de patients avaient été sacrifiés sur l'autel

40

de la formation médicale. Si jamais des avocats arrivaient un jour à trouver moyen d'en tirer profit...

Cathy – Dr Caroline Ryan, docteur en médecine, diplômée de chirurgie ophtalmologique, indiquaient sa blouse blanche et l'insigne en plastique qui y était agrafé – avait traversé de haute lutte cette phase de sa formation et, plus d'une fois, son mari s'était fait du souci en l'imaginant au volant de sa petite Porsche, rentrant au logis après trente-six heures de garde ininterrompue au service d'obstétrique, de pédiatrie ou de chirurgie, autant de domaines qui n'étaient pas sa spécialité, mais dont elle devait connaître les bases si elle voulait être une vraie toubib de Johns Hopkins. En tout cas, elle en avait appris bien assez pour lui panser l'épaule, ce funeste après-midi devant le palais de Buckingham. Il n'était pas mort saigné à blanc devant sa fille et son épouse, ce qui eût été l'ignominie suprême pour toutes les parties prenantes, surtout les Rosbifs. *M'auraient-ils anobli à titre posthume ?* se demanda-t-il en réprimant un sourire. Et puis, finalement, ses yeux se fermèrent pour la première fois depuis trente-neuf heures.

« J'espère qu'il se plaît là-bas, dit le juge Moore, lors de sa réunion d'état-major de fin d'après-midi.

— Arthur, nos cousins connaissent les lois de l'hospitalité, observa James Greer. Basil devrait être un bon mentor. »

Ritter ne dit rien. Cet amateur de Ryan s'était acquis une jolie publicité – bougrement excessive, d'ailleurs – pour un membre de la CIA, et d'autant plus qu'il appartenait à la DR. Dans l'optique de Ritter, la direction du Renseignement était la queue qui faisait bouger le chien de la direction des Opérations. Certes, Jim Greer était un bon agent et un agréable collaborateur, mais ce n'était pas un agent de terrain et, quoi qu'en dise le Congrès, c'était ce dont l'Agence avait besoin. Au moins Arthur Moore en était-il conscient. Mais, sur la Colline, si vous disiez « agent de terrain » aux représentants chargés des subventions, ils reculaient comme Dracula devant un crucifix doré en poussant des cris d'orfraie. Il était donc temps de mettre les points sur les i.

« Selon toi, de quelles affaires vont-ils l'informer ? réfléchit à haute voix le DAO, le directeur adjoint des Opérations.

— Basil va le considérer comme son représentant personnel, observa le juge Moore après un instant de réflexion. Donc, tout ce qu'il partage avec nous, il le partagera avec lui.

— Ils vont ne faire qu'une bouchée de lui, Arthur, prévint Ritter. Il est déjà au courant de trucs qu'ils ignorent. Ils vont essayer de lui tirer les vers du nez. Et Ryan ne sait pas se défendre contre ça.

— Bob, je l'ai moi-même mis en garde », annonça Greer. Le DAO le savait déjà, bien sûr, mais Ritter avait le chic pour jouer les bougons quand les choses ne se passaient pas comme il le voulait. Greer songea au calvaire qu'avait dû vivre sa mère quand il était môme. « Bob, ne sous-estime pas ce garçon. Il est intelligent. Je te parie une côte de bœuf qu'il soutirera des Britanniques plus de renseignements qu'ils n'en tireront de lui.

— Pari de dupe, renifla le directeur adjoint des Opérations.

— Chez Snyder », renchérit le DAR, le directeur adjoint du Renseignement. C'était le steak-house favori des deux hommes, situé juste de l'autre côté du pont de Key Bridge, à Georgetown.

Le juge Arthur Moore, directeur central du Renseignement ou DCR, observait leur dialogue avec amusement. Greer s'y entendait pour faire marcher Ritter et, en général, Bob ne savait trop comment s'en défendre. Peut-être était-ce dû à l'accent de la côte Est de Greer. Les Texans comme Bob Ritter (et Arthur Moore lui-même, d'ailleurs) s'estimaient supérieurs à quiconque parlait du nez, surtout quand ça se passait devant un jeu de cartes ou une bouteille de bourbon.

Le juge se considérait au-dessus de ces préjugés, mais le spectacle restait malgré tout amusant à observer.

« OK, un dîner chez Snyder. » Ritter tendit la main.

Mais il était temps que le DCR reprenne les rênes de la réunion : « Eh bien, maintenant que c'est une affaire entendue, messieurs, le Président désire que je lui expose ce qui va se passer en Pologne. »

Ritter ne se pressa pas de répondre. Il avait certes un bon chef d'antenne à Varsovie, mais le gars n'avait que trois officiers de renseignement dans son service, dont un bleu. Ils avaient en revanche une excellente source infiltrée dans la hiérarchie du gouvernement polonais et quelques autres excellentes taupes dans l'armée.

« Arthur, je te garantis qu'ils ne savent pas. Ils suivent toute cette histoire avec Solidarité au jour le jour, leur dit le DAO. Et leurs instructions n'arrêtent pas de changer.

— Ça va se ramener en définitive aux instructions que va leur donner Moscou, Arthur, observa Greer. Et Moscou n'est pas plus avancé... »

Moore ôta ses lunettes de lecture pour se masser les paupières. « Ouais, ils ne savent jamais quelle attitude adopter quand quelqu'un les défie ouvertement. Joe Staline aurait tiré sur tout ce qui bouge, mais la bande actuelle n'a pas les couilles pour faire une chose pareille, Dieu merci.

— La règle de décision collégiale fait ressortir le pleutre en chacun de nous, et Brejnev n'a tout bonnement pas la capacité d'être un leader. D'après ce que j'ai entendu, ils sont obligés de l'accompagner aux toilettes. » C'était un brin exagéré, mais il semblait bien aux yeux de Ritter que la direction soviétique prenait du mou.

« Que nous dit Cardinal ? » Moore faisait référence à leur principal agent infiltré au Kremlin, l'assistant personnel du ministre de la Défense Dimitri Fedorovitch Ustinov. Son vrai nom était Mikhaïl Semionovitch Filitov, mais, sauf pour une poignée d'agents actifs de la CIA, il n'était connu que sous ce pseudonyme de CARDINAL.

« Il dit qu'Ustinov désespère d'obtenir quoi que ce soit d'utile du Politburo tant qu'ils n'auront pas un dirigeant capable de vraiment diriger. L'ami Leonid est en train de décliner. Tout le monde le sait, même l'homme de la rue. On ne peut pas bidouiller une image à la télé, n'est-ce pas ?

— Combien de temps lui reste-t-il, à votre avis ? »

Concert de haussements d'épaules, avant que Greer ne reprenne la question : « Les toubibs à qui j'ai parlé disent qu'il pourrait s'effondrer du jour au lendemain, ou qu'il pourrait se traîner encore un an ou deux. Selon eux, il souffre d'une forme atténuée de la maladie d'Alzheimer. Son état général se dégraderait en myopathie cardiovasculaire progressive, sans doute aggravée par un début d'alcoolisme.

— Ça, c'est un problème qu'ils ont tous, observa Ritter. CARDINAL confirme le problème cardiaque, au fait, de même que celui avec la vodka...

— Et le foie est également un élément important, or le sien n'est sans doute pas dans un état optimal », poursuivit Greer, ce qui était pour le moins une litote. Puis Moore acheva :

« Mais on ne peut pas plus dire à un Russe d'arrêter de boire que demander à un grizzly de ne pas chier dans les bois. Vous savez, s'il y a un truc qui doit abattre ces types, ce sera leur incapacité foncière à assumer une transition du pouvoir en douceur.

— Eh bien, ça alors, Votre Honneur, nota Bob Ritter avec un sourire malicieux. J'imagine que c'est parce qu'ils n'ont pas assez de juristes. Peut-être qu'on pourrait leur en expédier quelques dizaines de milliers des nôtres.

— Ils ne sont pas si stupides. Mieux vaudrait leur tirer quelques missiles Poseidon. Cela ferait moins de dégâts à leur société, répondit le DAR.

— Pourquoi les gens s'échinent-ils à dénigrer mon honorable profession ? demanda Moore, levant les yeux au ciel. Si quelqu'un doit sauver leur système, je vous le dis, messieurs, ce sera un juriste.

— Tu le crois vraiment, Arthur ? demanda Greer.

— On ne peut pas avoir une société rationnelle sans cadre légal, et ce cadre légal, on ne peut pas l'avoir sans juristes pour l'administrer. » Moore était l'ancien premier président de la cour d'appel du Texas. « Or ce cadre, ils ne l'ont pas encore, pas avec un Politburo qui n'a qu'à lever le petit doigt pour faire exécuter qui bon lui semble sans le moindre semblant de jugement en appel. C'est comme la Rome au temps de Caligula : dès que celui-ci avait une idée, celle-ci avait force de loi. Mais enfin, merde, même à Rome, il existait un minimum de lois auxquelles les empereurs devaient se conformer. Mais pas nos amis russes. » Les autres ne pouvaient se rendre compte de l'horreur d'un tel concept aux yeux de leur directeur. Il avait été naguère le meilleur avocat plaidant d'un État réputé pour la qualité de ses juristes, puis un juge érudit dans une magistrature débordant d'hommes de valeur et d'expérience. Pour la majorité des Américains, le cadre législatif leur était tout aussi coutumier que la distance de quatre-vingt-dix pieds entre les bases d'un terrain de base-ball.

Pour Ritter et Greer, il était toutefois plus important que, avant sa carrière dans la magistrature, Arthur Moore ait été un espion de qualité exceptionnelle. « Bon, alors, merde, qu'est-ce que je vais bien pouvoir raconter au Président ?

— La vérité, Arthur, suggéra Greer. Nous ne savons rien, parce qu'eux-mêmes ne savent rien non plus. »

C'était la seule réponse sincère et raisonnable qu'il pouvait lui fournir, bien sûr, mais il ne put s'empêcher de rétorquer :

« Enfin merde, Jim, on nous paye pour savoir !

— Tout se ramène à déterminer dans quelle mesure les Russes se sentent menacés. La Pologne n'est jamais pour eux qu'une dupe, un État-croupion qui fait le beau quand on le lui demande, répondit Greer. Les Russes peuvent contrôler ce que leur propre population voit à la télé ou lit dans la *Pravda*...

— Mais ils ne peuvent pas contrôler les rumeurs qui franchissent la frontière, observa Ritter. Et les histoires que racontent à leur retour les soldats après avoir servi là-bas – mais aussi en Allemagne, en Tchécoslovaquie et en Hongrie, ou ce qu'ils ont entendu sur la Voix de l'Amérique ou Radio Free Europe. »

La CIA contrôlait directement la première de ces radios, tandis que l'autre était en théorie indépendante, mais c'était là une fiction qui ne trompait personne. Ritter avait lui-même quantité de tuyaux sur les deux services de propagande du gouvernement américain. Les Russes comprenaient et respectaient toute forme d'*agitprop* bien conçue.

« Jusqu'à quel point se sentent-ils coincés ? se demanda tout haut Moore.

— Il y a deux ou trois ans à peine, ils se croyaient encore sur la crête de la vague, annonça Greer. Notre économie était au trente-sixième dessous à cause de l'inflation et nous avions la crise pétrolière, cette histoire en Iran. De leur côté, ils n'avaient que le Nicaragua. Le moral de la nation était au plus bas et...

— Eh bien, de ce côté, c'est en train de changer, Dieu merci, enchaîna le juge Moore. Un changement du tout au tout ? » C'était trop espérer, mais Arthur Moore était foncièrement optimiste – sinon, aurait-il été directeur central du Renseignement ?

« On en prend la voie, Arthur, confirma Ritter. Ils sont lents à rattraper la cadence. Ce ne sont pas les penseurs les plus agiles. C'est là leur plus grande faiblesse. Les cadors sont empêtrés dans l'idéologie au point qu'ils ne sont pas fichus de voir plus loin. Vous savez, on pourra les amocher, ces salauds – et les amocher salement – si l'on parvient à analyser

46

à fond leurs faiblesses et si l'on réussit à trouver le moyen de les exploiter.

— Tu crois vraiment, Bob ? demanda le DAR.

— Je ne le crois pas, je le sais pertinemment, rétorqua le DAO. Ils sont bel et bien vulnérables, c'est une certitude, et encore mieux, ils ne le savent même pas encore. Il est temps d'agir. Nous avons dorénavant un Président qui nous soutiendra si nous arrivons à pondre un truc capable de faire fructifier son capital politique. Le Congrès le craint tellement qu'ils n'oseront pas lui mettre de bâtons dans les roues.

— Robert, dit le DCR, j'ai comme l'impression que toi, tu nous caches un atout dans ta manche. »

Ritter resta silencieux quelques instants avant de poursuivre : « Oui, Arthur, c'est vrai. J'y ai réfléchi depuis qu'ils m'ont fait quitter le service actif il y a onze ans. Je n'en ai pas couché un seul mot par écrit. » Il n'avait pas besoin d'expliquer pourquoi. Le Congrès pouvait réquisitionner n'importe quel bout de papier présent dans ces murs – enfin, presque n'importe lequel –, mais pas ce qu'un homme gardait dans sa tête. Mais peut-être le temps était-il venu de mettre les choses à plat. « Quel est le plus cher désir des Soviétiques ?

— Nous abattre », répondit Moore. La réponse n'exigeait pas vraiment les facultés intellectuelles d'un prix Nobel.

« D'accord. Et quel est notre plus cher désir ? »

Greer reprit la balle au bond : « Nous n'avons pas le droit de penser en ces termes. Nous devons trouver un modus vivendi avec eux. » C'était en tout cas ce que disait le *New York Times* – et n'était-ce pas la voix de la nation ? « OK, Bob, crache le morceau.

— Comment les attaquons-nous ? demanda Ritter. Et par attaquer, j'entends les clouer sur place, ces salauds, les faire souffrir...

— Les terrasser ? demanda Moore.

— Merde, pourquoi pas ? lança Ritter.

— Est-ce seulement possible ? observa le DCR, curieux de l'opinion de Ritter en la matière.

— Ma foi, Arthur, s'ils sont capables de braquer sur nous un canon de ce calibre, pourquoi ne pourrions-nous pas leur rendre la pareille ? » Désormais, Ritter avait pris le mors aux dents. « Après tout, ils financent des groupuscules dans notre pays pour essayer d'entraver le fonctionnement de notre vie politique. Ils organisent des manifestations antinucléaires dans toute l'Europe pour réclamer la suppression de nos armes nucléaires d'opérette pendant qu'ils reconstruisent les leurs. On ne peut même pas laisser filtrer aux médias tout ce que nous savons...

— Le ferions-nous qu'ils ne l'imprimeraient pas », observa Moore. Après tout, les médias n'aimaient pas non plus les armes nucléaires, même s'ils étaient prêts à tolérer les armes soviétiques, parce que, pour une raison ou une autre, elles n'étaient pas déstabilisantes.

Ce que voulait Ritter, redoutait-il, c'était tester si les Soviétiques avaient réellement de l'influence sur les médias américains. Mais, même si c'était le cas, une telle enquête ne donnerait que des fruits empoisonnés. La presse s'accrochait à sa réputation d'intégrité et d'impartialité comme un avare à son magot. Mais il n'y avait pas besoin de prouver que le KGB exerçait bel et bien un pouvoir sur les médias américains, tant il était facile de l'établir et de l'exercer. Les flatter, les mettre dans de prétendus secrets, puis devenir une source de confiance. Mais les Soviétiques se doutaient-ils que ce petit jeu pouvait devenir dangereux ? La presse américaine avait un certain nombre de convictions fondamentales et jouer avec était aussi risqué que manipuler une bombe amorcée. Un faux mouvement pouvait s'avérer coûteux. Personne, dans ce bureau du sixième étage, ne se faisait trop d'illusions sur le génie du service de renseignement russe. Il était certes doté de personnels de talent, fort bien formés, mais le KGB avait également ses faiblesses. Comme la société qu'il servait, il appliquait à la réalité un filtre politique et il ignorait en grande partie toute information qui n'entrait pas dans le moule. Tant et si bien qu'après des mois, voire des années, de planification et de laborieux préparatifs, leurs opérations souvent tournaient mal parce qu'un de leurs agents avait décidé que la vie chez l'ennemi n'était après tout pas si horrible qu'on avait bien voulu la décrire. Le meilleur remède au mensonge restait toujours la vérité. Elle avait une tendance à vous sauter au visage, et plus vous étiez intelligent, plus le choc s'avérait douloureux.

« C'est sans importance, dit Ritter, surprenant ses deux collègues.

— OK, continue, ordonna Moore.

— Ce qu'il nous faut examiner, ce sont leurs points faibles et les attaquer alors... avec pour objectif de déstabiliser l'ensemble du pays.

— C'est un sacré programme, Robert, observa Moore.

— On se shoote aux pilules d'ambition, Bob ? demanda Greer, intrigué malgré tout. Nos dirigeants politiques vont blêmir devant l'ampleur de l'objectif.

— Oh, je sais. » Ritter leva les mains. « *Oh, non, nous ne devons surtout pas leur faire de mal. Ils pourraient nous atomiser.* Allons donc, ils sont bien moins à même de riposter que nous. Ces gens nous craignent bien plus que nous ne les craignons. Bon sang, ils ont même peur de la Pologne, sacré nom de Dieu. Et pourquoi ? Parce qu'il y a là-bas une maladie que leurs compatriotes pourraient bien attraper. Elle s'appelle aspirations grandissantes. Et des aspirations grandissantes, c'est ce qu'ils sont bien incapables de satisfaire. Leur économie est aussi stagnante qu'une mare d'eau croupie. Il ne faudrait pas grand-chose...

— Tout ce qu'on a à à faire, c'est balancer un coup de pied dans la porte et toute la putain de structure pourrie s'effondrera comme un château de cartes, cita Moore. Ça a déjà été dit, mais le père Adolf lui-même a eu une méchante petite surprise quand la neige s'est mise à tomber.

— C'était un idiot qui avait oublié de relire Machiavel, rétorqua Ritter. D'abord, on les conquiert, ensuite on les liquide. Pourquoi leur donner l'alerte ?

— D'autant que nos actuels adversaires auraient pu donner deux ou trois leçons à ce vieux Niccolò, reconnut Greer. OK, Bob, alors, que proposes-tu au juste ?

— Un examen systématique des faiblesses du système soviétique, en vue de les exploiter. En deux mots, esquisser un plan susceptible de gêner notre ennemi aux entournures.

— Merde, c'est de toute façon ainsi qu'on devrait procéder en permanence, observa Moore, d'emblée d'accord avec le concept. James ?

— Je n'ai rien contre. Je peux réunir un petit groupe de mon côté pour chercher des idées.

— Pas les suspects habituels, insista le DAO. On n'obtiendra rien de fameux des équipes installées. Il serait temps de réfléchir en dehors des concepts habituels. »

Greer resta silencieux un moment avant d'acquiescer d'un signe de tête. « D'accord. Je ferai moi-même la sélection. Va pour un projet spécial. Vous avez un nom de baptême ?

— Que diriez-vous d'INFECTION ? suggéra Ritter.

— Et si cela se concrétise et débouche sur une opération, on la baptise ÉPIDÉMIE ? » demanda le DAR dans un rire.

Moore partagea son hilarité. « Non, j'ai trouvé. LE MASQUE DE LA MORT ROUGE. Un hommage à Poe me semble ici fort approprié.

— Il faut toujours que la DO ait le dernier mot sur la DR, hein ? » observa tout haut Greer.

L'entreprise n'était pas encore sérieusement lancée, ce n'était qu'un exercice intellectuel intéressant, un peu comme lorsqu'un opérateur en Bourse évalue les points forts et les faiblesses de l'entreprise qu'il veut s'approprier... avant, si les circonstances s'y prêtent, de la cannibaliser. Non, l'Union des Républiques socialistes soviétiques était le centre de leur univers professionnel, le Robert Lee de leur armée du Potomac, l'équipe des New York Yankees de leurs Boston Red Sox. La vaincre, si séduisant que puisse être le rêve, n'était guère plus que cela : un rêve.

Malgré tout, le juge Arthur Moore approuvait ce genre de réflexion. Si les ambitions d'un homme ne dépassent pas sa portée, à quoi diable servirait le ciel ?

Il était bientôt vingt-trois heures à Moscou et Andropov appréciait une cigarette – une américaine, en fait – tout en sirotant sa vodka, la Starka, qui était aussi brune que du bourbon américain. Sur la platine tournait une autre production américaine : un 33-tours de Louis Armstrong, jouant à la trompette un superbe morceau de jazz New Orleans. Comme bien des Russes, le chef du KGB jugeait que ces nègres n'étaient guère plus que des singes cannibales, mais ceux d'Amérique avaient inventé leur propre forme de beaux-arts. Il savait qu'il aurait dû être en admiration devant Borodine ou autres compositeurs classiques russes, mais il y avait quelque chose dans la vitalité du jazz américain qui trouvait un écho en lui.

La musique n'était cependant qu'une béquille pour la pensée. Iouri Vladimirovitch Andropov avait beau arborer d'épais sourcils fournis surmontant ses yeux bruns et des pommettes hautes suggérant une autre origine ethnique, sa mentalité était entièrement russe, et donc mâtinée de l'héritage byzantin, tartare et mongol, mais toujours polarisée sur la concrétisation de ses objectifs personnels. Au nombre desquels, d'abord et avant tout : diriger le pays. Quelqu'un devait sauver la patrie et il savait avec précision jusqu'à quel point. L'un des avantages du poste de président du Comité pour la sécurité de l'État était qu'il y avait bien peu de secrets pour lui et ce, dans une société où florissait le mensonge, où le mensonge était en fait érigé au rang des beaux-arts. C'était tout particulièrement le cas de l'économie soviétique. La structure dirigiste de ce colosse flasque entraînait que chaque unité de production et chaque chef d'unité avaient un objectif de production que l'une et l'autre devaient atteindre. Objectifs qui pouvaient ou non être réalistes. Là n'était pas l'essentiel. L'essentiel était que la mise en application était draconienne. Pas autant que jadis, certes. Dans les années 30 et 40, tout échec à remplir les objectifs définis par le Plan pouvait se traduire par la mort sur-le-champ dans les murs de ce bâtiment de la Loubianka, parce que ceux qui échouaient à remplir les objectifs du Plan étaient des « naufrageurs », des saboteurs, des ennemis de l'État, des traîtres dans une nation où la trahison d'État était le pire des crimes, qui exigeait donc le pire des châtiments, en général sous la forme d'une balle de calibre 44 tirée par un de ces vieux Smith & Wesson que les tsars avaient achetés aux Américains.

La conséquence était que les directeurs d'usine avaient appris que s'ils ne pouvaient remplir concrètement les objectifs du Plan, ils continuaient de le faire sur le papier, prolongeant ainsi leur existence et les avantages en nature associés à leur fonction. Les preuves concrètes de leur échec se perdaient dans les méandres d'une bureaucratie pachydermique, héritage des tsars qu'avait encore aggravé le marxisme-léninisme. Son propre service était largement sur la même pente, Andropov en était conscient. Il avait beau parler, et même s'exprimer d'une voix tonnante, ce n'était pas pour autant qu'il obtiendrait des résultats concrets. Parfois, si ; à vrai dire assez souvent, même, ces derniers temps, parce que Iouri Vladimirovitch tenait son petit calepin personnel et suivait l'évolution dans la semaine qui suivait. Et progressivement, son agence apprenait à changer.

Mais rien ne pouvait changer le fait que le rideau de fumée restait malgré tout à la base de ce système impitoyable. Même ressuscité, Staline n'y aurait pu rien changer et personne à coup sûr ne voulait ressusciter Staline. Le rideau de fumée institutionnalisé avait gagné jusqu'aux sommets de la hiérarchie du Parti. Le Politburo ne se montrait pas plus résolu que la direction du sovkhoze « Soleil levant ». Jamais personne n'avait appris l'efficacité, avait-il observé à la faveur de son ascension jusqu'au sommet de la pyramide, et pourtant, quantité de choses pouvaient se faire en un clin d'œil et sur un signe de tête, étant entendu que ce n'était pas si important que ça.

Et puisqu'il n'y avait que si peu de progrès concrets, il lui revenait à lui – et au KGB – de rectifier tout ce qui allait de travers. Si les organes de l'État n'étaient pas fichus d'obtenir ce dont avait besoin l'État lui-même, alors le KGB devait aller le piquer à ceux qui l'avaient. L'agence d'espionnage d'Andropov et son homologue militaire, le GRU, allaient voler à l'Ouest les plans de toutes sortes d'armes. *Ils sont si efficaces*, songea-t-il en étouffant un grognement, *qu'il est arrivé que des pilotes soviétiques meurent victimes des mêmes défauts de conception que ceux qui avaient causé la mort de pilotes américains, des années plus tôt.*

Et c'était bien là le hic. Si efficace que soit le KGB, ses succès les plus brillants garantissaient tout au plus aux militaires de son pays un retard perpétuel de cinq ans sur les Occidentaux – au mieux. Et la seule chose que lui et ses espions ne pouvaient leur voler était les contrôles industriels de qualité qui rendaient possible la conception d'armes perfectionnées. *Combien de fois ses agents s'étaient-ils approprié des plans en Amérique ou ailleurs, pour apprendre en fin de compte que leur pays n'était tout simplement pas capable de les reproduire ?*

Et c'était cela qu'il devait régler. Les mythiques travaux d'Hercule étaient de la petite bière en comparaison, s'avisa-t-il en écrasant sa cigarette. Transformer sa nation ? Sur la place Rouge, on conservait la momie de Lénine comme si c'était une espèce de dieu tutélaire du communisme, la relique de l'homme qui avait fait passer la Russie du stade d'État monarchique arriéré à celui... d'État socialiste arriéré. Le gouvernement moscovite n'avait pas de mots trop méprisants pour les pays qui tentaient de combiner socialisme et capitalisme – à ce petit détail près : le KGB essayait de les piller, ceux-là aussi. À l'Ouest, on ne se décarcassait pas vraiment pour découvrir les secrets militaires des armes soviétiques – sinon pour en connaître les défaillances. Les services de renseignement occidentaux s'échinaient certes à effrayer leurs gouvernements de tutelle en proclamant que toute nouvelle arme soviétique était l'instrument de destruction de Satan en personne, mais ils avaient tôt fait de découvrir que le tigre soviétique avait des bottes plombées et qu'il était bien incapable de rattraper la gazelle, si terrifiants qu'aient pu paraître ses crocs.

Les éventuelles idées originales des scientifiques soviétiques – et il y en avait pas mal – étaient systématiquement pillées et converties par les Occidentaux en instruments réellement opérationnels.

Les bureaux d'étude faisaient des promesses aux militaires et au Politburo. Ils leur disaient que leurs nouveaux systèmes s'amélioreraient, avec juste quelques rallonges de crédits... Ah, bien sûr ! Et pendant ce temps-là, ce nouveau président des États-Unis faisait ce que ses prédécesseurs n'avaient pas fait : il engraissait son propre tigre. Le monstre industriel américain se gavait de viande rouge crue et manufacturait à tour de bras les armes mises au point au cours de la décennie précédente.

Ses officiers de renseignement et leurs agents rapportaient que le moral chez les militaires américains remontait – pour la première fois depuis une génération. Leur armée de terre, en particulier, s'entraînait à un rythme soutenu, et avec leurs armes nouvelles...

... Le Politburo ne le croyait pas pour autant quand il le leur disait. Ses membres étaient trop isolés, trop à l'abri du monde réel derrière les frontières soviétiques. Ils s'imaginaient que le reste du monde ressemblait plus ou moins à ce qui se passait ici, en accord avec les théories politiques de Lénine – rédigées soixante ans plus tôt. Comme si le monde n'avait pas changé du tout au tout depuis. Iouri Vladimirovitch ragea en silence. Il dépensait des sommes gigantesques à découvrir ce qui se passait sur la planète, faisait passer les données au crible d'une batterie d'experts excellemment formés et qualifiés, soumettait des rapports parfaitement rédigés et présentés aux vieillards assis autour de leur table en chêne... et malgré tout ça, ils continuaient à ne rien vouloir entendre.

Et puis, il y avait aussi le problème actuel.

C'est comme ça que ça commencera, se dit Andropov en buvant une nouvelle gorgée de Starka. Il ne faut qu'une seule personne, si c'est la bonne. Être la bonne personne voulait dire que les gens l'écoutaient, qu'ils prêtaient attention à ses paroles et à ses actes. Et certains individus jouissaient de cette sorte d'attention.

Et c'étaient ceux qu'il convenait de redouter...

Karol, Karol, pourquoi faut-il que tu nous crées tous ces problèmes ?

Et des problèmes, il y en aurait, s'il concrétisait ses menaces. La lettre qu'il avait envoyée à Varsovie n'était pas seulement destinée aux laquais de la capitale polonaise – il avait bien dû se douter de sa destination finale. Il n'était pas un imbécile. En fait, c'était l'un des plus habiles politiciens que Iouri ait connus. On ne pouvait pas être un prélat catholique dans un pays communiste, puis s'élever au pinacle de la plus grande Église du monde, en devenir en quelque sorte le secrétaire général, sans savoir comment manipuler les leviers du pouvoir. Mais sa fonction remontait à près de deux millénaires – si l'on voulait bien croire de telles fadaises – quoique... l'âge de l'Église romaine demeurait un fait objectif, non ? Les faits historiques étaient indiscutables, mais cela ne rendait pas la structure de croyance sous-jacente plus valide que ce qu'avait dit Marx. Iouri n'avait jamais considéré que la foi en Dieu était plus logique que la foi en Marx et Engels. Mais il savait que tout le monde devait croire en quelque chose, non parce que c'était la vérité, mais parce que c'était, en soi, une source de pouvoir. Les couches inférieures, ceux qui avaient besoin qu'on leur dise quoi faire, ceux-là devaient croire en quelque chose qui les transcendait. Les êtres primitifs des dernières jungles de la planète continuaient d'entendre dans le tonnerre non pas la décharge électrique entre deux masses d'air chaudes et froides, mais la voix même de quelque entité vivante. Pourquoi ? Parce qu'ils savaient qu'ils étaient des nabots dans un univers puissant, et qu'ils pensaient pouvoir influencer la divinité qui les contrôlait en massacrant des porcs, voire des petits enfants, et ceux qui contrôlaient cette influence acquéraient alors le pouvoir de modeler leur société. Le pouvoir avait sa propre valeur d'échange. Certains grands hommes s'en servaient pour se procurer du confort, ou des femmes – un de ses prédécesseurs ici même au KGB s'en était servi pour obtenir des femmes, en fait des jeunes filles, mais Iouri Vladimirovitch ne partageait pas ce vice bien particulier. Nul pouvoir ne suffisait en soi. Un homme pouvait s'y prélasser comme un chat près du feu, goûtant la joie simple de l'avoir à sa portée, conscient de jouir de cette capacité à diriger les autres, à distribuer la mort ou les compliments à ceux qui le servaient et lui plaisaient par leur obéissance et leur servile reconnaissance de sa supériorité.

Il n'y avait pas que cela, bien sûr. Il fallait faire quelque chose de concret de ce pouvoir. Laisser son empreinte sur les sables du temps. Bonne ou mauvaise, peu importait, pourvu qu'elle soit assez grande pour être remarquée. Dans son cas, un pays tout entier avait besoin de sa direction, parce que, de tous les membres du Politburo, lui seul était capable de voir ce qu'il convenait de faire. Lui seul était capable de fixer le cap que la nation devait suivre. Et, s'il le faisait bien, on se souviendrait de lui. Il savait que bientôt sa vie prendrait fin. Dans son cas précis, c'était une maladie du foie. Il n'aurait pas dû continuer à boire ainsi, mais avec le pouvoir venait aussi le droit absolu de choisir sa propre voie. Personne ne pouvait lui dicter sa conduite. En arrière-plan, son intelligence lui soufflait que ce n'était pas toujours ce qu'il y avait de mieux à faire, mais les grands hommes n'écoutent pas leurs inférieurs, et il se considérait lui-même comme le parangon de cette élite. Sa force de volonté n'était-elle pas suffisante pour définir le monde dans lequel il vivait ? Bien sûr que si, c'est pourquoi il buvait à l'occasion un verre ou deux, voire trois, dans la soirée. Et même plus, lors des dîners officiels. Son pays avait depuis belle lurette passé le stade du pouvoir unique – qui avait pris fin trente ans plus tôt avec la disparition de Josef Vissarionovitch Staline, dont le règne impitoyable aurait fait trembler dans ses bottes Ivan le Terrible en personne. Non, ce genre de pouvoir était bien trop dangereux pour le dirigeant et les dirigés. Staline avait commis autant d'erreurs qu'émis de jugements sensés : si utiles qu'aient pu être ces derniers, les premières avaient bien failli condamner l'Union soviétique à une régression perpétuelle ; en fait, en créant la bureaucratie la plus formidable de la planète, il avait largement entravé tout espoir de progrès futur pour son pays.

Mais un homme, l'homme providentiel, pouvait diriger et mener ses collègues du Politburo dans la bonne direction, puis, en contribuant à la sélection de nouveaux membres, parvenir aux objectifs recherchés par l'influence plutôt que par la terreur. Alors seulement peut-être parviendrait-il à remettre en branle son pays, à assumer le contrôle unique indispensable pour toutes les nations, mais en y ajoutant la souplesse dont ils avaient tout autant besoin s'ils désiraient que de nouvelles choses se produisent – l'aboutissement au vrai communisme – et s'ils voulaient voir enfin l'Avenir radieux qui, s'il fallait en croire les écrits de Lénine, attendait le Fidèle.

Andropov n'y voyait pas spécialement de contradiction. Comme tant d'autres grands hommes, il était aveugle à tout ce qui entrait en conflit avec son ego surdimensionné.

Et, en l'occurrence, tout se ramenait à Karol et au danger qu'il présentait.

Il se promit d'évoquer la question lors de la réunion matinale. Il devait voir quelles étaient les possibilités. Le Politburo s'interrogerait ouvertement sur la façon de traiter le problème que soulevait la lettre de Varsovie, tous les yeux se tourneraient alors vers son siège, et il faudrait qu'il ait quelque chose à dire. Le truc était de trouver une idée qui ne choque pas trop ses collègues dans leur conservatisme. C'est qu'ils étaient si craintifs, ces hommes réputés si puissants.

Il lisait tant de rapports de ses agents sur le terrain, les talentueux espions de la Première Direction principale, qui sondaient sans cesse les pensées de leurs homologues. C'était si étrange : toute cette peur dans le monde, et les plus peureux étaient tellement souvent ceux-là mêmes qui détenaient les rênes du pouvoir.

Non, Andropov vida son verre et décida d'en rester là. La raison de leurs craintes était qu'ils s'inquiétaient de ne plus avoir le pouvoir. Ils n'étaient pas forts. Leurs épouses les menaient par le bout du nez, comme les ouvriers des usines ou les paysans. Ils redoutaient de perdre ce qu'ils détenaient si avidement, de sorte qu'ils employaient leur pouvoir à d'ignobles entreprises destinées à écraser tous ceux qui s'aviseraient de mettre la main sur ce qu'ils possédaient.

Même Staline, ce despote tout-puissant, avait usé de son pouvoir, surtout pour éliminer ceux qui auraient pu s'asseoir sur son trône. De sorte que le grand Koba avait dépensé son énergie non pas à regarder devant lui, non pas à regarder vers l'horizon, mais à regarder à ses pieds. Il était comme une femme dans sa cuisine qui redoute qu'une souris grimpe sous sa jupe, au lieu d'être un homme doté de la force et de la volonté de tuer un tigre bondissant.

Mais lui, pouvait-il faire autrement ? Oui ! Oui, il pouvait regarder vers l'avant, considérer l'avenir et tracer un chemin pour le gagner. Oui, il pouvait communiquer sa vision aux sous-fifres assis autour de la table au Kremlin et les mener par la force de sa volonté. Oui, il pouvait retrouver et affiner la vision de Lénine et de tous les penseurs de la philosophie dominante de son pays. Oui, il pouvait influer sur le cours de sa nation et rester à jamais dans l'Histoire comme un grand homme...

Mais d'abord, ici et maintenant, il devait s'occuper de Karol et de son irritante menace contre l'Union soviétique.

2

Horizons et visions

Cathy faillit paniquer à l'idée de devoir le conduire jusqu'à la gare. L'ayant vu se diriger vers le côté gauche
de la voiture, elle avait imaginé, en bonne Américaine, qu'il
prendrait le volant, aussi fut-elle visiblement surprise quand
il lui lança les clés.

Elle découvrit que les pédales étaient disposées comme
dans une voiture américaine, parce que les gens, partout sur
la planète, sont droitiers même du pied, et même si ceux qui
habitent l'Angleterre conduisent à gauche. Le levier de vites-
ses était sur la console centrale, de sorte qu'elle devait les
passer avec la main gauche. Reculer pour sortir de l'allée aux
pavés de brique n'était pas foncièrement différent de la normale. Mais l'un comme l'autre se demandèrent s'il était aussi
difficile pour les Rosbifs de se faire à la conduite à droite –
pour ne pas dire adroite – quand ils se rendaient en Amérique
ou, d'un coup de ferry, en France. Jack se promit de poser
la question autour d'une bière un de ces quatre.

« T'as qu'à te souvenir : la gauche est à droite, et la droite
est à gauche, et tu conduis du mauvais côté de la route.

— D'accord », répondit-elle avec irritation. Elle savait
qu'elle devrait l'apprendre et la partie rationnelle de son cerveau savait que c'était le moment ou jamais, même si ledit
moment lui semblait vouloir surgir comme un diable d'une

60

boîte. La sortie du petit lotissement les fit passer devant un bâtiment de plain-pied qui semblait abriter un cabinet médical, puis devant un parc avec une balançoire qui avait amené Jack à jeter son dévolu sur ce logement. Sally adorait faire de la balançoire et elle ne manquerait pas de se faire ici de nouveaux amis. Et le petit Jack pourrait prendre un peu le soleil, lui aussi. Enfin, l'été, en tout cas.

« Tourne à gauche, chérie. T'as rien à craindre, ici, tu ne croises pas la circulation.

— Je sais, je sais », fit le Dr Caroline Ryan en se demandant pourquoi Jack n'avait pas appelé plutôt un taxi. Elle avait encore une tonne de choses à faire à la maison et elle n'avait vraiment pas besoin d'une leçon de conduite. Enfin, la voiture avait l'air de répondre avec nervosité, son coup d'accélérateur se traduisant par une vive réaction. Même si ce n'était pas sa bonne vieille Porsche.

« Au pied de la colline, tu prendras à droite.

— Hon-hon. » Bon, ça ne serait pas compliqué. Il faudrait qu'elle trouve l'itinéraire pour rentrer, et elle avait horreur de demander sa route. Cela venait de son métier de chirurgien, où l'on se doit de maîtriser l'environnement comme un pilote de chasse dans son cockpit... Et puis, étant chirurgienne, elle n'avait pas le droit de paniquer, n'est-ce pas ?

« C'est là, à droite, lui dit Jack. Et fais gaffe aux voitures en face. » Il n'y en avait aucune en ce moment, mais cela changerait sans doute dès qu'il serait descendu. Il n'enviait pas ses efforts pour maîtriser la navigation en solo, mais le plus sûr moyen d'apprendre à nager est de sauter à l'eau – à condition de ne pas se noyer. Les Rosbifs sont des gens hospitaliers et, si nécessaire, un chauffeur autochtone la guiderait jusqu'à la maison.

La gare était à peu près aussi impressionnante qu'une station du métro aérien du Bronx : une petite bâtisse en pierre avec des escaliers et des escalators descendant jusqu'aux voies.

Ryan acheta son billet en liquide, mais remarqua une affiche présentant des carnets de tickets pour l'usage quotidien des banlieusards. Il prit un exemplaire du *Daily Telegraph*. Cela le classerait d'emblée comme un conservateur auprès des autochtones. Ceux de tendance plus avancée choisissaient le *Guardian*. Il décida de faire l'impasse sur les tabloïds avec leurs femmes nues en pages intérieures. Pas ce genre de spectacle juste après le petit déjeuner.

Il dut patienter une dizaine de minutes pour prendre son train qui arriva sans bruit – à mi-chemin entre un train de banlieue électrique et un métro. Il avait un billet de première qui le plaça dans un petit compartiment. Pour ouvrir ou fermer les fenêtres, on tirait sur une bride en cuir et la porte du compartiment donnait directement sur l'extérieur pour qu'on puisse descendre de voiture sans avoir à emprunter un couloir. Ayant fait cet ensemble de découvertes, Ryan s'assit et parcourut la une du quotidien. Comme en Amérique, la politique intérieure occupait la moitié de la page et Ryan parcourut deux des articles en se disant qu'il avait tout intérêt à se mettre tout de suite dans le bain.

L'horaire indiquait un trajet de quarante minutes jusqu'à la gare de Victoria. Pas si mal, en tout cas toujours mieux qu'avec la voiture, lui avait dit Dan Murray. De surcroît, se garer à Londres était encore pire qu'à New York, sans parler du mauvais côté de la rue.

Le voyage en train se déroula confortablement. Les chemins de fer étaient à l'évidence un monopole d'État et on ne lésinait pas sur la dépense pour la voie et le ballast. Un contrôleur prit son billet avec un sourire – sans doute l'avait-il aussitôt catégorisé comme un Yankee –, puis il poursuivit son chemin, laissant Ryan avec son journal. Mais le paysage qui défilait derrière les vitres mobilisa bientôt son attention. La campagne était verte et luxuriante. Les Britanniques adoraient à coup sûr leurs pelouses. Les pavillons ici étaient plus petits que ceux du quartier de son enfance à Baltimore, avec apparemment des toits d'ardoise, mais bon sang, ce que les rues pouvaient être étroites dans le coin. Il fallait vraiment faire attention au volant si l'on ne voulait pas finir dans le salon de quelqu'un. Ça la ficherait mal, même pour des Anglais habitués à subir les avanies des Yankees en visite.

La journée était belle, avec quelques petits nuages blancs floconneux dans un ciel d'un bleu ravissant. Il n'avait jamais encore connu la pluie dans ce pays. Elle devait pourtant bien tomber. Un passant sur trois se promenait avec un parapluie plié. Et bon nombre étaient coiffés d'un chapeau. Ryan n'avait pas porté de couvre-chef depuis son service dans les marines. Décidément, l'Angleterre était assez différente de l'Amérique pour représenter un danger. Il y avait quantité de similitudes, mais les différences jaillissaient toujours pour vous sauter dessus à l'improviste. Il devrait faire attention pour traverser la rue avec Sally. À quatre ans et demi, elle était déjà suffisamment conditionnée pour regarder machinalement du mauvais côté au mauvais moment. Il avait déjà vu sa petite à l'hôpital et, bon Dieu, c'était bien assez pour toute une existence.

La rame traversait désormais en grondant une zone urbaine dense. La plate-forme de voies était surélevée. Il scruta les environs pour retrouver des repères reconnaissables. N'était-ce pas la cathédrale St. Paul, là-bas sur la droite ? Si oui, il serait bientôt à Victoria. Il replia son journal. Puis le train ralentit et – ouais, Victoria Station. Il ouvrit la porte du compartiment comme un véritable autochtone et descendit sur le quai. La gare était formée d'une série d'arches d'acier garnies de verrières noircies par la fumée de trains à vapeur depuis longtemps disparus... Mais personne n'avait nettoyé les carreaux. Ou bien était-ce simplement la pollution ? Impossible de savoir.

Jack suivit le reste des usagers qui se dirigeaient vers le grand mur de brique qui semblait marquer la division entre les quais et la salle d'attente. Et, de fait, il y retrouva l'habituel assortiment de marchands de journaux et de boutiques. Il avisa la sortie et se retrouva bientôt dehors, farfouillant dans sa poche pour y retrouver son plan Chichester des rues de Londres. Westminster Bridge Road... Trop loin à pied, aussi héla-t-il un taxi.

Dans le véhicule, Ryan regarda partout, tournant la tête comme le touriste qu'il n'était plus tout à fait. Bientôt, il fut rendu.

Century House, ainsi baptisée parce qu'elle était sise au 100 Westminster Bridge Road, était un bâtiment de belle hauteur typique de l'architecture de l'entre-deux-guerres, estima Jack, avec une façade en pierre qui... se décollait ? L'édifice était en effet emballé dans un filet de plastique orange, manifestement destiné à empêcher la façade de dégringoler sur les passants. Oups. Peut-être que quelqu'un était en train de désosser la bâtisse à la recherche de micros russes ? Personne ne l'avait prévenu à Langley.

Un peu plus loin sur l'artère, le pont de Westminster et, sur l'autre rive, le Parlement. Enfin, le quartier était sympa, c'était déjà ça. Jack gravit au petit trot les degrés de pierre jusqu'à la double porte d'entrée. Il n'avait pas fait trois mètres à l'intérieur qu'il tomba sur un guichet d'entrée derrière lequel officiait un agent vêtu d'une sorte d'uniforme de flic.

« Puis-je vous aider, monsieur ? » dit le garde. Les Rosbifs étaient coutumiers de ce genre de formule, comme s'ils avaient réellement l'intention de vous rendre service. Jack se demanda si l'homme n'avait pas un flingue planqué quelque part. En tout cas, il ne devait pas être bien loin. Des mesures de sécurité devaient être indispensables.

« Salut. Je suis Jack Ryan. Je commence à bosser ici. »

Sourire immédiat de reconnaissance. « Ah, sir John. Bienvenue à Century House. Permettez-moi de prévenir de votre arrivée. » Ce qu'il fit. « Quelqu'un va descendre vous chercher. Asseyez-vous, je vous en prie. »

Jack eut à peine le temps de tester le siège qu'un personnage familier franchit la porte à tambour.

« Jack !

— Sir Basil. »

Ryan se leva pour saisir la main tendue.

« On ne vous attendait pas avant demain.

— J'ai laissé Cathy défaire les bagages. Elle aime mieux que je ne m'en occupe pas, de toute manière.

— Oui, nous autres hommes, nous sommes un peu limités, n'est-ce pas ? »

Sir Basil Charleston approchait de la cinquantaine, grand, d'une minceur impériale, comme disait le poète, avec des cheveux bruns pas encore marqués de gris et des yeux noisette au regard vif. Il portait un costume qui n'était certainement pas donné, de laine grise à larges rayures blanches, qui lui conférait l'allure d'un riche et prospère banquier londonien. En fait, sa famille avait été dans cette branche, mais il s'y était trouvé à l'étroit et avait donc choisi plutôt d'employer son éducation à Cambridge au service de son pays, d'abord comme officier de renseignement d'active, puis par la suite dans les bureaux. Jack savait que James Greer l'appréciait et le respectait, tout comme le juge Moore. Il avait lui-même eu l'occasion de le rencontrer l'année précédente, peu après s'être fait tirer dessus, puis il avait appris que sir Basil admirait son invention du piège du Canari, celle-là même qui lui avait permis d'être remarqué en haut lieu à Langley. Basil l'avait à l'évidence utilisé pour boucher certaines fuites gênantes.

« Venez, Jack. Nous devons vous équiper convenablement. »

Il ne faisait bien sûr pas allusion à la tenue de Jack, qui portait un costume griffé Savile Row, sans doute aussi coûteux que le sien. Non, il parlait d'un détour au service du personnel.

La présence de C – pour reprendre sa désignation officielle – facilita les choses. Ils avaient déjà obtenu de Langley un jeu d'empreintes digitales, et l'opération se résuma à le prendre en photo et à glisser le cliché d'identité dans sa carte laissez-passer qui lui permettrait de franchir les portails électroniques, analogue à celles de la CIA. Ils la testèrent sur un portail factice pour en vérifier le bon fonctionnement. Puis ils empruntèrent l'ascenseur réservé aux cadres et gagnèrent le vaste bureau d'angle de sir Basil.

C'était autre chose que le long cagibi étroit dont devait s'accommoder le juge Moore. La pièce avait vue sur le fleuve et le palais de Westminster. Le directeur général invita Jack à s'asseoir dans un fauteuil en cuir.

« Alors, vos premières impressions ? s'enquit Charleston.

— Plutôt favorables, jusqu'ici. Cathy ne s'est pas encore rendue à l'hôpital, mais Bernie, son patron à Hopkins, dit que son homologue ici est un type bien.

— Oui, Hammersmith a une bonne réputation et le Dr Byrd est considéré comme le meilleur chirurgien du Royaume-Uni. Je ne le connais pas personnellement, mais je me suis laissé dire qu'il est sympathique. Pêcheur, il adore ferrer le saumon dans les rivières d'Écosse, marié, trois enfants, l'aîné lieutenant dans les Coldstream Guards.

— Vous l'avez fait surveiller ? s'étonna Jack, incrédule.

— On n'est jamais trop prudent, Jack. Certains de vos cousins éloignés de l'autre côté de la mer d'Irlande ne vous aiment pas trop, vous savez.

— Est-ce un problème ? »

Charleston hocha la tête. « C'est fort peu probable. En contribuant à abattre l'ULA, vous avez sans doute sauvé un certain nombre de vies au sein de la PIRA. L'affaire n'est pas encore réglée, mais c'est pour l'essentiel la tâche du Service de sécurité. Nous n'avons à vrai dire guère de rapports avec eux – en tout cas, rien qui vous concerne directement. »

Ce qui mena Jack à cette nouvelle question : « Certes, sir Basil – mais alors, quel est au juste mon boulot ici ?

— James ne vous a rien dit ?

— Pas vraiment. Il aime faire des surprises, m'a-t-on dit.

— Ma foi, le groupe de travail commun se polarise sur-tout sur nos amis soviétiques. Nous avons d'excellentes sour-ces. Vos copains aussi. L'idée est de partager l'information pour améliorer le tableau général.

— L'information. Pas les sources », observa Ryan.

Sourire entendu de Charleston. « Il convient de les proté-ger, comme vous le savez. »

Jack le savait fort bien. En fait, on ne lui avait pas laissé savoir grand-chose des sources de la CIA. C'étaient les secrets les mieux gardés de l'Agence, et nul doute qu'il en allait de même ici. Les sources étaient des gens de chair et de sang, et le moindre lapsus signerait leur arrêt de mort. Les services de renseignement estimaient leurs sources plus à la valeur de leurs informations qu'à celle de leur vie – après tout, le métier du renseignement était un métier comme un autre –, mais, tôt ou tard, on finissait par se préoccuper de ses agents, de leur famille, de leurs penchants personnels. La gnôle, le plus souvent, songea Ryan. Surtout pour les Russes. Le Soviétique moyen buvait assez pour être qualifié d'alcoolique aux États-Unis.

« Aucun problème de ce côté, monsieur. Je ne connais pas le nom ou même l'identité des sources que la CIA a là-bas. De pas une seule », insista Ryan. Ce n'était pas tout à fait exact. On ne lui avait rien dit, mais on pouvait deviner pas mal de choses des caractéristiques des informations transmi-ses et de la façon qu'il ou elle – le plus souvent il – avait de citer ses interlocuteurs, mais Ryan s'interrogeait malgré tout sur l'identité de certaines de ses sources. Un jeu fascinant auquel se livraient tous les analystes – plus ou moins consciemment –, même si Ryan s'était souvent interrogé là-dessus avec son propre chef, l'amiral Jim Greer. En temps normal, le DAO le mettait toujours en garde contre les spé-culations un peu trop manifestes, mais sa façon de cligner deux fois les yeux avait été plus éloquente qu'un long dis-cours. Enfin, ils l'avaient après tout engagé pour ses capacités d'analyse, Ryan le savait. Ils ne voulaient pas qu'il s'en prive. Quand l'information transmise devenait un peu bizarre, cela révélait qu'il était arrivé quelque chose à votre source – qu'elle s'était fait prendre ou qu'elle débloquait.

« L'amiral est intéressé par une chose, toutefois...

— Quoi donc ? s'enquit le DG.

— La Pologne. Il semblerait qu'elle commence à ruer quelque peu dans les brancards et l'on se demande jusqu'à quel point, à quelle vitesse et ce que ça va donner... comme conséquences, s'entend.

— Nous aussi, Jack. » Hochement de tête entendu. Les gens – surtout les journalistes dans les pubs de Fleet Street [1] – y allaient de leurs spéculations. Et les journalistes avaient également de bonnes sources – dans certains domaines, aussi bonnes que les leurs. « Qu'en pense James ?

— Ça lui rappelle, comme à moi, un événement survenu dans les années 30. » Ryan se carra dans son siège et se relaxa. « Le syndicat des ouvriers de l'automobile. Quand il s'est implanté chez Ford, il y a eu du grabuge. Beaucoup de grabuge. Ford engagea même des gros bras pour se débarrasser des militants syndicalistes. Je me souviens avoir vu des photos de... comment s'appelait-il déjà ? » Jack marqua un temps pour réfléchir. « Walter Reuther ? Quelque chose comme ça. Ç'avait été publié dans *Life*, à l'époque. Les gros bras discutaient avec lui et certains de ses gars – les premières photos les montraient souriants, plutôt comme des types qui s'apprêtent à raccrocher les gants – et puis tout d'un coup, la bagarre a éclaté. On pouvait s'interroger sur la gestion de Ford – laisser un tel incident se dérouler devant des journalistes, ce n'est déjà pas malin, mais des reporters photographes ? Merde, là, c'est le comble de la stupidité.

— Le tribunal de l'opinion publique... Certes, admit

----

1. La rue londonienne où se trouvent les sièges des principaux quotidiens britanniques.

Charleston. Il est bien réel, et la technologie moderne n'a fait que renforcer la tendance..., vous savez, ce tout nouveau réseau d'informations télévisées qui vient de se lancer chez vous... CNN. Il pourrait bien changer le monde. L'information a son mode de circulation propre. Les rumeurs sont déjà bien assez pénibles. Impossible de les arrêter, elles ont le chic pour avoir une vie propre...

— Mais une image vaut largement un millier de mots, n'est-ce pas ?

— Je me demande qui a dit ça le premier[1]. En tout cas, ce n'était pas le dernier des imbéciles. C'est encore plus vrai si c'est une image qui bouge !

— Je présume que nous en faisons usage...

— Vos copains sont réticents à le faire. Pour ma part, je le suis moins. Il n'est guère difficile d'amener un fonctionnaire d'ambassade à boire un demi avec un journaliste et peut-être à laisser échapper un indice à la faveur d'une conversation. Un avantage des journalistes, c'est qu'ils se montrent serviables si on leur sert de temps en temps quelques confidences croustillantes.

— À Langley, ils haïssent la presse, sir Basil. Et quand je dis haïr, ce n'est pas une litote.

— Plutôt rétrograde de leur part. Mais enfin, nous pouvons contrôler la presse d'ici, un peu plus que vous là-bas en Amérique, j'imagine. Malgré tout, il n'est pas si difficile de les mener en bateau, pas vrai ?

— Je n'ai jamais essayé. L'amiral Greer dit que parler à un journaliste, c'est comme vouloir danser avec un rottweiler. Impossible de savoir s'il va vous lécher la figure ou vous sauter à la gorge.

— Ce ne sont pas de si mauvais chiens, vous savez. Il s'agit juste de les dresser convenablement. »

Les Rosbifs et leurs clebs... Ils aiment mieux leurs animaux

---

1. Selon la légende, Napoléon Bonaparte.

que leurs mômes. Ryan appréciait modérément les gros chiens. Un labrador comme Ernie, c'était différent. Ils avaient un air si craquant. Sally s'ennuyait vraiment de lui.

« Alors, quel est votre pronostic sur la Pologne, Jack ?

— Je pense que ça va continuer à mijoter jusqu'à ce que le couvercle bascule et, lorsque ça débordera, ce ne sera pas le bordel... Les Polonais n'ont pas trop bien digéré le communisme. Leur armée continue d'avoir des aumôniers, nom de Dieu. Une bonne partie de leurs paysans travaillent encore à leur compte, ils vendent des jambons et des produits de la ferme. L'émission de télé la plus populaire là-bas est *Kojak*, ils la passent même le dimanche matin, pour détourner les gens de la messe. Cela démontre deux choses. Les gens là-bas aiment la culture américaine, et le gouvernement continue de redouter l'Église catholique. Le gouvernement polonais est instable, et ils en sont conscients. Laisser un peu de marge de manœuvre est sans doute habile, du moins à court terme, mais le problème fondamental est qu'ils exercent un pouvoir foncièrement injuste. Les pays placés dans ce cas de figure ne sont pas stables, sir. Ils ont beau paraître solides, ils sont pourris en dessous. »

Charleston hocha la tête, songeur. « J'ai briefé le Premier ministre, il y a trois jours à peine, à l'Échiquier, et elle m'a dit en gros la même chose. » Le directeur général marqua un temps d'hésitation, puis il se décida. Il saisit une chemise dans la pile posée sur son bureau et la tendit.

La couverture portait la mention ULTRA-CONFIDENTIEL. *Et voilà*, se dit Jack, *c'est parti.* Il se demanda si sir Basil avait appris à nager en tombant dans la Tamise... et se dit que tout le monde devrait passer par cette école.

Ryan ouvrit la chemise et découvrit que l'information provenait d'une source baptisée WREN. Elle était manifestement polonaise et, au vu du rapport, bien placée. Quant à ce qu'elle disait...

« Bigre, observa Ryan. Est-ce fiable ?

70

— Tout à fait. C'est du cinq-cinq, Jack. » C'est-à-dire que la source était classée 5 sur une échelle de 5 pour la fiabilité, avec un classement identique pour l'importance de l'information. « Vous êtes catholique, je crois ? » Il le savait, bien sûr. C'était juste la façon anglaise de parler.

« Les jésuites à Boston College, plus les bonnes sœurs à St. Matthews. J'avais intérêt.

— Que pensez-vous du nouveau pape ?

— Le premier qui ne soit pas italien depuis quatre siècles, si ce n'est plus : voilà déjà qui est éloquent. Quand j'ai entendu que le nouveau pape était polonais, j'ai cru qu'il s'agissait du cardinal Wiszynksi, le cardinal de Varsovie – ce gars a le cerveau d'un génie et il est rusé comme un renard. Celui-là, en revanche, j'ignorais tout de lui, mais d'après ce que j'ai pu lire depuis, ça m'a l'air d'un client sérieux. Bon curé de paroisse, bon gestionnaire, politiquement très matois... » Ryan marqua un temps. Il discutait du chef de son Église comme s'il s'agissait d'un banal candidat à quelque élection, et il aurait volontiers parié qu'il valait bien plus que ça. Ce devait être un homme d'une foi profonde, avec ce type de conviction bien ancrée que même un séisme ne pourrait ébranler. Il avait été choisi par des homologues de même qualité pour être le chef et le porte-parole de la principale confession chrétienne du monde qui se trouvait être – comme par hasard – celle de Ryan.

Ce devait être un homme qui ne redoutait pas grand-chose, un homme pour qui une balle serait même son atout pour sortir de derrière les barreaux, sa clé d'accès à la présence divine. Et un homme qui sentait la présence divine dans chacun de ses actes. Ce n'était pas quelqu'un qu'on pouvait aisément effrayer, pas quelqu'un qu'on pouvait aisément détourner de ce qu'il estimait être la voie juste.

« S'il est bien l'auteur de cette missive, sir Basil, ce n'est pas du bluff. Quand est-elle arrivée ?

— Il y a moins de quatre jours. Notre gars a enfreint une

71

règle en nous contactant aussi vite, mais son importance est patente, non ? »

Bienvenue à Londres, Jack, se dit Ryan. Il venait de tomber dans le potage. Et une grosse soupière..., comme celle qui sert à faire bouillir les missionnaires dans les bandes dessinées.

« OK, et elle a été transmise à Moscou, n'est-ce pas ?

— C'est ce que dit notre gars. Donc, sir John, qu'est-ce que les Russkofs vont en dire, selon vous ? » Et, sur cette question, sir Basil Charleston alluma lui-même le feu sous le chaudron personnel de Jack.

« C'est une question à plusieurs volets », observa Ryan, esquivant avec autant d'habileté que l'autorisait le contexte.

Il n'était pas tombé loin. « Ils vont sûrement dire quelque chose, reprit Charleston, braquant sur Ryan ses yeux noisette.

— D'accord, ils ne vont pas apprécier. Ils vont y voir une menace. Les deux questions sont de savoir à quel point ils vont prendre la menace au sérieux, et quel crédit ils vont y accorder. Staline aurait pu écarter ça d'un éclat de rire... ou peut-être pas. Staline était l'étalon de la paranoïa, non ? » Ryan marqua un temps pour regarder par la fenêtre. N'était-ce pas un nuage de pluie qui approchait ? « Non, Staline aurait réagi, d'une manière ou de l'autre.

— Vous croyez ? » Charleston était en train de le jauger, Jack le savait. C'était comme à l'oral de son doctorat à Georgetown. L'esprit aiguisé du père Tim Riley et ses questions acérées. Sir Basil était plus civilisé que le prêtre acerbe, mais l'examen n'allait pas pour autant en être facilité.

« Léon Trotski n'était pas une menace pour lui. Son assassinat fut le fruit d'une combinaison de paranoïa et de méchanceté gratuite. Une pure vengeance personnelle. Staline se faisait des ennemis, et il ne les oubliait jamais. Mais l'actuelle direction soviétique n'a pas les tripes pour agir comme il le faisait. »

D'un signe, Charleston indiqua la fenêtre donnant sur le pont de Westminster. « Mon ami, les Russes ont eu les tripes de tuer un homme ici même sur ce pont, il y a moins de cinq ans...

— Et la responsabilité de ce crime leur a été attribuée », rappela Ryan à son hôte. En fait, le résultat d'un coup de chance et de la finesse de diagnostic d'un médecin britannique, même si cela n'avait en rien sauvé la vie du pauvre bougre. On avait toutefois identifié la cause de la mort, et celle-ci n'était pas due à une banale agression.

« Vous croyez que l'incident les aura empêchés de dormir ? Moi pas, lui assura C.

— Ça la fout mal. Ils ne se risquent plus à ce genre de truc. Pas que je sache, en tout cas.

— Uniquement chez eux, je peux vous le garantir. Seulement, à leurs yeux, la Pologne, c'est chez eux, en tout cas largement à l'intérieur de leur sphère d'influence.

— Mais le pape réside à Rome, qui n'y est certainement pas. Tout revient à évaluer leur degré de peur, sir. À Georgetown, du temps de mon doctorat, le père Tim Riley disait toujours de ne jamais oublier que les guerres sont déclenchées par des hommes qui ont peur. Ils redoutent la guerre, mais, plus encore, ils redoutent ce qui se passera s'ils ne la déclenchent pas – ou s'ils ne prennent pas de mesure équivalente, je suppose. Donc, les deux vraies questions sont, comme je l'ai dit, jusqu'à quel point ils prennent la menace au sérieux, et dans quelle mesure ils jugent celle-ci sérieuse. Sur la première, c'est oui, je ne pense pas qu'il s'agisse d'un bluff. Le personnage du pape, son passé, son courage personnel..., autant d'éléments qu'on ne peut mettre en doute. Donc, la menace est bien réelle. La question la plus importante est alors de savoir comment évaluer l'ampleur de la menace pour eux...

— Poursuivez, ordonna doucement le directeur général.

— S'ils sont assez malins pour le reconnaître – oui, sir, à leur place, je serais inquiet..., peut-être même un peu effrayé. Les Soviétiques ont beau se juger une super-puissance

– l'égale des États-Unis et tout le bataclan –, dans leur for intérieur, ils savent que leur position n'est pas vraiment légitime. Kissinger est venu nous donner une conférence à Georgetown... » Jack se carra dans son dossier et ferma les yeux quelques instants pour se remémorer la prestation. « Une remarque qu'il a faite sur la fin, à propos du caractère des dirigeants soviétiques. Brejnev lui faisait visiter un bâtiment officiel du Kremlin où Nixon devait se rendre pour sa dernière réunion au sommet. Il soulevait les draps posés sur les statues, montrant ainsi qu'ils avaient pris du temps pour tout nettoyer en préparation de la visite officielle. Pourquoi faire une chose pareille ? m'étais-je demandé à l'époque. Je veux dire, bien sûr qu'ils avaient des femmes de ménage et du personnel d'entretien. Mais pourquoi s'ingénier à le montrer à Henry ? Cela devait traduire un sentiment d'infériorité, d'insécurité foncière. On n'arrête pas de nous seriner qu'ils font dix pieds de haut, mais je n'y crois pas et, plus j'en apprends sur eux, moins ils m'apparaissent formidables. L'amiral et moi avons débattu de la question à l'envi ces deux derniers mois. Ils ont une armée imposante. Leurs services de renseignement sont de toute première qualité. Ils sont grands, ils sont énormes. Le grand méchant ours, comme disait Mohammed Ali, mais vous le savez comme moi, Ali a battu l'ours à deux reprises, n'est-ce pas ?

« C'est une façon détournée de vous dire que oui, sir, je pense que cette lettre va leur faire peur. La question est : Assez peur pour les pousser à agir ? » Ryan hocha la tête. « C'est bien possible, mais nous n'avons pas suffisamment de données à l'heure qu'il est. S'ils décident de pousser ce bouton spécifique, serons-nous prévenus avant ? »

Charleston avait attendu que Ryan lui renvoie la balle. « On peut l'espérer, mais il est impossible de le savoir à coup sûr.

— Au cours de l'année que j'ai passée à Langley, l'impression que j'ai eue est que notre connaissance de la cible est limitée mais approfondie dans certains domaines, large mais superficielle dans d'autres. J'attends encore de trouver quelqu'un qui se sente à l'aise pour les analyser – enfin, ce n'est pas tout à fait vrai : certains se sentent à l'aise, mais leurs analyses sont – à mes yeux du moins – souvent peu fiables. Comme les éléments que nous détenons sur leur économie...

— James vous en a fait part ? » Basil était surpris.

« L'amiral m'a fait faire le tour de tous les services de l'Agence au cours des deux premiers mois. Après tout, mon premier diplôme était une licence d'économie au Boston College. J'ai passé mon diplôme d'E-CA avant mon incorporation dans les marines – expert-comptable agréé. Vous avez un terme différent ici, je crois. Ensuite, après ma démobilisation, j'ai assez bien réussi dans les affaires de Bourse avant d'achever mon doctorat et de m'orienter vers l'enseignement.

— Combien avez-vous gagné au juste à Wall Street ?

— Pendant que j'étais chez Merrill Lynch ? Oh, entre six et sept millions. Une bonne partie en titres du Chicago and North Western Railroad. Mon oncle Mario – le frère de ma mère – m'avait dit que les actionnaires s'apprêtaient à revendre le titre et à tâcher de rendre à nouveau la compagnie bénéficiaire. J'y ai jeté un œil et ce que j'ai vu m'a plu. Cela m'a rapporté un rendement de vingt-trois contre un, comme retour sur investissement. J'aurais pu y placer plus, mais on m'avait appris la prudence chez Merrill Lynch. Au fait, je n'ai jamais travaillé à New York, soit dit en passant. J'étais au bureau de Baltimore. Quoi qu'il en soit, l'argent est toujours placé en actions, et le marché semble plutôt bien orienté en ce moment. Je continue de boursicoter. On ne sait jamais quand on va tomber sur un bon placement, et ça reste un passe-temps intéressant.

— Assurément. Si vous voyez une occasion prometteuse, pensez à moi.

— Sans commission... mais sans garanties non plus, plaisanta Ryan.

75

— Je n'en ai pas l'habitude, Jack, pas dans ce foutu métier... Bon, je m'en vais vous affecter à notre groupe de travail russe, avec Simon Harding. Diplômé d'Oxford, docteur en littérature russe. Vous verrez à peu près tout ce qu'il voit – hormis les informations sur sa source... »

Ryan l'interrompit des deux mains levées : « Sir Basil, je ne veux surtout pas le savoir. Je n'en ai pas besoin et le savoir m'ôterait le sommeil. Je préfère les faits bruts. Et procéder ensuite à ma propre analyse. Il est bien, ce Harding ? s'enquit Ryan avec une naïveté délibérée.

— Tout à fait. Vous avez probablement déjà vu sa production. Il est l'auteur de l'évaluation personnelle de Iouri Andropov que nous avons sortie il y a deux ans.

— Je l'ai lue, en effet. Ouais, du bon boulot. J'ai même pensé que l'auteur était psy.

— Il a lu pas mal de psychologie, mais pas assez pour passer un diplôme. Simon est un gars doué. Il a épousé une artiste peintre. Une femme adorable.

— On y va maintenant ?

— Pourquoi pas ? Je dois me remettre au travail. Venez, je vous conduis. »

Ce n'était pas loin. Ryan apprit qu'il allait partager un bureau ici même au dernier étage. Ce fut une surprise. Accéder au sixième étage à Langley prenait des années et signifiait souvent enjamber pour y parvenir bon nombre de cadavres ensanglantés. Jack supposa que quelqu'un avait dû le juger doué.

Le bureau de Simon Harding n'était pas imposant outre mesure. Les deux fenêtres donnaient sur le flanc du bâtiment, composé pour l'essentiel d'ailes d'un ou deux étages en briques, aux attributions indéterminées.

Harding était un quadragénaire blond et pâle, aux yeux d'un bleu de porcelaine. Il portait un gilet déboutonné et une cravate tristounette. Son bureau était recouvert de chemises barrées de ruban à rayures – le code universel pour désigner les documents confidentiels.

« Vous devez être sir John, dit Harding en posant sa pipe en bruyère.

— Appelez-moi Jack, le corrigea Ryan. Je n'ai pas vraiment le droit de jouer les chevaliers. D'ailleurs, je n'ai ni cheval ni cotte de maille. » Jack serra la main de son collègue. Harding avait de petites mains osseuses, mais ses yeux bleus pétillaient d'intelligence.

« Bon, je vous le confie, Simon », dit Basil avant de prendre congé aussitôt.

Il y avait déjà un fauteuil pivotant placé derrière un bureau curieusement vide. Jack jaugea son nouveau domaine. L'espace allait être un rien confiné, mais sans que ce soit dramatique. Son poste téléphonique était posé sur un brouilleur pour passer des appels cryptés. Ryan se demanda s'il fonctionnait aussi bien que le STU qu'il avait à Langley. Le GCHQ de Cheltenham travaillait en étroite collaboration avec la NSA et peut-être les entrailles étaient-elles identiques sous deux habillages différents. Il devait garder à l'esprit qu'il était dans un pays étranger. Ce ne devrait pas être trop dur, espérait-il. Les gens d'ici parlaient curieusement, avec un drôle d'accent hautain et affecté, même si les films et les programmes télévisés d'outre-Atlantique avaient pour effet de pervertir la langue anglaise, lentement mais sûrement.

« Bas vous a-t-il parlé du pape ? demanda Simon.

— Ouais. Cette lettre pourrait être une vraie bombe. Il se demande comment les Russkofs vont réagir.

— On se le demande tous, Jack. Vous avez une idée ?

— Je viens de le dire à votre patron : si Staline était encore là, il aurait peut-être envie de raccourcir la vie du Saint-Père, mais ce serait un pari sacrément risqué.

— Le problème, à mon avis, c'est qu'ils ont beau fonctionner de manière relativement collégiale dans le processus de prise de décision, Andropov conserve l'ascendant et il pourrait bien se montrer moins réticent que le reste du Polit-buro. »

Jack se carra dans son fauteuil. « Vous savez, les amis de ma femme à Hopkins se sont rendus là-bas il y a deux ans. Mikhaïl Souslov souffrait d'une rétinopathie diabétique – il était en outre affligé d'une myopie grave – et ils y sont allés pour le soigner et enseigner à leurs collègues russes la procé-dure à suivre. Cathy était encore externe à l'époque. Mais Bernie Katz faisait partie de l'équipe qui a pris l'avion. Il est aujourd'hui patron à Wilmer. Un formidable chirurgien oculaire, et un type bougrement sympa. L'Agence l'a inter-rogé, ainsi que ses collègues après leur retour. Vous avez eu l'occasion de voir ce document ? »

Il y avait désormais une lueur d'intérêt dans les yeux de son interlocuteur. « Non. Est-il intéressant ?

— Une des choses que j'ai apprises en étant marié à une toubib, c'est que j'ai tout avantage à écouter son opinion sur les gens. Et plus encore celle de Bernie. Ça vaut le coup de lire ce truc. Les gens parlent à cœur ouvert avec leur chirur-gien et, comme je l'ai dit, les médecins savent voir des détails qui échappent à la majorité d'entre nous. Ils ont dit que Souslov était intelligent, courtois, sérieux, mais que ce n'était pas le genre de type à qui on confierait une arme à feu – ou un couteau. Il n'appréciait pas du tout le fait d'être obligé de faire appel à des Américains pour sauver sa vue. Ça le dépitait qu'aucun Russe ne soit capable de faire ce dont il avait besoin. D'un autre côté, ils ont dit que l'hospitalité était de classe olympique là-bas, une fois le travail effectué. Bref, ce ne sont pas des barbares intégraux, ce à quoi Bernie s'était plus ou moins attendu – il est juif, d'origine polonaise, du temps où la Pologne appartenait au tsar, je pense. Vous vou-lez que je demande à l'Agence de nous faire parvenir ce rap-port ? »

Harding fit courir une allumette sur le fourneau de sa pipe. « Volontiers, j'aimerais bien le voir. Les Russes... ils sont bizarres, vous savez. Par certains côtés, ils sont merveilleusement cultivés. La Russie est le dernier endroit au monde où un homme peut encore gagner décemment sa vie en étant poète. Ils révèrent leurs poètes, et j'aurais tendance à les admirer pour cela, mais dans le même temps... vous le savez, Staline lui-même répugnait à s'en prendre aux artistes – les écrivains, du moins. Je me souviens d'un gars qui a survécu bien plus d'années qu'on aurait pu l'espérer... Malgré tout, il a fini par mourir au Goulag. Donc, leur côté civilisé a ses limites.

— Vous parlez le russe ? Je ne l'ai jamais appris. »

L'analyste britannique acquiesça. « Ce peut être une langue merveilleuse pour la littérature, un peu comme le grec ancien. Elle se prête à la poésie, mais elle dissimule une capacité à la barbarie qui vous glace le sang. Par bien des aspects, ils sont relativement prévisibles, surtout dans leurs décisions politiques, avec des limites. L'aspect imprévisible réside dans la confrontation entre leur conservatisme foncier et le dogmatisme de leur vision politique. Notre ami Souslov est sérieusement malade, avec des problèmes cardiaques – conséquence du diabète, j'imagine –, mais le gars qui est derrière lui est Mikhaïl Evguenievitch Alexandrov, aussi russe que marxiste, avec l'éthique de Lavrenti Beria. Il déteste absolument l'Occident. Ça ne m'étonnerait pas qu'il ait conseillé à Souslov – ce sont de très, très vieux amis – d'accepter la cécité plutôt que de se livrer à des médecins américains. Et si ce Katz est juif, avez-vous dit... Cela n'a pas dû aider non plus. Non, pas du tout un type sympa. Souslov disparu – d'ici quelques mois, pensons-nous –, ce sera lui le nouvel idéologue du Politburo. Il soutiendra Iouri Vladimirovitch dans tous ses projets, même si cela signifie une agression physique contre le Saint-Père.

— Vous pensez vraiment qu'il pourrait aller jusque-là ?

— C'est bien possible, oui.

— Bien. Cette fameuse lettre a-t-elle été transmise à Langley ? »

Harding acquiesça. « Votre chef d'antenne local est venu la récupérer aujourd'hui. J'imagine que vos gars ont leurs propres sources, mais il est inutile de prendre des risques.

— Entièrement d'accord. Vous savez, si les Russkofs vont jusqu'à cette extrémité, ils auront à le payer très cher.

— Peut-être, mais ils ne voient pas les choses de la même façon que nous, Jack.

— Je sais. Difficile malgré tout de faire un tel effort d'imagination.

— Ça prend du temps, en effet, admit Simon.

— Est-ce que lire leurs poèmes peut aider ? » demanda Ryan. Il n'en avait parcouru que des extraits, et seulement en traduction, ce qui n'était pas la meilleure façon de lire de la poésie.

Harding secoua la tête. « Pas vraiment. C'est le moyen employé par certains pour protester. Les protestations doivent être suffisamment enrobées pour que le plus obtus des lecteurs ne puisse qu'y goûter le lyrisme de l'hommage à telle ou telle jeune fille sans relever l'appel à la liberté d'expression. Il doit y avoir une section entière du KGB pour analyser les poèmes et en extraire le contenu politique caché auquel personne ne prête particulièrement attention jusqu'au jour où les membres du Politburo s'offusquent de leurs allusions sexuelles un peu trop explicites. C'est un ramassis de pères-la-pudeur, vous savez... Bizarre qu'ils aient uniquement cette forme de moralité ciblée.

— Ma foi, on peut pas non plus leur en vouloir de désapprouver *Debbie se fait Dallas* », suggéra Ryan.

Harding faillit s'étrangler avec la fumée de sa pipe. « Certes, ce n'est pas tout à fait le *Roi Lear*. Ils ont quand même engendré Tolstoï, Tchekhov, Pasternak. »

Jack n'avait lu aucun de ces auteurs, mais l'heure semblait mal venue de l'admettre.

« Il a dit *quoi* ? » demanda Alexandrov.

Le ton scandalisé était prévisible mais remarquablement maîtrisé, se dit Andropov. Peut-être son interlocuteur n'élevait-il la voix qu'en public, ou plus probablement pour ses subordonnés entre les murs du secrétariat du Parti.

« Voici la lettre et sa traduction », dit le patron du KGB en tendant les documents.

Le chef idéologue putatif prit les messages et les lut avec lenteur. Il ne voulait pas que la moindre nuance pût échapper à sa rage. Andropov patienta en allumant une américaine. Son hôte ne toucha pas à la vodka qu'il s'était servie, nota le patron du KGB.

« Ce saint homme devient ambitieux, observa-t-il enfin en reposant les papiers sur la table basse.

— J'aurais tendance à être d'accord », dit Iouri.

Il y avait de l'ahurissement dans la voix : « Se sent-il donc invulnérable ? Ignore-t-il les conséquences de telles menaces ?

— Mes experts estiment que ses paroles sont sincères, et non, ils ne pensent pas qu'il redoute les conséquences éventuelles.

— Si c'est le martyre qu'il cherche, peut-être devrions-nous accéder à sa demande... » La façon dont son interlocuteur laissa la phrase en suspens glaça le sang pourtant déjà glacé d'Andropov. Il était temps de lancer un avertissement. Le problème avec les idéologues était que leurs théories ne tenaient pas toujours parfaitement compte de la réalité, un élément auquel ils étaient en général aveugles.

« Mikhaïl Evguenievitch, ce genre d'action ne doit pas être entrepris à la légère. Il pourrait y avoir des conséquences politiques.

— Oh, pas bien grandes, Iouri, pas bien grandes, répéta Alexandrov. Mais oui, je suis d'accord avec toi, nous devrons envisager en détail notre riposte avant de prendre les mesures nécessaires.

— Qu'en pense le camarade Souslov ? s'enquit Andropov. L'as-tu consulté ?

— Micha est très malade », répondit Alexandrov, sans manifester trop de regret. Cela surprit Andropov. Son interlocuteur devait beaucoup à son aîné souffrant, mais ces idéologues vivaient dans leur petit monde circonscrit. « Je crains qu'il ne soit au bout du rouleau. »

Là, ce n'était pas vraiment une surprise. Il n'y avait qu'à le regarder lors des réunions du Politburo. Souslov avait ce regard aux abois qu'on ne voit que sur les traits d'un homme conscient de vivre ses dernières heures. Il voulait remettre le monde en ordre avant de le quitter, mais il savait également qu'une telle tâche était au-dessus de ses capacités, un fait qui s'était imposé à lui comme une mauvaise surprise. Avait-il fini par comprendre que la voie du marxisme-léninisme était une impasse ? Andropov était parvenu à cette conclusion à peu près cinq ans plus tôt. Mais ce n'était pas le genre de sujet dont on parlait au Kremlin, bien sûr. Et certainement pas avec Alexandrov.

« Il s'est montré toutes ces années un bon camarade. Si ce que tu dis est vrai, il sera amèrement regretté, déclara sobrement le patron du KGB, s'agenouillant devant l'autel de la théorie marxiste et son prêtre mourant.

— Ainsi va la vie », admit Alexandrov, jouant son rôle comme son hôte – et comme tous les membres du Politburo, parce que c'est ce qu'on attendait d'eux... et parce que c'était nécessaire. Non pas parce que c'était vrai, même de loin.

Comme son hôte, Iouri Vladimirovitch ne croyait pas par amour de la foi, mais parce que ce qu'il faisait semblant de croire était la source de la seule chose concrète : le pouvoir.

Qu'allait dire ensuite cet homme ? se demanda le chef du KGB. Andropov avait besoin de lui, et Alexandrov en échange avait besoin d'Andropov, peut-être même encore plus. Mikhaïl Evguenievitch n'avait pas le pouvoir personnel indispensable pour devenir secrétaire général du parti communiste d'Union soviétique. On le respectait, certes, pour ses connaissances théoriques, sa dévotion à la religion d'État qu'était devenu le marxisme-léninisme, mais aucun des membres assis autour de la table ne le jugeait un bon candidat pour diriger. Son soutien resterait toutefois vital pour quiconque briguait ce poste. Comme au Moyen Âge, quand l'aîné des fils devenait le seigneur du manoir, et le puîné évêque du diocèse attenant, Alexandrov, tel Souslov en son temps, devait fournir la justification spirituelle – si tel était bien le terme – de son ascension au pouvoir. Le système du donnant-donnant existait toujours, peut-être plus pervers encore qu'auparavant.

« Tu assumeras, bien sûr, cette place, le moment venu », suggéra Andropov comme une promesse d'allégeance.

Alexandrov se fit prier, comme de juste... tout du moins fit-il semblant : « Il y a quantité d'hommes de valeur au secrétariat du Parti. »

Le président du Comité pour la sécurité de l'État écarta l'objection d'un geste. « Tu es le plus ancien et le plus apprécié. »

Ce qu'Alexandrov savait pertinemment. « C'est bien aimable à toi de le dire, Iouri. Bien, alors, qu'allons-nous faire avec cet imbécile de Polonais ? »

Et cette phrase, si crûment dite, scellait le coût de l'alliance. S'il voulait obtenir le soutien d'Alexandrov pour briguer le secrétariat général, Andropov devrait donner un peu plus d'épaisseur au matelas de l'idéologue en... eh bien, en faisant une chose qu'il avait de toute façon déjà envisagée. Ça coulait de source, n'est-ce pas ?

Le président du KGB adopta un ton clinique, professionnel, pour exposer ses vues : « Micha, entreprendre une opération de cette envergure n'est pas un exercice simple et banal. Elle doit être planifiée avec le plus grand soin, préparée avec un luxe de détails et de précautions, et enfin le Politburo doit l'approuver sciemment.

— Toi, tu dois avoir une idée derrière la tête...

— J'ai bien des idées en tête, mais un rêve éveillé n'est certainement pas un plan. Aller de l'avant exige réflexions approfondies et plans détaillés, rien que pour s'assurer que la chose est jouable. Chaque chose en son temps, redoublons de prudence, prévint Andropov. Et même alors, il n'y a ni garanties ni promesses. Il ne s'agit pas là de produire un film à grand spectacle. Le monde réel, Micha, est complexe. » C'était sa façon discrète de dire à Alexandrov de ne pas trop s'éloigner du bac à sable des jouets et des théories pour se hasarder dans le vrai monde du sang et des conséquences.

« Enfin, tu es un bon militant du Parti. Tu sais quels sont les enjeux. » Avec ces mots, Alexandrov disait à son hôte ce qu'attendait le secrétariat. Pour Mikhaïl Evguenievitch, le Parti et ses croyances représentaient l'État – et le KGB était le sabre et le bouclier du parti.

Étrangement, se rendit compte Andropov, ce pape polonais éprouvait sans doute les mêmes sentiments à l'égard de ses propres croyances et de sa vision du monde. Mais ces croyances n'étaient-elles pas, strictement parlant, une idéologie en soi ? *Eh bien, en l'occurrence, elles y avaient tout intérêt*, se dit Iouri Vladimirovitch.

« Mes hommes vont examiner en détail tout ceci. À l'impossible, nul n'est tenu, Micha, mais...

— Mais, qu'est-ce qui est impossible pour cette agence de l'État soviétique ? » Une question rhétorique avec une réponse sanglante. Et dangereuse, plus dangereuse que ne l'imaginait l'académicien.

Comme ils se ressemblaient, réalisa le président du KGB. Son vis-à-vis, en train de siroter confortablement sa brune Starka, croyait fermement en une idéologie impossible à prouver. Et il désirait la mort d'un homme qui croyait lui aussi en des choses indémontrables. Quelle curieuse combinaison. Un conflit d'idées, dont chaque ensemble redoutait l'autre. Redoutait ? Que redoutait Karol ? Pas la mort, sûrement pas. Sa lettre à Varsovie le proclamait à mots couverts. Au contraire même, il réclamait la mort à cor et à cri. Il cherchait le martyre. *Pourquoi un homme chercherait-il une chose pareille ?* se demanda fugitivement le président. Pour utiliser sa vie ou sa mort comme une arme contre son ennemi. Nul doute qu'il considérait la Russie et le communisme comme des ennemis, l'une pour des raisons de nationalisme, l'autre par convictions religieuses... Mais avait-il vraiment peur de cet ennemi ?

Non, sans doute pas, dut admettre Iouri Vladimirovitch. Ce qui lui compliquait la tâche. Le KGB avait besoin de la peur pour parvenir à ses fins. La peur était la source de son pouvoir, et un homme sans peur était un homme qu'il ne pouvait manipuler...

Mais ceux qu'il ne pouvait manipuler pouvaient toujours être tués. Qui, après tout, se souvenait vraiment de Léon Trostski ?

« Peu de choses sont vraiment impossibles. Difficiles, tout au plus, admit, avec un temps de retard, le chef du KGB.

— Donc, tu vas envisager les possibilités ? »

Il acquiesça, prudemment : « Oui, et ce, dès demain. »

Et c'est ainsi que le processus fut lancé.

3

Explorations

« **E**H bien, Jack a eu son bureau à Londres, annonça Greer à ses collègues du sixième étage.

— Ravi de l'apprendre, répondit Bob Ritter. Vous pensez qu'il sait quoi en faire ?

— Bob, mais qu'est-ce que tu as contre Ryan ? demanda le DAR.

— Ton blondinet grimpe l'échelle un peu trop vite. Il va en dégringoler un de ces quatre et ce ne sera pas beau à voir.

— Tu voudrais que je le transforme en petit rond-de-cuir comme tant d'autres ? » James Greer avait assez souvent esquivé les piques de Ritter sur la taille et le pouvoir résultant de la direction du Renseignement. « Vous avez quelques étoiles montantes dans votre boutique, vous aussi. Ce gamin a des potentialités et je m'en vais lui laisser la bride sur le cou jusqu'à ce qu'il rentre dans le mur.

— Ouais, eh bien, j'entends déjà d'ici le bruit mou, grommela le DAO. Bon, d'accord, et lequel des joyaux de la Couronne désire-t-il céder à nos cousins britanniques ?

— Oh, pas grand-chose. Le commentaire élogieux de Mikhaïl Souslov sur le travail des toubibs de Johns Hopkins venus soigner ses yeux.

— Ils ne l'ont pas encore ? s'étonna le juge Moore. Ce n'était quand même pas un document ultra-confidentiel.

— Je suppose qu'ils ne l'ont jamais demandé. Merde, d'après ce qu'on a pu constater, Souslov n'en a plus pour très longtemps, de toute façon. »

La CIA avait bien des moyens de déterminer l'état de santé des divers hauts responsables du pouvoir soviétique. Le plus usité était la photo ou, mieux encore, les reportages filmés sur les personnages en question. L'Agence demandait à des médecins – le plus souvent de grands professeurs – d'examiner les photos et de diagnostiquer leur état sans jamais s'approcher d'eux à moins de six mille kilomètres. Ce n'était pas de la très bonne médecine, mais c'était toujours mieux que rien. Par ailleurs, chaque fois qu'il se rendait au Kremlin, l'ambassadeur des États-Unis dictait à son retour à l'ambassade ses impressions sur tout ce qu'il y avait vu, si minime ou insignifiant que cela puisse paraître. Plus d'une fois, on avait exercé des pressions pour faire nommer un médecin au poste d'ambassadeur, mais ce n'était jamais arrivé. Le plus souvent, la direction des Opérations avait organisé des missions visant carrément à collecter des prélèvements urinaires d'importants hommes d'État étrangers, puisque l'urine est une bonne source d'informations. Cela expliquait la disposition curieuse d'une partie de la plomberie de Blair House, la résidence située juste en face de la Maison Blanche, où les dignitaires étrangers étaient souvent logés, sans compter de temps à autre ces tentatives de cambriolages de cabinets de médecin, un peu partout dans le monde. Plus les commérages, il y avait toujours des commérages, surtout là-bas. Tout cela parce que la santé d'un individu joue un rôle essentiel dans ses processus de prise de décision.

Les trois hommes présents dans ce bureau avaient souvent, en manière de plaisanterie, songé à engager une ou deux cartomanciennes et observé, à juste raison, qu'elles auraient fourni des informations guère moins précises que celles qu'ils obtenaient de professionnels du renseignement grassement rétribués. À Fort Meade, Maryland, il existait même un autre service, baptisé Stargate – « Porte des étoiles » –, où l'Agence employait des individus largement plus allumés que des cartomanciennes ; l'entité avait été créée surtout parce que les Soviétiques employaient le même genre d'individus.

« Grave, son état ? s'enquit Moore.

— D'après ce que j'ai pu voir il y a trois jours, il ne passera pas la Noël. Grave insuffisance coronaire, dit-on. Nous avons un cliché de lui en train d'absorber ce qui ressemble à un comprimé de nitroglycérine, pas très bon signe pour notre ami Mike le Rouge, conclut James Greer en employant le sobriquet maison de Mikhaïl Souslov.

— Et Alexandrov le remplace ? Tu parles d'une affaire ! observa Ritter sèchement. Je crois que des gitanes les ont échangés à la naissance... encore un vrai croyant du grand dieu Marx...

— On ne peut pas tous être baptistes, Robert, fit remarquer Arthur Moore.

— C'est arrivé de Londres il y a moins de deux heures par fax crypté », indiqua Greer en distribuant les feuillets. Il avait gardé le meilleur pour la fin. « Ça pourrait être important », crut-il bon d'ajouter.

Bob Ritter pratiquait la lecture rapide multilingue. « Bon Dieu ! »

Le juge Moore prit son temps. *Comme tout juge*, songea-t-il. Et une petite vingtaine de secondes plus tard que le DAO : « Bonté divine. » Puis une pause. « Rien là-dessus de nos sources ? »

Ritter se trémoussa sur son siège. « Ça prend du temps, Arthur, et les Foley sont encore en train de s'installer.

— Je présume qu'on en aura des échos par Cardinal. » On n'évoquait pas souvent le nom de code de cet agent-là. Dans le panthéon des joyaux de la couronne du CIA, c'était le Cullinan.

« On devrait, si Ustinov en parle, comme j'imagine qu'il le fera. S'ils décident d'une action...

— Le décideront-ils, messieurs ? demanda le DAR.

— Ils vont y songer à coup sûr, déclara aussitôt Ritter.

— C'est un sacré pas à franchir, observa Greer plus sobrement. Vous pensez que c'est ce que cherche Sa Sainteté ? Je ne connais pas beaucoup d'hommes qui provoquent le tigre, ouvrent sa cage, puis lui font des grimaces.

— Il faudra présenter ceci au Président dès demain. » Moore réfléchit quelques secondes. Sa réunion hebdomadaire à la Maison Blanche était prévue à dix heures le lendemain matin. « Le nonce apostolique est absent en ce moment, n'est-ce pas ? » Il s'avéra que les autres l'ignoraient. Il faudrait qu'il s'en assure.

« Qu'est-ce que tu vas lui raconter, de toute manière ? » C'était Ritter. « Tu dois bien te douter que son entourage à Rome aura tenté de l'en dissuader.

— James ?

— Tout ça nous ramène plus ou moins à l'époque de Néron, vous ne trouvez pas ? Presque comme s'il menaçait les Russes de remettre sa vie entre leurs mains... Bigre, est-ce que des gens pensent réellement ainsi ?

— Il y a quarante ans, tu as bien mis en jeu ta vie, James. » Greer avait fait son service dans la marine durant la Seconde Guerre mondiale, et il portait souvent l'insigne de ses dauphins d'or au revers de sa veste.

« Arthur, j'ai pris mes risques, comme tous les autres marins à bord. Je ne suis pas allé dire ma position à Tojo dans une missive personnelle.

— Le bonhomme est sérieusement couillu, souffla Ritter. On a déjà vu ce genre de chose. Le Dr King n'a jamais reculé d'un pas de toute sa vie, lui non plus.

— Et je suppose que le Ku Klux Kan était aussi dangereux pour lui que le KGB l'est pour le pape, enchaîna Moore. Les hommes de robe ont une autre façon de voir le monde. Cela s'appelle la "vertu", je crois. » Il s'avança sur son siège. « OK, quand le Président me posera la question – et merde, il ne manquera pas de me la poser –, qu'est-ce que je vais bien lui raconter ?

— Que nos amis russes pourraient bien avoir décidé que le Saint-Père a vécu assez longtemps, répondit Ritter.

— C'est un drôle de pas à sauter, objecta Greer. Sacrément dangereux. Pas le genre de truc que décide un comité.

— Ce comité-ci, peut-être, nota le DAO à l'adresse du DAR.

— L'addition risque d'être salée, Bob. Ils le savent. Ces gars sont des joueurs d'échecs, pas de poker.

— Cette lettre les pousse dans les cordes, rétorqua Ritter. Juge, je pense que la vie du Saint-Père pourrait être en danger.

— Il est bien trop tôt pour le dire, objecta Greer.

— Pas quand on sait qui dirige le KGB, dit le DAO. Andropov est un homme du Parti. S'il est loyal à quelque chose, c'est envers cette institution et sûrement pas envers ce qu'on pourrait quant à nous reconnaître comme un principe. Si cette histoire leur fait peur ou simplement les tracasse, ils vont y réfléchir à deux fois. Le pape vient de leur jeter le gant, messieurs. Et ils pourraient bien le relever.

— Un souverain pontife a-t-il déjà fait une chose pareille ? s'enquit Moore.

— Démissionner ? Non, pas à ma souvenance, admit Greer. Je ne sais même pas s'il y a une procédure pour cela. Nous devons supposer qu'il parle sérieusement. Je n'imagine pas un bluff.

— Non, confirma le juge Moore. C'est exclu.

— Il est fidèle à ses ouailles. Il doit l'être. Il a été simple curé de paroisse, dans le temps. Il a baptisé des bébés, célébré des mariages. Il connaît bien ces gens. Ce n'est pas une masse amorphe... il a été sur place pour les baptiser et les enterrer. Ce sont ses fidèles. Il considère sans doute toute la Pologne comme sa paroisse. Leur sera-t-il loyal, même au péril de sa vie ? Comment ne pourrait-il pas l'être ? » Ritter se pencha.

« Ce n'est pas seulement une question de courage personnel. S'il n'agit pas ainsi, c'est toute l'Église catholique qui perd la face. Non, messieurs, il est sérieux – sérieux comme un pape, oserais-je dire –, il ne bluffe pas. La question est : que pouvons-nous y faire ?

— Mettre en garde les Russes ? demanda Moore, qui réfléchissait tout haut.

— Ça ne risque pas, rétorqua Ritter. Je ne vais pas te l'apprendre, Arthur : s'ils montent un truc, ils utiliseront encore plus de seconds couteaux que lors d'une opération de la Mafia. Quel est le niveau des mesures de sécurité qui l'entourent, selon vous ?

— Pas la moindre idée, admit Moore. Je connais l'existence des gardes suisses, avec leurs jolis uniformes et leurs hallebardes... Est-ce qu'ils se sont déjà battus ?

— Je crois, observa Greer. Quelqu'un a essayé de tuer le Saint-Père et ils ont mené une action d'arrière-garde tandis qu'il s'échappait de la ville. La plupart se sont fait tuer, je crois.

— Aujourd'hui, j'imagine qu'ils passent le plus clair de leur temps à poser pour les touristes et à leur indiquer où se trouvent les toilettes, songea tout haut Ritter. Mais ils doivent bien avoir un rôle à jouer. Le pape est une personnalité trop en vue pour ne pas susciter l'intérêt de désaxés. Le Saint-Siège est techniquement un État souverain. Il doit fatalement en posséder un certain nombre de mécanismes. Je suppose que nous pourrions les avertir...

— Seulement quand nous aurons quelque chose de concret. Ce que nous n'avons pas pour l'instant, n'est-ce pas ? souligna Greer. Il savait, en lançant cette bombe, qu'il allait provoquer quelques secousses. Les protections dont il dispose doivent avoir été déjà alertées.

— Voilà qui attirera également l'attention du Président. Il voudra en savoir plus, et se voir soumettre des options. Bon Dieu, messieurs, depuis qu'il a fait ce discours sur l'empire du

Mal, il y a eu des remous de l'autre côté du fleuve. S'ils font réellement quelque chose, et même si nous ne pouvons pas leur en faire porter la responsabilité, il va nous exploser comme le mont Saint Helens. Il y a pas loin de cent millions de catholiques ici même en Amérique, et un bon nombre ont voté pour lui. »

Pour sa part, James Greer se demandait jusqu'à quel point la situation allait leur échapper. « Messieurs, tout ce dont nous disposons jusqu'ici, c'est le fax de la photocopie d'une lettre envoyée au gouvernement de Varsovie. Nous ne savons pas avec certitude si elle est déjà parvenue à Moscou. Nous n'avons aucun signe d'une réaction quelconque de l'URSS. D'un autre côté, nous ne pouvons pas dire aux Russes que nous sommes au courant de son existence. Donc, nous ne pouvons pas les mettre en garde. Pas question de dévoiler notre jeu. Nous ne pouvons pas non plus faire part au souverain pontife de notre inquiétude, pour les mêmes raisons. Si les Russkofs doivent réagir, on peut espérer qu'un des gars de Bob nous en avertira ; par ailleurs, le Saint-Siège a son propre service de renseignement et nous savons qu'il est diablement efficace. Bref, jusqu'ici, tout ce dont nous disposons, c'est d'un élément d'information sans doute exact, mais même cela reste encore à confirmer.

— Donc, pour l'instant, vous pensez qu'on a intérêt à réfléchir sans réagir ? demanda Moore.

— On ne peut guère faire autre chose, Arthur. Les Russkofs ne vont rien entreprendre dans la précipitation. Ce n'est pas leur genre... et surtout pas avec un élément de cette importance politique. Bob ?

— Ouais, tu as sans doute raison, acquiesça Moore. Malgré tout, le Président doit être tenu au courant.

— C'est encore un peu mince pour le faire, prévint Greer. Mais oui, je suppose que vous avez raison. » En gros, il savait que ne rien dire au Président, puis voir se produire quelque événement funeste, les conduirait tous à devoir se chercher un nouvel emploi. « Si ça va plus loin à Moscou, nous devrions en avoir des échos avant qu'il ne survienne quelque chose d'irrémédiable.

— Parfait, je peux lui dire ça », approuva le juge Moore. *Monsieur le Président, nous examinons cette situation de très près.* Ce genre de manœuvre fonctionnait en général.

Moore sonna sa secrétaire et lui demanda de leur faire porter du café. Le lendemain à dix heures, ils mettraient au courant le Président dans le Bureau Ovale, puis, après déjeuner, il tiendrait son point hebdomadaire habituel avec les chefs des autres services, la DIA et la NSA – le Service de renseignement de la défense, et l'Agence de sécurité nationale –, pour comparer les éléments intéressants qu'ils pouvaient avoir recueillis. L'ordre aurait dû être inversé, mais c'est ainsi qu'était normalement programmé l'emploi du temps.

Son premier jour au boulot s'était prolongé un peu plus que prévu. Ed Foley était impressionné par le métro de Moscou. Le décorateur avait dû être le même cinglé qui avait conçu la pièce montée de l'université d'État de Moscou – à l'évidence le chouchou de Joe Staline dont les critères esthétiques personnels étaient à tout le moins limités. L'ensemble présentait d'étranges ressemblances avec les palais impériaux, mais interprétées par un alcoolique en phase terminale. Cela dit, le métro était superbement conçu du point de vue technique, quoique brinquebalant. Plus intéressant, la cohue des usagers qui s'y entassait faisait le ravissement d'un espion. Passer un document ou en relever un ne devait pas être trop compliqué, pour autant que l'agent suive les leçons apprises, chose à laquelle s'entendait fort bien Edward Francis Foley. Mary Pat allait se plaire ici, il en était sûr à présent. Le milieu serait pour elle comme Disney World pour Eddie. Cette foule de gens, tous russophones. Elle se débrouillait fort bien dans la langue. Certes, son russe était littéraire, car appris sur les genoux de son grand-père, et elle devrait quelque peu l'amender si elle ne voulait pas se faire repérer par des capacités linguistiques un peu trop brillantes pour coller avec celles de la simple épouse d'un petit fonctionnaire d'ambassade.

Le métro était parfait pour Ed. Avec une station à deux pâtés de maisons seulement de l'ambassade et l'autre située quasiment devant la porte de son immeuble, même le plus paranoïaque des agents de filature de la Deuxième Direction ne verrait rien de terriblement louche à ce qu'il l'emprunte, nonobstant l'amour immodéré bien connu des Américains pour l'automobile. Sans regarder alentour plus souvent qu'un touriste lambda, il crut identifier un suiveur. Ils devaient sans doute être plusieurs pour le moment. Il était un nouvel employé de l'ambassade et les Russes voudraient savoir s'il frétillait comme un petit poisson de la CIA. Il décida de jouer les touristes américains innocents, ce qui pouvait ou non être du pareil au même à leurs yeux. Tout dépendait de l'expérience de son actuel poursuivant, et ça, il ne pouvait encore l'évaluer.

S'il avait une certitude, c'est qu'il serait filé une quinzaine de jours. C'était un contretemps prévisible. Idem pour Mary Pat. Et sans doute Eddie. Les Soviétiques étaient une bande de paranoïaques mais, d'un autre côté, il était mal placé pour s'en plaindre. C'était son boulot de pénétrer les plus profonds secrets de leur pays. Il était le nouveau chef d'antenne, mais il était censé rester furtif. C'était une des nouvelles idées de Bob Ritter et l'une de ses plus créatives. En temps normal, l'identité du chef des espions d'une ambassade n'était pas censée être un secret. Tôt ou tard, tout le monde était brûlé d'une façon ou d'une autre, soit par une opération bidonnée, soit par une erreur de manœuvre quelconque, et c'était un peu comme perdre son pucelage. Une fois qu'il était parti, on ne le retrouvait jamais. Mais le service utilisait rarement un couple mari et femme sur le terrain, et il avait passé des années à bâtir sa couverture. Sorti diplômé de l'université Fordham de New York, Ed Foley avait été recruté relativement jeune, il avait reçu l'aval d'une enquête de moralité du FBI et il avait aussitôt débuté comme reporter au service d'informations générales du *New York Times*. Il avait sorti quelques papiers intéressants, mais pas tant que ça, si bien qu'on avait fini par lui suggérer, sans pour autant le virer, qu'il avait peut-être intérêt à chercher un emploi dans un journal de moindre envergure où il serait plus à même de s'épanouir. Il avait saisi le message et s'était trouvé un poste d'attaché de presse aux Affaires étrangères. Attaché, c'était un boulot assorti d'un traitement de fonctionnaire décent, même s'il n'offrait pas d'immenses possibilités de carrière. Son poste officiel à l'ambassade serait de bavarder avec le gratin des correspondants étrangers des grands journaux et réseaux télévisés américains, de leur décrocher des audiences auprès de l'ambassadeur et des autres fonctionnaires de l'ambassade, puis de se tenir à l'écart pendant qu'ils réaliseraient leurs grands reportages.

Sa tâche essentielle était de paraître compétent, mais sans plus. Déjà le correspondant local du *Times* racontait à ses collègues que ce Foley n'avait pas eu l'étoffe pour faire une carrière de journaliste au sein de la rédaction du principal quotidien du pays et que, n'étant pas encore assez vieux pour enseigner – autre sinécure pour les reporters incompétents –, il avait donc fait le second plus mauvais choix, à savoir devenir un laquais du gouvernement.

C'était son boulot d'entretenir ce type d'arrogance, sachant que le KGB s'empresserait de faire sonder par ses hommes le groupe de presse de l'ambassade dans le cadre de son évaluation du personnel de celle-ci. La meilleure des couvertures pour un espion était d'avoir l'air morne et falot, parce que les gens mornes et falots ne sont pas assez malins pour être espions. Pour cela, il remerciait Ian Fleming et tous les films qu'il avait inspirés. James Bond était un garçon brillant. Pas Ed Foley. Non, Ed Foley était un fonctionnaire. Le plus dingue était que les Soviétiques, dont tout le pays était gouverné par de mornes fonctionnaires, mordaient souvent à cette histoire comme s'ils sortaient du fin fond de l'Iowa.

Il n'y a jamais rien de prévisible dans l'espionnage... sauf ici, se dit le chef d'antenne. Le seul truc sur lequel on pouvait compter avec les Russes, c'était justement qu'ils étaient prévisibles. Tout était consigné dans un gros livre et ici, tout le monde suivait le règlement à la lettre.

Foley monta dans la voiture du métro et embrassa du regard ses compagnons de voyage pour voir comment ils le regardaient. Sa tenue le désignait comme un étranger aussi clairement qu'une auréole scintillante un saint sur une fresque de la Renaissance.

« Qui êtes-vous ? demanda une voix neutre, ce qui ne manqua pas de le surprendre.

— Excusez-moi ? répondit Foley dans un mauvais russe.

— Ah, vous êtes américain.

— *Da,* c'est exact. Je travaille à l'ambassade des États-Unis. C'est mon premier jour. Je débarque à Moscou. » Ed savait que la seule attitude logique était de jouer cartes sur table, qui que soit son interlocuteur.

« Comment vous trouvez Moscou ? » demanda l'inquisiteur. Il avait l'apparence d'un bureaucrate, peut-être un membre du contre-espionnage du KGB, ou un simple correspondant. À moins qu'il ne s'agisse d'un banal fonctionnaire de quelque service gouvernemental souffrant de curiosité. Il y en avait. Un citoyen lambda l'aurait-il abordé ? Sans doute pas, jugea Foley. L'atmosphère ambiante tendait à limiter la curiosité personnelle à l'espace situé entre vos deux oreilles... hormis que le Russe était curieux comme une chouette vis-à-vis des Américains de tout acabit. À force de s'entendre rabâcher qu'il fallait dédaigner, voire haïr les Américains, les Russes les considéraient souvent comme Ève la pomme.

« Le métro est très impressionnant, répondit Foley en tâchant de prendre l'air le plus naturel possible.

— D'où venez-vous, en Amérique ?

— New York.

— Vous jouez au hockey sur glace, en Amérique ?

— Oh, que oui ! Je suis un fan des New York Rangers depuis que je suis tout môme. J'espère bien voir des matches de hockey ici. » Ce qui était la stricte vérité. Le jeu de glisse et de passes des Russes était ce qui s'approchait le plus de Mozart dans le monde du sport. « L'ambassade dispose de bonnes places, m'a-t-on dit aujourd'hui. Ah, le Central Armée, ajouta-t-il.

— Bof, renifla le Russe. Moi, je suis supporter des Ailes. »

Ce type doit être sincère, songea Foley avec surprise. Les Russes étaient aussi pinailleurs vis-à-vis de leurs clubs de hockey que les amateurs américains de base-ball avec leurs équipes. Mais la Deuxième Direction principale avait sans doute également des fans de hockey dans ses rangs. « Trop prudent » était une notion à laquelle il ne cédait pas, surtout ici.

« Le Central Armée est le détenteur du titre, non ?

— Oui, mais regardez ce qui leur est arrivé en Amérique.

— En Amérique, on a un jeu plus... physique. Pour vous, on doit vous faire l'effet de... hooligans, non ? » Foley avait pris le train de Philadelphie pour assister au match. Les Flyers – plus connus sous le nom de Broad Street Bullies, « les mauvais garçons » – avaient passé une sérieuse raclée à ces visiteurs russes quelque peu arrogants, ce qui l'avait fort égayé. L'équipe de Philadelphie avait même sorti son arme secrète, la vieillissante Kate Smith qui leur avait chanté *God Bless America*, ce qui pour cette équipe était le meilleur des stimulants. Bon sang, quel match !

« Ils jouent dur, certes, mais ce ne sont pas des pédés. Les gars du Central Armée se prennent pour le Bolchoï, avec leur façon de glisser et de passer le palet. Ça fait du bien de les voir se faire moucher de temps en temps.

— Ma foi, j'ai gardé le souvenir des JO de 80, mais, honnêtement, ça a été un miracle de battre cette super-équipe[1].

— Un miracle ! Vous parlez ! Notre entraîneur roupillait. Nos héros roupillaient. Vos petits jeunes ont joué un jeu inspiré, et ils ont vaincu dans les règles. L'entraîneur aurait dû être fusillé. » Ouais, ce gars parlait comme un vrai supporter.

« Enfin, j'aimerais bien que mon fils apprenne le hockey, ici.

— Quel âge a-t-il ? » Il y avait dans les yeux de son interlocuteur un intérêt sincère.

« Quatre ans et demi, répondit Foley.

— Un bon âge pour apprendre à patiner. Il y a quantité d'occasions de patiner pour les enfants à Moscou, n'est-ce pas, Vanya ? lança-t-il à l'adresse de son voisin, qui avait suivi leur dialogue, partagé entre curiosité et malaise.

— Veillez à ce qu'il ait de bons patins, dit l'autre. De mauvais peuvent entraîner des blessures aux chevilles. » Une réponse typiquement russe. Dans ce pays souvent rude, la sollicitude pour les enfants était d'une touchante sincérité. L'ours russe avait le cœur qui fondait pour les petits enfants, mais il restait d'une froideur de glace pour les adultes.

« Merci. J'y veillerai.

— Vous logez dans la cité des étrangers ?

— Exact, confirma Foley.

— Alors, c'est la prochaine.

— Oh ! *Spassiba*, et bonne journée à tous les deux. » Il se dirigea vers la porte en se tournant pour adresser un signe de tête amical à ses nouveaux amis russes. *KGB ?* Peut-être, mais pas sûr. Il le déciderait selon qu'il les retrouverait ou non dans cette rame d'ici un mois environ.

---

1. Nous sommes dans un univers parallèle : les États-Unis ayant en réalité boycotté les JO de 1980, suite à l'invasion de l'Afghanistan par les troupes soviétiques.

Ce qu'ignorait Ed Foley, c'est que l'ensemble du dialogue avait été observé par un autre homme situé à deux mètres à peine d'eux, caché derrière un exemplaire du jour de *Sovietskiy Sport*. Son nom était Oleg Zaïtzev et Oleg Ivanovitch appartenait bien, lui, au KGB.

Le chef d'antenne quitta la voiture de métro et suivit la cohue jusqu'à l'escalator. À une époque, cela l'aurait mené face à un portrait en pied de Staline, mais celui-ci avait dorénavant disparu sans être remplacé.

L'air du dehors avait déjà une fraîcheur automnale qui n'était pas désagréable au sortir de la touffeur du métro. Autour de lui, dix hommes au moins allumèrent une cigarette à l'odeur pestilentielle avant de s'égailler. Le grand ensemble d'appartements réservés aux étrangers n'était qu'à deux pas, avec son mur d'enceinte et sa guérite abritant un planton en uniforme, qui toisa Foley et décida qu'il devait être américain à la qualité de son pardessus, sans même ponctuer son passage d'un signe de tête et encore moins d'un sourire. Les Russes ne souriaient pas beaucoup. C'était un détail qui frappait tous les visiteurs américains ; la nature apparemment austère du Russe avait toujours quelque chose de presque inexplicable pour les étrangers.

Deux stations plus loin, Oleg Zaïtzev se demanda s'il devait rédiger un procès-verbal de contact. Les agents du KGB étaient encouragés à le faire, en partie pour prouver leur loyauté, en partie pour montrer leur perpétuelle vigilance envers les citoyens de l'Ennemi principal, comme on désignait l'Amérique dans sa profession. C'était surtout pour montrer leur paranoïa institutionnalisée, caractéristique ouvertement encouragée par le KGB. Mais, par profession, Zaïtzev était un gratte-papier et il n'éprouvait pas le besoin d'ajouter à la quantité de paperasse inutile. Son rapport aurait droit à un vague coup d'œil, au mieux à une lecture distraite, avant d'être rangé dans un quelconque classeur par un autre bureaucrate des étages, sans jamais être relu. Son temps était trop précieux pour ce genre de bêtises. Du reste, il n'avait même pas parlé à l'étranger, non ? Il descendit du métro à sa station, prit l'escalier mécanique pour déboucher dans l'air vivifiant du soir et alluma une Trud dès qu'il fut dehors. C'était une saloperie. Il avait accès aux boutiques réservées et aurait pu s'acheter des françaises, des anglaises, voire des américaines, mais elles étaient trop chères et ses fonds n'étaient pas aussi illimités que ses choix. Aussi fumait-il les « Labeur » bien connues, comme des millions de ses concitoyens anonymes. La qualité de ses vêtements était un peu meilleure que pour la majorité de ses camarades, mais pas tant que ça. Pas en tout cas au point de le démarquer des autres.

Il était à deux rues de son immeuble. Son appartement était le n° 3 au premier étage. Seulement. C'était parfait pour lui, car cela voulait dire qu'il ne risquait pas l'infarctus en cas de panne d'ascenseur – ce qui se produisait environ une fois par mois. Ce jour-là, il fonctionnait. La femme âgée qui tenait le rôle de cerbère/concierge au rez-de-chaussée avait fermé sa porte – au lieu de la laisser ouverte pour indiquer quelque problème mécanique dont elle aurait dû le prévenir. Donc, rien de cassé dans l'immeuble aujourd'hui. Pas de quoi fêter l'événement, mais juste un de ces plaisirs quotidiens dont il était redevable à Dieu ou à quiconque décidait des hasards du destin. Sa cigarette s'éteignit alors qu'il franchissait la porte du hall. D'une pichenette, Zaïtzev expédia le mégot dans le cendrier, puis se dirigea vers l'ascenseur dont la cabine, fait remarquable, l'attendait, portes grandes ouvertes.

« Bonsoir, camarade Zaïtzev, l'accueillit le liftier.

— Bonsoir, camarade Glenko. » L'homme était un ancien combattant, blessé de la Grande Guerre patriotique et médaillé en conséquence. Artilleur, disait-il. Sans doute l'informateur de l'immeuble, celui qui rapportait les faits et gestes à quelque autre correspondant du KGB, en échange d'un chiche salaire pour arrondir la maigre pension que lui versait l'armée Rouge. C'était la mesure de leur échange. Glenko tourna la poignée pour amener le plancher de la cabine en douceur à son étage avant de lui rouvrir la porte. De là, il n'avait plus que cinq mètres à faire jusqu'à son logis.

Ouvrant la porte de l'appartement, il fut accueilli par une odeur de chou en train de bouillir. Donc, soupe au chou pour le dîner. Rien d'inhabituel. C'était une des bases du régime soviétique – du régime culinaire en tout cas... – avec le pain noir épais.

« Papa ! » Oleg Ivanovitch se baissa pour saisir sa petite Svetlana. Elle était la lumière de sa vie, avec son visage angélique et son sourire accueillant.

« Comment va mon petit *zaïtchik* aujourd'hui ? » Il la prit dans ses bras et accepta son gentil petit baiser.

Svetlana fréquentait un jardin d'enfants grouillant d'autres gamins de son âge – ni crèche, ni maternelle, mais entre les deux. Ses vêtements exhibaient ce qui se faisait de plus coloré dans le pays, en l'occurrence un pull vert, un pantalon gris et des souliers de cuir rouge. Si l'accès aux boutiques « réservées » avait bien un avantage, c'était ce qu'il pouvait y trouver pour sa petite. L'Union soviétique n'avait même pas de couches pour ses bébés – en général, les mères les taillaient dans de vieux draps –, et ne parlons pas des couches jetables tant appréciées à l'Ouest. En conséquence, on appréciait d'autant les petits lorsqu'ils étaient devenus propres – ce qui était le cas de la petite Svetlana depuis peu, au grand soulagement de sa maman. Se guidant à l'odeur de chou, Oleg rejoignit son épouse dans la cuisine.

« Bonsoir, chéri », dit Irina Bogdanova devant les fourneaux. Du chou et des pommes de terre accompagnés, espérait-il, de petit salé étaient en train de bouillir. Du thé, du pain. Pas encore de vodka. Les Zaïtzev buvaient, mais sans excès. Ils attendaient en général que la petite Svetlana soit couchée. Irina travaillait comme comptable au GOUM, le grand magasin. Titulaire d'un diplôme de l'université d'État de Moscou, c'était une femme libérée au sens occidental du terme, mais pas émancipée. Accroché près de la table de la cuisine, il y avait le filet qu'elle emportait roulé dans son sac où qu'elle aille, les yeux toujours à l'affût de ce qu'elle pourrait acheter pour améliorer leur morne ordinaire. Cela voulait dire faire la queue, une tâche dévolue aux femmes d'Union soviétique, avec celle de faire la cuisine pour leur mari, quel que soit le statut professionnel de l'un ou l'autre. Elle savait que son époux travaillait pour la Sécurité de l'État, mais elle ignorait son boulot exact ; tout ce qu'elle savait, c'est qu'il ramenait un salaire plutôt confortable, que le poste était assorti d'un uniforme qu'il revêtait rarement et d'un grade qui ne devait pas tarder à être relevé. Donc, quoi qu'il fît, il devait bien le faire, et pour elle, c'était suffisant. Fille d'un fantassin de la Grande Guerre patriotique, elle avait fréquenté les écoles d'État et y avait toujours obtenu des notes supérieures à la moyenne, mais sans jamais parvenir à ce qu'elle visait. Elle montrait un certain talent au piano, mais pas suffisant pour lui ouvrir les portes d'un conservatoire d'État. Elle s'était également essayée à l'écriture, mais, là non plus, elle n'avait pas eu le talent lui permettant de se faire publier. Pas déplaisante, elle était maigre, selon les critères russes. Ses cheveux bruns qui lui arrivaient aux épaules étaient en général brossés avec soin. Elle lisait beaucoup, tous les livres qui lui tombaient sous la main et qu'elle jugeait dignes d'être lus, et elle adorait écouter de la musique classique. Avec son mari, ils assistaient parfois à des concerts au théâtre Tchaïkovski. Oleg pour sa part préférait le ballet, ils s'y rendaient donc aussi, aidés en cela, supposait Irina, par l'emploi de son époux au 2, place Djerzinski. Il n'était pas encore assez haut placé pour leur permettre de côtoyer les hauts fonctionnaires de la Sécurité d'État lors des soirées amicales. Peut-être, lorsqu'il aurait décroché ses galons de colo-

102

nel, espérait-elle. Pour le moment, ils menaient l'existence de petits fonctionnaires de la classe moyenne, vivant assez chichement de leurs deux salaires combinés. L'avantage était qu'ils pouvaient avoir accès aux boutiques « réservées » du KGB, où ils avaient au moins la possibilité de trouver de jolies choses pour elle et pour la petite. Et, qui sait, peut-être pourraient-ils se permettre d'avoir un autre enfant, le moment venu. Ils étaient jeunes, l'un et l'autre, et un petit garçon illuminerait leur foyer.

« Quelque chose d'intéressant, aujourd'hui ? » demanda-t-elle. C'était presque devenu leur plaisanterie quotidienne.

« Il n'y a jamais rien d'intéressant au bureau », répondit-il sur le même ton badin. Non, rien que l'habituel échange de messages avec les agents sur le terrain, qu'il faisait suivre dans les divers casiers destinés aux courriers intérieurs, qui les montaient aux bureaux des étages supérieurs pour les remettre en main propre aux contrôleurs, qui étaient ceux qui dirigeaient vraiment le KGB. Un colonel très haut placé était descendu inspecter le service la semaine précédente, ce qu'il avait fait sans un sourire, sans un mot amical ou la moindre question, durant vingt minutes, avant de s'éclipser à nouveau par la batterie d'ascenseurs. Oleg avait deviné l'importance de l'individu à l'identité de son escorte : le colonel qui dirigeait son service, en personne. Quels qu'aient été les mots échangés entre les deux hommes, ils avaient été trop loin de lui pour qu'il les surprenne – les gens avaient tendance à se parler à voix chuchotée, si tant est qu'ils se parlassent dans son service – et on l'avait formé à ne pas manifester de curiosité excessive.

Mais la formation n'était pas tout. Le capitaine Oleg Ivanovitch Zaïtzev était trop intelligent pour mettre son esprit complètement en veilleuse. À vrai dire, son boulot requérait un semblant de liberté de jugement pour être exécuté comme il faut, mais c'était une liberté qu'il exerçait avec autant de réticence qu'une souris une promenade dans une pièce remplie de chats. Il en référait toujours à son supérieur immédiat et ne débutait toujours que par la plus humble des observations avant d'avoir obtenu l'aval de la hiérarchie. En fait, ses observations étaient toujours approuvées. Oleg était doué de ce côté et commençait du reste à être reconnu comme tel. Il n'y avait pas si longtemps après tout qu'il était majeur. Plus d'argent, plus d'accès aux boutiques réservées et, peu à peu, plus d'indépendance, non ce n'était pas tout à fait exact. Plutôt, un peu moins de limitations à ses capacités d'agir. Qui sait si un de ces jours il n'allait pas se hasarder à demander si tel ou tel message sortant était opportun. Avons-nous *vraiment* besoin de faire *ça*, camarade ? avait-il eu plus d'une fois envie de demander. Les décisions opérationnelles n'étaient pas de son fait, bien sûr, mais il pouvait – ou il serait en mesure de le faire dans un proche avenir – discuter de la formulation d'une directive à mots plus ou moins couverts. Plus d'une fois, il avait vu transmettre des messages à l'agent 457 en poste à Rome, par exemple, et il s'était à chaque fois demandé si son pays voulait réellement courir le risque des conséquences si jamais l'ordre de mission tournait mal. Et parfois, c'était le cas. Pas plus tard que deux mois auparavant, il avait vu une dépêche de Bonn qui prévenait qu'il y avait un problème avec le contre-espionnage ouest-allemand, et l'agent en poste avait requis des instructions urgentes – or les instructions avaient été qu'il poursuive sa mission sans mettre en doute l'intelligence de ses supérieurs. Et cet agent traitant avait aussitôt disparu du réseau. *Arrêté et abattu ?* se demanda Oleg. Il connaissait les noms de plusieurs agents traitants, les noms de code de virtuellement toutes les opérations, et quantité de cibles opérationnelles et d'objectifs. Mais surtout, il connaissait les noms de code de centaines de ressortissants étrangers qui étaient des agents du KGB. Dans le meilleur des cas, cela évoquait la lecture d'un roman d'espionnage. Certains espions avaient la fibre littéraire. Leurs rapports n'avaient rien à voir avec les dépêches laconiques d'officiers militaires. Non, ils aimaient faire part de l'état d'esprit de leurs agents, communiquer le *feeling* de l'information et de la mission qu'on leur avait assignée. Ils pouvaient être comme ces auteurs de récits de voyages faisant des conférences devant un auditoire payant. Zaïtzev n'était pas vraiment censé assimiler de telles informations, mais il n'était pas un robot et, par ailleurs, il y avait des codes révélateurs intégrés dans toutes les dépêches. Ainsi, le troisième mot, écrit avec une faute, pouvait indiquer que l'agent avait été compromis. Chaque agent avait son système de codage personnel, et Zaïtzev en avait une liste complète. Deux fois seulement jusqu'ici il avait surpris des irrégularités et, à l'une de ces occasions, ses supérieurs lui avaient dit de l'ignorer et de n'y voir qu'une simple faute typographique – un fait qui le surprenait encore. Mais l'erreur n'avait plus jamais été répétée, aussi peut-être ne s'était-il agi que d'une faute de chiffrage par l'agent en question. Après tout, son supérieur le lui avait dit : les hommes formés à la Centrale se faisaient rarement prendre sur le terrain. Ils étaient les meilleurs du monde, et les ennemis occidentaux n'étaient pas aussi malins qu'eux, n'est-ce pas ? Le capitaine Zaïtzev avait alors acquiescé, soumis, puis couché par écrit sa note d'avertissement et pris soin qu'elle soit archivée en sécurité de manière permanente, afin de couvrir ses arrières comme tout bureaucrate qui se respecte.

Et si son supérieur immédiat était sous contrôle de quelque service d'espionnage occidental ? s'était-il demandé à l'époque, et par la suite, en général après quelques verres devant son poste de télévision. Une telle compromission serait la perfection en soi. Nulle part au KGB on ne trouvait la moindre liste écrite des agents et officiers. Non. Le concept de « compartimentalisation » avait été inventé ici même dans les années 20, sinon avant. Même le président Andropov n'était pas autorisé à avoir un tel élément à sa disposition, de peur qu'il file à l'Ouest et l'emporte avec lui. Le KGB ne se fiait à personne, et surtout pas à son patron. Aussi, assez curieusement, seuls les membres de son service avaient-ils accès à une aussi large information, toutefois ce n'étaient pas des agents opérationnels. Ils ne faisaient que transmettre.

Mais la seule personne que le KGB cherchait toujours à compromettre n'était-elle pas justement l'employé du chiffre dans une ambassade étrangère ? Parce qu'il ou elle était la seule et unique personne que l'on ne jugeait pas assez brillante pour qu'on lui confie sans grand risque des éléments importants... mais en même temps la seule et unique personne à qui on les confiait justement... C'était si souvent une femme, du reste, que tous les agents du KGB étaient formés pour les séduire[1]. Il avait vu des dépêches en ce sens, certaines décrivant les manœuvres de séduction avec un grand luxe de détails, peut-être pour mieux impressionner les cadres des étages par leurs viriles prouesses et l'étendue de leur dévotion à la cause de l'État. Se faire payer pour sauter des bonnes femmes ne paraissait pas à Zaïtzev d'un héroïsme manifeste, mais enfin, peut-être lesdites femmes étaient-elles d'une laideur repoussante, et accomplir ses devoirs virils en de telles circonstances pouvait-il en effet se révéler difficile.

En définitive, songea Oleg Ivanovitch, les fonctionnaires se voyaient souvent confier des secrets d'envergure cosmique, or il était l'un d'eux... N'était-ce pas amusant ? Plus amusant que cette soupe au chou, en tout cas, si nourrissante fût-elle. Donc, même l'État soviétique se fiait à certains individus, nonobstant le fait que la « confiance » était aussi éloignée de la pensée collective que l'homme de la planète Mars. Et il était du nombre. Enfin, l'un des résultats de cette ironie était le joli chemisier vert que portait sa fille. Il posa une pile de livres sur la chaise de

---

1. Les agents plus spécialement formés à cette tâche étant dans le jargon du métier baptisé des *Roméos*.

la cuisine et hissa dessus Svetlana pour qu'elle puisse manger son dîner. Ses mains étaient encore un peu petites pour les couverts en alu, mais au moins n'étaient-ils pas trop lourds pour elle. Il devait encore lui beurrer ses tartines. C'était bien agréable de pouvoir se payer du vrai beurre.

« J'ai vu quelque chose de sympa au magasin réservé, en rentrant », dit Irina, comme le font les femmes au dîner, pour profiter de la bonne humeur de leur époux. Les choux étaient particulièrement beaux ce jour-là, et le petit salé venait de Pologne. Donc, elle était passée faire des emplettes au magasin réservé, fort bien. Elle n'en avait pris l'habitude que neuf mois plus tôt, et à présent elle se demandait comment elle avait pu s'en passer.

« Quoi donc ? demanda Oleg en buvant une gorgée de son thé de Géorgie.

— Des soutiens-gorge. Suédois. »

Oleg sourit. Ceux de fabrication soviétique semblaient toujours taillés pour des paysannes qui allaiteraient des veaux au lieu de bébés – bien trop grands pour une femme aux proportions plus humaines, comme son épouse. « Combien ? demanda-t-il sans relever la tête.

— Seulement dix-sept roubles pièce. »

Dix-sept *roubles certifiés*, s'abstint-il de la corriger. Un rouble certifié avait une valeur réelle. On pouvait même, en théorie, l'échanger contre une devise étrangère forte, contrairement au vil papier monnaie qui servait à payer l'ouvrier moyen et dont la valeur était entièrement théorique... comme tout le reste dans son pays, si l'on y réfléchissait.

« Quelle couleur ?

— Blanc. » Peut-être la boutique réservée en avait-elle des noirs ou des rouges, mais rares étaient les femmes soviétiques qui accepteraient de porter ce genre de lingerie. Les Russes étaient très conservateurs en matière d'habillement.

Le dîner achevé, Oleg laissa la cuisine à sa femme pour emmener sa petite fille dans le séjour et alluma la télé. Le journal télévisé annonçait que la saison des moissons battait son plein, comme tous les ans, avec les héroïques travailleurs des fermes collectives qui rentraient la première récolte de blé d'été dans le nord du pays, où il devait croître et être moissonné au plus vite. Une belle récolte, annonçait la télé. *Bien*, se dit Oleg, *donc pas de pénurie de pain cet hiver... sans doute.* On ne pouvait jamais être sûr de ce que racontait la télé. Suivait un reportage déplorant le déploiement d'armes nucléaires américaines dans les pays de l'OTAN, malgré les demandes raisonnables du gouvernement soviétique pour que l'Occident renonce à ces actions inutiles, déstabilisantes et provocatrices. Zaïtzev savait que les SS-20 soviétiques étaient en cours de déploiement ailleurs, mais eux, bien sûr, n'étaient nullement déstabilisants. La grande émission du soir était *Nous servons l'Union soviétique,* et son thème était les opérations militaires, de jeunes et beaux jeunes gens servant leur pays. Ce jour-là, on promettait un reportage exclusif sur les hommes qui partaient accomplir leur « devoir internationaliste » en Afghanistan. Les médias soviétiques traitaient rarement de cette région et Oleg était curieux de savoir ce qu'ils allaient en montrer. Il y avait parfois des discussions à la cantine à midi sur la guerre dans ce pays. Il avait tendance à écouter plus qu'à parler, parce qu'il avait été dispensé du service militaire, ce qu'il ne regrettait pas le moins du monde. Il avait entendu trop de récits de brutalité gratuite dans les unités d'infanterie, sans compter que les uniformes n'avaient vraiment rien de seyant. Sa tenue du KGB (rarement portée) était déjà bien assez moche. Cela dit, les images en disaient plus que les simples mots, et il avait l'œil aiguisé que réclamait son métier.

« Tu sais, chaque année, on moissonne le blé dans le Kansas et ça ne fait jamais l'ouverture du JT de NBC, nota Ed Foley.

— J'imagine que parvenir à se nourrir est pour eux un exploit d'envergure, observa Mary Pat. C'est comment, au bureau ?

— Petit. » Puis, d'un geste, il lui indiqua qu'il ne s'était rien passé d'intéressant.

Elle allait bientôt devoir prendre leur voiture et faire la tournée d'inspection des signaux d'alarme. Ils avaient la responsabilité de l'agent CARDINAL, ici même à Moscou, et c'était là leur principale mission. Le colonel savait qu'il était désormais entre de nouvelles mains. Organiser la chose risquait d'être une affaire délicate, mais Mary Pat avait l'habitude des affaires délicates.

4

Présentations

Il était dix-sept heures à Londres et midi à Langley, quand Ryan alluma son téléphone crypté pour appeler aux États-Unis. Il allait falloir qu'il s'habitue aux fuseaux horaires. Comme bien des gens, il avait découvert que ses périodes créatives dans la journée tendaient à se répartir en deux phases. Les matinées, il était plus enclin à digérer l'information, tandis que les fins d'après-midi étaient meilleures pour la méditation. L'amiral Greer était un peu comme lui, aussi Jack allait-il se retrouver déconnecté du rythme de travail du patron, ce qui n'était jamais bon. Il allait en outre devoir s'habituer aux rouages de la gestion de documents. Il était dans la fonction publique depuis assez longtemps pour savoir que ce n'était jamais aussi simple que prévu, ni jamais aussi simple qu'on l'aurait souhaité.

« Greer, dit une voix, dès que la liaison cryptée fut établie.

— Ryan à l'appareil, monsieur.

— Comment trouvez-vous l'Angleterre, Jack ?

— Pas encore vu de pluie. Cathy commence à son nouveau poste demain matin.

— Comment est Basil ?

— Je ne peux pas me plaindre de son hospitalité, monsieur.

— Où êtes-vous en ce moment ?

— À Century House. Ils m'ont donné un bureau au dernier étage avec un gars de leur section russe.

— Je parie que vous voulez qu'on vous envoie un STU.

— Bien vu, chef. » Le vieux salaud s'y entendait pour lire dans vos pensées.

« Quoi d'autre ?

— Rien qui me vienne à l'esprit dans l'immédiat, amiral.

— Des observations intéressantes, déjà ?

— Je prends encore mes marques, monsieur. La section russe a l'air d'un bon niveau. Le gars avec qui je travaille, Simon Harding, lit fort bien dans les feuilles de thé », répondit Ryan, pas mécontent que son collègue fût absent en ce moment. Bien sûr, il était possible que le téléphone soit sur écoute... *nân... pas pour un chevalier de l'ordre de Victoria... ou bien, oseraient-ils ?*

« Les enfants, ça va ?

— Affirmatif, monsieur. Sally essaie de décrypter la télé locale.

— Les mômes s'adaptent vite. »

Plus vite que les adultes, en tout cas. « Je vous tiendrai au courant, amiral.

— Le dossier d'Hopkins devrait être sur votre bureau dès demain.

— Merci. Je pense qu'il leur plaira. Bernie a dit quelques trucs intéressants. Et cette histoire avec le pape...

— Qu'en disent nos cousins ?

— Ils sont préoccupés. Moi aussi. Je pense que le Saint-Père a sérieusement ébranlé la cage et je crois que les Russkofs ne vont pas manquer de le remarquer.

— Que dit Basil ?

— Pas grand-chose. Je ne sais pas quels éléments ils ont sur place. J'imagine qu'ils attendent de voir ce qu'ils peuvent recueillir. » Jack marqua un temps. « Du nouveau, de notre côté ?

— Pas encore », fut la réponse, laconique. C'était déjà un cran au-dessus de *Rien que je ne puisse vous révéler.*

L'amiral Greer me fait-il vraiment confiance à présent ? se demanda Jack. Certes, Greer l'aimait bien, mais était-il prêt à le considérer comme un bon analyste ? Peut-être ce séjour londonien était-il, sinon un stage d'entraînement, du moins un second passage à la Basic School, l'école d'instruction. Là où le corps des marines s'assurait que les jeunes gens aux galons d'aspirant avaient réellement l'étoffe pour mener des soldats sur le terrain. Elle avait la réputation d'être la plus dure école du corps. Ce n'avait pas été une sinécure pour Ryan, mais il en était sorti premier de sa promotion. Peut-être un simple coup de bol... ? Il n'avait pas servi suffisamment longtemps pour le savoir – par la grâce d'un CH-46 accidenté au-dessus de la Crète, un événement qui continuait à le hanter parfois dans ses cauchemars. Par chance pour lui, son sergent d'artillerie et un matelot l'avaient stabilisé, mais Jack continuait d'avoir des frissons chaque fois qu'il songeait aux hélicoptères.

« Dites-moi ce que vous en pensez, Jack.

— Si mon boulot était de maintenir en vie le pape, je serais un brin nerveux. Les Russes savent se montrer implacables quand ils le veulent. Ce que je ne peux pas évaluer, c'est la réaction du Politburo... je veux dire, la fermeté de leur attitude. Quand j'en ai parlé à Basil, je lui ai dit que cela revenait à mesurer leur crainte devant sa menace, si tant est qu'on peut la qualifier ainsi.

— Et vous la qualifieriez comment, Jack ? lui demanda le DAR, à cinq mille kilomètres de là.

— Là, j'avoue que vous m'avez coincé, chef. Je suppose que c'est une forme de menace contre leur mode de pensée.

— Une *forme* ? Comment la voient-ils selon vous ? » Ça n'aurait pas été de la tarte, avec Jim Greer comme prof d'histoire ou de science politique. Rien à envier au père Tim à Georgetown.

« Amiral, c'est une menace. Et ils la verront comme telle. Je ne suis pas sûr toutefois qu'ils la prennent vraiment au sérieux. Ce n'est pas comme s'ils croyaient en Dieu. Pour eux, "Dieu", c'est de la politique, et la politique n'est qu'une procédure, pas un système de croyance comme nous l'entendons.

— Jack, vous avez encore besoin d'apprendre à voir la réalité à travers les yeux de votre adversaire. Votre capacité d'analyse est de premier ordre, mais il vous reste encore à travailler la perception. Il ne s'agit pas d'actions et d'obligations, où vous n'avez qu'à traiter des chiffres concrets, pas la perception de chiffres. On dit que le Greco souffrait d'astigmatisme, ce qui lui aurait donné cette perception déformée. Eux aussi voient la réalité au travers d'un prisme déformant. Si vous pouvez la reproduire, alors vous serez l'un des meilleurs, mais vous devez d'abord faire cet effort d'imagination. Harding est très bon à cet exercice. Apprenez avec lui à voir à l'intérieur de leurs têtes.

— Vous connaissez Simon ?

— Cela fait des années que je lis ses analyses. »

Rien de tout cela n'est accidentel, Jack, se dit-il, plus surpris qu'il n'aurait dû l'être. Deuxième importante leçon de la journée. « Compris, monsieur.

— N'ayez pas l'air trop surpris, mon garçon.

— À vos ordres, chef », répondit Ryan, comme un bleu. *Je ne referai plus cette erreur, amiral.* Et, en cet instant, John Patrick Ryan devint un authentique analyste de renseignement.

« Je vais demander à l'ambassade de vous faire livrer le STU. Vous connaissez les procédures de sécurisation ? ajouta le DAR sur un ton d'avertissement.

— Affirmatif, monsieur, aucun problème.

— Parfait. Bon, c'est l'heure du casse-croûte.

— Oui, monsieur. Je vous recontacte demain. » Ryan reposa le combiné sur sa fourche, avant d'extraire la clé en

113

plastique de la fente de l'appareil pour la glisser dans sa poche. Un coup d'œil à sa montre. Temps de fermer boutique. Il avait déjà nettoyé son bureau des dossiers confidentiels. Une employée passait aux alentours de seize heures trente avec un chariot pour les ramasser et les ramener aux archives centrales. Comme au signal, Simon réintégra le bureau.

« À quelle heure est votre train ?

— Dix-huit heures trente.

— Temps de boire une bière, Jack. Ça vous dit ?

— Ça me dit, Simon. » Il se leva et sortit derrière son collègue.

Ils n'étaient qu'à quatre minutes à pied du Fox and Cock – « le Renard et le Coq » –, un pub des plus traditionnels, à un pâté de maisons de Century House. Un peu trop traditionnel, même : on aurait dit une relique de l'époque shakespearienne, avec ses grosses poutres apparentes et ses murs de torchis. Ce devait être pour l'effet architectural ; aucun bâtiment ne pouvait avoir subsisté aussi longtemps, quand même ? À l'intérieur, il y avait un épais nuage de fumée et quantité de clients en costume-cravate. Clairement un pub huppé : l'essentiel de la clientèle devait venir de Century House. Harding le confirma.

« C'est notre annexe. Le patron est un ancien de la maison, sans doute gagne-t-il plus aujourd'hui qu'autrefois dans le service. » Harding commanda deux pintes de Tetley brune qui arrivèrent presque aussitôt. Puis il invita Jack à s'asseoir avec lui dans une stalle d'angle.

« Alors, sir John, comment vous trouvez-vous ici ?

— Pas à me plaindre, jusqu'ici. » Il but une gorgée. « L'amiral Greer vous trouve rudement bon.

— Et Basil le juge assez brillant, également. Sympa de bosser sous ses ordres ? s'enquit Harding.

— Ouais, super. Il écoute et il vous aide à réfléchir. Il ne vous piétine pas quand vous faites une connerie. Il préfère vous enseigner que vous ridiculiser – c'est mon expérience personnelle, du moins. Certains analystes parmi les plus anciens se sont fait tailler des croupières. J'imagine que je ne suis pas encore assez chevronné. » Ryan marqua une pause. « Vous êtes censé être mon instructeur ici, Simon ? »

La franchise de la question surprit son hôte. « Je ne dirais pas les choses exactement ainsi. Je suis un spécialiste du monde soviétique. Vous êtes plutôt un généraliste, ai-je cru comprendre ?

— Dites plutôt un "apprenti", suggéra Ryan.

— Très bien. Que voulez-vous apprendre ?

— À penser comme un Russe. »

Harding rigola, le nez dans sa chope. « Ça, c'est un truc qu'on apprend tous chaque jour. La clé est de se rappeler que pour eux, tout est politique, et que la politique, rappelez-vous, traite d'idées nébuleuses, d'esthétique. Surtout en Russie, Jack. Ils ne sont pas foutus de fabriquer et distribuer des produits concrets comme des voitures ou des postes de télé, alors ils sont obligés de se polariser sur tout ce qui colle à leurs théories politiques, les paroles de Marx et de Lénine. Et bien entendu, Lénine et Marx ne savaient rien sur la fabrication des choses concrètes dans le monde concret. C'est comme une religion devenue folle, mais, en guise de foudre et de plaies bibliques, ils passent leurs apostats au peloton d'exécution. Dans leur vision du monde, tout ce qui cloche est la conséquence d'une apostasie politique. Leur théorie ignore la nature humaine, et comme leur théorie politique est parole d'Évangile et par conséquent ne se trompe jamais, ce doit être la nature humaine qui a tort. Ce n'est pas d'une logique très cohérente, vous voyez. Vous avez étudié la métaphysique ?

— Boston College, deuxième année. Les Jésuites vous font passer un semestre dessus, répondit Ryan en buvant une grande lampée de bière. Que ça vous plaise ou non.

— Eh bien, le communisme, c'est de la métaphysique plaquée sans ménagement sur le monde réel, et quand les choses ne collent pas, c'est la faute de ces pauvres bougres trop carrés qui ne sont pas fichus de rentrer dans ces putains de trous ronds. Ça peut être assez désagréable pour les pauvres bougres, voyez-vous. Et c'est comme ça que Joe Staline en a assassiné une bonne vingtaine de millions, en partie à cause de ses théories politiques, en partie à cause de sa maladie mentale et de son obstination sanguinaire. Ce connard dérangé était le mètre-étalon de la paranoïa. Ça coûte très cher d'être dirigé par un fou doté d'une règle du jeu tordue, vous savez.

— Mais jusqu'à quel point leurs dirigeants politiques actuels restent-ils fidèles à la théorie marxiste ? »

Hochement de tête pensif. « C'est bien là toute la question, Jack. Et la réponse est qu'on n'en sait fichtre rien. Tous prétendent être de vrais croyants, mais est-ce vrai ? » Harding marqua un temps pour boire à son tour une gorgée, abîmé dans ses réflexions. « Seulement quand ça leur chante, je pense. Mais tout dépend de qui l'on parle. Souslov, par exemple, est un vrai croyant – mais les autres ? Plus ou moins, ça dépend. Je suppose qu'on pourrait les définir comme des gens qui allaient à l'église tous les dimanches, puis ont abandonné. Une partie continue à croire, mais une autre bonne partie ne croit plus. Ce en quoi ils croient toujours, en revanche, c'est au fait que la religion d'État reste la source de leur pouvoir et de leur statut. Tant et si bien que pour l'homme de la rue, ils doivent donner l'apparence de croire, parce que la foi est la seule chose qui leur procure pouvoir et prestige.

— De l'inertie intellectuelle ? s'interrogea tout haut Ryan.

— Exactement, Jack. La première loi de Newton. »

Quelque chose en Ryan voulait soulever une objection. Le monde devait être tout de même plus logique. Mais l'était-il ? Quelle règle disait qu'il devait l'être ? s'interrogea-t-il. Et qui veillait à son application ? Et s'exprimait-elle aussi simplement ? Ce qu'Harding venait d'expliquer en moins de deux cents mots prétendait justifier l'investissement de centaines de milliards de dollars, d'armements stratégiques d'une puissance qui dépassait l'entendement, et de millions d'individus dont l'uniforme dénotait l'hostilité qu'exigeaient l'agression et la mort en temps de guerre ouverte ou larvée.

Mais le monde exigeait des idées, bonnes ou mauvaises, et le conflit entre celles-ci et celles de Ryan définissait la réalité dans laquelle ce dernier travaillait, comme il définissait le système éthique d'individus qui tentaient de le tuer, lui et sa famille. Et ça, c'était bien réel, non ? Non, il n'y avait aucune règle qui obligeât le monde à faire sens. Les gens décidaient par eux-mêmes de ce qui était sensé et de ce qui ne l'était pas. Alors, tout ce qui concernait le monde n'était-il qu'affaire de perception ? Tout cela n'existait-il que dans l'esprit ? Qu'est-ce qu'était la réalité ?

Mais cette question-là était la question sous-jacente à toute la métaphysique. Quand Ryan l'avait étudiée au Boston College, la discipline lui avait paru si théorique qu'elle semblait totalement détachée de la réalité. C'était un sacré morceau à avaler quand on a dix-neuf ans, et, se rendait-il compte à présent, un morceau presque aussi gros à l'âge de trente-deux. Sauf qu'ici, les points étaient souvent marqués en lettres de sang, pas à l'encre sur un bulletin de notes.

« Bon Dieu, Simon... vous savez, ce serait autrement plus facile s'ils croyaient vraiment en Dieu.

— Dans ce cas, Jack, ce ne serait qu'une guerre de religions comme toutes les autres, et celles-là sont toujours des affaires sanglantes, elles aussi, je vous ferai remarquer. Voyez cela comme une croisade, une vision de Dieu contre une autre. Ces guerres étaient déjà bien assez épouvantables. Les vrais croyants de Moscou sont convaincus de surfer sur la vague de l'histoire, d'offrir la perfection à la condition humaine. Cela doit les rendre dingues de voir que leur pays peut tout juste se nourrir, alors ils essaient de l'ignorer... Mais c'est difficile d'ignorer un ventre vide, n'est-ce pas ? Alors, ils nous en rendent responsables. Nous et les "naufrageurs" – les traîtres et les saboteurs dans leur pays. Ceux-là mêmes qu'ils emprisonnent et qu'ils tuent. » Harding haussa les épaules. « Personnellement, je les considère comme des infidèles, des croyants en un faux dieu. C'est plus facile ainsi. J'ai étudié leur théologie politique, mais c'est d'un intérêt limité car, comme je l'ai dit, ils sont bien trop nombreux à ne pas vraiment croire aux bases mêmes de leur système. Parfois, ils pensent comme des Russes tribaux, dont la vision du monde a toujours été biaisée selon nos critères. L'histoire russe est un tel fatras que l'étudier bute vite sur des limites en termes de logique occidentale. Ils sont d'une xénophobie extrême, et ils l'ont toujours été – mais pour des raisons historiques relativement rationnelles. Ils ont toujours été soumis à des menaces tant à l'ouest qu'à l'est. Les Mongols, par exemple, sont parvenus jusqu'à la Baltique et les Allemands comme les Français sont allés frapper jusqu'aux portes de Moscou. Ils sont un peu jetés, pour parler trivialement. Si je suis sûr d'une chose, c'est qu'aucun homme sain d'esprit ne voudrait d'eux comme maîtres. C'est vraiment dommage. Ils ont tant de si grands poètes, de si merveilleux compositeurs.

— Des fleurs sur un tas de fumier, suggéra Ryan.

— Exactement, Jack. Excellent. » Harding alla pêcher sa pipe et l'alluma avec une allumette de cuisine. « Alors, qu'est-ce que vous dites de cette bière ?

— Excellente, bien meilleure que celle qu'on a chez nous.

— Je ne sais pas comment vous arrivez à la boire. Mais votre bœuf est meilleur que le nôtre.

— Nourri au maïs. Ça donne une meilleure viande que l'herbe. » Ryan soupira. « Je dois encore m'habituer à la vie ici. Chaque fois que je commence à me sentir à l'aise, il y a toujours un truc qui vient me frapper comme un serpent dans les hautes herbes.

— Ma foi, vous avez eu moins d'une semaine pour vous habituer à nous.

— Mes mômes vont avoir un langage curieux.

— Civilisé, Jack, civilisé, observa Harding, riant de bon cœur. Vous autres Yankees avez fait des ravages dans notre langue, vous savez.

— Ouais, d'accord. » D'ici peu, il allait parler de *rounders* au lieu de base-ball. Le terme qu'on employait ici. Mais ici, c'était un jeu de femmelettes. Comme leur cricket. Ces types-là ne connaissaient rien aux vrais sports virils.

Pour sa part, Ed Foley se sentait soudain scandalisé par les micros espions dont il savait son appartement truffé. Chaque fois qu'il faisait l'amour à sa femme, un rond-de-cuir du KGB les écoutait. Sans doute une agréable diversion perverse pour leurs officiers du contre-espionnage, mais bon Dieu, c'était la vie amoureuse des Foley, n'y avait-il donc rien de sacré ? Mary Pat et lui avaient été prévenus de ce qui pouvait les attendre, et son épouse en avait même plaisanté dans l'avion – on ne pouvait pas planquer de micro à bord. Elle y avait vu une bonne façon de montrer à ces barbares comment vivaient les gens normaux et il avait ri, mais, ici et maintenant, merde, ce n'était sûrement pas aussi drôle. C'était comme s'ils étaient des animaux dans un putain de zoo, avec des visiteurs qui les regardent et rigolent en les montrant du doigt. Le KGB allait-il tenir un journal du nombre de fois où ils s'enverraient en l'air, lui et sa femme ? C'est qu'ils en seraient capables, les cons, à la recherche des difficultés conjugales qui auraient pu justifier le recrutement de Mary Pat ou le sien. Tout le monde avait cette même idée. Aussi devaient-ils faire l'amour régulièrement rien que pour décourager toute rumeur, quoique jouer exactement le jeu inverse aurait pu avoir également d'intéressantes possibilités théoriques... Non, estima le chef d'antenne, ce serait une complication inutile pour leur séjour à Moscou ; sa position était déjà bien assez compliquée ainsi.

Seuls l'ambassadeur, l'attaché militaire et ses propres agents avaient le droit de savoir qui il était. Ron Fielding était le chef d'antenne officiel, et son boulot était de se tortiller comme un gentil ver au bout d'un hameçon. Quand il garait sa voiture, il laissait parfois délibérément son pare-soleil abaissé ou tourné de quatre-vingt-dix degrés ; il lui arrivait d'arborer une fleur à sa boutonnière et de l'ôter à mi-parcours, comme s'il avait fait un signe à quelqu'un ou, mieux encore, il bousculait les passants, simulant un passage de documents. Ce genre d'attitude pouvait rendre cinglés tous les contre-espions de la Deuxième Direction – les faire courir après d'innocents Moscovites, voire en interpeller quelques-uns pour interrogatoire, ou placer une escouade d'agents aux basques du premier pauvre type venu pour surveiller ses moindres faits et gestes. Et, à tout le moins, cela contraignait le KGB à gâcher ses forces pour rien, à traquer un gibier fantôme. Mieux encore, cela les persuadait que Fielding était un chef de poste bien maladroit. C'était toujours un bon moyen de donner à l'autre camp l'impression qu'il avait l'avantage, et cela, c'était toujours un bon point pour la CIA. Le jeu qu'il jouait donnait l'impression que l'adversaire jouait à colin-maillard.

Mais le fait qu'il y ait sans doute des micros cachés dans sa chambre l'emmerdait néanmoins. Et il ne pouvait recourir aux procédures habituelles pour les contrer, comme mettre la radio et parler en sourdine. Non, impossible de se comporter en espion entraîné. Il devait jouer les imbéciles, et jouer les imbéciles requiert de la cervelle, de la discipline et la plus extrême minutie. Pas droit à la moindre erreur. Cette erreur pourrait coûter des vies et Ed Foley avait une conscience. C'était dangereux pour un agent sur le terrain, mais impossible de ne pas en avoir. Il fallait prendre soin de ses agents, ces ressortissants étrangers qui travaillaient pour vous et vous procuraient des informations. Tous – enfin presque tous – avaient des problèmes. Le principal était l'alcoolisme. Il avait bien l'impression que tous les agents qu'il croisait se pintaient la gueule. Certains étaient de vrais cinglés. La plupart étaient des gens qui cherchaient juste à se venger de leur patron, du système, de leur pays, du communisme, de leur conjoint ou conjointe, de tout ce foutu monde perverti. Certains, une infime minorité, se montraient réellement attrayants. Mais ce n'était pas à Foley de les choisir. C'étaient eux qui le choisissaient. Et il devait jouer avec la main qu'on lui avait donnée. Les règles du jeu étaient compliquées, et surtout impitoyables. Il ne courait aucun risque pour sa vie. Oh, bien sûr, ils risquaient de se faire un peu rudoyer, Mary Pat ou lui, mais l'un et l'autre avaient des passeports diplomatiques, et lui chercher des noises voudrait dire que quelque part en Amérique, tel ou tel diplomate soviétique de haut rang pourrait avoir maille à partir avec quelques gros bras – qui pourraient ou non être de la police. Les diplomates appréciaient modérément ce genre de choses, aussi l'évitait-on dans la mesure du possible ; en fait, les Russes appliquaient les règles encore plus scrupuleusement que les Américains. Si bien que sa femme et lui étaient en sûreté, mais leurs agents, si jamais ils étaient brûlés, auraient droit à moins de pitié qu'une souris entre les griffes d'un chat particulièrement sadique. La torture était encore pratiquée par ici, tout comme les interrogatoires immobiles qui pouvaient se prolonger de longues heures. La stricte application de la loi dépendait du bon vouloir du gouvernement en place. Et les procédures d'appel se limitaient au fait de savoir si le pistolet plaqué sur votre tempe était ou non chargé. Aussi devait-il choyer ses agents, qu'il s'agisse d'ivrognes, de putes ou d'escrocs, comme s'ils étaient ses propres enfants, leur changer les couches, les border dans leur lit avec un verre d'eau pour la nuit, et leur moucher le nez.

L'un dans l'autre, songeait Ed Foley, c'était quand même

un drôle de jeu. Et qui lui ôtait le sommeil. Les Russes pouvaient-ils s'en rendre compte ? Y avait-il des caméras dans les murs ? Ne serait-ce pas là le comble de la perversité ? Mais la technologie américaine n'était pas si avancée, alors il était à peu près sûr que la russe non plus. Sans doute pas. Puis Foley se remémora qu'il y avait des types intelligents ici, et que bon nombre bossaient pour le KGB.

Ce qui l'étonnait, c'était que sa femme dormait du sommeil du juste, allongée tout à côté de lui. Elle était vraiment meilleure espionne que lui. Elle s'y faisait comme un poisson dans l'eau, traquant le menu fretin. Mais quid des requins ? Il supposait qu'il était normal qu'un homme se fasse du souci pour sa femme, si compétente fût-elle comme espionne. C'était tout simplement ainsi que les hommes étaient programmés, tout comme elle était programmée pour être mère. Dans la pénombre, Mary Pat lui faisait l'effet d'un ange, avec son mignon petit sourire quand elle dormait, et ses cheveux blonds et fins comme ceux d'un bébé qui devenaient tout ébouriffés sitôt qu'elle posait la tête sur l'oreiller. Pour les Russes, c'était un espion potentiel, mais pour Edward Foley, c'était son épouse adorée, sa collègue de travail et la mère de ses enfants. C'était si étrange que des gens puissent être tant de choses différentes à la fois, selon le regard qu'on portait sur eux, et toutes pourtant restaient vraies. Sur cette profonde réflexion philosophique – bon Dieu, il avait *vraiment* besoin de sommeil –, Ed Foley ferma les yeux.

« Alors, qu'est-ce qu'il a dit ? demanda Bob Ritter.

— Il n'est pas ravi-ravi », répondit le juge Moore, ce qui n'étonna personne. « Mais il comprend qu'on ne peut guère y faire grand-chose. Il fera sans doute un discours la semaine prochaine sur la noblesse du travailleur, surtout la variante syndiquée.

— Bien, bougonna Ritter. Qu'il aille raconter ça aux

aiguilleurs du ciel. » Le DAO était un maître du coup de pied de l'âne, même s'il avait le bon sens de rester bouche cousue lorsqu'il n'était pas en bonne compagnie.

« Où aura lieu le discours ? demanda le DAR.

— À Chicago, la semaine prochaine. Il y a là-bas une importante communauté polonaise, expliqua Moore. Il parlera des ouvriers des chantiers navals, bien entendu, et soulignera qu'il fut un temps où il avait dirigé son propre syndicat. Je n'ai pas encore vu le texte de l'allocution, mais j'imagine que ce sera très consensuel, avec quelques fleurs dessus.

— Et la presse dira qu'il courtise l'électorat populaire », observa Jim Greer. Si malins qu'ils prétendent être, les journaux n'entravaient pas grand-chose, tant qu'on ne le leur présentait pas sur un plateau, si possible avec des frites et du ketchup. Les journalistes étaient les rois du discours politique, mais ils ne pigeaient rien aux vrais enjeux qui se jouaient tant qu'on ne les leur avait pas exposés en détail, si possible avec des mots de moins de trois syllabes. « Nos amis russes le remarqueront-ils ?

— Peut-être. Ils ont de bons analystes à l'Institut américano-canadien. Peut-être que quelqu'un laissera échapper un mot en passant lors d'une conversation à bâtons rompus de l'autre côté du Potomac, pour signaler que nous devrions examiner la situation polonaise avec une certaine attention, d'autant que nous avons pas mal de citoyens américains d'origine polonaise. On ne peut guère aller plus loin à l'heure actuelle, expliqua Moore.

— Donc, on s'inquiète pour la Pologne, mais pas pour le pape, pour l'instant, crut devoir résumer Ritter.

— On n'est pas encore au courant, n'est-ce pas ? fit remarquer le DCR, pour la forme.

— Ils ne vont pas se demander pourquoi le pape ne nous a pas fait part de sa menace ?

— Sans doute pas. Le ton de la lettre suggère une communication privée.

— Pas privée au point que Varsovie se soit abstenu de la faire suivre à Moscou, objecta Ritter.

— Comme dit ma femme, c'est différent, souligna Moore.

— Tu sais, Arthur, ces histoires de rouages imbriqués me flanquent la migraine, observa Greer.

— Le jeu a ses règles, James.

— La boxe aussi, mais elles sont bien plus simples.

— Se protéger en permanence, fit remarquer Ritter. C'est la règle numéro un, ici aussi. Cela dit, nous n'avons pas reçu d'alertes spécifiques, n'est-ce pas ? » Concert de signes de dénégation. Non, ils n'en avaient pas reçu. « Qu'a-t-il dit d'autre, Arthur ?

— Il veut que nous découvrions si Sa Sainteté court un réel danger. Si jamais il lui arrive quoi que ce soit, notre Président risque d'être sérieusement en rogne.

— Lui et un petit milliard de catholiques, approuva Greer.

— Vous pensez que les Russes pourraient contacter les protestants d'Irlande du Nord pour se charger de la besogne ? demanda Ritter avec un sourire mauvais. Ils ne l'aiment pas non plus, souvenez-vous. Tiens, un truc à piocher, pour Basil.

— Robert, là, je crois que tu pousses le bouchon un peu loin, me semble-t-il, jugea Greer. Du reste, ils détestent le communisme presque autant que le catholicisme, alors...

— Andropov ne va pas chercher aussi loin, décida Moore. Ce n'est pas l'habitude, là-bas. S'il décide d'éliminer le pape, il utilisera ses propres moyens et tâchera de faire le travail habilement. C'est ainsi que nous le saurons, ce qu'à Dieu ne plaise, si jamais ils devaient en arriver là. Et s'il semble qu'il doive pencher dans cette direction, nous devrons l'en dissuader.

— Ça n'ira pas aussi loin. Le Politburo est trop circonspect, dit le DAR. Et cela manque par trop de subtilité pour eux. Ce n'est pas le genre de coup que ferait un joueur d'échecs, or les échecs restent leur sport national.

— Va raconter ça à Léon Trostki, lâcha Ritter.

— C'était une querelle personnelle. Staline voulait lui bouffer le foie aux petits oignons, rétorqua Greer. C'était purement et simplement de la haine personnelle, et qui n'a débouché sur rien au niveau politique.

— Oncle Joe ne voyait pas les choses ainsi. Il avait une trouille réelle de Trotski...

— Non, pas du tout. OK, on peut dire que c'était un salaud de paranoïaque, mais même lui savait faire la différence entre la parano et la peur authentique. » Greer se rendit compte que l'affirmation était erronée à l'instant même où il la proféra. Il se couvrit : « Et même s'il avait bel et bien peur du vieux bouc, la génération actuelle est différente. Ils sont dépourvus de la paranoïa de Staline mais, point plus essentiel, ils sont également dépourvus de son esprit de décision.

— Jim, là, tu te trompes. La lettre de Varsovie est une menace potentiellement dangereuse contre leur politique intérieure, et ça, ils ne peuvent que le prendre au sérieux.

— Robert, j'ignorais que tu étais d'esprit aussi religieux, plaisanta Moore.

— Je ne le suis pas, pas plus qu'eux, mais cette histoire va les tracasser. Je pense qu'elle va énormément les préoccuper. Au point de les pousser à l'action directe ? Ça, j'en suis moins certain, mais ils y songeront à coup sûr.

— Ça reste à voir, rétorqua Moore.

— Arthur, c'est mon évaluation », trancha le DAO, et, en utilisant ce terme, il rendait l'affaire sérieuse, du moins dans l'enceinte de la CIA.

« Qu'est-ce qui t'a fait si vite changer d'avis, Bob ? s'enquit le juge.

— Plus j'y pense en me plaçant selon leur point de vue, et plus ça commence à me paraître sérieux.

— Tu envisages quelque chose ? »

La question mit Ritter un brin mal à l'aise. « Il est un peu tôt pour assener aux Foley une mission importante, mais je m'en vais leur envoyer un résumé de la situation, ne serait-ce que pour les amener à y songer. »

C'était une question opérationnelle, de celles pour lesquelles les autres s'en remettaient classiquement à Bob Ritter et à son instinct d'ancien espion. Recueillir des informations d'un agent était souvent plus simple et plus routinier que de lui faire parvenir des instructions. Comme on partait de l'hypothèse que tous les employés de l'ambassade à Moscou étaient filés de manière plus ou moins régulière, il était dangereux de les amener à faire une chose qui pût paraître louche. C'était tout particulièrement vrai des Foley – ils étaient si nouveaux qu'ils devaient être suivis de près. Ritter ne voulait surtout pas les griller, pour les raisons habituelles mais aussi pour une autre : son choix d'un couple marié avait été un coup osé et, s'il ne marchait pas, ça se retournerait fatalement contre lui. Ritter avait l'habitude de jouer gros au poker, et il n'aimait pas plus qu'un autre perdre ses jetons. Il fondait de grands espoirs sur les Foley. Il ne voulait surtout pas voir leur potentiel brisé quinze jours seulement après leur affectation à Moscou.

Les deux autres n'émirent aucun commentaire, ce qui autorisait Ritter à continuer à gérer sa boutique comme il l'entendait.

« Vous savez, observa Moore en se carrant dans son fauteuil, nous sommes là tous les trois, les meilleurs, les plus brillants et les mieux informés des membres de l'administration présidentielle, et nous savons que dalle sur un sujet qui peut s'avérer d'une importance cruciale.

— Certes, Arthur, admit Greer. Mais nous le savons avec une autorité considérable. C'est plus que ce que peuvent en dire beaucoup d'autres, non ?

— Exactement ce que je brûlais d'entendre, James. » Cela voulait dire que, hors ces murs, on avait le droit de pontifier, mais pas ces trois hommes. Ils devaient prendre garde au moindre mot qu'ils prononçaient, parce que les gens avaient tendance à prendre leurs opinions pour des faits – ce qui, apprenait-on bien vite ici, au sixième étage, n'était sûrement pas le cas. S'ils avaient été aussi bons, ils auraient choisi un métier autrement plus profitable – comme négociant en Bourse...

Ryan se carra dans son fauteuil avec un exemplaire du *Financial Times*. La plupart des gens préféraient lire le matin, mais pas Jack. Les matinées étaient consacrées aux infos générales, à la préparation de sa journée de travail à Century House – de retour à la maison, il avait déjà écouté les infos à la radio pendant sa petite heure de trajet en auto, puisque le boulot de renseignement consistait le plus souvent à pister les nouvelles. Ici et maintenant, il pouvait se détendre avec la finance. Le quotidien britannique n'était pas tout à fait le *Wall Street Journal*, mais son point de vue différent n'était pas inintéressant – cela lui donnait un éclairage nouveau sur des problèmes abstraits auxquels il pouvait ensuite appliquer sa propre expérience du marché américain. En outre, c'était toujours utile de se tenir au courant. Il y aurait sûrement de bonnes possibilités d'investissements, n'attendant que d'être cueillies. Il lui suffirait d'en dénicher quelques-unes pour rentabiliser toute cette aventure européenne. Il considérait toujours son séjour à la CIA comme une escapade transitoire dans un itinéraire dont la destination ultime se perdait encore dans la brume. Il comptait jouer ses cartes une à la fois.

« P'pa a appelé aujourd'hui », dit Cathy en feuilletant sa revue médicale. C'était le *New England Journal of Medicine*, l'une des six revues professionnelles auxquelles elle était abonnée.

« Que voulait-il ?

— Juste savoir comment ça se passait ici, comment allaient les enfants, ce genre de choses », répondit Cathy.

Pas un mot pour moi, n'est-ce pas ? s'abstint de dire Ryan. Joe Muller, vice-président de Merrill Lynch, n'avait pas apprécié la façon dont son gendre avait abandonné la Bourse – après avoir eu la mauvaise idée de partir avec sa propre fille –, d'abord pour enseigner, puis pour jouer au chat et à la souris avec des espions et autres fonctionnaires du gouvernement. Joe n'avait guère de tendresse pour le gouvernement et ses laquais – qu'il considérait comme des accapareurs stériles de ce que lui et d'autres produisaient. Jack compatissait à ses malheurs, mais il fallait bien que certains affrontent les grands méchants loups, et parmi ceux qui s'y collaient, il y avait un certain John Patrick Ryan. Ryan aimait l'argent comme n'importe qui, mais pour lui, c'était un simple instrument, pas une fin en soi. C'était comme une belle voiture, qui pouvait vous conduire dans des endroits sympas, mais, une fois à destination, vous ne dormiez pas dedans. Joe ne voyait pas les choses ainsi et ne cherchait même pas à comprendre ceux qui pensaient autrement. D'un autre côté, il aimait vraiment sa fille, et il ne l'avait jamais embêtée parce qu'elle avait embrassé la carrière de chirurgien. Peut-être estimait-il que soigner les malades, c'était très bien pour les filles, mais que gagner de l'argent était un boulot d'homme.

« C'est sympa de sa part, chou », répondit Ryan derrière son *Financial Times*.

L'économie japonaise commençait à devenir chancelante, estimait Ryan, même si ce n'était pas l'opinion de la rédaction du journal. Enfin, ce ne serait pas la première fois qu'ils se tromperaient.

C'était une nuit blanche à Moscou. Iouri Andropov avait fumé plus que sa dose habituelle de cigarettes américaines, mais il ne s'en était tenu qu'à une seule vodka au retour d'une réception diplomatique à l'ambassade d'Espagne – une totale perte de temps. L'Espagne était entrée dans l'OTAN et son service de contre-espionnage se montrait d'une déprimante efficacité à identifier ses tentatives pour infiltrer un agent au sein de leur gouvernement. Il aurait sans doute été mieux avisé de chercher à infiltrer l'entourage du roi. Les gens de cour étaient connus pour être bavards, après tout, et le gouvernement élu ne devait pas manquer de tenir au courant le monarque récemment replacé sur le trône, ne serait-ce que par désir de lui cirer les pompes.

Andropov avait donc bu du vin, grignoté des canapés, et s'était livré au papotage habituel. *Oui, nous avons eu un bel été, n'est-ce pas ?* Parfois, il se demandait si son accession au Politburo méritait les heures qu'il y consacrait. Il avait à peine le temps de lire désormais – en dehors de son travail et de ses obligations diplomatiques, qui étaient interminables. À présent, il savait ce qu'une femme devait éprouver. Pas étonnant qu'elles ronchonnent après leurs hommes et les enquiquinent tout le temps.

Mais une idée ne quittait pas son esprit, c'était cette lettre de Varsovie. *Si le gouvernement polonais persiste contre toute raison à réprimer le peuple, je serai contraint à quitter mes fonctions apostoliques pour revenir auprès des miens partager leurs temps de tourment.* Ce salopard ! Menacer la paix du monde. Les Américains l'y auraient-ils poussé ? Aucun de ses agents n'en avait apporté le moindre indice, mais on ne pouvait être sûr de rien. Le Président américain n'était certainement pas un ami de son pays, il cherchait toujours à harceler Moscou – le culot de ce grand flandrin, venir clamer que l'Union soviétique était le centre du Mal ! Un vulgaire acteur de cinéma, raconter des choses pareilles ! Même les hululements de protestation de la presse et des intellectuels américains n'avaient pas atténué l'impact. Les Européens avaient pris le relais – pis, l'intelligentsia d'Europe de l'Est s'en était emparée à son tour, ce qui avait provoqué toutes sortes de problèmes à tous les services de contre-espionnage vassaux du pacte de Varsovie. *Comme s'ils n'étaient pas déjà bien assez occupés !* grommela Iouri Vladimirovitch tout en sortant une nouvelle cigarette d'un paquet en carton rouge et blanc. Il n'écoutait même plus la musique que jouait la chaîne, tant l'accaparait l'information qu'il tournait et retournait dans sa tête.

Varsovie devait absolument mater cette bande de fauteurs de troubles contre-révolutionnaires à Dantzig – curieusement, Andropov évoquait toujours la cité portuaire par son ancien nom allemand –, si le pouvoir ne voulait pas s'embourber dans la crise. Moscou leur avait déjà dit avec la plus grande fermeté de rétablir la situation et les Polonais savaient obéir. Du reste, la présence de chars de l'armée Rouge sur leur sol les aiderait à comprendre ce qui était nécessaire et ce qui ne l'était pas. Si les conneries de Solidarité se prolongeaient, la contamination risquait de s'étendre – vers l'ouest et l'Allemagne, le sud et la Tchécoslovaquie... et vers l'est et l'Union soviétique ? C'était intolérable.

D'un autre côté, si le gouvernement polonais parvenait à supprimer ce semblant de « syndicat », le calme reviendrait. Jusqu'à la prochaine fois ? Andropov se posa la question.

Eût-il eu pris un peu de hauteur, il aurait pu saisir le problème fondamental. En tant que membre du Politburo, il était à l'abri des aspects les plus désagréables de la vie dans son pays. Il ne manquait de rien. Les bons plats et les mets raffinés n'étaient pour lui qu'à un simple coup de fil. Son luxueux appartement était meublé avec goût, équipé d'appareils électroménagers allemands. Le mobilier était confortable. L'ascenseur de son immeuble ne tombait jamais en panne. Il avait un chauffeur pour le conduire et le ramener du bureau. Il avait des gardes du corps pour le protéger des agressions de hooligans. Bref, il était aussi bien protégé que l'avait été le tsar Nicolas II et, comme tous les hommes, il s'imaginait que ses conditions de vie étaient normales, même si, intellectuellement, il savait que c'était loin d'être le cas. Les gens qui passaient sous ses fenêtres avaient de quoi se nourrir, ils avaient la télé et des films à regarder, des équipes sportives à acclamer, ils pouvaient avoir une voiture, n'est-ce pas ? En échange de tous ces avantages qu'il leur procurait, il était bien normal qu'il bénéficie d'une existence un peu meilleure, non ? Ne travaillait-il pas plus dur qu'eux tous ? Bon sang, mais qu'est-ce qu'ils voulaient d'autre encore ?

Et voilà maintenant que ce prêtre polonais menaçait de tout bouleverser.

Et il pourrait bien réussir, en plus, songea Andropov. Staline avait un jour demandé, phrase célèbre, de combien de divisions disposait le pape, mais même lui devait savoir que tout le pouvoir du monde ne résidait pas toujours au bout du fusil.

Supposons que Karol se démette de ses fonctions, et après ? Il chercherait à retourner en Pologne. Le gouvernement polonais pourrait-il l'en empêcher – le déchoir de sa nationalité, par exemple ? Non, il trouverait bien un moyen de revenir en Pologne. Andropov et les Polonais avaient certes des agents infiltrés dans l'Église, bien sûr, mais ce n'était qu'un pis-aller. Jusqu'à quel point la hiérarchie épiscopale s'était-elle laissé infiltrer ? Impossible à dire. De sorte que toute tentative visant à le maintenir éloigné de son pays natal était sans doute vouée à l'échec, et, dans cette hypothèse, s'il parvenait bel et bien à revenir en Pologne, le désastre serait alors de dimension épique.

Ils pouvaient essayer par les voies diplomatiques. Dépêcher à Rome un fonctionnaire des Affaires étrangères pour entrer clandestinement en contact avec Karol et tenter de le dissuader de mettre sa menace à exécution. Mais quelle carte serait-il en mesure de jouer ? Le menacer ouvertement... Impensable. Ce genre de défi serait au contraire une invitation à jouer les martyrs et les saints, qui ne pourrait que l'encourager à faire le voyage projeté. Pour un croyant, une telle menace serait une invitation au paradis, qui plus est émise par le diable en personne, et il s'empresserait de relever le gant.

Non, on ne pouvait menacer de mort un tel homme. Et même menacer ses compatriotes de mesures encore plus rigoureuses ne pourrait que l'encourager un peu plus… il voudrait d'autant plus vite regagner son pays pour les protéger et ainsi paraître encore plus héroïque aux yeux de l'opinion internationale.

La perversité de la menace qu'il a envoyée à Varsovie ne peut que forcer l'admiration, dut admettre Andropov. Une conséquence en tout cas était certaine : elle obligerait Karol à vérifier par lui-même l'existence de Dieu.

Dieu existe-t-il ? se demanda Andropov. Éternelle question, à laquelle bien des gens avaient répondu de multiples façons jusqu'à ce que Karl Marx et Vladimir Illitch règlent définitivement le problème – tout du moins pour ce qui concernait l'Union soviétique. Non, se dit Iouri Vladimirovitch, il avait passé l'âge de reconsidérer sa propre réponse à la question. *Non, Dieu n'existe pas.* La vie se déroulait ici et maintenant, et quand elle était finie, c'était pour de bon. Alors, on avait intérêt à faire de son mieux, à vivre pleinement son existence, à cueillir les fruits accessibles et à se construire une échelle pour atteindre ceux qui ne l'étaient pas.

Mais Karol était en train d'essayer de changer les termes de cette équation. Il tentait d'ébranler l'échelle – ou peut-être l'arbre ? Cette question était un peu trop profonde.

Andropov se tourna dans sa chaise pour saisir la carafe de vodka et se servir un verre. Il en but une gorgée, songeur. Karol tentait de lui imposer ses fausses croyances, tentait d'ébranler les fondations mêmes de l'Union soviétique et de son vaste réseau d'alliances, tentait de raconter aux gens qu'il existait quelque chose de meilleur en quoi ils pouvaient croire. Et par là même essayait de mettre à bas l'œuvre de générations entières ; lui et son pays ne pouvaient le permettre. Mais il ne pourrait pas l'empêcher d'agir. Il ne pourrait pas l'en dissuader. Non, il faudrait l'en empêcher de la seule manière qui fût radicale et définitive.

Ce ne serait pas facile, et ce ne serait pas non plus entièrement sûr. Mais ne rien faire le serait encore moins, pour lui, pour ses collègues et pour son pays.

Ainsi donc, Karol devait mourir. Pour commencer, il fallait qu'Andropov élabore un plan. Puis le présente au Politburo. Avant de proposer une action, il devrait l'avoir entièrement planifiée, avec une garantie de succès. Mais enfin, n'était-ce pas là justement le rôle du KGB ?

5

Préparatifs

LÈVE-TÔT, Iouri Vladimirovitch était douché, rasé, habillé, et il terminait son petit déjeuner avant sept heures du matin. Pour lui, c'était du bacon, trois œufs brouillés et du pain russe coupé en tranches épaisses et tartiné de beurre danois. Le café venait d'Allemagne, tout comme les appareils électro-ménagers qu'exhibait sa cuisine. Il avait sa *Pravda* matinale, plus une sélection de coupures de quotidiens occidentaux, traduites par les linguistes du KGB, auxquelles s'ajoutaient quelques mémos préparés aux petites heures du jour à la Centrale, et livrées par coursier chez lui tous les matins à six heures. Rien de bien important aujourd'hui, constata-t-il en allumant sa troisième cigarette, après sa deuxième tasse de café. Rien que de la routine. Le Président américain n'avait pas secoué son cocotier la veille, ce qui était somme toute une agréable surprise. Peut-être s'était-il assoupi devant la télé... comme il arrivait souvent à Brejnev.

Combien de temps encore Leonid continuerait-il à diriger le Politburo ? Andropov se posa la question. Il était manifeste qu'il ne prendrait pas sa retraite. S'il le faisait, ses enfants en pâtiraient et ils aimaient trop jouer à la famille royale de l'Union soviétique pour laisser leur père faire une chose pareille. La corruption, ce n'était jamais beau à voir. Andropov n'en souffrait pas personnellement – en fait, c'était une de ses bêtes noires. C'est du reste pourquoi la situation était si frustrante. Il allait – il devait – sauver son pays du chaos dans lequel celui-ci était en train de sombrer. *Si je vis assez longtemps et si Brejnev disparaît assez tôt, s'entend...* La santé de Leonid Illitch était manifestement déclinante. Il avait réussi à cesser de fumer – à l'âge de soixante-seize ans, ce qui, devait bien admettre Iouri Vladimirovitch, était assez impressionnant –, mais l'homme devenait gâteux. Son esprit divaguait. Il avait des troubles de la mémoire. Il lui arrivait de s'assoupir lors de réunions importantes, au grand désarroi de ses collègues. Mais son emprise sur le pouvoir restait celle d'une étreinte mortelle. Il avait ourdi la chute de Nikita Sergueïevitch Krouchtchev par une succession magistrale de manœuvres politiques, et personne à Moscou – absolument personne – n'avait oublié cet épisode de l'histoire politique. Ce genre d'astuce avait peu de chances de marcher avec celui-là même qui l'avait mis au point. Personne n'avait même osé suggérer que Leonid puisse envisager de ralentir quelque peu le rythme, encore moins de faire un léger pas de côté... afin de laisser au moins les autres le décharger d'une partie – la plus administrative – de ses tâches et lui permettre de concentrer toutes ses capacités sur les questions réellement essentielles. Le président des États-Unis n'était guère plus jeune que Brejnev, après tout, mais il avait mené une vie plus saine, ou bien il était issu d'une souche paysanne plus solide.

Dans ses instants de réflexion, Andropov trouvait finalement bizarre qu'il désapprouve ce genre de corruption. Car c'est bien précisément ainsi qu'il considérait la situation, mais il ne se demandait que rarement pourquoi. En ces instants, il revenait pour de bon à sa foi marxiste, celle-là même dont il s'était pourtant débarrassé bien des années plus tôt, parce que même lui devait se rabattre sur une forme d'éthique, et c'était la seule dont il disposait. Encore plus curieusement, c'était là un domaine où marxisme et christianisme venaient à se recouper. Coïncidence, sans doute. Après tout, Marx était juif, pas chrétien, et qu'il l'embrasse ou la rejette, cette religion aurait dû être la sienne, pas une qui fût étrangère à son héritage personnel et culturel.

Le président du KGB écarta cet ensemble de réflexions d'un hochement de tête ennuyé. Il avait déjà bien assez de pain sur la planche, alors même qu'il finissait celui de son petit déjeuner.

On frappa discrètement à la porte.

« Entrez ! dit-il, reconnaissant le visiteur à sa façon de frapper.

— Votre voiture est prête, camarade président, annonça le chef de son détachement de sécurité.

— Merci, Vladimir Stepanovitch. »

Il se leva, prit son veston, l'enfila et sortit.

Le petit quart d'heure de traversée du centre de Moscou se déroula sans encombre. Sa ZIL entièrement montée à la main était similaire d'aspect au taxi Checker américain. Elle filait au milieu des grandes avenues rectilignes, empruntant la large file réservée par les agents de la milice à l'usage exclusif des hauts fonctionnaires du gouvernement. Ils se tenaient en poste toute la journée, que ce soit dans la touffeur de l'été ou la froidure de l'hiver, un flic toutes les trois rues à peu près, pour s'assurer que nul n'encombrait le passage plus longtemps que les quelques secondes nécessaires à couper la file pour tourner. Cela rendait le parcours jusqu'à son travail aussi direct qu'un trajet en hélicoptère, le stress en moins.

La « Centrale de Moscou » – comme on appelait le KGB dans le milieu international du renseignement – était située dans l'ancien siège de la compagnie d'assurances Rossiya, une compagnie sans aucun doute puissante, vu la taille imposante de l'édifice. La voiture d'Andropov franchit la grille et pénétra dans la cour intérieure pour venir s'immobiliser devant les portes de bronze, où l'on ouvrit sa portière. Il descendit de voiture, impeccablement salué par les hommes en uniforme de la Huitième Direction. Une fois dans le hall, il se dirigea vers l'ascenseur, dont on lui tenait évidemment la porte ouverte. Il monta jusqu'au dernier étage de l'immeuble. Son garde du corps examina ses traits pour deviner son humeur – comme le font tous les gorilles de par le monde – et, comme toujours, il ne lut rien : Andropov masquait ses sentiments avec la maîtrise d'un joueur professionnel. Une fois parvenu au dernier étage, il n'y avait qu'une quinzaine de mètres tout au plus jusqu'à la porte de son secrétaire. C'était tout simplement parce que son bureau personnel était dépourvu de porte. À la place, il y avait une penderie dans l'antichambre et c'est par l'intérieur de celle-ci qu'on accédait à son espace de travail. Cette chicane datait de l'époque de Lavrenti Beria, le chef des services clandestins de Staline, qui avait toujours nourri une intense (et déraisonnable) crainte de l'assassinat et avait donc trouvé cette mesure de sécurité, de peur qu'un commando réussisse à parvenir jusqu'au quartier général du NKVD. Andropov trouvait tout cela théâtral, mais c'était dans la tradition du KGB et, dans son genre, le gag était toujours divertissant pour ses visiteurs – le truc existait depuis trop longtemps pour être encore un secret pour quiconque réussissait à parvenir jusqu'ici, de toute manière.

Son emploi du temps lui laissait un quart d'heure en début de journée pour parcourir les journaux déposés sur son bureau, avant que ne débutent les réunions matinales, suivies des rendez-vous prévus des jours, parfois des semaines à l'avance. Ce jour-là, ils étaient pour l'essentiel consacrés aux affaires de sécurité intérieure, même si un membre du secrétariat du Parti devait passer avant midi pour discuter de questions strictement politiques. Ah oui, cette histoire à Kiev, se souvint-il.

Peu après son accession à la direction du KGB, il avait

trouvé que l'importance des affaires du Parti pâlissait en comparaison de la vaste étendue des domaines qu'il avait à traiter ici même au 2, place Dzerjinski. La mission du KGB, si tant est qu'on pût la limiter ainsi, était d'être « le glaive et le bouclier » du Parti. D'où sa tâche essentielle, en théorie, qui était de surveiller de près les citoyens soviétiques susceptibles de ne pas manifester l'enthousiasme voulu pour le gouvernement de leur pays. Ces gens du protocole de surveillance des Accords d'Helsinki commençaient à devenir bien encombrants. L'URSS avait signé sept ans plus tôt dans la capitale finnoise un accord veillant au respect des droits de l'homme et, de toute évidence, ils prenaient leur tâche au sérieux. Pis, ils attiraient épisodiquement l'attention des médias occidentaux. Les journalistes pouvaient se montrer parfois fort pénibles, et on ne pouvait plus les rudoyer comme dans le temps – pas tous, du moins. Le monde capitaliste les traitait comme des demi-dieux et s'attendait à ce que tous les autres fissent de même, alors que chacun savait qu'ils étaient tous plus ou moins des espions. Il était amusant de voir que le gouvernement américain interdisait ouvertement à ses services de renseignement d'adopter comme couverture la profession de journaliste. Quand tous les autres services d'espionnage de la planète le faisaient. Comme si les Américains allaient se conformer à leurs lois blanches comme neige, qui n'avaient été adoptées que pour laisser les autres pays ne pas se formaliser de voir le *New York Times* venir fouiner dans leurs affaires. Cela ne valait même pas un ricanement de dédain. Ridicule. Tous les visiteurs étrangers en Union soviétique étaient des espions. Tout le monde savait ça et c'était pourquoi la Deuxième Direction principale, dont la mission était le contre-espionnage, était si importante au sein du KGB.

Enfin, le problème qui lui avait coûté une heure de sommeil la veille n'était pas si différent, après tout. Non, pas quand on y songeait vraiment.

Iouri Vladimirovitch pressa un bouton sur son interphone.

« Oui, camarade directeur, répondit aussitôt son secrétaire.

— Envoie-moi tout de suite Alexis Nikolaïevitch.

— Tout de suite, camarade. » Il fallut précisément quatre minutes à la pendulette de bureau d'Andropov.

« Oui, camarade directeur. » Alexis Nikolaïevitch Rojdestvenski était colonel à la Première Direction principale – le service « Étranger ». Espion aguerri, il avait longtemps opéré en Europe occidentale, mais jamais de l'autre côté de l'Atlantique. Doué dans l'action opérationnelle et la direction des agents, son expertise de l'action sur le terrain l'avait catapulté à la Centrale plus ou moins au titre d'expert-maison auprès d'Andropov. Ce dernier le consultait chaque fois qu'il avait besoin d'informations sur des opérations. De taille modeste, pas spécialement remarquable, c'était le genre d'homme qui pouvait se fondre dans n'importe quelle rue de n'importe quelle ville de la planète, ce qui expliquait en partie sa réussite sur le terrain.

« Alexis, j'ai un problème théorique. Vous avez déjà travaillé en Italie, ce me semble ?

— Cinq ans à l'antenne de Rome, camarade président, oui, sous les ordres du colonel Goderenko. Il y est encore, du reste, comme *rezident*.

— Un homme de valeur ? » s'enquit Andropov.

L'autre acquiesça avec emphase : « Un excellent officier, oui, camarade président. Il dirige une bonne antenne. Il m'a beaucoup appris.

— Connaît-il bien le Vatican ? »

La question fit ciller Rojdestvenski. « Il n'y a pas grand-chose à apprendre sur place. Nous avons certes des contacts, mais ils n'ont jamais été très poussés. L'Église catholique est une cible difficile à infiltrer. Pour des raisons évidentes.

— Et par le truchement de l'Église orthodoxe ? demanda Andropov.

— Nous y avons des contacts, en effet, qui nous donnent certains résultats, mais rarement des informations de valeur. Plutôt des ragots, et même dans ce cas, rien que nous n'aurions pu apprendre par d'autres canaux.

— Quelle est la valeur de la sécurité entourant le pape ?

— Sa sécurité physique ? s'enquit Rojdestvenski, qui se demandait où son interlocuteur voulait en venir.

— Tout juste », confirma Andropov.

Rojdestvenski sentit son corps se glacer. « Camarade président, le pape dispose d'une protection rapprochée, pour l'essentiel de type passif. Ses gardes du corps sont des Suisses en civil – les guignols déguisés de collants rayés qui paradent autour de lui sont là surtout pour la galerie –, il leur arrive d'intercepter un fidèle un peu trop emporté par sa proximité avec le Saint-Père, ce genre d'incident. Je ne suis même pas sûr qu'ils soient armés, mais on peut supposer que oui.

— Fort bien. Je veux savoir dans quelle mesure il est difficile d'approcher le pape. Avez-vous des idées ? »

Ah, pensa Rojdestvenski. « Personnellement ? Non, camarade. J'ai visité à plusieurs reprises la cité du Vatican durant mon séjour à Rome. Les collections d'art, vous l'imaginez sans peine, y sont impressionnantes, et c'est un domaine auquel s'intéresse mon épouse. Je l'y ai conduite peut-être une demi-douzaine de fois. L'endroit grouille de prêtres et de religieuses. Je confesse n'avoir jamais cherché particulièrement à y jauger les mesures de sécurité, mais en tout cas, rien n'était visible, en dehors de ce à quoi on peut s'attendre normalement – à savoir les dispositions contre le vol et le vandalisme. On trouve comme partout des gardiens de musée, dont la fonction principale semble être d'indiquer aux visiteurs où se trouvent les toilettes.

« Le pape vit dans les appartements papaux qui jouxtent la basilique Saint-Pierre. Je n'y suis jamais allé. Ce n'est pas le genre d'endroit qui ait pour moi un quelconque intérêt professionnel. Je sais que notre ambassadeur s'y rend parfois pour des raisons diplomatiques, mais je n'y ai jamais été invité. Mon poste était celui de vice-attaché commercial, voyez-vous, camarade président, et je n'étais alors que débutant, poursuivit Rojdestvenski. Vous dites que vous aimeriez savoir comment approcher le pape. Je présume que vous entendez par là...

— Cinq mètres, moins si possible, mais cinq mètres en tout cas. »

À portée de tir d'un pistolet, saisit d'emblée Rojdestvenski. « Personnellement, je n'en sais pas assez. Ce serait plutôt un boulot pour le colonel Goderenko et ses hommes. Le Saint-Père accorde des audiences aux fidèles. Le moyen d'y accéder, je l'ignore. Il fait également des apparitions publiques en diverses occasions. J'ignore comment s'établit le programme de ces manifestations.

— Eh bien, trouvons-le, suggéra Andropov, comme si de rien n'était. Vous me rendrez compte directement. N'en parlez absolument à personne.

— Très bien, camarade président, dit le colonel, qui s'était mis au garde-à-vous. La priorité ?

— Immédiate, répondit le patron du KGB sur son ton le plus détaché.

— J'y veillerai personnellement, camarade président », promit le colonel Rojdestvenski. Son visage ne trahissait rien de ses sentiments personnels. À vrai dire, il n'en avait guère. Les agents du KGB n'étaient pas entraînés à nourrir de scrupules, du moins en dehors de la politique, en laquelle ils étaient censés avoir une foi inébranlable. Les ordres d'en haut avaient la force de la volonté divine. Le seul souci d'Alexis Nikolaïevitch pour l'heure se polarisait sur les retombées politiques potentielles de la chute de cet engin nucléaire bien particulier. Rome avait beau être située à plus de deux mille kilomètres de Moscou, ce ne serait sans doute pas suffisant.

Toutefois, ce n'était pas son rôle de discuter de problèmes politiques et il évacua la question de son esprit – pour l'heure, tout du moins. Au même instant, le boîtier de l'interphone posé sur le bureau directorial se mit à vibrer. Andropov bascula la touche supérieure droite.

« Oui ?

— Votre premier rendez-vous est arrivé, camarade président, annonça son secrétaire.

— Combien de temps cela prendra-t-il, Alexis, à votre avis ?

— Plusieurs jours, sans doute. Vous voulez une évaluation immédiate, j'imagine... Et suivie de données spécifiques ?

— Exact. Mais pour l'heure, tenons-nous-en à l'évaluation générale, dit Iouri Vladimirovitch. Nous n'avons pas encore planifié d'opération.

— À vos ordres, camarade président. Je descends de ce pas au centre de transmissions.

— Excellent. Merci, Alexis.

— Je sers l'Union soviétique », répondit machinalement le colonel Rojdestvenski. Il se remit au garde-à-vous, puis fit un quart de tour gauche pour rejoindre la porte. Comme la plupart des visiteurs, il dut baisser la tête pour repasser dans l'antichambre du secrétaire, avant de tourner à droite pour regagner le corridor.

Bien. Alors, comment fait-on pour approcher le pape, ce prélat polonais ? se demanda Rojdestvenski. Voilà au moins une intéressante question théorique. Le KGB regorgeait de théoriciens et de spécialistes qui décortiquaient tout, des diverses méthodes d'assassinat des chefs de gouvernement étrangers – toujours utile dans l'éventualité d'un conflit majeur – à la meilleure façon de dérober et interpréter les dossiers médicaux des hôpitaux. La vaste palette des opérations du KGB était quasiment sans limites.

Les traits du colonel étaient toujours aussi indéchiffrables alors qu'il se dirigeait vers la batterie d'ascenseurs. Il pressa le bouton et attendit. Les portes s'ouvrirent au bout de quarante secondes.

« Rez-de-chaussée », dit-il au liftier. Tous les ascenseurs en avaient un. Les cabines étaient un endroit bien trop favorable à l'installation éventuelle d'une boîte aux lettres pour être abandonnées sans surveillance. Et même, lesdits liftiers avaient été entraînés à guetter des transmissions de main en main. Personne ne se fiait à personne dans ce bâtiment. Il y avait trop de secrets à garder. S'il existait un seul endroit dans toute l'Union soviétique où un ennemi voudrait infiltrer un agent, c'était bien dans ces murs, aussi tous se regardaient en chiens de faïence, toujours aux aguets, traquant le sens caché dans la moindre conversation.

Les hommes nouaient des amitiés, bien sûr, comme en n'importe quelle autre circonstance. Ils bavardaient, parlaient de leur femme et de leurs enfants, du sport, de la pluie et du beau temps, de la décision ou non d'acheter une voiture, de l'achat éventuel d'une datcha à la campagne – du moins pour ceux qui en avaient le privilège par l'âge ou la fonction. Mais il était rare qu'ils parlent boutique, sinon avec leurs plus proches collègues, et encore, uniquement dans les salles de conférence où l'on était censé aborder ce genre de sujet. Il ne serait jamais venu à l'esprit de Rojdestvenski que ces restrictions institutionnelles puissent réduire la productivité et même entraver l'efficacité du service. Cette circonspection faisait simplement partie du dogme du Comité pour la sécurité de l'État.

Il dut franchir un poste de contrôle pour pénétrer dans le centre de transmissions. Le sous-officier de quart examina son laissez-passer muni d'une photo avant de lui faire signe d'entrer avec à peine l'esquisse d'un vague salut.

Rojdestvenski était déjà venu ici, bien sûr, assez souvent en tout cas pour être connu de tête et de nom des principaux opérateurs. La réciproque était vraie. Les bureaux étaient disposés pour ménager un vaste espace entre eux, et le bruit de fond des télex empêchait toute conversation normale d'être surprise à plus de trois ou quatre mètres de distance, même pour une oreille exercée. Tout cela, comme le reste de l'aménagement de la salle, avait évolué avec les années jusqu'à ce que les mesures de sécurité soient aussi proches de la perfection qu'on puisse l'imaginer, même si cela n'empêchait pas les experts en rendement du second de venir fureter avec leur air renfrogné, toujours en quête de quelque anomalie. Rojdestvenski s'approcha du bureau de l'officier des transmissions responsable.

« Oleg Ivanovitch », dit-il en manière de salut.

Zaïtzev leva les yeux et découvrit son cinquième visiteur, de la journée, son cinquième visiteur, mais surtout sa cinquième interruption. C'était souvent la plaie d'être responsable du poste de surveillance ici, surtout pour le quart du matin. Le poste de nuit était ennuyeux comme la pluie, mais au moins permettait-il de travailler d'une traite.

« Oui, mon colonel, que puis-je pour vous ce matin ? demanda-t-il d'un ton plaisant.

— Un message spécial pour l'antenne de Rome, un message personnel au *rezident*. Je pense qu'un masque jetable[1] sera nécessaire. J'aimerais mieux que vous vous en occupiez personnellement. » *Plutôt que de laisser le cryptage à un agent du chiffre*, s'abstint-il d'ajouter. La requête était inhabituelle et elle piqua l'intérêt de Zaïtzev. Il faudrait qu'il voie ça de toute manière. Éliminer l'agent du chiffre ne faisait que réduire de moitié le nombre d'individus qui verraient ce message particulier.

« Très bien. » Le capitaine Zaïtzev prit un calepin et un crayon. « Allez-y.

_____

1. Méthode de cryptage théoriquement infrangible qui fait appel à une grille de cryptage unique (le bloc), utilisée une fois et une seule, tant par l'émetteur que par le récepteur.

"Ultra-confidentiel. Immediat et urgent. De centre Moscou, Bureau du president, au colonel Russlan Borissovitch Goderenko, *rezident*, Rome. Message suit : evaluer et signaler tous moyens pour approcher physiquement le pape. Fin."

— C'est tout ? s'étonna Zaïtzev. Et s'il demande ce que cela signifie ? L'intention n'est pas très claire.

— Russlan Borissovitch comprendra ce que cela veut dire », lui assura Rojdestvenski. Il savait que la question de Zaïtzev n'avait rien d'incongru. Le chiffrage par masque jetable était une vraie plaie à utiliser, aussi les messages envoyés par cette méthode de cryptographie étaient-ils censés être parfaitement explicites, car tout échange supplémentaire de messages d'éclaircissements risquait de compromettre les liens de communication. Tel qu'il était, ce message serait télexé et donc à coup sûr intercepté et tout aussi sûrement reconnu à sa mise en forme comme le résultat d'un chiffrage par masque jetable, dénotant un contenu d'une certaine importance. Les casseurs de code américains et britanniques s'y attaqueraient sans doute, et chacun devait se méfier d'eux et de leur redoutable habileté technique. Tous ces fichus services occidentaux avaient cette sale manie de toujours collaborer étroitement.

« Si vous le dites, camarade colonel. Je l'enverrai dans moins d'une heure. » Zaïtzev consulta la pendule murale pour s'assurer qu'il ne s'agissait pas d'une promesse en l'air. « Il devrait le trouver sur son bureau en arrivant à son poste. »

Il faudra vingt minutes à Russlan pour le décrypter, estima Rojdestvenski. *Et ensuite, cherchera-t-il à s'informer auprès de nous, comme le suggère Zaïtzev ? Goderenko est un homme prudent et méticuleux – et politiquement roué. Même avec le nom d'Andropov dans l'en-tête, Russlan Borissovitch aura certainement la curiosité de demander des éclaircissements.*

« S'il y a une réponse, prévenez-moi dès que vous aurez le texte en clair.

— Vous êtes le point de contact pour cette ligne ? » demanda Zaïtzev, juste pour s'assurer de dispatcher correctement le message. Après tout, l'en-tête que lui avait dicté le colonel stipulait « Bureau du président ».

« C'est correct, capitaine. »

Zaïtzev acquiesça, puis tendit le brouillon du message en clair au colonel Rojdestvenski ; pour qu'il le confirme et y appose son paraphe. Au KGB, on devait garder une trace écrite de tout. Zaïtzev consulta la liste récapitulative. Message, émetteur, récepteur, méthode de cryptage, point de contact... oui, il avait tout, et toutes les cases étaient convenablement signées. Il releva les yeux. « Mon colonel, il partira au plus vite. Je vous rappellerai pour vous préciser l'heure de transmission. » Il en verserait également un double aux étages supérieurs, à destination des archives permanentes. Il apposa une ultime note manuscrite et tendit le carbone.

« Voici le numéro d'expédition. Ce sera également le numéro de référence de l'opération jusqu'à ce que vous décidiez d'en changer.

— Merci, capitaine. » Le colonel prit congé.

Oleg Ivanovitch consulta de nouveau la pendule murale. Rome avait trois heures de décalage horaire avec Moscou. Dix à quinze minutes pour le *rezident* pour remettre au clair le message – les agents sur le terrain n'étaient franchement pas doués pour ce genre de manip, il le savait –, puis pour réfléchir à son contenu, et ensuite... ?

Zaïtzev fit sa petite estimation. Le *rezident* à Rome renverrait une demande d'éclaircissements. Tout ce qu'on voulait parier. Le capitaine envoyait et recevait des messages de cet homme depuis pas mal d'années. Goderenko était un type méticuleux qui aimait que les choses soient claires. Aussi laissa-t-il le masque de Rome dans son tiroir de bureau, prêt à le rouvrir pour le message de retour. Il compta : 209 signes, y compris les espaces et la ponctuation. Dommage qu'ils ne puissent pas faire ça sur l'un de ces nouveaux ordinateurs américains avec lesquels ils jouaient là-haut dans les étages. Mais à quoi bon demander la lune ? Zaïtzev sortit le livre de codes de son tiroir de bureau et nota scrupuleusement (mais bien inutilement) par écrit son matricule avant de se rendre dans la partie ouest de la vaste salle. Il les connaissait presque tous par leur numéro individuel – sa mémoire de joueur d'échecs, sans doute.

« Bloc un-un-cinq-huit-neuf-zéro », dit-il à l'employé assis derrière l'écran métallique en lui tendant la feuille de papier. L'employé, âgé de cinquante-sept longues années, pour l'essentiel passées ici, alla chercher à quelques mètres de là le bon livre de codes. C'était un classeur à feuilles d'environ dix centimètres de large sur vingt-cinq de haut, rempli de pages de papier perforées – cinq cents ou plus. Celle en cours était marquée d'un onglet en plastique.

On aurait dit les pages d'un annuaire téléphonique jusqu'à ce qu'un examen plus attentif révèle que les lettres ne formaient aucun mot de langage connu, sinon par pur accident. Cela se produisait en moyenne deux ou trois fois par page. C'est dans la banlieue de Moscou, au-delà du périphérique extérieur, que se trouvait le siège de la direction dont dépendait directement Zaïtzev – la Huitième –, qui était la section du KGB chargée d'élaborer et casser codes et chiffres. Sur le toit du bâtiment se dressait une antenne hypersensible reliée à un télex. Le récepteur placé entre l'antenne et le télex écoutait le bruit de fond atmosphérique et le télex interprétait ces « signaux » en une succession de lettres morses, que la machine à côté imprimait scrupuleusement. En fait, plusieurs de ces machines étaient interconnectées de façon que le caractère aléatoire du bruit de fond atmosphérique soit à nouveau brouillé pour aboutir à un charabia rigoureusement imprévisible. C'est de ce charabia qu'étaient composés les masques jetables qui étaient censés donner des cribles de transposition totalement aléatoires qu'aucune formule mathématique ne pouvait prédire et par conséquent décrypter. Le chiffrement par masque jetable était universellement considéré comme le système de cryptage le plus sûr. C'était important, car les Américains étaient les leaders mondiaux du cassage de codes. Leur projet « Vérone » avait même compromis le chiffre soviétique entre la fin des années 40 et le début des années 50, au grand dam de l'agence de Zaïtzev. Les plus sûrs des masques jetables étaient également les plus encombrants et les moins pratiques, même pour des usagers expérimentés comme le capitaine Zaïtzev. Mais c'était inévitable. Et Andropov en personne désirait savoir comment se retrouver physiquement proche du pape.

C'est à ce moment que la phrase fit tilt : *physiquement proche du pape*. Mais pourquoi diable vouloir une chose pareille ? Iouri Vladimirovitch n'avait certainement pas l'intention de se confesser.

Que lui demandait-on donc de transmettre ?

Goderenko, le *rezident* à Rome, était un agent aguerri dont la *rezidentura* dirigeait un grand nombre d'éléments italiens ou d'autres nationalités pour le compte du KGB. Il transmettait toutes sortes de renseignements, certains d'une importance notoire, d'autres simplement amusants, même s'ils restaient potentiellement utiles pour compromettre tel ou tel personnage important en étalant au grand jour ses petites faiblesses. Était-ce que ces personnages étaient les seuls à avoir de telles faiblesses ou bien simplement que leur position les amenait à se distraire de façon dont pouvait seulement rêver la majorité de leurs congénères sans pouvoir s'y adonner ? Quelle que fût la réponse, Rome devait être l'endroit idéal pour ce genre de pratiques. *La cité des Césars...*, songea Zaïtzev, *rien d'étonnant*. Il se remémora les guides de voyage et les livres d'histoire qu'il avait lus sur la ville – l'histoire classique en Union soviétique était assortie de commentaires politiques, mais sans excès. La vision politique appliquée à tous les aspects de la vie quotidienne était sans doute le trait intellectuel le plus lassant de l'existence dans son pays, au point de vous pousser à boire – certes, il ne fallait pas beaucoup y pousser les Russes, bien entendu.

Mais assez rêvé. Temps de se remettre au boulot. Le capitaine prit une roue de codage dans le tiroir du haut. On aurait dit un cadran téléphonique – on sélectionnait la lettre à transposer en la plaçant au sommet du premier cadran, puis on le faisait tourner jusqu'à la lettre indiquée sur la page du masque de transposition. Dans ce cas précis, il travaillait depuis le début de la douzième ligne de la page 284. Cette référence serait indiquée dans la première ligne de la transmission afin que le destinataire sache comment restituer le texte en clair à partir du charabia transmis.

C'était une tâche laborieuse, malgré le recours à la roue de codage. Il devait entrer chaque lettre du message en clair rédigé sur le formulaire, puis la faire tourner jusqu'à la lettre de transposition inscrite sur la page imprimée du bloc de chiffrement, et enfin coucher par écrit la lettre résultante. Chaque opération exigeait qu'il pose son crayon, tourne le cadran, reprenne le crayon, écrive le résultat, vérifie celui-ci – à deux reprises, dans son cas – et recommence avec la lettre suivante. (Les employés du chiffre, qui n'avaient rien d'autre à faire, travaillaient à deux mains, un talent que Zaïtzev n'avait pas encore acquis.) C'était plus que fastidieux... pas vraiment le genre de tâche qu'on confiait à un diplômé de mathématiques. Un peu comme la correction des exercices d'orthographe à l'école primaire, ronchonna Zaïtzev. Il lui fallut plus de six minutes pour parvenir au bout. Il lui aurait fallu moitié moins s'il avait eu le droit de se faire assister, mais cela aurait violé le règlement, or le règlement ici était catégorique.

Puis, sa tâche achevée, il dut tout reprendre du début pour s'assurer qu'il n'avait pas transmis de séquence erronée, car celles-ci brouillaient tout à chaque extrémité de la chaîne, de sorte que, lorsque ça se produisait, il pouvait toujours faire porter le chapeau aux dactylographes sur télétypes – ce que personne ne se privait de faire, du reste. Quatre minutes et demie plus tard, il pouvait confirmer qu'il n'avait commis aucune erreur. Bien.

Zaïtzev se leva pour se diriger vers l'autre bout de la salle, franchir la porte et pénétrer dans celle des transmissions. Le bruit qui y régnait avait de quoi vous rendre fou. Les télétypes étaient des machines de conception ancienne – en fait, l'une d'elles avait été volée aux Allemands dans les années 30 – et crépitaient comme des mitraillettes, quoique sans le bruit de détonation des cartouches. Devant chaque machine se tenait un claviste en uniforme – rien que des hommes, tous assis raides comme des statues, les mains comme fixées au clavier posé devant eux. Tous portaient des casques isolants pour que le bruit ambiant ne les mène pas à l'hôpital psychiatrique. Zaïtzev porta son formulaire au responsable, qui prit le feuillet sans un mot – il était coiffé de protections acoustiques, lui aussi – et se dirigea vers le claviste le plus à gauche de la rangée du fond. Là, le responsable pinça la feuille à la tablette verticale surmontant le clavier. En tête du feuillet était inscrit l'identifiant du destinataire. Le dactylo composa sur son cadran le numéro adéquat, puis attendit le gazouillis du télétype à l'autre bout de la ligne – le son avait été conçu pour franchir les protections acoustiques – en même temps qu'un témoin jaune s'allumait sur le dessus de la machine. L'opérateur se mit alors à taper son charabia.

Comment y parvenaient-ils sans devenir complètement cinglés, cela dépassait Zaïtzev. L'esprit humain recherchait les motifs et les éléments qui faisaient sens, mais taper TKALN-NEPTN requérait une attention pour le détail digne d'un robot et l'abandon total de toute humanité. On racontait que les télétypistes étaient tous des pianistes virtuoses, mais ça ne pouvait être vrai, Zaïtzev en était sûr. Même la partition de piano la plus discordante recelait un minimum d'harmonie sous-jacente. Mais pas un cryptage par masque jetable.

Le télétypiste leva les yeux au bout de quelques secondes

à peine. « Transmission terminée, camarade. » Zaïtzev acquiesça et retourna auprès du bureau du responsable.

« Si quelque chose revient avec ce numéro de référence d'opération, apportez-le-moi immédiatement.

— Bien, camarade capitaine », acquiesça le responsable.

Cela fait, Zaïtzev retourna s'installer à son bureau sur lequel la pile de travail en attente était déjà d'une hauteur conséquente et à peine moins abrutissante que celle des robots à l'œuvre dans la salle voisine. Peut-être était-ce pourquoi une petite musique se mit à murmurer au fond de sa tête : *proche physiquement du pape... pourquoi ?*

Le réveil sonna à six heures moins le quart. C'était une heure indue. Chez lui, se dit Ryan, il était *une heure* moins le quart, mais inutile de s'appesantir là-dessus. Il repoussa les couvertures et se leva pour gagner en titubant la salle de bain. Il lui faudrait encore du temps pour s'habituer à sa nouvelle vie. Les toilettes fonctionnaient à peu près pareil, mais le lavabo... *pourquoi bon Dieu avoir besoin de deux robinets pour remplir la cuvette, un pour l'eau chaude et un pour l'eau froide ?* À la maison, on n'avait qu'à placer les mains sous le putain de jet de flotte, mais ici, il fallait d'abord attendre qu'elle se mélange dans la cuvette et ça, ça vous faisait perdre du temps. Le premier regard matinal dans la glace était toujours difficile. *Est-ce que j'ai vraiment cette tête-là ?* se demandait-il régulièrement en regagnant la chambre pour donner une petite tape sur la croupe de sa femme.

« C'est l'heure, chou. »

Bougonnement étrangement féminin. « Ouais. Je sais.

— Tu veux que j'aille lever Petit Jack ?

— Laisse-le dormir », conseilla Cathy. Le petit bonhomme n'avait pas eu envie de se coucher la veille au soir. Alors maintenant, bien sûr, il n'aurait pas envie de se lever.

« D'ac. » Jack alla dans la cuisine. La machine à café n'avait besoin que d'une pression sur le bouton, une tâche à la portée de Ryan. Juste avant de prendre l'avion, il avait vu une nouvelle entreprise américaine, IPO. La société commercialisait un café de première qualité et, comme Jack avait toujours été très difficile dans ce domaine, il avait placé cent mille dollars dans la boîte et en avait profité pour s'acheter quelques échantillons de leur production – l'Angleterre avait beau être un charmant pays, ce n'était pas vraiment pour la qualité de son café qu'on le visitait. Au moins pouvait-il avoir du Maxwell House par l'Air Force, et peut-être qu'il pourrait demander à cette nouvelle marque, Starbucks, de lui expédier certains de ses produits. Encore un truc auquel penser. Puis il se demanda ce que Cathy allait préparer pour le petit déjeuner. Chirurgienne ou pas, elle considérait la cuisine comme son domaine. Son époux avait tout juste le droit de préparer les sandwiches et les cocktails, mais c'était à peu près tout. Ce qui convenait parfaitement à Jack, pour qui les fourneaux étaient terra incognita. La cuisinière ici était à gaz, comme celle qu'utilisait jadis sa vieille maman, mais ce n'était pas la même marque. Il se dirigea d'un pas chancelant vers la porte d'entrée, espérant y trouver le journal.

Il était bien là. Ryan s'était abonné au *Times*, pour accompagner l'*International Herald Tribune* qu'il achetait au kiosque de la gare. Finalement, il alluma la télé. Aussi étonnant que cela paraisse, il y avait une amorce de réseau câblé dans ce quartier et, *mirabile dictu*, l'offre proposait CNN, la nouvelle chaîne américaine d'infos en continu – il avait allumé juste à temps pour les résultats de base-ball. Donc l'Angleterre était civilisée, après tout. Les Orioles avaient battu Cleveland la veille par 5 à 4, en onze tours de batte. Les joueurs devaient certainement être au lit à cette heure, à cuver les bières descendues au bar de l'hôtel après le match. Une idée bien agréable. Huit bonnes heures à roupiller devant soi. À l'heure pile, l'équipe de nuit de CNN à Atlanta présenta le résumé des événements de la veille. Rien de bien transcendant. L'économie était toujours un peu vacillante. Le Dow Jones avait gentiment repris du poil de la bête, mais le taux de chômage restait à la traîne – comme les voix des électeurs de la classe ouvrière. Enfin, c'était ça, la démocratie. Ryan devait toujours se remémorer que sa vision personnelle de l'économie était sans doute différente de celle des gars qui coulaient l'acier et assemblaient les Chevrolet à Detroit. Son père avait été syndicaliste, bien que lieutenant de police et plus du côté de la direction que de la base, et il avait presque toujours voté démocrate. Ryan ne s'était inscrit à aucun parti, préférant garder son indépendance. Ça limitait déjà l'engorgement de la boîte aux lettres, et du reste, qui s'intéressait aux primaires ?

« B'jour, Jack », dit Cathy, entrant dans la cuisine vêtue de sa robe d'intérieur rose.

Elle était toute froissée, ce qui était surprenant, car son épouse était une maniaque côté habillement. Il n'avait pas posé la question, mais il supposait que cela devait avoir une signification sentimentale.

« Hé, ma puce. » Jack se leva pour lui donner le premier baiser de la journée, accompagné d'une étreinte un peu molle. « T'veux le journal ?

— Non, je le garde pour le train. » Elle ouvrit la porte du frigo et en sortit des trucs. Jack ne regarda pas quoi.

« Un café, ce matin ?

— Volontiers. Je n'ai aucune opération de prévue. » Auquel cas elle se gardait d'en boire, de peur que la caféine ne lui provoque un léger tremblement des mains. On ne pouvait pas se le permettre quand on était en train de bricoler sur des globes oculaires. Non, ce jour-là, on devait lui présenter le Pr Byrd. Bernie Katz le connaissait et le considérait comme un ami, ce qui était de bon augure, mais, de toute façon, Cathy était un excellent chirurgien oculaire et elle n'avait aucune raison de s'inquiéter le moins du monde à

153

la perspective d'un nouveau poste et d'un nouveau patron. Mais c'était bien humain après tout, même si Cathy était trop fière pour le laisser paraître. « Du bacon et des œufs, ça te dit ?

— J'ai le droit à un peu de cholestérol ? s'étonna son mari.

— Une fois par semaine », répondit Mme Ryan, inflexible. Le lendemain, elle lui servirait des flocons d'avoine.

« Je ne dis pas non, ma puce, dit Ryan non sans plaisir.

— Je sais que de toute façon tu auras des saloperies au bureau.

— *Moi ?*

— Ouais, des croissants et du beurre, sans doute. Et en plus, ils font toute leur croissanterie au beurre, de toute manière, vois-tu.

— Du pain sans beurre, c'est comme une douche sans savon.

— On en reparlera après ton premier infarctus.

— À mon dernier bilan, j'avais quoi comme taux de cholestérol ?

— Un gramme cinquante-deux, répondit Cathy, réprimant un bâillement ennuyé.

— Et c'est bon, ça ? insista son mari.

— C'est encore acceptable », admit-elle. Mais le sien n'était que de un quarante-six.

« Merci, chou », répondit Ryan en revenant à la page courrier du *Times*. Les lettres à la rédaction étaient ici une véritable institution et la qualité des contributions était bien supérieure à tout ce qu'on pouvait trouver dans la presse écrite américaine. Enfin, après tout, c'était ici qu'ils avaient inventé la langue, se dit Ryan, ce n'était que justice. La tournure des phrases avait souvent une élégance qui confinait à la poésie, parfois même trop subtile pour être goûtée par un œil américain. Mais il finirait bien par prendre le coup.

154

Le bruit familier et l'odeur agréable du bacon en train de frire remplirent bientôt la cuisine. Le café – adouci par du lait au lieu de crème – était plaisant, et les nouvelles n'étaient pas du genre à vous gâcher le petit déjeuner. Bref, hormis l'heure indue, tout n'allait pas si mal, et du reste, la partie la plus désagréable du réveil était déjà derrière lui.

« Cathy ?

— Oui, Jack ?

— T'ai-je déjà dit que je t'aime ? »

Elle consulta ostensiblement sa montre. « Tu es un peu en retard, mais je mettrai ça sur le compte de l'heure matinale.

— Comment se présente ta journée, ma chérie ?

— Oh, rencontrer des gens, voir un peu comment tout ça s'organise. Et surtout rencontrer mon personnel soignant. J'espère que j'aurai de bonnes infirmières.

— C'est important ?

— Rien ne bousille plus un service de chirurgie qu'une infirmière braque ou maladroite. Mais le personnel d'Hammersmith est réputé, et Bernie dit que le Pr Byrd est sans doute l'un des meilleurs bonshommes qu'ils aient par ici. Il enseigne à Hammersmith et à Moorefields. Bernie et lui sont des amis de vingt ans. Il est souvent passé à Hopkins, mais je ne sais pas comment j'ai fait mon compte, je ne l'ai encore jamais croisé... Je te mets tes œufs ?

— S'il te plaît. »

Suivit un bruit de coquilles qu'on casse. Comme Jack, Cathy était une fervente adepte de la poêle en fonte noire. Plus dure à nettoyer, peut-être, mais les œufs avaient quand même meilleur goût, cuits de cette manière. Vint enfin le grincement de la manette du grille-pain qu'on descendait.

La page des sports – « sport » au singulier, dans les journaux d'ici – révéla à Jack tout ce qu'il avait besoin de savoir sur le football – à savoir pas grand-chose.

« Comment se sont comportés les Yankees, hier soir ? demanda Cathy.

— Quelle importance ? » rétorqua son époux. Il avait grandi à l'ombre de Brooks Robinson, de Milt Pappas et des Orioles. Sa femme était en revanche supportrice des Yankees. Cela créait des tensions dans le couple. Mickey Mantle avait été bon lanceur de balles, c'était entendu – sans doute qu'il aimait bien sa maman, aussi –, mais voilà, il avait joué en maillot rayé. Et c'était tout le problème. Ryan se leva, servit le café à sa femme et lui donna sa tasse avec un baiser.

« Merci, chou. » Cathy tendit à Jack son assiette.

Les œufs avaient un aspect légèrement différent, comme si les poules avaient mangé du maïs orangé pour que le jaune ressorte aussi brillant. Mais ils étaient excellents. Cinq minutes plus tard, repu, Ryan se dirigea vers la douche.

Dix minutes plus tard, il choisissait une chemise (coton blanc, poignets boutonnés), une cravate à rayures et son épingle à cravate des marines. À six heures quarante, on frappa à la porte.

« Bonjour. » C'était Margaret van der Beek, la nurse-gouvernante. Elle vivait à quinze cents mètres à peine et venait en voiture. Recommandée par une agence qui avait l'agrément du SIS, elle était d'origine sud-africaine et fille de pasteur. Mince, jolie, et apparemment très gentille. Elle était lestée d'un énorme sac. Ses cheveux étaient roux d'un rouge napalm, ce qui dénotait une hérédité irlandaise, mais apparemment, elle était de souche purement afrikaner. Son accent était celui de la plupart des autochtones, mais restait néanmoins agréable à l'oreille de Jack.

« Bonjour, miss Margaret. » Ryan l'invita à entrer. « Les enfants dorment encore, mais je pense qu'ils vont se réveiller d'un moment à l'autre.

— Normalement, Petit Jack fait toutes ses nuits depuis cinq mois.

— C'est peut-être le décalage horaire », observa tout haut Ryan, même si Cathy lui avait assuré que les bébés n'en souffraient pas. Jack avait du mal à gober ça. En tout cas, le

156

petit salopiot – Cathy lui montrait les dents chaque fois qu'il l'appelait ainsi – ne s'était pas endormi avant dix heures et demie passées la veille au soir. C'était plus dur pour Cathy que pour son mari. Les pleurs ne l'empêchaient pas de dormir. Elle, si.

« C'est bientôt l'heure, chérie..., lança-t-il.

— Je sais, Jack. » Puis elle apparut, portant son fils, Sally sur ses pas, dans son Babygro de lapin jaune.

« Hé, petite fille. » Ryan se pencha pour prendre Sally dans ses bras et lui faire un bisou.

Elle lui sourit et le gratifia d'une étreinte farouche. Que les enfants puissent se réveiller d'aussi bonne humeur était pour lui une énigme. Peut-être cela tenait-il à quelque instinct affectif essentiel, une façon de s'assurer que les parents veillaient sur eux, comme lorsqu'ils souriaient à papa-maman quasiment depuis la première seconde. De petites bestioles malignes, ces bébés.

« Jack, prépare un biberon, dit Cathy en se dirigeant vers la table à langer.

— Bien compris, doc », répondit consciencieusement l'analyste en renseignement, qui tourna les talons pour aller chercher dans la cuisine le biberon de mixture qu'il avait préparé la veille – ça, c'était le boulot d'un homme, lui avait-elle bien fait comprendre dès le premier âge de Sally. Comme déplacer les meubles ou sortir la poubelle, toutes tâches ménagères auxquelles les mâles étaient aussi génétiquement prédisposés.

C'était un peu comme nettoyer son fusil pour un soldat : dévisser le haut, retourner la tétine, poser le récipient dans le chauffe-biberon avec quinze centimètres d'eau, allumer le gaz, patienter quelques minutes.

Ce serait toutefois la tâche de miss Margaret. Jack avisa derrière la vitre le taxi qui entrait à l'instant au parking.

« Ta voiture est avancée, ma puce.

— D'accord », fut la réponse résignée. Cathy n'aimait pas

laisser ses enfants pour aller travailler. Comme toutes les mères, sans doute. Jack la regarda faire un détour pour se laver les mains, puis enfiler le manteau assorti à son ensemble gris – jusqu'aux chaussures à talon plat recouvertes de feutre de la même teinte. Elle voulait d'emblée faire bonne impression. Un bisou pour Sally, un autre pour le petit bonhomme, et elle se dirigea vers la porte que Jack lui tint ouverte.

Le taxi était un vulgaire break Land Rover – seul Londres exigeait le classique taxi anglais pour ses services urbains, même si certains modèles anciens finissaient leurs jours dans les campagnes reculées. Le chauffeur était un certain Edward Beaverton et il semblait horriblement enjoué pour un type qui devait commencer à bosser avant sept heures.

« Comment va ? dit Jack. Ed, je vous présente ma femme. C'est la fameuse Dr Ryan.

— Bonjour, m'dame, dit le chauffeur. Vous êtes chirurgienne, on m'a dit...

— C'est exact. Ophtalmologiste... »

Son époux la coupa : « Elle découpe des yeux et les recoud ensuite. Vous devriez la regarder faire, Eddie, c'est fascinant de la voir opérer. »

Le chauffeur réprima un frisson. « Merci, monsieur, mais non, sans façon.

— Jack dit ça uniquement pour faire vomir les gens, confia Cathy. D'ailleurs, il est bien trop mauviette pour venir assister à une véritable opération.

— Et il a bien raison, m'dame. Mieux vaut être acteur que spectateur.

— Je vous demande pardon ?

— Vous êtes ancien marine ?

— C'est exact. Et vous ?

— J'étais dans un régiment parachutiste. C'est ce qu'on nous enseignait à l'instruction : mieux vaut faire souffrir les autres que souffrir soi-même.

— La majorité des marines seraient d'accord avec cette sage maxime, vieux, admit Ryan en réprimant un rire.

— Ce n'est pas ce qu'on nous a enseigné à Hopkins », rétorqua Cathy, l'air pincé.

Il était une heure de plus à Rome. Le colonel Goderenko, second secrétaire à l'ambassade soviétique, avait environ deux heures quotidiennes de tâches diplomatiques, mais le plus clair de son temps était pris par son affectation de *rezident* ou chef d'antenne du KGB. C'était un boulot astreignant. Rome était un nœud d'informations essentiel pour l'OTAN, une ville où l'on pouvait obtenir toutes sortes de renseignements politiques et militaires, et c'était là sa principale préoccupation professionnelle. Lui et ses six officiers à temps plein et à temps partiel, ils avaient au total vingt-trois agents sous leurs ordres – des Italiens et un Allemand qui transmettaient des renseignements à l'Union soviétique pour des raisons politiques ou pécuniaires. Il aurait préféré que leurs motivations fussent purement idéologiques, mais cela n'allait plus tarder à être une chose du passé. De ce côté, à la *rezidentura* de Bonn régnait un meilleur climat de travail. Les Allemands restaient des Allemands : bon nombre pouvaient se laisser convaincre qu'aider leurs frères d'Allemagne de l'Est était préférable à une collaboration avec des Américains, des Britanniques ou des Français qui se disaient alliés de la mère patrie. Pour Goderenko et ses compatriotes, les Allemands ne seraient jamais des alliés, quelle que soit la politique qu'ils pourraient prétendre appliquer, même si la feuille de vigne du marxisme-léninisme pouvait s'avérer parfois un déguisement utile.

En Italie, il en allait autrement. Les derniers souvenirs de Benito Mussolini s'étaient presque entièrement effacés et la variété locale de communistes purs et durs s'intéressait plus au vin et aux pâtes qu'au marxisme révolutionnaire – à l'exception des brigands des Brigades rouges, mais il s'agissait plus de dangereux hooligans que d'agents politiques réellement fiables. Tout au plus une bande de dilettantes vicieux, même s'ils n'étaient pas dépourvus d'intérêt. Goderenko veillait à l'occasion à ce qu'ils fassent le voyage de Moscou, où ils allaient étudier la théorie politique et, surtout, apprenaient de bonnes méthodes d'action sur le terrain – de celles qui avaient au moins une utilité tactique.

Sur son bureau s'empilaient les dépêches de la nuit, au sommet desquelles trônait une de la Centrale de Moscou. Il nota, à l'en-tête du papier pelure, qu'elle était importante, puis releva le numéro du livre de code à utiliser : 115890. Celui-ci se trouvait dans le coffre du bureau, dissimulé dans la crédence posée derrière lui. Il dut faire pivoter son fauteuil et s'agenouiller à moitié pour composer la combinaison ouvrant la porte, après avoir désactivé l'alarme électronique couplée au bouton. Cela ne prit que quelques secondes.

Posée sur le livre de codes, il y avait une roue de chiffrage. Goderenko détestait la manipulation des masques jetables, mais ils faisaient partie de sa vie tout autant que l'usage des toilettes. Pas ragoûtant, mais indispensable. Le décryptage de la dépêche lui prit dix minutes. Ce n'est qu'à la fin du processus qu'il saisit la teneur du message.

Du président en personne ? Comme tout petit fonctionnaire gouvernemental de par le monde, il se fit l'impression d'un élève convoqué dans le bureau du principal.

Le pape ? Pourquoi diantre Iouri Vladimirovitch s'intéresse-t-il aux moyens de s'approcher du pape ?

Puis il réfléchit une seconde. *Oh, mais bien sûr. Il ne s'agit pas du chef de l'Église catholique. Mais de la Pologne. On peut extraire un Polak de Pologne, mais on n'extrait pas la Pologne d'un Polak. C'est une histoire politique.*

C'est ce qui rendait le message important.

Mais pas forcément du goût de Goderenko.

« ÉVALUER ET SIGNALER TOUS MOYENS POUR APPROCHER PHYSI-

QUEMENT LE PAPE », relut-il. Dans le jargon du KGB, cela ne pouvait signifier qu'une chose.

Tuer le pape ? Ce serait un désastre politique. L'Italie avait beau être catholique, les Italiens n'étaient pas un peuple ouvertement religieux. La *dolce vita*, telle était plutôt la religion du pays. Le peuple italien était le plus intensément désorganisé de la planète. Qu'ils aient pu être alliés des nazis dépassait l'imagination. Pour les Allemands, tout était censé toujours être *in Ordnung*, parfaitement arrangé, clair, net et prêt à l'usage à tout moment. Les seules choses que les Italiens tenaient à peu près en bon ordre étaient leurs cuisines et peut-être leurs caves à vin. En dehors de ça, c'était la pagaille générale. Pour un Russe, débarquer à Rome était un choc culturel aussi violent qu'un coup de baïonnette en pleine poitrine. Les Italiens n'avaient aucun sens de la discipline. Il n'y avait qu'à observer la circulation dans les rues pour le constater : conduire en Italie s'assimilait au pilotage d'un avion de chasse.

Mais tous les Italiens avaient un sens inné du style et de la propriété. Il y avait ici des choses qu'on ne pouvait pas faire. Les Italiens avaient un sens collectif du beau qu'il était bien difficile de prendre en défaut et violer ce code pouvait entraîner les plus sérieuses conséquences. Pour commencer, cela risquait de compromettre ses sources de renseignement. Mercenaires ou pas... même des mercenaires ne travailleraient pas à l'encontre de leur propre religion, n'est-ce pas ? Tout homme avait un minimum de scrupules, même – il se reprit : *surtout* – ici. Si bien que les conséquences politiques d'un acte comme la mission envisagée pourraient affecter défavorablement la productivité de sa *rezidentura* et avoir un sérieux impact sur le recrutement.

Bon, alors je fais quoi, moi ? se demanda-t-il. Colonel de première classe à la Première Direction principale du KGB, et *rezident* à la carrière exemplaire, il avait un certain degré de souplesse dans ses initiatives. Il était par ailleurs membre d'une énorme bureaucratie, et le plus simple pour lui était encore de faire comme tous les bureaucrates : différer, brouiller, entraver.

Il y fallait un certain degré d'aptitude, mais Russlan Borissovitch Goderenko était un spécialiste en la matière.

6

Mais pas trop près

LES nouveautés sont toujours intéressantes, et c'est également vrai pour les chirurgiens. Tandis que Ryan lisait son journal, Cathy regardait défiler le paysage. C'était encore une belle journée, avec un ciel aussi bleu que les jolis yeux de sa femme. Pour sa part, Jack avait parfaitement bien mémorisé le trajet, et l'ennui le faisait invariablement piquer du nez. Il se rencoigna dans l'angle de la banquette et sentit ses paupières s'alourdir.

« Jack, tu ne vas pas t'endormir ? Et si tu rates ton arrêt ?

— Risque pas, c'est le terminus, rétorqua son époux. Le train ne fait pas qu'entrer en gare, il y demeure. Et d'abord, ne reste jamais debout si tu peux t'asseoir, et ne reste jamais assis si tu peux t'allonger.

— Mais qui t'a dit une chose pareille ?

— Mon artilleur, dit Jack, les yeux clos.

— Qui ça ?

— Le sergent d'artillerie Phillip Tate, du corps des marines des États-Unis. C'est lui qui dirigeait mon peloton jusqu'à ce que je me fasse tuer dans cet accident d'hélico – il a continué après mon départ, je suppose. » Ryan lui envoyait toujours des cartes de vœux. Si Tate avait merdé, la mauvaise blague de Jack sur son accident mortel n'en aurait pas été une. Tate et le seconde classe infirmier de la marine du nom de Michael Burns avaient stabilisé ses vertèbres brisées, lui évitant à tout le moins la paralysie définitive. Burns avait droit à une carte de Noël, lui aussi.

Une dizaine de minutes avant le terminus de Victoria, Ryan se massa les yeux et se redressa.

« Bienvenue sur terre, observa sèchement son épouse.

— Tu feras pareil avant la fin de la semaine. »

Elle renifla. « Pour un ex-marine, sûr que t'es flemmard.

— Chérie, s'il n'y a rien à faire, autant employer son temps de manière productive.

— C'est ce que je fais. » Et de brandir son exemplaire du *Lancet.*

« Tu lisais quoi ?

— Tu pigerais pas », répliqua-t-elle. Et c'était vrai. Les connaissances de Ryan en biologie se limitaient à la grenouille qu'il avait démontée au lycée. Cathy l'avait fait, elle aussi, mais sans doute l'avait-elle remontée ensuite avant de la voir retourner d'un bond sur ses nénuphars. Elle savait également distribuer les cartes avec la dextérité d'un croupier de Las Vegas, un talent qui laissait son mari sur le cul chaque fois qu'elle en faisait la démonstration. En revanche, elle était nulle avec un pistolet. La plupart des toubibs étaient sans doute dans le même cas, et ici, les armes à feu étaient considérées comme des objets sales – même par les flics, dont certains seulement avaient le droit d'en porter. Drôle de pays.

« Comment je fais pour me rendre à l'hôpital ? demanda Cathy, alors que le train ralentissait en entrant en gare.

— Commence déjà par prendre un taxi. Tu pourras aussi emprunter le métro, suggéra Jack. T'es dans une nouvelle ville. Donne-toi le temps de prendre tes repères.

— Comment est le quartier ? » s'enquit-elle. Le genre de question qu'on posait quand on avait grandi à New York et travaillé dans le centre de Baltimore, où il valait mieux garder l'œil ouvert.

« Bougrement mieux fichu que celui de Johns Hopkins.

Tu n'auras pas souvent de blessures par balles aux urgences. Et les gens sont tout ce qu'il y a de plus gentils. Dès qu'ils savent que tu viens d'Amérique, ils sont quasiment aux petits soins.

— Ma foi, c'est vrai qu'ils ont été fort aimables à l'épicerie, hier, concéda Cathy. Mais tu sais, ils n'ont même pas de jus de raisin pour Sally dans ce pays.

— Mon Dieu, quel manque de civilisation ! s'exclama Jack. Eh bien, t'as qu'à lui acheter de la bière brune.

— Quel idiot ! rit-elle. Je te ferai remarquer que Sally adore son jus de raisin... ou le jus de cerise enrichi en vitamine C. Mais ici, tout ce qu'ils ont, c'est du jus de cassis. J'ai eu peur d'en acheter.

— Mouais, et elle va aussi attraper un drôle d'accent. » Jack ne se faisait pas trop de souci pour sa petite Sally. Les mômes sont les plus adaptables des créatures. Peut-être même qu'elle assimilerait les règles du cricket. Si oui, elle pourrait toujours enseigner ce jeu incompréhensible à son cher papa.

« Mon Dieu, mais tout le monde fume ici ! observa Cathy comme ils entraient en gare.

— Chérie, vois ça comme une source de revenus futurs pour toute la profession médicale.

— C'est une façon horrible et surtout débile de mourir.

— Oui, ma puce. » Chaque fois que Jack allumait une cigarette, c'était la révolution chez les Ryan. Encore un des inconvénients d'avoir épousé une toubib. Elle avait raison, bien sûr, et Jack le savait, mais tout le monde avait bien le droit d'avoir un petit vice. Tout le monde, sauf Cathy. Si elle en avait un, elle le dissimulait avec talent.

Le train ralentit et s'immobilisa ; ils purent alors se lever et ouvrir la portière du compartiment.

Ils descendirent pour se retrouver dans la cohue des employés se rendant au travail. *Pareil qu'à Grand Central Terminal à New York*, nota Jack, *quoique pas aussi bondé.* Londres a un grand nombre de gares terminus, disposées

165

comme les tentacules d'une pieuvre. Le quai était agréablement spacieux et la foule certainement plus polie que celle des New-Yorkais. L'heure de pointe était la même partout, certes, mais la capitale anglaise avait une patine de noblesse qu'il était difficile de ne pas aimer. Même Cathy ne tarderait pas à l'apprécier. Ryan mena sa femme vers la sortie, devant laquelle attendait une file de taxis. Il se dirigea vers le premier.

« Hôpital d'Hammersmith », lança-t-il au chauffeur. Puis il dit au revoir à sa femme en l'embrassant.

« À ce soir, Jack. » Elle avait toujours un sourire pour lui.

« Passe une bonne journée, chou. » Et Ryan se fraya un chemin vers l'autre bout de la gare. Quelque part, il détestait que sa femme dût travailler. Sa mère était toujours restée au foyer. Son père, comme tous les mâles de sa génération, avait estimé que c'était le devoir d'un homme de nourrir sa famille. Emmett Ryan avait certes apprécié que son fils épousât une femme médecin, mais ses idées phallocratiques sur la place de la femme dans le couple avaient quelque peu déteint sur son fils, nonobstant le fait que Cathy gagnait bien mieux sa vie que lui, sans doute parce que les ophtalmologistes avaient plus de valeur pour la société que les analystes en renseignement. Pour la société ou le marché du travail, en tout cas. Mais enfin, elle aurait été incapable de faire ce qu'il faisait, et vice versa, et cela résumait l'équation.

À Century House, le vigile en uniforme le reconnut et le salua d'un geste accompagné d'un sourire.

« Bonjour, sir John.

— 'lut, Bert ! » Ryan glissa sa carte dans la fente. Le témoin passa au vert et Jack franchit le portique de sécurité. De là, il n'avait que quelques pas jusqu'à l'ascenseur.

Simon Harding arrivait tout juste. Politesses habituelles :
« B'jour, Jack.

— 'lut », marmonna Jack en se dirigeant vers son bureau. Une enveloppe kraft l'y attendait. L'étiquette indiquait qu'elle était venue par coursier de l'ambassade des États-Unis à Grosvenor Square. Il déchira le sommet et découvrit qu'elle contenait le rapport de l'hôpital Hopkins sur Mikhaïl Souslov. Jack le feuilleta rapidement et vit un détail qui lui était sorti de l'esprit. Toujours aussi scrupuleux, Bernie Katz avait estimé le diabète de Souslov dangereusement avancé et prédit que son espérance de vie était limitée.

« Tenez, Simon. Ce truc dit que le chef des cocos serait plus malade qu'il n'y paraît.

— Quel dommage, observa Harding, prenant le rapport d'une main et tripotant sa pipe de l'autre. Ce n'est pas le plus charmant des hommes, vous savez.

— C'est ce que j'ai cru comprendre. »

Suivaient sous la pile les comptes rendus matinaux. Ils étaient marqués du tampon SECRET, ce qui voulait dire que leur contenu ne serait sans doute pas dans les quotidiens avant un jour ou deux. Il n'en était pas moins intéressant, parce que ce type de document précisait parfois ses sources, ce qui souvent vous indiquait si l'information était fiable ou non. Détail remarquable, les données reçues par les services de renseignement n'étaient en effet pas toutes très fiables. Une bonne partie pouvait être franchement qualifiée de ragots, parce que même les personnages importants dans toutes les hautes sphères gouvernementales s'y livraient avec complaisance. C'est qu'ils étaient vicieux, jaloux et retors, comme n'importe qui. Surtout à Washington. Encore plus peut-être à Moscou ? Il interrogea son collègue.

« Oh, oui, tout à fait, confirma Harding. Leur société accorde une telle valeur au statut... et le coup de poignard dans le dos pourrait bien être... ma foi, Jack, on pourrait dire que c'est leur sport national. J'admets volontiers que nous le pratiquons, nous aussi, bien sûr, mais chez eux, il peut s'exercer d'une manière remarquablement vicieuse. Un peu comme jadis dans les cours médiévales, j'imagine... avec ces nobles jouant du coude pour asseoir leur position chaque jour que

Dieu fait. Les luttes intestines dans leur bureaucratie doivent être épouvantables.

— Et en quoi cela affecte-t-il ce genre d'information ?

— Je me dis souvent que j'aurais dû lire un peu plus de psychologie à Oxford. Nous avons dans notre personnel toute une tripotée de psychiatres – mais, bien sûr, vous aussi à Langley.

— Oh, ça oui. Je connais quelques-uns de ces psys. La plupart sont dans mon service. Mais il y en a pas mal aussi en Science et Technologie. Nous ne sommes pas aussi bons qu'il le faudrait.

— Comment cela, Jack ? »

Ryan s'étira dans son fauteuil. « Il y a deux mois, j'en parlais à l'un des collègues de Cathy à Hopkins, un neuropsychiatre, le Dr Solomon. Il faut le comprendre. C'est une sommité – patron de service et tout le toutim. Il n'a jamais trop cru à l'efficacité du divan et du dialogue avec le patient. Il pense que la majorité des désordres mentaux proviennent de déséquilibres dans la chimie du cerveau. À l'époque, ses collègues ont bien failli le mettre au ban de sa profession à cause de ça, mais, vingt ans plus tard, ils se sont tous rendu compte qu'il avait raison. Toujours est-il que Sol m'a expliqué que la plupart des hommes politiques sont comme des stars de cinéma. Ils s'entourent d'une cour de flagorneurs, de béni-oui-oui et de courtisans, dont la seule activité est de leur susurrer ce qu'ils ont envie d'entendre – et une bonne partie finissent par y croire, parce qu'ils le veulent bien. Pour eux, c'est comme un grand jeu, mais un jeu où tout est processus, et sans grande production concrète à l'autre bout. Ils ne sont pas comme les gens dans la vie : ils ne font pas vraiment un travail, mais ils en donnent l'impression. Il y a une phrase dans *Tempête à Washington*, le film d'Otto Preminger : Washington est une ville où l'on ne traite pas avec les gens tels qu'ils sont mais tels qu'ils veulent paraître. Si c'est vrai à Washington, alors ne l'est-ce pas d'autant plus à Moscou ?

Là-bas, absolument tout est politique. Tout est symbole, n'est-ce pas ? De sorte que les intrigues et les coups de poignard dans le dos doivent y être monnaie courante. J'estime que cela doit nous affecter de deux manières. Pour commencer, cela signifie qu'une bonne partie des éléments que nous obtenons est biaisée, soit parce que les sources ne sont même pas fichues de reconnaître la réalité même quand elle leur saute à la figure, soit parce qu'elles déforment les données à leurs propres fins avant de les transmettre... consciemment ou pas. En second lieu, cela veut dire que même les gens là-bas qui ont besoin de ces données ne sont pas en mesure de trier le bon grain de l'ivraie, alors, même si nous y parvenons, nous ne pourrons malgré tout pas prédire ce qu'il en est, puisque eux-mêmes ne sont pas fichus de décider quoi en faire – même s'ils savaient à l'origine de quoi il s'agit. Résultat, nous devons de notre côté analyser des informations erronées qui seront sans doute mal utilisées par ceux-là mêmes à qui elles sont censées être destinées. Alors, comment diable pouvons-nous prédire ce qu'ils vont faire quand eux-mêmes sont bien incapables d'en décider ? »

La remarque lui valut un sourire derrière la pipe. « Très bien, Jack. Je vois que le métier commence à rentrer. Il n'y a pas grand-chose dans leur comportement qui se tienne, objectivement parlant. Cela dit, il n'est pas si difficile à prédire : vous choisissez ce qui pourrait être une action intelligente, puis vous prenez l'inverse. Ça marche à tous les coups.

— Mais l'autre observation de Sol qui me préoccupe est que les individus de ce genre, pour peu qu'ils détiennent les rênes du pouvoir, peuvent s'avérer de dangereux salopards. Ils ne savent pas quand s'arrêter et se montrent incapables d'utiliser leur pouvoir intelligemment. Je crois que c'est comme ça qu'a commencé cette affaire d'Afghanistan.

— Correct, approuva Simon en hochant doctement la tête. Ils sont prisonniers de leurs propres illusions idéologiques... Elles leur brouillent le jugement. Et le vrai problème, c'est qu'ils détiennent bel et bien un sacré pouvoir.

— Il y a un truc dans l'équation qui m'échappe, conclut Ryan.

— Il n'y a pas qu'à vous, Jack. Cela fait partie de notre boulot. »

Il était temps de changer de sujet : « Du nouveau concernant le pape ?

— Rien encore aujourd'hui. Si Basil a quoi que ce soit, je devrais en avoir des échos avant le déjeuner. Pourquoi ? Ça vous tracasse ? »

Jack acquiesça sobrement. « Ouais. Le problème est que si jamais nous découvrons une menace bien réelle, comment allons-nous réagir, bon sang ? On ne va quand même pas lui dépêcher une compagnie de marines pour assurer sa protection rapprochée, hmm ? Exposé comme il est... il est si souvent en contact avec le public que c'est matériellement impossible.

— Et les gens comme lui ne sont pas hommes à reculer devant le danger, pas vrai ?

— Je me souviens quand Martin Luther King s'est fait descendre... Merde, il savait – il devait forcément savoir – qu'il y avait un tas de mecs bien décidés à le flinguer. Mais il n'a jamais reculé. Ce n'était tout simplement pas dans son éthique de courir se planquer. Ce ne sera pas différent à Rome ou dans n'importe quel endroit où le pape aura décidé de se rendre.

— Les cibles mouvantes sont censées être plus difficiles à atteindre, observa son collègue sans grande conviction.

— Pas quand on connaît le programme de leurs déplacements un ou deux mois à l'avance. Si le KGB décide de lui faire la peau, merde, je ne vois pas trop ce qu'on peut y faire.

— Hormis peut-être l'avertir.

— Bravo. Pour qu'il puisse nous rire au nez. C'est qu'il en serait bien capable, vous savez. Depuis quarante ans, il a connu le nazisme et le communisme. Qu'est-ce qui peut lui foutre encore la trouille ? » Ryan marqua un temps. « S'ils décident d'agir, qui poussera le bouton ?

— Je pense qu'il faudrait que la décision soit visée par le Politburo en session plénière. Les implications politiques sont trop graves pour qu'un membre isolé, si haut placé soit-il, puisse prendre une telle initiative de son propre chef. Et rappelez-vous leur mode de fonctionnement collégial : personne ne bouge de sa propre initiative, même Andropov, qui est pourtant le plus indépendant d'esprit de toute la bande.

— OK, cela fait... quoi ? Quinze types qui doivent voter oui ou non. Cela fait quinze voix à émettre, plus leurs sous-fifres et les membres de leur famille à qui ils peuvent se confier. Quelle est la valeur de nos sources ? Est-ce qu'on a des chances d'en avoir vent ?

— Question sensible, là, Jack. Je n'ai pas la possibilité de vous répondre, j'en ai bien peur.

— La possibilité... pratique ou bien l'autorisation ? insista Jack.

— Jack, oui, nous avons des sources dont je connais l'existence, mais je ne peux pas en discuter avec vous. » Harding semblait gêné d'avoir à le dire.

« Hé, mais je comprends, Simon. » Jack avait le même genre de contraintes, lui aussi. Par exemple, il ne pouvait même pas prononcer ici les mots TALENT KEYHOLE, une procédure pour laquelle il avait pourtant l'habilitation, mais qui était classée NOFORN – *No foreigners* : à savoir qu'il lui était interdit d'en parler à un étranger –, même si Simon et à coup sûr sir Basil devaient déjà en savoir pas mal sur le sujet. C'était idiot parce que cela revenait en fin de compte à interdire l'information à ceux qui pourraient en faire le meilleur usage. Si Wall Street s'était comporté ainsi, toute l'Amérique se retrouverait au-dessous du seuil de pauvreté, ronchonna Jack. Soit les gens étaient dignes de confiance, soit ils ne l'étaient pas. Mais le jeu avait ses règles, et Ryan s'y conformait. C'était le prix à payer pour être admis dans ce club bien particulier.

« C'est du sacré bon matériel, commenta Harding en parcourant la page trois du debriefing effectué par Bernie Katz.

— Bernie est un tout bon, confirma Ryan. C'est pour ça que Cathy aime bien bosser pour lui.

— Mais elle est ophtalmo, pas psychiatre, et encore moins urologue, non ?

— Simon, à ce niveau de compétence, tout le monde est un peu tout. J'ai demandé des explications à Cathy : la rétinopathie diabétique de Souslov trahit un sérieux problème de santé. Le diabète provoque une détérioration des petits vaisseaux sanguins qui irriguent la rétine... Cela se voit parfaitement lors d'un examen du fond d'œil. Bernie et son équipe ont en partie réparé les dégâts – on ne peut jamais les réparer entièrement – et lui ont rendu, oh, disons soixante-quinze à quatre-vingts pour cent de son acuité visuelle, assez pour conduire une voiture en plein jour, en tout cas, mais le problème de santé sous-jacent est autrement plus sérieux. Il ne s'agit plus simplement de capillaires dans les yeux... tout l'organisme est touché. Il semblerait bien que Mike le Rouge doive claboter des suites d'une défaillance rénale ou d'une maladie de cœur dans les deux ans qui viennent, maxi...

— Nos gars lui donnent cinq ans à peu près..., intervint Harding.

— Ma foi, moi je ne suis pas toubib. Vous pouvez toujours demander à vos gars d'en discuter avec Bernie, si vous voulez, mais tout est déjà dans ce dossier. D'après Cathy, un fond d'œil est révélateur de l'évolution d'un diabète.

— Souslov est-il au courant ? »

Ryan haussa les épaules. « C'est une bonne question, Simon. Les toubibs ne disent pas toujours tout à leurs patients, sans doute encore moins là-bas. Il faut imaginer que Souslov doit être traité par un médecin politiquement fiable, du niveau de professeur. Ici, c'est synonyme d'un grand ponte qui connaît son affaire, mais chez eux... ? »

Harding acquiesça. « Correct. Il se peut qu'il connaisse mieux son Lénine que son Pasteur. Avez-vous entendu parler de Serguéï Korolev, le concepteur de leurs fusées ? Un incident vraiment lamentable. Le pauvre bougre s'est fait quasiment assassiner sur le billard, parce que deux grands chirurgiens ne pouvaient pas se blairer et que le premier n'a pas voulu aider l'autre quand le navire a commencé à avoir de sérieuses voies d'eau. Ce fut sans doute un bien pour l'Occident, mais Korolev était un excellent ingénieur qui est mort victime de l'incompétence médicale.

— Quelqu'un a payé les pots cassés ? s'enquit Ryan.

— Oh, non. Les deux pontes étaient politiquement importants, ils avaient quantité de clients haut placés. Ils sont tranquilles, tant qu'ils ne tuent pas un de leurs amis, et ça n'arrivera pas. Je suis sûr qu'ils ont l'un et l'autre sous leurs ordres de jeunes praticiens compétents prêts à couvrir leurs arrières.

— Vous savez ce qu'il leur faudrait, en Russie ? Des avocats. Je n'aime pas les traqueurs d'ambulances, mais je crois qu'ils contribuent à aider certains à garder les yeux en face des trous.

— Toujours est-il que Souslov ignore sans doute la gravité de son état. C'est du moins l'avis de nos consultants médicaux. Il continue de siroter sa vodka, d'après les rapports de nos agents, or c'est formellement contre-indiqué. » Grimace de Harding. « Et son remplaçant sera Alexandrov, un bonhomme en tous points aussi déplaisant que son mentor. Tiens, il faudra du reste que je veille à mettre à jour son dossier. » Il en prit note.

Quant à Ryan, il revint à ses rapports matinaux avant d'entamer son travail officiel. Greer désirait qu'il étudie les pratiques de gestion dans l'industrie d'armement soviétique, qu'il voie comment – et si – ce segment de l'économie soviétique fonctionnait. Ryan et Harding devaient coopérer à l'étude qui exploiterait des données tant britanniques qu'américaines. C'était une entreprise qui convenait à la formation universitaire de Ryan. Elle pouvait même contribuer à le faire remarquer en haut lieu.

La réponse parvint à 11 h 32. *Des rapides, à Rome,* songea Zaïtzev en attaquant le décryptage. Il appellerait le colonel Rojdestvenski dès qu'il aurait terminé, mais cela risquait de prendre du temps. Le capitaine regarda la pendule murale. Cela retarderait son déjeuner, en plus, mais la priorité exigeait quelques crampes d'estomac. La seule bonne nouvelle était que le colonel Goderenko avait entamé la séquence de chiffrement au début de la page 285.

ULTRA-CONFIDENTIEL
IMMEDIAT ET URGENT
DE : REZIDENT ROME
À : BUREAU DU PRESIDENT. CENTRALE MOSCOU
REFERENCE : V/DEP. OPER. 15-8-82-666
S'APPROCHER PRETRE N'EST PAS DIFFICILE EN L'ABSENCE DE CONTRAINTES DE TEMPS. DIRECTIVES SERONT NECESSAIRES POUR EVALUATION COMPLETE DE VOTRE REQUETE. PRETRE DONNE AUDIENCES PLUS EFFECTUE APPARITIONS PUBLIQUES A DATES CONNUES BIEN A L'AVANCE. EXPLOITER CETTE OPPORTUNITE NE SERA PAS FACILE POUR CAUSE ASSISTANCE TJRS NOMBREUSE. DIFFICILE EVALUER SES DISPOSITIONS DE SECURITE SANS DIRECTIVES COMPLEMENTAIRES. DECONSEILLE ACTION PHYSIQUE CONTRE PRETRE A CAUSE CONSEQUENCES POLITIQUES NEFASTES. DIFFICILE DISSIMULER ORIGINE ACTION CONTRE PRETRE.
FIN.

Allons bon, se dit Zaïtzev, *le* rezident *n'est pas enthousiasmé par l'idée.* Iouri Vladimirovitch écoutera-t-il ce conseil venu du terrain ? Cela, Zaïtzev en était conscient, dépassait largement son niveau de compétence. Il décrocha son téléphone et composa un numéro.

« Colonel Rojdestvenski, répondit la voix brusque.

— Capitaine Zaïtzev du centre de transmissions. J'ai une réponse à votre dépêche 666, camarade colonel.

— J'arrive », répondit aussitôt la voix à l'autre bout du fil.

Le colonel tint parole en franchissant le point de contrôle moins de trois minutes plus tard. Dans l'intervalle, Zaïtzev avait retourné le livre de codes aux archives centrales et glissé le formulaire du message, plus sa transcription, dans une enveloppe kraft qu'il tendit à son supérieur.

« Quelqu'un l'a-t-il vu ? s'enquit Rojdestvenski.

— Certainement pas, camarade, répondit Zaïtzev.

— Parfait. » Le colonel Rojdestvenski se retira sans un mot de plus. Zaïtzev, quant à lui, quitta son bureau pour aller déjeuner à la cafétéria. La nourriture était la meilleure raison de travailler à la Centrale.

Ce qu'il ne pouvait laisser derrière lui alors qu'il faisait une étape aux lavabos pour se laver les mains, c'était la teneur du message. Iouri Andropov voulait assassiner le pape et le *rezident* à Rome n'appréciait pas l'idée. Zaïtzev n'était pas censé avoir d'opinions. Il n'était qu'un rouage dans le système de transmissions. Il était rare dans la hiérarchie du Comité pour la sécurité de l'État, qu'on s'imagine que le personnel pût avoir un esprit...

.... encore moins une conscience...

Zaïtzev se mit dans la queue et prit plateau et couverts. Il choisit le bœuf mode et prit quatre grosses tranches de pain, plus un grand verre de thé. La caissière lui réclama cinquante-cinq kopecks. Ses habituels compagnons de repas étaient déjà repartis au travail, de sorte qu'il se retrouva attablé au bout d'une table occupée par des employés qu'il ne connaissait pas. Ils parlaient football et il ne se joignit pas à la conversation, restant plongé dans ses pensées. Le ragoût n'était pas mauvais, tout comme le pain, tout juste sorti du four. La seule chose qui leur manquait ici, c'était des couverts couvenables, comme l'argenterie utilisée dans les salles à manger privées des étages supérieurs. À la place, ils se servaient ici des mêmes méchants couverts en alu tout mou connus de tous les citoyens soviétiques. Ce n'était pas qu'ils n'étaient pas fonctionnels, mais ils étaient si légers que ça lui faisait tout drôle dans la main.

Donc, réfléchit-il, *j'avais raison. Le président songe à faire assassiner le pape.* Zaïtzev n'était pas un homme religieux et n'était jamais entré dans une église de toute sa vie, sinon dans ces larges édifices convertis en musées depuis la Révolution. Tout ce qu'il savait de la religion se résumait à la propagande dispensée comme une matière à part entière dans le système soviétique d'éducation publique. Et pourtant, certains de ses camarades d'école avaient parlé de Dieu, et il ne les avait pas dénoncés parce que ce n'était pas dans sa nature. Les grandes questions existentielles n'étaient pas vraiment dans ses préoccupations. Pour l'essentiel, la vie en Union soviétique se cantonnait à hier, aujourd'hui et demain. Les contraintes économiques au jour le jour ne permettaient guère d'élaborer des plans à long terme. Pas de maison de campagne à construire, de luxueuses voitures à convoiter, de vacances lointaines à préparer. En infligeant à ses citoyens ce qu'il appelait le socialisme, le gouvernement de son pays autorisait – obligeait – chacun à aspirer en gros aux mêmes choses, indépendamment des goûts individuels, ce qui voulait dire se retrouver inscrit sur une interminable liste d'attente et se voir prévenir quand son nom apparaissait – après avoir été sans le savoir doublé ou écarté par ceux qui avaient l'antériorité ou l'avantage – parce que certains privilégiés avaient accès aux meilleures places. Sa vie, comme celle de ses compatriotes, était celle d'un bouvillon à l'engraissement. Relativement bien soigné et nourri de la même ragougnasse insipide à heures fixes, chaque jour éternellement identique au précédent. Il y avait là une grisaille, un ennui intolérable et profond recouvrant tous les aspects de l'existence – allégé dans son cas précis par le contenu des messages qu'il traitait et transmettait. Il n'était pas censé réfléchir à leur teneur, encore moins les mémoriser, mais sans personne à qui parler, il en était réduit à les ressasser dans le huis-clos de son esprit. Ce jour-là, son esprit n'avait qu'un seul et unique occupant, qui ne voulait pas se taire. Il courait en rond comme un hamster dans sa roue, tournant et tournant sans cesse de revenir au même point.

Andropov veut liquider le pape.

Il avait déjà traité des ordres d'assassinat. Pas beaucoup. Le KGB délaissait progressivement ces méthodes. Trop d'aléas. Malgré le professionalisme et le talent des agents, les forces de police étrangères étaient infiniment habiles et elles avaient la patience machinale d'une araignée dans sa toile ; en attendant le jour où il suffirait au KGB de souhaiter la mort d'une personne pour qu'elle disparaisse, il y aurait des témoins et des preuves, parce que la cape d'invisibilité n'était un artifice qui n'existait que dans les contes pour enfants.

Le plus souvent, Zaïtzev traitait des ordres concernant des transfuges réels ou potentiels – ou, tout aussi graves dans leurs conséquences, de soupçons portant sur des officiers et des agents qui avaient été « retournés », partis servir l'ennemi. Il avait même vu de telles preuves transmises sous la forme de messages, rappelant un officier pour « consultation » – ces derniers revenaient rarement dans leur *rezidentura*. Ce qui leur arrivait au juste était le sujet de bien des ragots, tous déplaisants. On racontait qu'un agent qui avait mal tourné avait été jeté vivant dans un four crématoire – comme l'avaient fait, disait-on, les SS allemands. Il avait entendu parler d'un film traitant le sujet et il avait parlé à des gens qui connaissaient des gens qui connaissaient des gens qui disaient l'avoir vu. Mais il ne l'avait jamais vu lui-même ni n'avait rencontré de personnes qui l'avaient effectivement visionné. Certaines choses, estimait Oleg Ivanovitch, étaient bien trop inadmissibles, même pour le KGB. Non, la plupart des récits parlaient de pelotons d'exécution – qui souvent rataient leur cible, c'est du moins ce qu'on racontait – ou d'une simple balle de pistolet dans la tête, comme le faisait jadis lui-même Lavrenti Beria. Ces histoires-là, tout le monde y croyait. Il avait vu des photos de Beria qui semblaient toutes dégouliner de sang. Et Félix de Fer aurait sans doute fait de même entre deux bouchées de son sandwich. Il était de ces hommes pour qui le qualificatif d'impitoyable semblait être une litote.

Mais le sentiment généralement partagé – quoique guère ébruité – était que le KGB devenait plus *kulturniy* dans ses méthodes. Plus cultivé, plus civilisé. Plus doux et plus aimable. Les traîtres étaient bien sûr toujours exécutés, mais seulement après s'être vu offrir – pour la forme – une chance d'expliquer leurs actes et, s'ils étaient innocents, de le prouver. Cela n'arrivait pour ainsi dire jamais, mais uniquement parce que l'État ne poursuivait que les vrais coupables. Les inspecteurs de la Deuxième Direction principale étaient parmi les plus qualifiés et les plus craints de tout le pays. On disait qu'on ne les trompait jamais, qu'ils étaient infaillibles, presque comme des sortes de dieux.

Hormis que l'État disait qu'il n'y avait pas de dieux.

Des hommes, alors – et des femmes. Tout le monde avait entendu parler de l'École des Moineaux, dont les hommes parlaient souvent entre eux avec des sourires grivois et des clins d'œil égrillards. *Ah, y être instructeur ou, mieux encore, agent de contrôle qualité !* rêvaient-ils. Et être payé pour. Comme l'avait souvent remarqué son Irina, tous les hommes étaient des cochons. *Mais*, se prit à rêver Zaïtzev, *ça doit être drôle d'être un cochon.*

178

Tuer le pape... pourquoi ? Il ne constitue en rien une menace contre son pays. Staline lui-même s'en était moqué, demandant de combien de divisions il disposait. Alors, pourquoi tuer cet homme ? Même le *rezident* mettait en garde contre ce projet. Goderenko redoutait les répercussions politiques. Staline avait ordonné l'assassinat de Trotski et il avait envoyé un agent du KGB se charger de la besogne, sachant pertinemment que son acte lui vaudrait une longue peine de prison. Mais l'homme l'avait fait, fidèle à la volonté du Parti, avec un professionalisme qu'on évoquait encore dans les cours de formation du KGB – en signalant au passage qu'*on ne pratique plus vraiment ce genre de chose aujourd'hui.* Les instructeurs auraient pu ajouter que ce n'était pas *kulturniy.* De sorte que oui, le KGB s'écartait en effet de ce genre de comportement.

Jusqu'à maintenant. Jusqu'à aujourd'hui. Et même leur plus ancien chef d'antenne déconseillait de le faire. Pourquoi ? Parce qu'il ne voulait pas se voir, voir son agence et surtout son pays se montrer si *niekulturniy* ?

Ou parce que le faire serait plus qu'une idiotie ? Ce serait une faute... ? Le concept de faute était étranger aux citoyens de l'Union soviétique. Du moins, dans son acception morale. La notion de morale dans ce pays avait été remplacée par ce qui est ou non correct politiquement. Tout ce qui servait les intérêts du système politique en vigueur était digne d'éloges. Ce qui ne l'était pas méritait... la mort ?

Et qui en décidait ?

Des hommes.

Des hommes, parce qu'il n'y avait aucun impératif moral, au sens où le monde comprenait ce terme. Il n'y avait nul Dieu pour décréter le bien et le mal.

Et pourtant...

Et pourtant, au cœur de toute homme résidait une connaissance innée du bien et du mal. Tuer son prochain était mal. Pour ôter la vie d'un homme, il fallait une juste cause. Mais c'était aussi des hommes qui décidaient de ce qui constituait ladite cause. Les hommes qu'il fallait, à la place qu'il fallait, avec l'autorité qu'il fallait, avaient la capacité et le droit de tuer parce que... parce que quoi ?

Parce que Marx et Lénine l'avaient dit.

C'était ce que le gouvernement de son pays avait depuis longtemps décidé.

Zaïtzev beurra sa dernière tranche de pain et la trempa dans le reste de sauce au fond de son bol avant de le manger. Il était conscient que ses pensées cheminaient sur une voie un peu trop profonde et même dangereuse. La société dans laquelle il vivait n'encourageait pas, voire n'autorisait pas, l'indépendance de pensée. On n'était pas censé remettre en question le Parti et sa sagesse. Sûrement pas ici, en tout cas. Dans la cafétéria du KGB, on n'avait jamais, au grand jamais, entendu quiconque se demander tout haut si le Parti et la patrie qu'il servait et protégeait étaient même capables de commettre un acte incorrect. Oh, peut-être, parfois, d'aucuns spéculaient sur les tactiques, mais, même dans ces cas-là, les discussions se cantonnaient dans des limites plus hautes et plus solides que les murs de briques de l'enceinte du Kremlin.

La morale de son pays, s'avisa-t-il, songeur, avait été prédéterminée par un juif allemand qui résidait à Londres et par le fils d'un bureaucrate tsariste qui n'appréciait tout simplement pas trop le tsar et dont le frère par trop aventureux avait été exécuté pour être passé à l'action directe. Cet homme avait trouvé refuge dans ce parangon du capitalisme qu'était la Suisse, avant de se faire renvoyer en Russie par les Allemands dans l'espoir qu'il pourrait renverser le gouvernement tsariste, puis vaincre les autres nations occidentales sur le front de l'Ouest durant la Première Guerre mondiale. Dans l'ensemble, tout cela n'évoquait guère un plan ourdi par quelque divinité dans le but de faire progresser l'humanité, n'est-ce pas ? Tout ce que Lénine avait utilisé comme modèle pour changer son pays – et partant, le monde entier –

provenait d'un livre écrit par Karl Marx, complété de quelques écrits de Friedrich Engels, et de sa vision personnelle de son propre destin de chef d'une nouvelle forme de pays.

La seule chose qui distinguait le marxisme-léninisme d'une religion était l'absence de figure divine. L'un et l'autre système revendiquaient l'autorité absolue sur les affaires humaines, l'un et l'autre prétendaient avoir raison a priori. Hormis que le système de son pays choisissait d'exercer cette autorité par le droit de vie ou de mort.

Son pays disait œuvrer pour la justice, pour le bien des paysans et des travailleurs de par le monde. Mais d'autres hommes, plus haut placés dans la hiérarchie, décidaient qui étaient les travailleurs et les paysans, et ceux-là vivaient dans des datchas ornementées et de vastes appartements, ils avaient voiture et chauffeur... et surtout des privilèges.

Et quels privilèges ! Zaïtzev avait également transmis des messages qui étaient des bons de commande de parfums et de lingerie féminine que les hommes travaillant dans ce bâtiment désiraient offrir à leur épouse. Ces articles étaient souvent livrés dans la valise diplomatique en provenance de telle ou telle ambassade d'un pays occidental, des objets que son pays était bien incapable de produire, mais que convoitait la nomenklatura, au même titre que les fours et les réfrigérateurs d'Allemagne de l'Ouest. Quand il voyait les gros bonnets filer dans les rues du centre de Moscou à bord de leur Zil avec chauffeur, Zaïtzev comprenait le sentiment qu'avait dû éprouver Lénine envers les tsars. Le tsar revendiquait un pouvoir personnel de droit divin. Les petits chefs du Parti revendiquaient leur position par la volonté du peuple.

Excepté que ledit peuple ne leur avait rien accordé par acclamations. Les démocraties occidentales avaient des élections – sur lesquelles la *Pravda* crachait avec régularité – mais c'étaient de vraies élections. L'Anglerre était à présent dirigée par une mégère à l'air revêche et l'Amérique par un vieil acteur ridicule, mais l'un et l'autre avaient été choisis par leurs concitoyens, et leurs prédécesseurs avaient été chassés par le choix des urnes. On ne les appréciait guère ni l'un ni l'autre en Union soviétique, et Zaïtzev avait vu passer quantité de messages officiels demandant à sonder leur état mental et leurs convictions politiques profondes ; l'inquiétude sous-jacente à ces messages avait été manifeste et il nourrissait lui aussi des inquiétudes, mais si déplaisants ou instables que ces dirigeants puissent apparaître, c'était leur peuple qui les avait choisis. Le peuple soviétique n'avait certainement pas choisi l'actuelle dynastie de princes qui régnaient au Politburo.

Et voilà que ces nouveaux princes communistes envisageaient l'assassinat d'un prêtre catholique à Rome. Mais comment pouvait-il menacer, lui, la *rodina* ? Ce pape n'avait pas la moindre formation militaire sous ses ordres. Une menace politique, alors ? Mais comment ? Le Vatican était certes censé avoir une identité diplomatique, mais une nation sans pouvoir militaire, c'était... quoi ? Si Dieu n'existait pas, alors le pouvoir éventuel qu'exerçait le pape devait être une illusion, sans plus de substance qu'une bouffée de fumée de cigarette. Le pays de Zaïtzev avait la plus grande armée du monde, une vérité martelée régulièrement par *Nous servons l'Union soviétique*, le programme de télévision regardé par toute la population.

Alors, pourquoi voulaient-ils tuer un homme qui ne présentait aucune menace ? Allait-il faire s'ouvrir les eaux d'un simple geste de sa crosse ou faire s'abattre les plaies sur la terre ? Bien sûr que non.

Et tuer un innocent est un crime, se dit Zaïtzev, exerçant silencieusement son libre arbitre pour la première fois depuis qu'il occupait son poste au 2, place Dzerjinski. Il avait posé une question et débouché sur une réponse.

Il aurait bien aimé avoir quelqu'un à qui s'en ouvrir, mais c'était bien sûr exclu. Cela le laissait sans soupape de sécurité pour évacuer ses sentiments et leur trouver une forme de résolution. Les us et coutumes de sa nation le forçaient à recycler ses pensées en circuit fermé, pour ne déboucher que sur une seule voie. Que l'État ne l'approuve pas, il n'avait en définitive qu'à s'en prendre à lui seul.

À l'issue de son repas, Zaïtzev acheva de boire son thé, puis il alluma une cigarette, mais cela ne l'apaisa en rien. Le hamster continuait de tourner follement dans sa roue. Aucun des convives de la vaste à salle à manger n'en remarqua rien. À leurs yeux, il n'était qu'un convive parmi d'autres, appréciant en solitaire sa cigarette d'après repas. Comme tout bon citoyen soviétique, Zaïtzev savait dissimuler ses sentiments et son visage demeurait indéchiffrable. Il se contentait de garder les yeux rivés sur la pendule murale pour ne pas risquer de retourner en retard au boulot l'après-midi, bureaucrate parmi tant d'autres dans ce vaste bâtiment qui en était rempli.

Tout en haut, la situation était quelque peu différente. Le colonel Rojdestvenski n'avait pas voulu interrompre le déjeuner du président, aussi était-il resté dans son bureau à regarder progresser les aiguilles de l'horloge, tout en mâchonnant son sandwich, mais en négligeant le bol de soupe qui l'accompagnait. Comme le président, il fumait des blondes américaines, des Marlboro, qui étaient plus douces et de meilleure qualité que leur équivalent soviétique. C'était une habitude qu'il avait prise en mission à l'étranger, mais au titre d'officier de haut rang à la Première Direction principale, il avait le droit de faire ses achats à la boutique réservée de la Centrale de Moscou. Elles étaient chères, même payées en « roubles certifiés », mais comme il ne buvait que de la vodka bon marché, l'un dans l'autre, ça compensait.

Il se demanda comment Iouri Vladimirovitch allait réagir au message de Goderenko. Russlan Borissovitch était un *rezident* fort capable, prudent et réservé, et d'une ancienneté suffisante pour avoir le droit de donner son avis, comme il l'avait fait. Son boulot était après tout de procurer à la Cen-

183

trale des informations de bonne qualité et, s'il estimait que quelque chose pouvait compromettre la mission, son devoir était de les en avertir. Par ailleurs, la dépêche originelle ne comportait aucune directive obligatoire : juste une demande de vérification d'une situation. Aussi, Russlan Borissovitch n'aurait-il certainement aucun ennui à cause de sa réponse. Mais Andropov râlerait peut-être et, si tel était le cas, alors le colonel A. N. Rojdestvenski en subirait les conséquences, ce qui n'était jamais agréable. Sa place ici était enviable d'un côté, mais assez terrifiante de l'autre. Il avait l'oreille du président, mais en être proche signifiait aussi qu'il était à portée de coups de bâton éventuels. Dans l'histoire du KGB, il n'était pas rare de voir certains souffrir des actions de leurs pairs. Mais c'était improbable dans ce cas. Même s'il était un homme indéniablement sévère, Andropov était aussi relativement équitable. Malgré tout, il n'était jamais conseillé de se trouver à proximité d'un volcan grondant.

Le téléphone de son bureau se mit à sonner. C'était le secrétaire particulier du président :

« Le président va vous recevoir tout de suite, camarade colonel.

— *Spassiba.* » Il se leva, gagna le corridor.

« Nous avons une réponse du colonel Goderenko », dit Rojdestvenski en tendant celle-ci.

De son côté, Andropov ne manifesta nulle surprise et, au grand soulagement muet du colonel, il ne se mit pas en colère.

« Je m'y attendais. Nos hommes ont perdu leur sens de l'audace, n'est-ce pas, Alexis Nikolaïevitch ?

— Camarade président, le *rezident* vous donne son évaluation professionnelle du problème, répondit, prudent, l'officier de renseignement.

— Poursuivez, ordonna Andropov.

— Camarade président, répondit Rojdestvenski en choisissant ses mots avec le plus grand soin, vous ne pouvez pas entreprendre une opération comme celle que vous envisagez à l'évidence sans courir des risques politiques. Ce religieux jouit d'une influence indéniable, si illusoire qu'elle puisse être. Russlan Borissovitch redoute qu'une attaque contre lui puisse affecter par la suite sa propre capacité de collecte de renseignements et cela, camarade, reste sa tâche essentielle.

— L'évaluation des risques politiques est de mon ressort, pas du sien.

— Certes, camarade président, mais c'est son territoire et son boulot est de vous dire ce qu'il estime que vous devez savoir. La perte des services de certains de ses agents pourrait nous coûter cher, en termes directs comme indirects.

— Dans quelle mesure ?

— Impossible à prédire. La *rezidentura* de Rome possède un certain nombre d'agents extrêmement productifs dans la collecte d'informations auprès des structures politiques et militaires de l'OTAN. Pouvons-nous nous en passer ? J'imagine que oui, mais mieux vaut l'éviter. Les facteurs humains impliqués rendent toute prédiction difficile. Diriger des agents sur le terrain est un art, pas une science, voyez-vous.

— Vous me l'avez déjà dit, Alexis. » D'un geste las, Andropov se massa les paupières. Il avait le teint un rien cireux, nota le colonel. Était-ce ses problèmes de foie qui revenaient ?

« Nos agents sont des hommes, et chaque individu a ses spécificités. C'est inévitable », expliqua Rojdestvenski peut-être pour la centième fois. Cela aurait pu être pire. Andropov l'écoutait en fait la plupart du temps. Ses prédécesseurs n'étaient pas aussi éclairés. Peut-être cela venait-il de son intelligence.

« C'est ce que j'apprécie dans la collecte de signaux », bougonna le patron du KGB. C'était ce que tout le monde disait dans le métier, nota le colonel Rojdestvenski. Le problème était de les recueillir, ces signaux. L'Occident était plus avancé que son pays dans ce domaine, malgré leur infiltration des agences de surveillance occidentales. La NSA américaine et le GCHQ britannique, en particulier, passaient leur temps à tromper la sécurité des communications soviétiques, et à leur grand dam, à l'occasion, elles y parvenaient. Raison pour laquelle le KGB reposait si absolument sur le cryptage par masque jetable. Ils ne pouvaient se fier à aucune autre méthode.

« Qu'est-ce que ça vaut ? demanda Ryan à Harding.

— Nous pensons que c'est l'article d'origine, Jack. Une partie vient de sources publiques, mais l'essentiel provient de documents préparés pour leur conseil des ministres. À ce niveau, ils ne se racontent pas trop d'histoires.

— Pourquoi pas ? rétorqua Jack. C'est une pratique généralisée, là-bas.

— Mais là, il s'agit de quelque chose de concret, de matériels qui doivent être livrés à leur armée. S'ils disparaissent, ce sera noté, et des enquêtes seront diligentées. Quoi qu'il en soit, nuança Harding, le matériel le plus important ici concerne les questions politiques, et dans ce domaine, on ne gagne rien à mentir.

— Je suppose. J'ai provoqué un petit scandale à Langley le mois dernier quand j'ai taillé en pièces une évaluation économique qui devait aboutir sur le bureau du Président. J'ai dit que ce truc ne pouvait pas tenir debout et le gars qui l'avait rédigée a protesté que c'était précisément ce que les membres du Politburo voyaient lors de leurs réunions...

— Et vous avez dit quoi, Jack ? l'interrompit Harding.

— Simon, j'ai dit que peu importait que les huiles l'aient ou non sous les yeux, cela ne pouvait tout bonnement pas être vrai. Ce rapport était un tissu de conneries – ce qui m'amène à me demander comment leur Politburo arrive à définir une politique quand ses données de base sont à peu près aussi fiables que les aventures d'Alice au pays des merveilles. Vous savez, quand j'étais dans les marines, on redoutait qu'Ivan Ivanovitch, le soldat russe, fasse dix pieds de haut. Il ne les fait pas. Ils sont peut-être nombreux, mais ils sont moins grands que nos compatriotes parce qu'ils ne mangent pas aussi bien étant petits, et que leurs armes sont merdiques. L'AK-47 est un chouette flingue, mais je préfère de loin le M-16, et un fusil est autrement plus simple qu'une radio portative. Puis j'ai fini par entrer à la CIA où j'ai découvert que les radios tactiques qu'utilisent leurs militaires sont de la merde, de sorte qu'il s'avère que j'avais bel et bien raison quand je n'étais encore que de la bleusaille dans la grande machine kaki. Bref, Simon, ils mentent au Politburo sur ce que sont censées être les réalités économiques, et donc s'ils racontent des craques à ces types, alors ils peuvent en raconter sur à peu près n'importe quoi.

— Et en définitive, qu'est-il advenu de votre rapport au Président ?

— Ils le lui ont transmis, mais avec les cinq pages du mien jointes en annexe. J'espère qu'il aura suivi jusqu'en haut. On dit qu'il lit beaucoup. Quoi qu'il en soit, ce que je veux dire, c'est qu'ils basent leur politique sur des mensonges et peut-être qu'on peut en faire une meilleure en sachant évaluer un peu mieux la réalité. Je pense que leur économie est au fond du trou, Simon. Elle ne peut pas avoir de performances aussi bonnes que le prétendent leurs chiffres. Si c'était le cas, nous verrions les résultats positifs de leurs productions, mais ce n'est pas le cas, n'est-ce pas ?

— Pourquoi alors avoir peur d'un pays qui n'est même pas capable de se nourrir ?

— Ouaip, acquiesça Ryan.

— Durant la Seconde Guerre mondiale...

— En 1941, la Russie s'est fait envahir par un pays qu'elle n'a jamais beaucoup aimé, mais Hitler était bien trop stupide pour mettre à profit l'antipathie des Russes pour leur propre gouvernement, si bien qu'il a mis en œuvre une politique raciste faite pour rejeter la population russe dans les bras de Staline. Donc, c'est une fausse comparaison, Simon. L'Union soviétique est fondamentalement instable. Pourquoi ? Parce que c'est une société injuste, et qu'une société injuste qui soit stable, ça n'existe pas. Leur économie... » Il marqua un temps. « Vous savez, il devrait y avoir un moyen d'en tirer avantage.

— Comment ?

— En ébranlant un peu leurs fondations. Provoquer un léger séisme, suggéra Ryan.

— Et les conduire à s'effondrer ? » compléta Harding. Il arqua les sourcils. « Ils ont tout un arsenal d'armes nucléaires, je vous ferai remarquer.

— OK, d'accord, on va tâcher d'arranger un atterrissage en douceur.

— Trop aimable de votre part, Jack. »

7

Frémissement

L E boulot d'attaché de presse d'Ed Foley n'était pas trop contraignant en termes de temps nécessaire à flatter les correspondants américains sur place – et à l'occasion certains autres. Au nombre desquels des journalistes censés travailler pour la *Pravda* ou d'autres publications soviétiques. Foley supposait que tous étaient des agents ou des indicateurs du KGB – il n'y avait aucune différence entre les deux, puisque le KGB utilisait régulièrement le métier de journaliste comme couverture pour ses agents. Le résultat était que la plupart des reporters soviétiques en poste en Amérique se retrouvaient bien souvent avec un ou deux agents du FBI aux basques – du moins quand l'Agence avait des effectifs à distraire pour cette tâche, ce qui n'était pas si fréquent. Les reporters et les espions avaient quasiment les mêmes fonctions.

Il venait de se faire alpaguer par un gars de la *Pravda*, un certain Pavel Kouritsyne, qui soit était un espion professionnel, soit avait à coup sûr lu un paquet de romans d'espionnage. Comme il était plus facile de jouer les idiots que les malins, Ed avait baragouiné quelques mots en écorchant son russe, non sans sourire comme pour montrer sa fierté d'avoir maîtrisé cette langue complexe. En réaction, Kouritsyne lui avait suggéré de regarder la télé soviétique afin de maîtriser plus vite sa langue maternelle. Foley avait alors rédigé une note de contact pour les dossiers de la CIA, indiquant que ce Pavel Evguenievitch Kouritsyne sentait à vingt bornes l'agent de la Deuxième Direction principale chargé de le jauger, lui, et émettant l'opinion qu'il avait réussi l'épreuve. On ne pouvait jamais être sûr, évidemment. Pour ce qu'il en savait, les Russes employaient de prétendus télépathes. Foley savait qu'ils avaient fait des expériences dans presque tous les domaines, jusques et y compris ce qu'ils appelaient la vue à distance – ce qui à ses yeux de professionnel cartésien frôlait le charlatanisme de foire –, mais cela avait réussi tout de même à convaincre l'Agence de lancer un programme analogue de son côté, et cela l'avait écœuré. Pour Ed Foley, si ce n'était pas du concret qu'on pouvait toucher, ça n'existait pas. Mais impossible de savoir ce que ces bouffons de la direction du Renseignement pouvaient bien inventer pour le seul plaisir de doubler les gars de la direction des Opérations – les vrais espions de la CIA –, confrontés, eux, aux dures réalités quotidiennes.

Il était déjà bien assez pénible que les Russkofs aient des yeux, et Dieu sait combien d'oreilles, dans l'ambassade, même si le bâtiment était régulièrement scruté par des experts en électronique. (Une fois, ils avaient même réussi à placer un micro-espion dans le bureau de l'ambassadeur.) Juste de l'autre côté de la rue se dressait une ancienne église utilisée par le KGB. À l'ambassade des États-Unis, on l'appelait Notre-Dame des Puces, parce que le bâtiment était truffé de récepteurs micro-ondes braqués sur leur immeuble, dont la fonction était de brouiller tous les dispositifs d'écoute que la station de Moscou utilisait pour intercepter les communications radio et téléphoniques soviétiques. La dose de rayonnements qui arrosait le bâtiment flirtait dangereusement avec le niveau de risque sanitaire, en conséquence, l'ambassade avait été protégée par des plaques métalliques encastrées dans la maçonnerie, destinées à en réfléchir une bonne partie vers les gars de l'autre côté de la rue. Le jeu avait ses règles et les Russes les respectaient en gros, mais souvent ces règles n'étaient guère logiques. Il y avait eu quelques protestations discrètes des voisins au sujet des micro-ondes, mais celles-ci débouchaient invariablement sur des haussements d'épaules et des « Qui ça, nous ? ». Et, en général, ça n'allait pas plus loin. Le toubib de l'ambassade ne se disait pas inquiet – mais lui, son bureau était au sous-sol, protégé des rayonnements par une bonne épaisseur de pierre et de terre. Certains disaient que vous pouviez cuire un hot-dog rien qu'en le posant sur le rebord des fenêtres côté est.

S'il y avait deux personnes qui étaient au courant pour Ed Foley, c'étaient l'ambassadeur et l'attaché militaire. Le premier était Ernest Fuller, le type même du patricien : grand, mince, une majestueuse crinière de cheveux blancs. En fait, il avait grandi dans un élevage de porcs de l'Iowa, décroché un diplôme à l'université de Northwestern, puis une licence en droit, qui l'avait fait entrer dans les conseils d'administration, pour finir P-DG d'une grande entreprise automobile. En chemin, il avait servi trois ans dans la marine américaine pendant la Seconde Guerre mondiale, à bord du croiseur léger USS *Boise* durant la campagne de Guadalcanal. Il était considéré comme un client sérieux et un amateur doué par les agents en poste à l'ambassade.

L'attaché militaire était le général de brigade George Dalton. Artilleur de profession, il s'entendait bien avec ses homologues russes. Dalton était un gros ours aux cheveux bruns bouclés, qui avait joué trois-quarts aile dans l'équipe de West Point, une petite vingtaine d'années auparavant.

Foley avait rendez-vous avec les deux hommes – officiellement, pour discuter des relations avec les correspondants de presse américains. Même son travail interne à l'ambassade exigeait une couverture au sein même de l'antenne.

« Comment s'adapte le fiston ? s'enquit Fuller.

— Il regrette ses dessins animés. Avant de venir, j'ai

acheté un de ces nouveaux magnétoscopes – vous savez, le fameux Bétamax – et quelques cassettes, mais elles ne sont pas éternelles et elles coûtent la peau des fesses.

— Il y a une version locale de *Bip-Bip et le Coyote*, lui indiqua le général Dalton. Ça s'appelle *Attends un moment*, ou quelque chose comme ça. Pas aussi bon que l'original de Warner Bros, mais toujours mieux que leurs satanées émissions matinales de gymnastique. L'animatrice pourrait clouer le bec à un adjudant-chef.

— J'ai remarqué, hier matin. Elle fait partie de leur équipe olympique d'haltérophilie ? plaisanta Foley. En tout cas...

— Vos premières impressions... des surprises ? » s'enquit Fuller.

Foley hocha la tête. « En gros ce à quoi j'étais censé m'attendre. On dirait bien que, où que j'aille, j'ai de la compagnie. Combien de temps cela va-t-il durer, selon vous ?

— Une semaine ou deux. Allez faire un tour... ou mieux, observez Ron Fielding quand il se promène. Il fait très bien son boulot.

— Quelque chose d'important en cours ? demanda l'ambassadeur.

— Négatif, monsieur. Que des opérations de routine. Mais les Russes sont en train de nous préparer un très gros truc.

— Quoi donc ?

— Ils l'ont baptisé opération RYAN. C'est leur acronyme pour Attaque nucléaire surprise sur la mère patrie. Ils craignent que notre Président ait envie de les atomiser et ils ont mobilisé toute une tripotée d'agents pour tenter d'évaluer son état mental.

— Vous êtes sérieux ? demanda Fuller.

— Comme un infarctus. Je suppose qu'ils ont pris un peu trop au sérieux ses propos de campagne.

— J'ai eu en effet droit à quelques questions bizarres de

192

la part de leur ministre des Affaires étrangères, confirma l'ambassadeur. Mais je les avais mises sur le compte des banalités de la conversation.

— Monsieur, nous consacrons des sommes énormes aux dépenses militaires et cela les rend nerveux.

— Alors que quand ils achètent dix mille nouveaux chars, c'est normal ? observa le général Dalton.

— Absolument, approuva Foley. Un pistolet dans ma main est une arme de défense, mais un revolver dans la leur est une arme offensive. C'est une question de point de vue, je suppose.

— Avez-vous vu ceci ? » demanda Fuller en lui tendant un fax en provenance des Affaires étrangères.

Foley le parcourut. « Oh-oh.

— J'ai dit à Washington que ça risquait de préoccuper sérieusement les Soviets. Votre avis ?

— Je suis d'accord avec vous, monsieur. Sur plusieurs points. Le plus important sera le risque de désordres, en Pologne, qui pourraient essaimer dans tout l'empire. C'est un domaine où ils pensent au long terme. La stabilité politique est pour eux une condition sine qua non. Que dit-on à Washington ?

— L'Agence vient de le montrer au Président et il a refilé le bébé au secrétaire d'État, qui me l'a faxé en me demandant mon avis. Pouvez-vous enquêter là-dessus, voir s'ils en parlent au Politburo ? »

Foley réfléchit quelques instants avant d'acquiescer : « Je peux essayer. » Cela le mettait un brin mal à l'aise, mais c'était son boulot, non ? Cela voulait dire transmettre un message à l'un ou plusieurs de ses agents, mais après tout, c'était leur rôle. Le plus dérangeant était que cela signifiait exposer sa femme. Mary Pat n'y verrait nulle objection – merde, elle adorait jouer à l'espionne sur le terrain –, mais cela tracassait toujours son mari de l'exposer au danger. Sans doute un reste de machisme. « Quelle est la priorité ?

— Washington est vivement intéressé », répondit Fuller. Ce qui rendait la tâche importante, mais pas vraiment urgente.

« OK, je m'y attelle, monsieur.

— Je ne sais pas quels éléments vous contrôlez ici à Moscou – et je ne veux pas le savoir. Est-ce que ça représente un danger pour eux ?

— On fusille les traîtres, par ici, monsieur.

— C'est une activité plus dure que l'industrie automobile, Foley. Je crois l'avoir compris.

— Merde, c'était pas si dur dans les jungles du Pacifique, nota le général Dalton. Les Russkofs sont de méchants clients... Vous savez, on m'a interrogé moi aussi sur le Président – en général à l'occasion de pots entre officiers généraux. C'est qu'il les inquiète vraiment, hein ?

— Ça en a tout l'air, en tout cas, confirma Foley.

— Bien. Ça ne fait jamais de mal d'ébranler un peu la confiance de l'adversaire, de l'obliger à regarder de temps en temps par-dessus son épaule.

— Il faut juste se garder de ne pas aller trop loin », suggéra l'ambassadeur. Il était encore relativement nouveau en diplomatie, mais il avait du respect pour la procédure. « Bien. J'ai besoin de savoir autre chose ?

— Pas de mon côté, répondit le chef d'antenne. J'en suis encore à prendre mes marques. J'ai eu un contact avec un reporter russe, aujourd'hui, peut-être un contre-espion du KGB chargé de me jauger. Un certain Kouritsyne.

— Je crois qu'il est de la partie, confirma aussitôt le général Dalton.

— Je m'en suis douté. Je suppose qu'il va me contrôler par le truchement du correspondant du *Times*.

— Vous le connaissez ?

— Anthony Prince, acquiesça Foley. Et ça résume bien le personnage : Groton et Yale. Je suis tombé sur lui une ou deux fois à New York, quand j'étais au journal. Très malin, mais pas autant qu'il se l'imagine.

— Comment est votre russe ?

— Je peux passer pour un autochtone – mais ma femme pour une poétesse : elle est vraiment douée. Oh, encore une chose. J'ai des voisins dans l'immeuble, les Haydock, Nigel et Penelope. Je présume qu'ils sont de la partie, eux aussi.

— À fond, confirma le général. Ils sont solides. »

Foley le pensait, lui aussi, mais ça ne faisait jamais de mal d'être sûr. Il se leva. « OK, temps de se remettre à la tâche.

— Bienvenue à bord, Ed, dit l'ambassadeur. Le boulot ici n'est pas trop pénible une fois qu'on s'y est fait. On peut avoir tous les billets qu'on veut pour le théâtre et le ballet, via leur ministère des Affaires étrangères.

— Je préfère le hockey sur glace.

— C'est tout aussi facile, intervint le général.

— Des bonnes places ?

— Au premier rang. »

Foley sourit. « Extra. »

De son côté, Mary Pat était sortie avec son fils. Eddie était trop grand pour une poussette, pas de veine. On pouvait faire un tas de choses intéressantes avec une poussette et elle s'imaginait que les Russes hésitaient à venir fouiller un bébé et un sac de couches – surtout quand ils s'accompagnaient d'un passeport diplomatique. Elle se contentait pour l'instant d'une balade à pied, pour se faire à l'environnement, aux couleurs, aux odeurs. C'était le ventre de la bête et elle s'y trouvait comme un virus... un virus meurtrier, espérait-elle. Son nom de jeune fille était Mary Kaminski – elle était la petite-fille d'un écuyer de la maison des Romanov. Le grand-père Vania avait été une figure centrale de sa jeunesse. C'est avec lui qu'elle avait appris le russe dès sa petite enfance – non pas le russe basique d'aujourd'hui, mais la langue élégante et littéraire d'un temps révolu. Elle pouvait lire des poèmes de Pouchkine et pleurer, et en cela, elle était plus russe qu'américaine, car les Russes vénéraient leurs poètes depuis des siècles, alors qu'en Amérique, ils étaient tout au plus relégués au rang d'auteurs de chansons pop. Il y avait bien des choses à admirer et aimer dans ce pays.

Mais pas son gouvernement. Elle avait douze ans et rêvait d'entrer dans l'adolescence, quand grand-père Vania lui avait raconté l'histoire d'Alexis, le prince héritier du trône russe – un brave petit, disait son grand-père, mais bien malheureux, car hémophile et donc fragile. Le colonel Vania Borissovitch Kaminski, petit noble de la cavalerie impériale, avait enseigné au jeune garçon l'équitation, parce que c'était une des aptitudes physiques exigées d'un jeune prince à l'époque. Il devait toujours redoubler de prudence – Alexis se déplaçait souvent, porté dans les bras d'un marin de la marine impériale, de peur qu'il ne trébuche et se blesse en tombant –, mais il avait accompli et réussi la tâche, pour la plus extrême gratitude de Nicolas II et de la tsarine Alexandra, et dans l'affaire, l'un et l'autre étaient devenus, non pas comme père et fils, mais comme oncle et neveu. Grand-père Vania était parti au front se battre contre les Allemands, mais, dès le début de la guerre, il s'était fait capturer lors de la bataille de Tannenberg. C'est dans un camp allemand de prisonniers de guerre qu'il avait appris la révolution. Il avait réussi à regagner la mère Russie, pour combattre avec les gardes blancs pour une ultime et vaine lutte contre-révolutionnaire – avant d'apprendre que le tsar et toute sa famille s'étaient fait assassiner par les usurpateurs à Iekaterinbourg. Il avait su alors que la guerre était finie, et avait alors réussi à s'échapper et à gagner l'Amérique, où il avait entamé une nouvelle vie, mais sans jamais faire le deuil de ses morts.

Mary Pat se souvenait des larmes dans ses yeux chaque fois qu'il racontait cette histoire, et ces larmes lui avaient communiqué sa haine viscérale des bolcheviques.

Celle-ci s'était quelque peu atténuée. Elle n'était pas une fanatique, mais quand elle voyait un Russe en uniforme ou fonçant à bord d'une Zil vers une réunion du Parti, elle voyait le visage de l'ennemi, un ennemi qu'il fallait vaincre. Que le communisme fût l'adversaire de son pays n'était que la sauce pour mieux faire passer le tout. Si elle avait pu trouver un bouton qui puisse abattre d'un coup tout ce système politique odieux, elle l'aurait pressé sans l'ombre d'une hésitation.

De sorte que cette affectation à Moscou avait été la concrétisation du plus beau de ses rêves professionnels. En lui narrant cette vieille et triste histoire, Vania Borissovitch Kaminski lui avait donné une mission pour la vie, et la passion de la réaliser. Sa décision d'entrer dans la CIA avait été un mouvement aussi naturel que celui de brosser ses cheveux blond miel.

Et maintenant, alors qu'elle se promenait, pour la première fois de sa vie elle comprenait vraiment l'amour passionné de son grand-père pour les choses du passé. Tout ici était différent de ce qu'elle connaissait en Amérique, de l'inclinaison des toits d'immeubles à la couleur de l'asphalte des rues, en passant par l'air ébahi des gens. Ils la regardaient en la croisant, car avec ses habits américains, elle détonnait comme un paon parmi des corbeaux. Certains réussissaient même à sourire au petit Eddie, car si maussade ou renfrogné que puisse être le Russe, il ne pouvait s'empêcher de fondre devant les enfants. Par plaisir, elle demanda sa route à un milicien – comme on appelait ici les agents de police – et il se montra poli avec elle, l'aidant à se dépatouiller dans la langue et lui fournissant les indications demandées. C'était déjà un point positif. Elle était filée, nota-t-elle, par un officier du KGB d'environ trente-cinq ans, qui la suivait à une cinquantaine de mètres en faisant de son mieux pour rester invisible. Sa seule erreur était de détourner les yeux chaque fois qu'elle se retournait. C'est sans doute ainsi qu'on l'avait formé : pour que son visage ne devînt pas trop familier de la cible de la surveillance.

Les rues et les trottoirs ici étaient larges, mais pas franchement bondés. La majorité des Russes était au travail et l'on ne voyait pas ici de femmes seules en train de faire les boutiques ou de se rendre à un rendez-vous mondain ou de loisirs – peut-être les épouses des hauts dirigeants du Parti, c'est tout. Un peu comme les riches oisifs dans son pays, songea Mary Pat, si tant est qu'une telle catégorie existât. Sa mère avait toujours travaillé, pour autant qu'elle se souvienne – et elle continuait, du reste. Mais ici, les femmes qui travaillaient maniaient la pelle, tandis que les hommes conduisaient les camions-bennes. Ils passaient leur temps à boucher les nids-de-poule dans les rues, mais sans jamais parfaitement y parvenir. *Exactement comme à Washington ou New York*, s'avisa-t-elle.

Il y avait des vendeurs de rue, toutefois, des marchands de glaces, et elle en acheta une pour le petit Eddie qui n'en manquait pas une. Cela lui donnait quelques remords d'infliger ce lieu et cette mission à son fils, mais il n'avait que quatre ans et du reste, ce serait pour lui une bonne expérience. Au moins allait-il grandir dans un milieu bilingue. Il avait également appris à apprécier son pays plus que la majorité de ses jeunes compatriotes, et cela, estimait-elle, était une très bonne chose...

Donc, elle était filée. Il était peut-être temps de tester la valeur de son poursuivant. Elle plongea la main dans son sac et en retira un bout de ruban adhésif. Il était rouge. Rouge vif. Tournant à l'angle d'une rue, elle le colla sur le fût d'un réverbère, d'un geste si naturel qu'il en était invisible, et poursuivit son chemin. Puis, cinquante mètres plus loin, elle se retourna, comme si elle était perdue... et vit l'homme passer sans broncher le long du réverbère. Donc, il ne l'avait pas vue déposer le signal. Sinon, il aurait au moins regardé... et il était seul à la filer : elle avait pris un itinéraire si aléatoire

198

qu'il ne pouvait y avoir personne d'autre à ses basques, à moins vraiment de lui assigner un sérieux dispositif de surveillance, ce qui semblait bien improbable. Elle ne s'était jamais fait repérer en mission sur le terrain. Elle se rappelait chaque moment de son instruction à la Ferme de Tidewater, en Virginie. Elle avait été dans les premières de sa classe, et elle savait qu'elle était bonne – et mieux encore, elle savait qu'on ne l'était jamais assez pour oublier toute prudence. Mais tant qu'on le restait, on pouvait se lancer dans toutes les aventures et chevaucher toutes les montures. Grand-père Vania lui avait appris à monter, à elle aussi.

Elle se dit qu'elle et le petit Eddie connaîtraient bien des aventures dans cette cité. Elle comptait attendre que le KGB se lasse de lui coller une filature aux basques, et dès ce moment, elle pourrait vraiment avoir les mains libres. Elle se demanda qui elle serait susceptible de recruter pour la CIA, en plus de diriger les agents déjà établis dans la place. Ouais, elle était bel et bien dans le ventre de la bête, et sa tâche était de lui flanquer un ulcère bien saignant.

« Très bien, Alexis Nikolaïevitch, vous connaissez l'homme, dit Andropov. Qu'est-ce que je lui dis à présent ? »

C'était une preuve de l'intelligence du président de ne pas envoyer une réponse cinglante pour remettre à sa place le *rezident* en poste à Rome. Seul un imbécile piétinait ses principaux subordonnés.

« Il a demandé des compléments d'informations – sur l'envergure de l'opération, et ainsi de suite. Nous devrions les lui fournir. Ce qui conduit aussitôt à la question de savoir au juste ce que vous envisagez, camarade président. Avez-vous déjà étudié le problème ?

— Fort bien, colonel, que pensez-vous, vous, que nous devrions faire ?

— Camarade président, il y a une expression que les Amé-

199

ricains utilisent et que j'ai appris à respecter : cela dépasse mon niveau de compétence.

— Êtes-vous en train de me dire que vous ne jouez pas à être président à la place du président, à l'occasion – dans votre tête ? demanda Iouri Vladimirovitch, non sans une ironie mordante.

— Honnêtement, non, je cantonne mes réflexions à ce que je comprends : les questions opérationnelles. Je n'ai pas compétence pour me lancer dans les hautes spéculations politiques, camarade. »

Réponse habile, même si elle n'est pas sincère, nota Andropov. Mais Rojdestvenski serait bien incapable d'exposer d'éventuelles réflexions de haute volée, car nul autre au KGB n'avait le droit de discuter de ces choses. Cela dit, il pouvait fort bien se faire interroger par quelque très haut fonctionnaire du Comité central du Parti, sur ordre du Politburo, mais un tel ordre devrait quasiment venir de Brejnev en personne. Et cela, jugea Iouri Vladimirovitch, n'était guère probable à l'heure qu'il était. Et donc, oui, le colonel devrait garder ses réflexions pour lui, comme tout bon subordonné qui se respecte, et laisser ici même ce genre de spéculations.

« Très bien, nous nous dispenserons donc de toutes considérations politiques. Voyez ceci comme une question théorique : comment faire pour tuer ce prêtre ? »

Rojedestvenski semblait mal à l'aise.

« Asseyez-vous, ordonna le président. Vous avez déjà organisé des opérations complexes. Prenez votre temps pour celle-ci. »

Rojdestvenski attendit d'être assis pour répondre : « En premier lieu, je demanderais l'assistance de quelqu'un mieux versé en la matière. Nous avons de tels officiers ici même à la Centrale. Mais... puisque vous me demandez de penser en termes théoriques... » La voix du colonel s'éteignit et il leva les yeux au plafond. Quand il se remit à parler, ce fut sur un rythme lent :

« Pour commencer, nous n'utiliserions l'antenne de Goderenko que pour la collecte d'informations – reconnaissance de la cible, ce genre de choses. Nous n'utiliserions en aucun cas l'antenne de Rome d'une manière active... En fait, je déconseillerais même d'utiliser du personnel soviétique pour toutes les phases actives de l'opération.

— Pourquoi ? voulut savoir Andropov.

— La police italienne est très bien formée, et pour une enquête de cette ampleur, elle y mettrait les effectifs, en y assignant les meilleurs hommes. Tout événement de ce genre aura forcément des témoins. Chacun ici-bas a deux yeux et de la mémoire. Certains ont en plus de l'intelligence. Ce genre de réaction ne peut être prédit. Alors que d'un côté, cela militerait en faveur, disons, d'un tireur embusqué muni d'un fusil à longue portée, une telle méthodologie désignerait fatalement une opération organisée à l'échelon d'un État. Un tel tireur devrait être parfaitement bien entraîné et correctement équipé. Ce qui veut dire un soldat. Qui dit soldat dit armée. Et qui dit armée dit État-nation... et quel État-nation voudrait tuer le pape ? demanda le colonel Rojdestvenski. Si une opération doit être véritablement clandestine, on ne doit pas pouvoir en dépister l'origine. »

Andropov alluma une cigarette et acquiesça. Il avait bien choisi. Ce colonel n'était pas dupe. « Poursuivez...

— Dans l'idéal, le tireur ne devrait pas avoir le moindre lien avec l'Union soviétique. Nous devons nous en assurer, parce que nous ne pouvons pas ignorer l'éventualité de son arrestation. Qui dit arrestation dit interrogatoire. La majorité des hommes finissent par parler, pour des raisons physiques ou psychologiques. » Rojdestvenski glissa la main dans sa poche pour sortir ses propres cigarettes. « Je me souviens du compte rendu d'un meutre de la Mafia, en Amérique... » Une fois de plus, la voix s'éteignit, tandis que ses yeux fixaient le mur opposé, comme pour examiner quelque lointaine image du passé.

« Oui ? souffla le chef du KGB.

— Un meurtre survenu à New York. Un de leurs pontes était en délicatesse avec ses pairs, et ceux-ci décidèrent non seulement de le tuer, mais de le faire avec un certain degré d'ignominie. En le faisant abattre par un Noir. Aux yeux de la Mafia, c'est particulièrement honteux, expliqua le colonel. Toujours est-il que le tireur a été abattu aussitôt après par un autre homme, sans doute un homme de main de la Mafia qui a réussi par la suite à s'échapper sans être capturé – nul doute qu'il avait bénéficié d'aide, preuve d'une opération planifiée avec soin. Le crime n'a jamais été élucidé. Un exercice technique parfait. La cible a été tuée, l'assassin aussi. Les véritables tueurs – ceux qui avaient planifié l'opération – ont réussi leur mission et regagné, au passage, du prestige au sein de leur organisation, mais ils n'ont jamais été châtiés.

— De vulgaires voyous, renifla Andropov.

— Certes, camarade président, mais une mission rondement menée mérite toujours d'être étudiée de près, malgré tout. Cet exemple ne s'applique toutefois pas exactement à notre tâche en projet, car la mission était censée ressembler à une exécution de la Mafia parfaitement bien exécutée. Mais si le tireur a pu s'approcher aussi près de sa cible, c'est parce qu'il n'appartenait manifestement pas à une bande de la Mafia et qu'il n'aurait pas pu par la suite impliquer ou identifier ses commanditaires. Or c'est précisément vers quoi nous devrions tendre. Bien sûr, il n'est pas question de copier point par point cette opération – par exemple, tuer le tireur nous désignerait aussitôt. Il ne s'agit pas non plus de rééditer l'élimination de Léon Trotski. Dans ce cas, l'origine de l'opération n'avait pas été vraiment dissimulée. Quant au meurtre de la Mafia dont je viens de parler, il était censé jouer le rôle de déclaration publique. »

Qu'une action d'État soviétique pût être mise en parallèle direct avec un règlement de comptes entre bandes new-yorkaises ne semblait pas exiger beaucoup d'imagination aux yeux de Rojdestvenski. Mais, d'un point de vue opérationnel, l'assassinat de Trotski et celui du mafieux révélaient une intéressante convergence de tactiques et d'objectifs.

« Camarade, j'aurai besoin d'un petit peu de temps pour examiner à fond la question.

— Je vous donne deux heures », répondit, généreux, le président Andropov.

Rojdestvenski se leva, se mit au garde-à-vous et retraversa la penderie pour déboucher dans l'antichambre du secrétaire.

Le bureau personnel de Rojdestvenski était certes exigu, mais il l'avait pour lui tout seul et il était situé au même étage que celui du président. Une fenêtre dominait la place Djerzinski, avec sa circulation et sa statue de Félix de Fer. Son fauteuil pivotant était confortable, et sur le plan de travail trônaient trois téléphones, parce que l'Union soviétique n'avait pas vraiment réussi à maîtriser la technique des appareils multipostes. Il avait sa machine à écrire personnelle, dont il se servait rarement, préférant demander les services d'une des secrétaires du pool. On racontait que Iouri Vladimirovitch en utilisait une pas uniquement pour lui dicter des notes, mais Rojdestevenski n'osait y croire. Le président était trop esthète pour s'abaisser à cela. La corruption n'était pas dans sa manière, ce qui lui plaisait. Il était difficile de se montrer loyal à l'égard d'un homme comme Brejnev. Rojdestvenski prenait à la lettre la devise de son agence, « le glaive et le bouclier ». C'était sa mission de protéger sa patrie et son peuple, et ils avaient certes besoin d'être protégés – parfois même des membres de leur propre Politburo.

Mais pourquoi devraient-ils être protégés de ce prêtre ?

Il hocha la tête et tâcha d'y réfléchir. Il avait tendance à réfléchir les yeux ouverts, examinant ses pensées comme un film projeté sur un écran invisible.

La première considération était la nature de la cible. Le pape semblait sur les photos de haute carrure, et il s'habillait de blanc. On pouvait difficilement trouver plus belle cible pour un tireur. Il se déplaçait beaucoup dans un véhicule découvert, ce qui était d'autant mieux, parce que la voiture avançait lentement pour permettre aux fidèles de bien le voir.

Mais qui serait le tireur ? Pas un agent du KGB. Pas même un citoyen soviétique. Un exilé russe, peut-être. Le KGB en avait dans tout l'Occident, en majorité des agents dormants, qui menaient leur petite vie tranquille en attendant d'être activés... Mais le problème était qu'il y en avait un bon nombre qui finissaient par s'intégrer au point d'ignorer leur avis d'activation, voire qui prévenaient les services de contre-espionnage de leur pays de résidence. Rojdestvenski n'aimait pas ce genre d'affectation à long terme. Il était trop facile pour un agent d'oublier qui il était pour devenir ce qu'était censé lui dicter sa converture.

Non, le tireur devait être un étranger, pas un citoyen russe, ni un ex-citoyen soviétique non russe, pas même un étranger formé par le KGB. Le mieux eût été un prêtre ou une religieuse défroqués, mais ce genre de spécimens ne vous tombait pas tout cuit dans le bec, sauf dans les séries d'espionnage ou les films occidentaux. Le vrai monde des opérations de renseignement était rarement aussi bien organisé.

Alors, de quel genre de tireur avait-il besoin ? Un non-chrétien ? Un juif ? Un musulman ? Un athée serait par trop aisément associé à l'Union soviétique, donc non, exclu. Prendre un juif pour s'acquitter de la mission – ce serait le comble... un membre du peuple élu ! Mieux encore, un Israélien. Israël avait son content de fanatiques religieux. C'était tout à fait possible... mais improbable. Le KGB entretenait des éléments en Israël – bon nombre des citoyens soviétiques qui y avaient émigré étaient des agents dormants –, mais le contre-espionnage israélien était d'une efficacité notoire. Il y avait trop de risques qu'une telle opération soit éventée et là c'était hors de question. Donc, cela éliminait les juifs.

Peut-être un fanatique d'Irlande du Nord. Les protestants

là-bas détestaient certainement les catholiques, et l'un de leurs petits chefs – dont le nom échappait présentement à Rojdestvenski, mais il évoquait une pub pour une brasserie – avait dit souhaiter la mort du pape. Il se serait même agi d'un pasteur. Mais, hélas, ces individus détestaient plus encore l'Union soviétique, parce que leurs adversaires de l'IRA se disaient marxistes – un fait que le colonel Rojdestvenski avait du mal à avaler. S'ils avaient été d'authentiques marxistes, ils auraient pu mettre en œuvre la discipline du Parti pour amener un des leurs à entreprendre l'opération... mais non. Le peu qu'il savait des terroristes irlandais lui disait que conduire l'un d'eux à placer la discipline du Parti au-dessus de ses préjugés ethniques serait bien trop lui demander. Si attrayante qu'elle pût être en théorie, une telle hypothèse serait décidément bien trop difficile à mettre en œuvre.

Restaient les musulmans. Un bon nombre étaient des fanatiques, sans plus de liens avec les fondements de leur religion que n'en avait le pape avec le marxisme. L'Islam était simplement trop vaste et il souffrait des maux du gigantisme. Mais s'il voulait malgré tout un musulman, où le pêcher ? Le KGB avait des opérations dans quantité de pays à population islamique, comme d'autres pays marxistes. Hmm, songea le colonel, pas une mauvaise idée... La plupart des alliés de l'Union soviétique avaient des services de renseignement et la plupart de ceux-ci étaient sous la coupe du KGB.

Le meilleur était la Stasi en RDA, dirigée de main de maître par son patron, Markus Wolf. Mais on n'y comptait guère de musulmans. Les Polonais étaient bons eux aussi, mais il était évidemment exclu de les utiliser pour cette opération. Les catholiques les avaient totalement infiltrés – et donc l'Occident, même si ce n'était qu'en seconde main. La Hongrie... non, là aussi, le pays était trop catholique et les seuls musulmans qu'on y trouvait étaient des étrangers parqués dans des camps d'entraînement idéologique pour des groupes terroristes, qu'il vaudrait sans doute mieux s'abstenir d'utiliser. Idem avec les Tchèques. La Roumanie n'était pas jugée un véritable allié de l'Union soviétique. Son dirigeant avait beau être un communiste pur et dur, il se comportait un peu trop comme les bandits tziganes originaires de son pays. Restait... la Bulgarie. Bien sûr. Voisine de la Turquie, qui était un pays musulman, mais avec une culture laïcisée et un excellent vivier de banditisme. De surcroît, les Bulgares avaient quantité de contacts transfrontaliers, couvrant souvent des activités de contrebande, qu'ils exploitaient pour obtenir du renseignement sur l'OTAN, exactement comme Goderenko à Rome.

Donc, ils allaient utiliser le *rezident* de Sofia pour amener les Bulgares à faire le sale boulot à leur place. Ils avaient une dette de longue date envers le KGB, après tout. La Centrale de Moscou leur avait permis de se débarrasser d'un de leurs dissidents sur le pont de Westminster par une opération fort habile qui n'avait été en partie éventée que par le pire concours de malchance.

Mais il y a une leçon à tirer de ce semi-échec, songea le colonel Rojdestvenski. Tout comme avec ce meurtre de la Mafia, l'opération ne devait pas être habile au point de désigner directement le KGB. Non, elle devait avoir un côté brigandage dans son exécution. Et même, il resterait encore des dangers. Les gouvernements occidentaux auraient leurs soupçons – mais faute de connexion directe ou même indirecte avec la place Dzerjinski, ils ne pourraient pas les évoquer en public...

Cela suffira-t-il ? se demanda le colonel.

Les Italiens, les Américains, les Britanniques, tous se poseraient des questions. Il y aurait des murmures, et ces murmures finiraient peut-être bien par filtrer jusque dans l'opinion publique. Était-ce grave ?

Tout dépendrait bien sûr de l'importance que revêtait cette opération aux yeux d'Andropov et du Politburo. Il y aurait des risques, mais dans toutes les grandes entreprises politiques, on évaluait les risques en fonction de l'importance de la mission.

Donc, l'antenne de Rome serait l'élément de reconnaissance, et celle de Sofia l'élément opérationnel pour charger les Bulgares d'engager le tueur – l'action devrait sans doute être menée au pistolet. S'approcher suffisamment pour utiliser un couteau s'avérait une tâche trop délicate pour être envisagée sérieusement et les fusils étaient trop difficiles à dissimuler, même si la mitraillette restait toujours une arme de choix pour ce type d'opération. Et le tireur ne serait même pas citoyen d'un pays socialiste. Non, ils iraient en chercher un dans un pays de l'OTAN. Il y avait là un certain degré de complexité. Mais rien d'insurmontable.

Rojdestvenski alluma une autre cigarette et révisa mentalement son raisonnement, traquant les erreurs, les faiblesses. Il y en avait. Il y en avait toujours. Le vrai problème serait de trouver un Turc qui soit bon tireur. Pour cela, ils devraient faire confiance aux Bulgares. Que valaient leurs services clandestins ? Rojdestvenski n'avait jamais eu l'occasion de travailler directement avec eux et ne les connaissait que de réputation. Laquelle n'était pas entièrement favorable. Ils reflétaient leur gouvernement, qui était jugé plus fruste et plus brutal que celui de Moscou, pas vraiment *kulturniy*, mais il supposait que c'était en partie dû au chauvinisme du KGB. La Bulgarie était le petit frère de Moscou, politiquement et culturellement, et cette relation d'aîné au cadet était inévitable. On leur demandait juste d'être assez bons pour avoir des contacts corrects en Turquie, et cela signifiait simplement avoir un bon agent recruteur sur place, de préférence un formé à Moscou. Ce n'était pas ce qui manquait, et les archives de l'Académie du KGB faciliteraient une telle recherche. Il se pouvait même que le *rezident* de Sofia le connaisse personnellement.

Cet exercice théorique prenait forme, estima le colonel

non sans fierté. Ainsi donc, il savait toujours monter une bonne opération sur le terrain, même depuis qu'il s'était mué en rat de bureau. Il sourit en écrasant sa clope. Puis il décrocha son téléphone blanc et composa le 111, le numéro du bureau du président.

8

Le service

« MERCI, Alexis Nikolaïevitch. C'est en effet un concept des plus intéressants. Mais ensuite, comment procède-t-on ?

— Camarade président, nous avons demandé à Rome de nous tenir au courant de l'emploi du temps du pape – le plus possible à l'avance. Nous ne leur avons pas fait part de l'existence d'une opération. Ils sont simplement une source d'information. Le moment venu, nous pourrons demander à l'un de leurs agents d'être présent sur place à titre d'observateur, mais mieux vaut pour tout le monde que Goderenko en sache le moins possible.

— Vous n'avez pas confiance en lui ?

— Non, camarade président. Je vous demande pardon, je ne voulais pas vous donner cette impression. Mais moins il en saura, moins il sera susceptible de poser des questions ou de demander par inadvertance à son personnel des choses susceptibles de vendre la mèche, même en toute innocence. Nous choisissons nos chefs d'antenne pour leur intelligence, pour leur capacité à voir ce que d'autres ne voient pas. Qu'il décèle que quelque chose se prépare, et son expertise professionnelle pourrait le pousser à tout le moins à rester sur ses gardes – or cela pourrait compromettre toute l'opération.

— Des esprits libres..., renifla Andropov.

— Peut-il en être autrement ? remarqua Rojdestvenski sur un ton raisonnable. C'est le prix à payer quand on engage des hommes intelligents. »

Andropov acquiesça. Il était assez malin pour savoir retenir une leçon.

« Beau travail, colonel. Quoi d'autre ?

— La chronologie est cruciale, camarade président.

— Combien de temps faudrait-il pour monter une action de ce genre ? demanda Andropov.

— Certainement un mois, peut-être plus. À moins d'avoir des personnels déjà sur place, ces opérations prennent toujours plus de temps qu'on le voudrait ou qu'on l'escompterait, expliqua Rojdestvenski.

— J'aurai bien besoin de ce délai pour obtenir son acceptation. Mais nous allons poursuivre la planification des opérations, de sorte que lorsque nous aurons obtenu le feu vert, nous pourrons passer à l'exécution dans les plus brefs délais. »

Exécution..., songea Rojdestvenski. *Le mot est bien choisi,* mais même lui ne put s'empêcher d'avoir froid dans le dos. Et son interlocuteur avait dit « *lorsque* nous aurons obtenu le feu vert... » et non pas « *si* nous l'obtenons », nota par ailleurs le colonel. Enfin, Iouri Vladimirovitch était censé être désormais l'homme fort du Politburo, ce qui convenait parfaitement à Alexis Nikolaïevitch. Ce qui était bon pour son agence était également bon pour lui, surtout dans ses nouvelles fonctions. Il pouvait y avoir des étoiles de général au bout de la route, et cette éventualité ne lui déplaisait pas.

« Comment comptez-vous procéder ? s'enquit le président.

— Je devrais câbler à Rome pour apaiser les craintes de Goderenko et lui dire que sa tâche pour le moment se limite à confirmer l'emploi du temps du pape pour ses déplacements, ses apparitions et ainsi de suite. Ensuite, je contacterai Ilya Boubovoï. C'est notre *rezident* à Sofia. L'avez-vous déjà rencontré, camarade président ? »

Andropov se creusa la tête. « Oui, lors d'une réception. Un gros bonhomme, c'est ça ? »

Sourire du colonel. « Oui, Ilya Fedorovitch a toujours eu un problème de poids, mais c'est un bon agent. Il est là-bas depuis quatre ans et il entretient de bonnes relations avec le *Dirjavna Sugurnost.*

— Il s'est laissé pousser les moustaches, c'est ça ? » demanda Andropov avec une de ses rares pointes d'humour. Les Russes se moquaient souvent de la pilosité de leurs voisins, qui semblait un véritable trait national.

« Ça, je n'en sais rien, admit le colonel, qui n'était pas assez obséquieux pour promettre de s'en enquérir.

— Que direz-vous dans votre câble à Sofia ?

— Que nous avons besoin de personnel pour... »

Le président le coupa : « Ne dites rien dans le câble. Faites-le venir ici. Je veux une sécurité maximale autour de cette opération et cet aller-retour en avion de Sofia attirera l'attention en haut lieu.

— À vos ordres. Immédiatement ?

— Sur-le-champ. »

Le colonel se leva. « Tout de suite, camarade président. Je file de ce pas aux transmissions. »

Le président Andropov le regarda partir. *Une chose de bien avec le KGB,* songea Iouri Vladimirovitch, *c'est que, quand vous donnez des ordres, ici, ils sont suivis d'effets. Pas comme au secrétariat du Parti.*

Le colonel Rojdestvenski redescendit en ascenseur au sous-sol et se rendit au centre de transmissions. Le capitaine Zaïtzev était de retour à son bureau et remplissait sa paperasserie comme d'habitude – il n'avait pas grand-chose d'autre à faire, en vérité – et le colonel se dirigea aussitôt vers lui.

« J'ai deux autres dépêches pour vous.

— Très bien, camarade colonel. » Oleg Ivanovitch tendit la main.

« Il faut que je les rédige, précisa Rojdestvenski.

— Vous pouvez vous installer au bureau, là, camarade, indiqua le capitaine des transmissions. Même niveau de sécurité que l'autre fois ?

— Affirmatif, masque jetable pour les deux. Une nouvelle pour Rome et l'autre pour l'antenne de Sofia. » Et d'ajouter : « Priorité immédiate.

— Parfait. » Zaïtzev lui tendit des formulaires vierges et se remit à la tâche, en espérant que les dépêches ne seraient pas trop longues. Il fallait qu'elles soient rudement importantes pour que le colonel descende ici avant même qu'elles soient rédigées. Andropov devait vraiment avoir le feu au cul. Le colonel Rojdestvenski était en effet le factotum du président. Ce devait être humiliant pour un homme qui avait l'étoffe d'être *rezident* à un poste intéressant. Les voyages, après tout, c'était là le seul vrai bonus que le KGB offrait à ses employés.

Non pas que Zaïtzev ait l'occasion de voyager. Oleg Ivanovitch en savait trop pour avoir le droit de se rendre à l'Ouest. Après tout, il pourrait ne pas revenir – hypothèse qui préoccupait toujours l'agence. Et, pour la première fois, il se demanda pourquoi. C'était cette journée qui voulait ça. Pourquoi le KGB s'inquiétait-il à ce point des risques de passages à l'Ouest ? Il avait vu des dépêches discutant ouvertement de cette possibilité gênante et il avait vu des agents ramenés au pays pour en « parler » ici même à la Centrale... des agents qui souvent ne retournaient jamais sur le terrain. Il l'avait toujours su, mais il n'y avait jamais vraiment songé plus de trente secondes.

Ils s'en allaient... parce qu'ils estimaient que leur État se trompait ? Croyaient-ils vraiment qu'il était si mauvais au point de faire une chose aussi radicale que trahir leur patrie ?

Cela, Zaïtzev s'en rendit compte après coup, était une pensée d'importance.

Et pourtant, qu'était le KGB, sinon une agence qui vivait de la trahison ? Combien de centaines – de milliers – de dépêches avait-il lues traitant de ce seul sujet ? C'étaient des Occidentaux, Américains, Anglais, Allemands, Français, tous employés par le KGB pour découvrir des choses que son pays voulait savoir – et tous étaient des traîtres à leur patrie, non ? Ils le faisaient surtout pour l'argent. Il en avait vu aussi des quantités, de ces messages, ces discussions entre la Centrale et les *rezidenturas* pour débattre du montant des sommes versées. Il savait que la Centrale était toujours mesquine dans ses règlements, ce qui était prévisible. Les agents voulaient des dollars américains, des livres sterling, des francs suisses. Et en liquide, du vrai papier-monnaie – ils désiraient toujours être réglés en liquide. Jamais de roubles ou même de roubles certifiés. Non, non, dans leur monnaie. C'était la seule dont ils voulaient, évidemment. Ils trahissaient leur pays pour de l'argent, mais seulement le leur. Certains même exigeaient des millions de dollars... non pas qu'ils les reçoivent. La somme maximale qu'il avait vu autoriser avait été cinquante mille livres pour payer des informations sur les codes des marines américaine et britannique. *Que ne paieraient pas les puissances occidentales pour les données de communications qui se trouvaient dans sa tête à lui ?* songea Zaïtzev. Songe creux. Question sans réponse. Il n'avait pas vraiment la capacité de formuler convenablement la question, moins encore d'envisager sérieusement la réponse.

« Et voilà, dit Rojdestvenski en lui tendant les formulaires. Envoyez-les sur-le-champ.

— Dès que je les aurai fait crypter, promit l'agent des transmissions.

— Avec les mêmes mesures de sécurité que la fois précédente, précisa le colonel.

— Certainement. Le même code d'identification pour les deux ? demanda Oleg Ivanovitch.

— Exact, et avec ce chiffre, répondit le colonel en tapotant sur le 666 inscrit à l'angle supérieur droit.

— À vos ordres, camarade colonel. Je m'en occupe tout de suite.

— Et appelez-moi quand elles seront parties.

— Oui, camarade colonel. J'ai votre numéro de poste », lui assura Zaïtzev.

Ce n'étaient pas des paroles en l'air, Oleg le savait. Le ton impérieux avait été éloquent. Cette opération se déroulait sous les ordres directs du président, et ce surcroît d'attention en faisait une affaire de la plus extrême priorité, pas une tâche de routine sans grand intérêt pour un homme important. Il ne s'agissait plus de commandes de lingerie fine pour la petite pisseuse d'un gros bonnet.

Zaïtzev se dirigea vers les classeurs de livres de codes pour sortir ceux de Rome et de Sofia, puis il sortit sa roue de chiffrage et, laborieusement, entreprit le cryptage des deux dépêches. L'un dans l'autre, cela lui prit quarante minutes. Celle adressée au colonel Boubovoï à Sofia était simple : « Prenez l'avion de Moscou sur-le-champ pour consultation. » Zaïtzev se demanda si le *rezident* n'allait pas en avoir les genoux qui flageolent un peu en lisant la dépêche. Le colonel Boubovoï ne pouvait bien entendu pas savoir la signification de l'identifiant numérique. Il la découvrirait bien assez tôt.

Le reste de la journée de Zaïtzev se déroula sans anicroche. Il réussit à boucler ses dossiers confidentiels et à quitter le bureau avant six heures du soir.

Le déjeuner à Century House était bon, mais d'une excentricité toute britannique. Ryan avait appris à apprécier ces copieux en-cas avec salade, viande, pain et fromage, surtout parce que le pain dans ce pays était toujours excellent.

« Alors comme ça, votre femme est chirurgienne ? »

Jack acquiesça. « Ouais, elle découpe des yeux. En fait, elle commence même à utiliser le laser pour certaines opérations. Elle espère bien être pionnière en la matière.

— Des lasers ? Pour quoi faire ? demanda Harding.

— C'est un peu comme de la soudure. Ils s'en servent pour cautériser les hémorragies oculaires, par exemple... c'est ce qu'ils ont fait pour Souslov. Du sang s'était accumulé à l'intérieur du globe oculaire, alors ils l'ont percé et ils ont aspiré tout le contenu – l'humeur aqueuse, je crois que c'est le nom –, puis ils ont utilisé le laser pour reboucher les vaisseaux qui fuyaient. À entendre, comme ça, ça n'a pas l'air trop ragoûtant, hein ? »

Harding se contenta de hausser les épaules. « J'imagine que c'est toujours mieux que d'être aveugle.

— Ouais. Comme quand Sally était en choc traumatique. L'idée de savoir que quelqu'un était en train de trancher dans ma petite fille ne m'enchantait pas précisément. » Ryan se rappela à quel point ç'avait été épouvantable, en fait. Sally en portait encore les cicatrices sur le torse et l'abdomen, même si elles commençaient à disparaître.

« Et vous, Jack ? Vous êtes déjà passé sous le bistouri ? demanda Simon.

— J'étais endormi et ils ne faisaient pas de vidéo des opérations – mais, vous savez, Cathy serait sans doute très intéressée de les voir toutes les trois.

— Trois ?

— Ouais, deux quand j'étais chez les marines. Ils m'ont stabilisé sur le bateau, puis rapatrié en avion à Bethesda pour terminer le travail – j'étais endormi quasiment de bout en bout, Dieu merci, mais les neurochirurgiens n'ont pas encore été assez bons et ça m'a laissé avec des douleurs dans le dos... Ensuite, alors qu'on se fréquentait, Cathy et moi – non, on était même déjà fiancés –, mon dos a lâché de nouveau pendant un dîner dans la Petite Italie, et elle m'a fait admettre à Hopkins pour me faire examiner par Sam Rosen. Sam a réparé tout ça. Un type chouette, et un sacré toubib. Vous savez, parfois, ça vaut le coup d'être marié à un docteur. Elle connaît certains des meilleurs spécialistes de la planète. » Ryan prit une grosse bouchée de dinde. C'était autrement meilleur que les burgers de la cafétéria de la CIA.

« Enfin, bref, voilà le résumé d'une aventure de trois années entamée par une panne d'hélicoptère en Crète. Elle s'est achevée par mon mariage, donc j'imagine que tout est bien qui finit bien. »

Harding sortit sa blague en cuir, bourra sa pipe et l'alluma. « Alors, comment avance votre rapport sur la gestion et les pratiques soviétiques ? »

Jack reposa sa bière. « C'est incroyable comme ils sont bordéliques, surtout quand on compare leurs documents internes aux données brutes que nous obtenons quand nos gars parviennent à mettre la main sur leur matos. Ce qu'ils appellent contrôle de qualité, nous on appelle ça de la bouillie pour les chats. À Langley, j'ai vu certains équipements montés sur leurs chasseurs récupérés par l'Air Force, en général via les Israéliens. Les putains de pièces ne s'assemblent même pas ! Ils ne sont pas fichus de tailler des feuilles d'alu selon des patrons réguliers. Je veux dire, un lycéen en cours de travaux manuels doit faire mieux s'il ne veut pas se faire virer. Nous savons qu'ils ont des ingénieurs compétents, surtout ceux qui bossent au niveau théorique, mais leurs pratiques de fabrication sont si primitives qu'on pourrait espérer mieux d'élèves de cours moyen.

— Pas dans tous les domaines, Jack.

— Et tout l'océan Pacifique n'est pas bleu, Simon. Il y a aussi des îles et des volcans, je sais. Mais la règle générale est que l'océan est bleu, et la règle générale en Union soviétique est que le travail est bâclé. Le problème est que leur système économique ne récompense pas le bon travail. En économie, on a un dicton : "La mauvaise monnaie chasse la bonne." Cela veut dire que les mauvaises performances prendront le dessus si les bonnes ne sont pas reconnues et récompensées. Eh bien, là-bas, elles ne ne le sont pas, et pour leur économie, c'est comme un cancer. Ce qui se passe à un endroit gagne progressivement tout le système.

— Il y a quand même des domaines où ils sont vraiment bons, persista Harding.

— Simon, la troupe du Bolchoï ne va pas attaquer l'Allemagne fédérale. Ni leur sélection olympique. Leurs militaires sont peut-être dirigés par des officiers d'état-major compétents, mais leur matériel est à chier et leurs cadres intermédiaires inexistants. Sans mon sergent d'artillerie et mes chefs d'escouade, je n'aurais jamais pu utiliser avec efficacité mon peloton de marines, mais l'armée Rouge n'a pas de sergents au sens où nous l'entendons. Ils ont des officiers – et, encore une fois, certains de leurs théoriciens sont de classe internationale – et leurs soldats sont sans aucun doute de fervents patriotes et tout ça, mais sans instruction convenable au niveau tactique, ils sont comme une belle bagnole avec des pneus à plat. Le moteur peut bien tourner comme une horloge et la carrosserie rutiler, mais la voiture n'ira nulle part. »

Harding tira quelques bouffées, songeur. « Dans ce cas, qu'est-ce qui nous préoccupe ? »

Jack haussa les épaules. « Ils sont sacrément nombreux, et la quantité finit par avoir sa qualité propre. Si toutefois nous poursuivons notre effort de défense, nous pouvons arrêter toutes leurs tentatives. Un régiment de chars soviétique n'est jamais qu'une collection de cibles si nous avons le bon équipement et que nos gars sont convenablement entraînés et encadrés. En tout cas, c'est en gros ce que dira sans doute mon rapport.

— Il est encore un peu tôt pour conclure », indiqua Simon à son nouvel ami américain. Ryan n'avait pas encore appris comment était censée fonctionner une bureaucratie.

« Simon, j'ai gagné ma vie dans la finance. Dans ce métier, on réussit en voyant les choses un peu plus vite que son voisin, et cela veut dire qu'on ne doit pas attendre d'avoir jusqu'à la dernière petite miette d'information. Je peux voir vers où cette information m'oriente. Ça va mal là-bas, et ça ne va faire qu'empirer. Leur armée est un concentré de tout ce qui est bon et mauvais dans leur société. Regardez plutôt comment ils merdent en Afghanistan. Je n'ai pas vu vos données, mais j'ai vu celles qu'ils ont à Langley, et ce n'est pas joli-joli. Leur armée ne se débrouille pas trop bien dans cet amas de rochers.

— Je pense qu'en définitive ils gagneront.

— C'est possible, concéda Jack. Mais ce ne sera pas une belle victoire. On s'est débrouillés autrement mieux au Viêt Nam. » Il marqua un temps. « Vos gars ont de mauvais souvenirs de l'Afghanistan, pas vrai ?

— Mon grand-oncle y était en 1919. Il disait que c'était pire que la bataille de la Somme. Kipling a écrit un poème qui se termine sur l'ordre donné à un soldat de se faire sauter la cervelle plutôt que de se laisser capturer. J'ai peur que certains Russes aient appris cette leçon à leurs dépens.

— Ouais, les Afghans sont courageux, mais pas franchement civilisés, approuva Jack. Mais je pense, moi, qu'ils finiront par gagner. On parle chez nous de leur livrer nos Stinger. Ce lance-missiles sol-air neutraliserait les hélicoptères qu'emploient les Russes, et sans hélicos, les Popovs ont comme un problème.

— Le Stinger est-il si bon ?

— Je n'en ai jamais personnellement manipulé, mais j'en ai entendu dire beaucoup de bien.

— Et le SAM-7 russe ?

— Ce sont eux qui ont plus ou moins inventé le concept du lance-missiles sol-air portable, pas vrai ? Mais on en a récupéré un paquet par les Israéliens en 73 et nos gars n'ont pas été impressionnés tant que ça. Là encore, les Russkofs ont eu une bonne idée, mais ils n'ont pas été fichus de la mettre convenablement en application. C'est leur plaie, Simon.

— Dans ce cas, expliquez-moi le KGB, contesta l'Anglais.

— Comme la troupe du Bolchoï ou leur équipe de hockey sur glace. Ils y ont investi beaucoup de talent et d'argent, et ils en ont des retours appréciables, mais ils ont quand même aussi un paquet d'espions qui font le mur, non ?

— Certes, dut admettre Simon.

— Et pourquoi, je vous demande ? insista Jack. Parce qu'ils leur bourrent le crâne en leur racontant que nous sommes corrompus et bordéliques, et quand leurs gars débarquent ici et regardent autour d'eux, ils trouvent que finalement ce n'est pas si mal. Merde, on a des planques plein le pays avec dedans des ex du KGB qui regardent la télé. Et il n'y en a pas beaucoup non plus qui décident de rentrer. Je n'ai encore jamais rencontré de transfuge, mais j'ai lu des piles de rapports, et tous racontent en gros la même chose. Notre système est meilleur que le leur, et ils sont assez intelligents pour voir la différence.

— Nous en avons aussi quelques-uns qui vivent ici », admit Harding. Il ne voulait toutefois pas admettre que les Russes avaient également quelques Britanniques – pas autant, et de loin, mais assez toutefois pour embarrasser considérablement Century House. « Vous êtes un débatteur coriace, Jack.

— Je dis simplement la vérité, mon vieux. C'est pour ça qu'on est là, non ?

— En théorie », dut concéder Harding. Ce Ryan ne serait jamais un bureaucrate, décida le Britannique, avant de se demander s'il fallait ou non s'en réjouir. Les Américains voyaient les choses sous un autre angle, et le contraste avec le point de vue de sa propre organisation était distrayant, pour le moins. Ryan avait encore beaucoup à apprendre... mais il avait également deux ou trois trucs à enseigner, s'avisa Harding. « Comment avance votre bouquin ? »

Le visage de Ryan changea. « Pas eu beaucoup l'occasion d'y bosser ces derniers temps. J'ai bien installé mon ordinateur. Difficile de se concentrer après une journée bien remplie ici... mais si je ne m'en donne pas le temps, ça ne sera jamais fait. Je suis foncièrement paresseux, admit Ryan.

— Alors, comment avez-vous réussi à faire fortune ? » demanda Harding. Ce qui lui valut un sourire.

« Je suis également avide. Gertrude Stein l'a dit : "J'ai été riche et j'ai été pauvre. Mieux vaut être riche." Personne n'a dit plus vrai.

— Il faudra que j'en fasse l'expérience, moi aussi, un de ces jours », observa le fonctionnaire britannique.

Oups, songea Ryan. *Enfin, ce n'était pas de sa faute non plus, pas vrai ?* Simon était assez malin pour gagner de l'argent dans le monde réel, mais il ne semblait pas penser en ces termes. Ça paraissait logique d'avoir un type intelligent au pool d'analystes de Century House, même si cela voulait dire sacrifier pour son pays son aisance personnelle. Mais ce n'était pas si mal, et Ryan s'avisa que c'était bien ce qu'il faisait, lui aussi. Son avantage était qu'il avait gagné de l'argent d'abord et pouvait donc se permettre de quitter ce boulot pour se remettre à l'enseignement quand ça lui chanterait. C'était là une forme d'indépendance que la plupart des fonctionnaires gouvernementaux ne connaîtraient jamais... *Et leur travail doit sans doute en pâtir*, estima Jack.

Zaïtzev franchit la succession de postes de contrôle divers et variés. Certaines personnes étaient fouillées au hasard par les gardes pour vérifier qu'elles n'emportaient rien sur elles, mais les fouilles – il en avait eu sa part, lui aussi – étaient trop superficielles pour être vraiment efficaces. Juste assez systématiques pour être pénibles, et pas assez régulières pour constituer une réelle menace – peut-être une fois par mois –, et si vous vous faisiez fouiller un jour, vous saviez que vous étiez tranquille pour au moins les cinq suivants, parce que les gardes connaissaient de visage tous les gens qu'ils fouillaient, et même en ces murs, il y avait des contacts humains et des relations amicales entre les employés, surtout au niveau des travailleurs, une sorte de solidarité ouvrière qui, par certains côtés, était surprenante. Le fait est que Zaïtzev franchit les contrôles sans inspection et se retrouva sur la vaste place qu'il traversa pour gagner l'entrée du métro.

La plupart du temps, il ne revêtait pas sa tenue paramilitaire – presque tous les employés du KGB faisaient comme lui, comme si leur emploi risquait de les désigner à la vindicte de leurs concitoyens. Il ne le cachait pas non plus. Si quelqu'un l'interrogeait, il répondait franchement et l'interrogatoire en général s'arrêtait là, parce que chacun savait qu'on ne posait pas de questions sur ce qui se passait au Comité pour la sécurité de l'État. Il y avait de temps en temps des films ou des documentaires télévisés sur le KGB, et certains étaient même relativement honnêtes, même s'ils ne s'étendaient pas sur les méthodes et les sources au-delà de ce que pouvait imaginer un scénariste de fiction, ce qui n'était pas vraiment toujours précis. Un petit service de la Centrale donnait des consultations en la matière – en général ils retiraient tel ou tel point, plus rarement ils inséraient des éléments précis, parce que c'était l'intérêt de l'Agence de paraître intimidante et redoutable aux yeux des citoyens soviétiques comme des étrangers. *Combien de braves citoyens arrondissent leurs fins de mois en jouant les informateurs ?* se demanda Zaïtzev. Il ne voyait presque jamais de dépêches à ce sujet – ce genre de débat sortait rarement des frontières.

Ce qui sortait déjà du pays était bien assez déroutant. Le colonel Boubovoï serait sans doute à Moscou le lendemain. Il y avait des liaisons aériennes régulières entre Sofia et Moscou par Aeroflot. À Rome, le colonel Goderenko avait reçu l'ordre de ne pas bouger et de se taire, et de se contenter de faire suivre à la Centrale l'emploi du temps des apparitions du pape pour une durée indéterminée. Andropov continuait donc à s'intéresser à cet élément d'information.

Et voilà maintenant que les Bulgares entraient dans la danse. Zaïtzev s'en émut, mais il n'y avait pas franchement de quoi s'en étonner. Il avait déjà vu ce genre de dépêches. Le Service de sécurité d'État bulgare était le vassal local du KGB. L'officier de transmissions le savait. Il avait vu suffisamment de messages adressés à Sofia, parfois par le truchement de Boubovoï, parfois directement, et parfois dans le but de mettre fin à l'existence de quelqu'un. Le KGB ne se livrait plus trop à ce genre de pratique, mais le Dirjavna Sugurnost, oui, à l'occasion. Zaïtzev imaginait qu'il devait exister une petite cellule d'agents du DS formés, entraînés et expérimentés dans ce genre d'opération bien particulière. Et l'en-tête du message portait le suffixe 666, par conséquent cette dépêche concernait le même sujet que celui qui avait motivé la demande initialement adressée à Rome. Donc cette affaire poursuivait son cours.

Son agence – son pays – voulait tuer ce prêtre polonais et cela, se dit Zaïtzev, c'était sans doute une mauvaise chose.

Il descendit par l'escalier roulant jusqu'aux quais au milieu de la cohue habituelle au sortir du travail. Les autres jours, la foule lui paraissait réconfortante. Cela voulait dire pour Zaïtzev qu'il était dans son élément, entouré de ses compatriotes, des gens comme lui, qui s'entraidaient en servant l'État. Mais était-ce vrai ? *Que penseraient ces gens de la mission d'Andropov ?*

Difficile à jauger. Le trajet en métro était en général tranquille. Certains voyageurs pouvaient bavarder avec des amis, mais les discussions de groupe étaient rares, hormis peut-être à l'occasion d'un événement sportif inhabituel, une erreur d'arbitrage lors d'un match de foot ou une phase de jeu spectaculaire au hockey. Sinon, les gens restaient plutôt abîmés dans leurs pensées.

La rame s'arrêta et Zaïtzev monta à bord. Comme d'habitude, pas un siège de libre. Il s'accrocha à la barre et poursui-vit ses réflexions.

Les autres voyageurs pensent-ils aussi ? Si oui, à quoi ? Au boulot ? Aux enfants ? À leur femme ? Leur maîtresse ? Leur prochain repas ? Impossible à dire. Même Zaïtzev en était incapable et il voyait ces gens – les mêmes gens – dans le métro depuis des années. Il n'en connaissait que quelques-uns par leur nom, le plus souvent des surnoms glanés au hasard des conversations. Non, il ne les connaissait que par leurs équipes favorites...

Il fut frappé soudain de découvrir à quel point il était seul dans sa propre société. *Combien de vrais amis ai-je donc ?* se demanda-t-il. Terriblement peu. Oh, bien sûr, il y avait les collègues de bureau avec qui l'on bavardait. Il connaissait les plus intimes détails sur leurs épouses et leurs enfants... mais des amis à qui pouvoir se confier, avec qui parler de certains développements troublants, à qui s'adresser pour demander conseil dans une situation déroutante... Non, de tels amis, il n'en avait pas. Cela faisait de lui un original à Moscou. Les Russes entretenaient souvent des amitiés intenses et proches, et leur confiaient souvent les plus profonds, voire les plus sombres secrets, comme pour défier ces intimes d'être des informateurs du KGB, comme pour jouer à risquer un voyage au Goulag. Mais son boulot lui interdisait tout cela. Il n'oserait jamais discuter de ce qu'il faisait au travail, pas même avec ses collègues.

Non, s'il avait des problèmes avec cette série de messages 666, ils étaient de ceux qu'il devrait résoudre seul. Même son Irina ne devait pas être au courant. Elle risquerait d'en parler à ses collègues du Goum, ce qui signifierait pour lui son arrêt de mort. Zaïtzev laissa échapper un soupir et regarda autour de lui...

Il était encore là, ce fonctionnaire de l'ambassade américaine, plongé dans *Sovietskiy Sport*, indifférent au reste. Il portait un imperméable – on avait annoncé de la pluie, mais elle n'était pas venue – mais pas de chapeau. L'imper était ouvert, sans boutons ni ceinture. L'homme était à moins de deux mètres...

Sur un coup de tête, Zaïtzev se déplaça d'un côté à l'autre de la voiture, changeant de main sur la barre, comme pour étirer un muscle raidi. Le mouvement le rapprocha de l'Américain. Et, sur une autre impulsion, Zaïtzev glissa la main dans la poche de l'imper. Il n'y trouva rien : ni clés, ni monnaie. Mais il avait pu ainsi vérifier qu'il pouvait lui faire les poches à son insu. Il recula, parcourut du regard la voiture de métro pour s'assurer que personne n'avait remarqué son manège ou simplement regardé dans sa direction. Mais... non, presque certainement pas. Sa manœuvre était restée inaperçue, même de l'Américain.

Foley ne bougea même pas les yeux tandis qu'il finissait de lire l'article sur le hockey. S'il avait été à New York ou dans une autre ville occidentale, il aurait juré que quelqu'un avait tenté de lui faire les poches. Curieusement, il ne s'attendait pas à trouver ici de pickpockets. Les citoyens soviétiques n'avaient pas le droit d'utiliser de devises étrangères, de sorte qu'il n'y avait que des ennuis à gagner à détrousser un Américain en pleine rue, sans parler de lui faire les poches. Et le KGB – qui devait sans doute continuer à le filer – ne ferait sûrement pas une chose pareille. S'ils voulaient lui piquer son portefeuille, ils travailleraient en binôme, comme les pickpockets professionnels en Amérique, un pour retenir et distraire la victime, l'autre pour opérer le larcin. On pouvait avoir à peu près n'importe qui de cette manière, sauf si la cible était sur ses gardes, et le demeurer un laps de temps prolongé était toujours astreignant, même pour un espion professionnel. Donc on recourait à des méthodes de défense passive, par exemple on entourait son portefeuille d'un ou deux élastiques – simple mais très efficace –, l'un des trucs qu'on vous enseignait à la Ferme, le genre d'astuces de base qui ne clamaient pas « espion ! » à tue-tête. La police de New York conseillait aux gens de faire pareil dans les rues de Manhattan et il était justement censé ressembler à n'importe quel Américain. Comme il possédait un passeport diplomatique et une couverture « légale », sa personne était en théorie inviolable. Sans toutefois être à l'abri d'un petit voleur de rue, bien entendu, et ni le KGB ni le FBI ne rechignaient à l'occasion à recourir aux services d'un voyou bien entraîné pour rudoyer quelqu'un, mais c'était toujours dans le cadre d'une procédure savamment pensée pour éviter tout dérapage. Tout cela aurait par comparaison rendu les affaires de la cour impériale de Byzance d'une simplicité biblique, mais ce n'était pas Ed Foley qui édictait les règles.

Ces mêmes règles ne lui permettaient pas de vérifier ses poches ou de trahir par le moindre geste qu'il s'était rendu compte que quelqu'un l'avait fouillé. Peut-être qu'on lui avait laissé un message... un billet de demande de fuite, qui sait ? Mais pourquoi à lui ? Sa couverture était censée être solide comme un bon du Trésor, sauf à imaginer que quelqu'un à l'ambassade avait décidé de le plonger tout de suite dans le bain... Mais non, même dans ce cas, le KGB n'aurait pas réagi aussi vite. Il serait encore surveillé plusieurs semaines au moins, juste pour voir où il pourrait les mener. Le KGB jouait trop finement ce genre de jeu pour qu'il y ait la moindre chance que celui qui lui avait fait les poches puisse être un gars de la Deuxième Direction principale. Et ce n'était sans doute pas non plus un pickpocket. Alors quoi ? se demanda Foley. Il faudrait qu'il se montre patient pour le découvrir, mais la patience, ça le connaissait. Il poursuivit la lecture de son quotidien. Si c'était quelqu'un qui voulait faire ses petites affaires, pourquoi l'effrayer ? Dans le pire des cas, ça lui donnerait la sensation d'être malin. Toujours utile de laisser les autres le croire. De cette façon, ils pouvaient continuer à commettre des erreurs.

Encore trois stations avant de descendre. Foley avait deviné dès le début qu'il serait plus productif de prendre le métro que la voiture. Cette Mercedes était par trop voyante pour cet endroit. C'était valable aussi pour Mary Pat, mais, dans son optique à elle, cela jouait plutôt à son avantage. Son épouse avait un brillant instinct de terrain, bien meilleur que le sien, et du reste son audace lui faisait souvent peur. Ce n'était pas qu'elle fût casse-cou. Après tout, tous les membres de la direction des Opérations prenaient des risques. Non, c'était le plaisir qu'elle y éprouvait qui le tracassait parfois. Pour lui, jouer avec les Russes faisait partie du boulot. C'était le bizness, comme aurait dit Don Vito Corleone, rien de personnel. Mais pour Mary Patricia, ça l'était certainement, ne serait-ce qu'à cause de son grand-père.

Elle avait brûlé de faire partie de la CIA avant même qu'ils se croisent pour la première fois à la maison des étudiants de Fordham, puis se retrouvent au bureau de recrutement de l'Agence, avant de nouer une liaison peu après. Elle avait déjà à son avantage ses dons pour la langue russe : elle pouvait passer pour une autochtone. Elle était capable de changer d'accent pour adopter celui de n'importe quelle région du pays. Elle pouvait ainsi feindre d'être assistante de poésie à l'université d'État de Moscou, de plus elle était jolie, et les jolies femmes ont un indéniable avantage sur quiconque. C'est un préjugé vieux comme le monde, que les gens beaux sont forcément des gens bien, et que les gens pas bien doivent être moches parce qu'ils font des choses moches. Les hommes sont particulièrement déférents à l'égard des jolies femmes, les autres femmes, moins, sans doute par jalousie, mais même elles se comportent d'instinct avec gentillesse. Donc, Mary Pat pouvait se glisser dans pas mal de coups, parce qu'elle était la jolie Américaine, la blonde évaporée, parce que toutes les blondes, c'est bien connu, sont de ravissantes idiotes, même ici en Russie, où l'on en croisait fréquemment. Sans doute de vraies blondes, en plus, parce que l'industrie cosmétique locale devait être à peu près aussi avancée qu'en Hongrie au XIIe siècle, et qu'on ne trouvait pas beaucoup de teinture Clairol Blond 100G au drugstore du coin. Non, l'Union soviétique ne prêtait guère attention aux besoins de la ménagère, ce qui l'amena à se poser une autre question : pourquoi les Russes s'étaient-ils arrêtés à une seule révolution ? En Amérique, il y aurait eu de quoi en déclencher une seconde, face au manque de choix de vêtements et de cosmétiques que connaissaient les femmes d'ici...

La rame s'immobilisa dans la station. Foley descendit et se dirigea vers les escaliers mécaniques. À mi-parcours, la curiosité prit le dessus. Il fit mine d'avoir la goutte au nez et de chercher son mouchoir. Il s'essuya avec, le remit dans sa poche d'imper et put ainsi constater qu'elle était vide. Alors, à quoi rimait toute cette histoire ? Impossible de le dire. Un événement aléatoire de plus dans une vie qui n'en manquait pas ?

Mais Ed Foley n'avait pas été formé à penser en termes d'événements aléatoires. Il continuerait à suivre son emploi du temps habituel et veillerait à toujours prendre le métro à la même heure, chaque jour pendant une bonne semaine encore, juste pour voir si le manège allait ou non se répéter.

Albert Byrd semblait un chirurgien compétent. Il était plus petit et plus âgé que Jack. Il portait la barbe – brune avec quelques traces de gris, comme beaucoup de barbes en Angleterre, avait-elle remarqué. Et il arborait des tatouages. Elle n'en avait encore jamais vu autant. Le Pr Byrd était un clinicien expérimenté, agréable avec ses patients, et un chirurgien fort habile, apprécié de son équipe soignante et bénéficiant de sa confiance – toujours un bon signe, Cathy le savait. Il semblait être en outre bon pédagogue, mais elle savait déjà presque tout ce qu'il avait à enseigner, et elle en connaissait plus que lui sur les lasers. Le laser à argon était tout neuf, mais pas aussi récent que celui d'Hopkins, et il faudrait patienter encore quinze jours avant qu'ils en aient un au xénon, sur lequel elle était la meilleure manipulatrice de l'Institut d'ophtalmologie Wilmer de Johns Hopkins.

Le point négatif était les installations médicales. La santé en Grande-Bretagne était un monopole d'État. Tout était gratuit – et comme partout dans le monde, on en avait pour son argent. Les salles d'attente étaient bien plus miteuses que ce à quoi elle était habituée et elle s'en ouvrit au Pr Byrd.

« Je sais bien, confia celui-ci d'une voix lasse. Ce n'est pas une priorité.

— La troisième patiente que j'ai examinée ce matin, Mme Dover, était sur la liste d'attente depuis onze mois, pour un diagnostic de cataracte qui m'a pris vingt minutes. Grand Dieu, Albert, chez nous, son médecin de famille aurait appelé mon secrétariat et je l'aurais vue au bout de trois ou quatre jours. Je travaille dur à Hopkins, mais pas à ce point.

— Qu'auriez-vous demandé pour la consultation ?

— Pour ça ? Oh... deux cents dollars. Comme je suis assistante à Wilmer, je suis un peu au-dessus d'un nouvel interne. » Mais, s'abstint-elle de préciser, elle était bougrement meilleure, bien plus expérimentée et plus rapide. Puis elle ajouta : « Mme Dover aura besoin d'une opération pour régler son problème. Vous voulez que je m'en charge ?

— Des difficultés ? » s'enquit le professeur.

Elle secoua la tête. « Une intervention de routine. Peut-être quatre-vingt-dix minutes de travail à cause de son âge, mais il ne devrait pas y avoir de complications.

— Très bien, on l'inscrira donc sur la liste.

— Quel délai ?

— Ce n'est pas une urgence... disons neuf à dix mois, estima Byrd.

— Vous plaisantez ? objecta Cathy. Si longtemps ?

— C'est à peu près la moyenne.

« — Mais ce sont neuf ou dix mois durant lesquels elle ne verra même plus assez pour conduire !

— Elle ne verra pas non plus la moindre facture, ironisa Byrd.

— Très bien. Elle n'arrive plus à lire le journal depuis près d'un an. Albert, c'est affreux !

— C'est notre système de santé, expliqua Byrd.

— Je vois », dit Cathy. En fait, pas vraiment. Les chirurgiens d'ici étaient certes compétents, mais ils ne faisaient qu'à peine plus de la moitié des interventions qu'elle et ses collègues pratiquaient à Hopkins – et elle ne s'était jamais sentie débordée au bâtiment Maumenee. Certes, on y travaillait dur. Mais les gens avaient besoin de vous et son boulot était d'améliorer la vue des patients qui réclamaient des soins médicaux – et pour Caroline Ryan, docteur en médecine, chirurgienne spécialisée en ophtalmologie, c'était un apostolat. Non pas que les toubibs d'ici fussent paresseux, c'était juste que le système les laissait – non, les encourageait à – adopter une attitude des plus laxistes envers leur travail. Elle venait de débarquer dans un nouveau monde médical, et ce n'était assurément pas le meilleur.

Elle n'avait pas vu non plus de scanner tomographique. Ils avaient pourtant été inventés ici par EMI, mais un gratte-papier quelconque du gouvernement britannique – au ministère de l'Intérieur, s'était-elle laissé dire – avait décidé que le pays n'en avait besoin que de quelques-uns, de sorte que la majorité des établissements avaient perdu à la loterie. Le scanner tomographique n'était apparu que quelques années avant son entrée à la fac de médecine de Johns Hopkins, mais dans la décennie qui avait suivi, ces instruments étaient devenus aussi indispensables que le stéthoscope. Quasiment chaque hôpital d'Amérique en disposait d'un. Ils coûtaient un million de dollars pièce, mais les patients payaient leur utilisation et ils étaient amortis très vite. Elle n'en avait que rarement besoin – pour l'examen de tumeurs à proximité de l'œil, par exemple –, mais quand c'était le cas, on en avait un besoin urgent !

Et puis, à Johns Hopkins, le sol était nettoyé tous les jours.

Mais les gens avaient les mêmes besoins et elle était toubib, et, décida-t-elle, c'était là l'essentiel. Un de ses collègues de fac était allé au Pakistan pour en revenir avec une expérience en pathologie oculaire qu'on ne pouvait acquérir dans une vie entière de pratique dans les hôpitaux américains. Bien entendu, il était également revenu avec une dysenterie amibienne qui était le plus sûr moyen de refroidir votre enthousiasme pour les voyages dans les pays lointains. Au moins, cela lui serait-il épargné ici, se dit-elle. À moins qu'elle ne l'attrape dans la salle d'attente d'un médecin.

9

Esprits et spiritueux

Jusqu'ici, Ryan n'avait pas encore réussi à prendre le même train que sa femme au retour – il arrivait toujours à la maison après elle. Il profitait du trajet pour réfléchir à son bouquin sur Halsey. Il était fini aux deux tiers, avec tout le travail de recherche approfondi derrière lui. Il n'avait plus qu'à en terminer la rédaction. Ce que les gens n'avaient jamais l'air de comprendre, c'est que c'était cela le plus dur ; les recherches se ramènent à recenser et enregistrer des faits. Rassembler ceux-ci pour donner l'impression qu'ils forment un tout cohérent est la partie difficile, parce que la vie humaine n'est jamais cohérente, surtout celle d'un combattant et d'un buveur invétéré comme William Frederick Halsey, Jr. Rédiger une biographie s'apparente à un exercice de psychiatrie d'amateur. On s'empare d'incidents survenus dans la vie d'un individu à des âges et des périodes de formation choisis au hasard, mais on ne peut jamais connaître tous ces petits souvenirs clés qui composent une existence – cette bagarre dans la cour de l'école primaire, ou cette sévère réprimande de la vieille tante Helen qui devait toute sa vie résonner dans son esprit, parce que les hommes dévoilent rarement ce genre de confidence. Ryan avait de tels souvenirs et certains surgissaient puis disparaissaient de sa conscience à intervalles apparemment aléatoires – comme ce message de sœur

Frances Mary, au cours élémentaire, qui revenait à sa mémoire comme s'il avait soudain de nouveau sept ans. Un bon biographe semble avoir le don de simuler de tels événements, mais, parfois, cela revient en définitive à les inventer, à plaquer son expérience personnelle sur la vie d'un tiers et cela, c'est... de la fiction. Et l'histoire n'est pas censée être de la fiction. Pas plus qu'un article de journal, mais Ryan savait d'expérience qu'une bonne partie des prétendues « informations » de la presse était un tissu d'inventions. D'ailleurs, personne n'avait jamais dit qu'il était facile d'écrire une biographie. Son premier livre, *La Malédiction des Aigles*, avait été rétrospectivement un projet bien plus facile. Bill Halsey, amiral de la flotte de la marine des États-Unis, l'avait fasciné depuis le jour où il avait lu son autobiographie quand il était môme. Cet officier avait commandé des forces navales au combat, et si l'aventure avait semblé excitante aux yeux du garçon de dix ans, elle était absolument terrifiante pour l'homme de trente-deux, car il saisissait maintenant les points que Halsey ne faisait qu'effleurer – les inconnues, l'obligation de se reposer sur des informations sans vraiment savoir d'où elles venaient, comment elles avaient été recueillies, analysées et traitées, comment elles lui avaient été transmises et si oui ou non l'ennemi était à l'écoute. Ryan se retrouvait désormais plongé dans ce bain, et devoir jouer sa vie sur le travail qu'on accomplissait était bougrement terrifiant – à vrai dire encore plus que d'avoir à jouer avec la vie d'autres personnes qui pouvaient, mais le plus souvent ne pouvaient pas, s'en douter.

Il lui revint une blague du temps où il était dans les marines, alors que la verte campagne britannique défilait derrière les vitres du train. La devise de tous les services de renseignement était : « On y mettrait *votre* main à couper. » C'était à présent son boulot. Il devait mettre en jeu la vie des autres. En théorie, il pouvait même tomber sur une estimation qui mette en jeu le destin de son pays. On avait sacrément intérêt à être sûr de soi et de ses données...

Mais on ne pouvait jamais être sûr, n'est-ce pas ? Combien de fois s'était-il gaussé de ces rapports officiels de la CIA auxquels il avait été confronté, à Langley, mais il était autrement plus facile de dénigrer le travail des autres que d'en produire un meilleur soi-même. Son bouquin sur Halsey, provisoirement intitulé *Le Marin combattant*, allait bouleverser pas mal d'idées reçues, et c'était délibéré. Ryan estimait que la réflexion dans certains domaines était non seulement stérile, mais même franchement impossible. Halsey avait pris les bonnes décisions dans certains cas où l'œil impitoyable de la vision rétrospective lui avait reproché d'avoir eu tort. Et c'était injuste. Halsey ne pouvait être jugé responsable qu'au vu des informations dont il disposait. En d'autres termes, ce serait comme reprocher à des médecins de ne pas savoir guérir le cancer. Il y avait des chercheurs éminents qui faisaient de leur mieux, mais tout n'avait pas encore été découvert – ils travaillaient d'arrache-pied pour ça, mais le processus de la découverte était long, et il l'était encore, songea Ryan. Il l'avait toujours été et le serait toujours. Bill Halsey ne pouvait connaître que les informations qu'on lui avait fournies, ou ce qu'un homme raisonnablement intelligent pouvait déduire de ces informations, compte tenu de l'expérience de toute une vie et de ce qu'il savait de la psychologie de l'adversaire. Et même alors, l'ennemi n'allait pas coopérer de plein gré à sa propre destruction, n'est-ce pas ?

C'est mon boulot, fort bien, se dit Ryan, impassible. C'était une quête de la vérité avec un grand V, mais c'était plus que ça. Il devait reproduire pour ses maîtres le processus de pensée d'autres individus, l'expliquer à ses propres supérieurs pour que ces derniers puissent mieux comprendre leurs adversaires. Il jouait les psys sans diplôme. En un sens, c'était amusant. Ça l'était moins quand on envisageait l'ampleur de la tâche et les conséquences politiques d'un échec. Cela se ramenait à un seul mot : des morts. À l'École d'instruction de la base des marines de Quantico, on leur avait sempiternellement martelé la même leçon : faites le con à la tête de votre peloton, et certains des marines ne rentreront plus jamais auprès de leur mère ou de leur épouse, et ce sera un lourd fardeau qui vous lestera la conscience jusqu'à la fin de vos jours. Les erreurs coûtent très cher dans le métier des armes. Ryan n'avait pas servi assez longtemps encore pour apprendre lui-même cette leçon, mais elle l'avait terrifié certaines nuits tranquilles alors qu'il sentait rouler le vaisseau qui traversait l'Atlantique. Il s'en était ouvert à Gunny – « la Mitraille » – Tate, mais le sergent, un « vieux » de trente-quatre ans, s'était contenté de lui dire de se souvenir de son instruction, de se fier à son instinct et de réfléchir avant d'agir s'il en avait le temps, mais il avait précisé qu'on n'avait pas toujours un tel luxe. Puis il avait dit à son jeune chef de ne pas se tracasser, parce qu'il avait l'air pas mal doué pour un sous-lieutenant. Ryan ne devait jamais l'oublier. Le respect d'un sergent d'artillerie des marines n'était pas un vain mot.

Donc, il avait le cerveau pour faire de bonnes estimations et les couilles pour les signer, mais il devait être bougrement sûr de la qualité de ses renseignements avant de les diffuser. Parce qu'il y jouait pour de bon la vie d'autres personnes.

Le train ralentit et s'arrêta. Il descendit, monta les marches et trouva plusieurs taxis qui attendaient dehors. Sans doute connaissaient-ils les horaires.

« Bonsoir, sir John. » Jack reconnut Ed Beaverton, son chauffeur de ce matin.

« Salut, Ed... Vous savez », ajouta-t-il en s'asseyant devant, pour changer, afin d'avoir plus de place pour les jambes, « vous pouvez m'appeler Jack.

— Je ne peux pas, protesta Beaverton. Vous êtes chevalier.

— Honoraire, seulement. Pas un vrai. Je n'ai pas d'épée – enfin, juste mon sabre de marine, et il est resté chez moi aux États-Unis.

— Et vous êtes lieutenant, je ne suis que caporal.

— Et vous avez sauté des avions. L'aurait fait beau voir que je fasse un truc aussi stupide, Eddie.

— Seulement vingt-huit fois. Jamais rien de cassé, précisa le chauffeur en entamant l'ascension de la côte.

— Pas même une cheville ?

— Juste une ou deux entorses. Les bottes, c'est bien utile, vous savez, expliqua le chauffeur.

— Je n'ai pas encore appris à aimer voler, vous savez... alors, je risque pas de me jeter d'un avion. » Non, Jack en était sûr, jamais il n'aurait choisi les forces de reconnaissance. Ces gars avaient carrément une case en moins. Il avait appris à ses dépens que survoler des plages en hélicoptère était déjà bien assez terrifiant. Il en rêvait encore – cette soudaine sensation de chute, de voir le sol se précipiter vers vous –, mais il s'éveillait toujours juste avant l'impact, se redressant en sursaut dans son lit, puis scrutant du regard les ténèbres de sa chambre pour s'assurer que ce n'était pas ce satané CH-46 au rotor de queue défaillant qui plongeait vers les rochers de la Crète. C'était un miracle si lui et un paquet de ses marines n'avaient pas été tués. Mais il avait été le seul blessé grave. Tous les autres membres de son peloton s'en étaient tirés avec tout au plus quelques entorses.

Bon Dieu, mais qu'est-ce que t'as à repenser à ça ? s'interrogea-t-il. Cela remontait à plus de huit ans.

Ils s'arrêtaient devant la maison sise Grizedale Close. « Nous y voilà, sir. »

Ryan lui tendit le prix de sa course, plus un généreux pourboire. « Jack, Eddie. Je m'appelle Jack.

— Oui, sir. Rendez-vous demain matin.

— OK, OK. » Ryan s'éloigna, sachant qu'il ne remporterait jamais cette bataille. La porte d'entrée était déverrouillée, dans l'attente de son arrivée. Il dénoua aussitôt sa cravate alors qu'il se dirigeait vers la cuisine.

235

« Papa ! » hurla presque Sally en se précipitant pour se jeter dans ses bras.

Jack la souleva du sol et la serra très fort. « Comment va ma grande fille ?

— Bien. »

Cathy était aux fourneaux, à préparer le dîner. Il redéposa Sally et s'approcha de sa femme pour l'embrasser. « Comment se fait-il que c'est toujours toi la première rentrée ? s'enquit-il. Chez nous, t'arrives en général plus tard.

— Les syndicats, expliqua-t-elle. Ici, tout le monde sort à l'heure et, en l'occurrence, ça signifie assez tôt – pas comme à Hopkins. » Où, s'abstint-elle d'ajouter, presque tous les membres du personnel travaillaient tard.

« Ça doit être sympa d'avoir des heures d'employé de banque.

— Même papa ne quitte pas son bureau aussi tôt, mais ici, c'est pour tout le monde pareil. Et la pause du déjeuner dure une heure pleine – dont la moitié en dehors de l'hôpital. Enfin, concéda-t-elle, au moins on mange un peu mieux ainsi.

— Qu'est-ce qu'il y a pour le dîner ?

— Des spaghettis. » Et Jack vit en effet la casserole remplie de sauce bolognaise maison. Il se retourna et vit une baguette de pain français posée sur la paillasse.

« Où est le petit bonhomme ?

— Au salon.

— Bien. » Ryan s'y dirigea. Petit Jack était dans son berceau. Il savait s'asseoir depuis peu – il était même un peu en avance pour ça, mais papa n'y voyait aucun inconvénient. Il était entouré d'une collection de joujoux qui tous finissaient dans sa bouche. Il leva les yeux vers son père et lui adressa un sourire édenté. Bien entendu, cela méritait récompense et Jack s'exécuta en le prenant dans ses bras. La couche était neuve et sèche. Nul doute que miss Margaret l'avait changé avant de s'éclipser – comme toujours, avant que Jack ne

236

revienne du boulot. Elle se débrouillait pas mal du tout. Sally l'aimait bien et c'était l'essentiel.

Il reposa son fiston dans le berceau et le petit bonhomme se remit à jouer avec son hochet en plastique, un œil sur la télé – surtout les pubs. Jack partit dans la chambre enfiler des habits plus confortables avant de regagner la cuisine. Puis on sonna à la porte, ce qui surprit tout le monde. Jack alla ouvrir.

« Monsieur Ryan ? » demanda la voix à l'accent américain. C'était un gars de la taille de Ryan, la même allure générale, en costume-cravate. Il portait une grosse boîte.

« Lui-même.

— J'ai un STU pour vous, monsieur. Je travaille aux transmissions de l'ambassade, expliqua le gars. M. Murray m'a dit de vous l'apporter tout de suite. »

La boîte était un cube de carton d'environ quarante centimètres de côté et dépourvu de la moindre inscription. Ryan laissa l'homme entrer et le mena directement à son antre personnel. Il fallut trois minutes environ pour extraire de son carton le téléphone surdimensionné. Qui rejoignit l'Apple II de Jack.

« Vous êtes de la NSA ? s'enquit Ryan.

— Oui, monsieur. Civil. J'ai servi dans le service de sécurité de l'armée, échelon E-5. Je l'ai quitté pour me retrouver mieux payé dans le civil. Ça fait deux ans que je suis ici. Quoi qu'il en soit, voici votre clé de cryptage. » Il lui tendit le bout de plastique. « Vous savez comment marchent ces trucs, n'est-ce pas ?

— Oh ouais, acquiesça Ryan. J'en ai un sur mon bureau en ville...

— Donc vous connaissez la réglementation. Au moindre pépin technique, vous m'appelez (il lui tendit sa carte) et personne à part moi ou un de mes collègues n'a le droit de fouiner à l'intérieur. Si jamais ça arrive, le bidule s'autodétruit, bien entendu. Sans déclencher d'incendie ou quoi, vous en faites pas, mais ça risque de schlinguer pas mal, à cause du plastique. Enfin, bon, voilà la bête. » Il écrasa le carton vide.

« Vous voulez un coca ou autre chose ?

— Non, merci. Faut que je file. » Sur quoi, l'expert en transmissions ressortit pour gagner sa voiture.

« Qu'est-ce que c'était, Jack ? demanda Cathy, de la cuisine.

— Mon téléphone crypté, expliqua-t-il en rejoignant son épouse.

— Pour quoi faire ?

— Pour que je puisse appeler chez nous et causer au patron.

— Tu ne peux pas le faire du bureau ?

— Il y a le décalage horaire et... eh bien, il y a certains sujets dont je ne peux pas parler là-bas.

— Des histoires d'agent secret, ricana-t-elle.

— Tout juste. » Pareil pour le pistolet rangé dans sa penderie. Cathy avait accepté la présence de son fusil Remington avec un certain flegme – il s'en servait pour la chasse et elle était prête à le tolérer, puisqu'on pouvait toujours cuisiner les oiseaux pour les manger, et puis l'arme n'était pas chargée. Mais elle se sentait moins à l'aise avec le pistolet. C'est ainsi que, comme les couples mariés bien éduqués, ils n'en parlaient pas trop, tant que l'arme demeurait hors de portée de Sally, et la petite savait qu'il lui était interdit de s'approcher de la penderie paternelle. Ryan s'était attaché à son Browning Hi-Power 9 mm automatique, qui, lui, était chargé de quatorze cartouches Federal à pointe creuse, accompagné de deux chargeurs de rechange, équipé de crans de mire en titane et d'une crosse dotée de poignées à empreinte moulée. S'il devait avoir à nouveau besoin d'un pistolet, ce serait celui-là. Ce qui lui rappela qu'il lui faudrait se trouver un endroit où s'entraîner. Peut-être la base de la RAF toute proche était-elle dotée d'un stand de tir. Sir Basil pourrait sans doute passer un coup de fil et lui régler ça. En tant que chevalier honoraire, il n'avait pas d'épée, mais un pistolet en était l'équivalent moderne et ce pouvait être un accessoire utile à l'occasion.

Un tire-bouchon aussi... « Chianti ? » demanda Ryan.

Cathy se retourna. « D'accord. Je n'ai rien de programmé pour demain.

— Cathy, je n'ai toujours pas compris en quoi un verre ou deux de vin ce soir pourraient avoir un rapport avec une intervention demain... Il y a dix ou douze heures d'écart.

— Jack, on ne mélange pas l'alcool et la chirurgie, expliqua-t-elle patiemment. OK ? On ne boit pas avant de prendre le volant. Eh bien, on ne boit pas non plus avant de prendre le bistouri. Jamais. Pas une seule fois.

— Oui, docteur. Bien, docteur. Donc, demain, tu te contentes de faire des ordonnances de lunettes ?

— Hon-hon. Une journée toute simple. Et toi ?

— Rien d'important. Les mêmes conneries, mais un autre jour.

— J'arrive pas à comprendre comment tu supportes ça.

— Ma foi, c'est intéressant, toutes ces bêtises d'affaires secrètes. Et il faut être espion pour comprendre ça.

— Bien, d'accord. » Elle versa la sauce bolognaise dans un bol. « Tiens...

— Je n'ai pas encore ouvert la bouteille...

— Eh bien, dépêche-toi.

— Voui, professeur Lady Caroline », répondit Jack, saisissant le bol de sauce pour le poser sur la table. Puis il déboucha le chianti.

Sally était trop grande pour la chaise haute, mais encore assez petite pour un rehausseur qu'elle posa elle-même sur sa chaise. Comme il y avait des « pisghettis » au dîner, son père lui coinça la serviette dans le cou. La sauce lui dégoulinerait de toute façon dans la culotte, mais au moins cela lui enseignerait-il l'existence des serviettes et, aux yeux de sa mère, c'était là quelque chose d'important. Puis Ryan servit le vin. Sally n'en demanda pas. Son père lui en avait fait goûter une fois (malgré les objections maternelles) et l'on en était resté là. Sally eut droit à du coca.

Svetlana s'était enfin assoupie. Elle aimait veiller le plus longtemps possible, tous les soirs – du moins semblait-il –, jusqu'à ce qu'enfin elle pique du nez. Elle dormait le sourire aux lèvres, nota son père, comme un petit ange, de ceux qui décorent les cathédrales italiennes dans les guides de voyage qu'il aimait bien feuilleter. La télé était allumée. Un film de guerre, vu la bande-son. Toujours la même histoire. Les Allemands attaquaient avec cruauté – enfin, il arrivait parfois qu'un des personnages d'Allemands ait une once d'humanité, en général, dans ce cas, un communiste allemand, apprenait-on au cours du récit, déchiré par un conflit entre sa classe (ouvrière, bien sûr) et son pays, tandis que les Soviétiques résistaient héroïquement, perdant des quantités d'hommes pleins de bravoure jusqu'à ce que le vent tourne, en général devant Moscou en décembre 41, à Stalingrad en janvier 43 ou sur les hauteurs de Koursk à l'été 43. Il y avait toujours un héroïque officier politique, un courageux fantassin, un vieux sergent plein de sagesse et un jeune et brillant sous-officier. Ajoutez-y un général blanchi sous le harnois, qui pleurait en silence, seul, sur ses hommes, puis mettait de côté ses sentiments pour s'acquitter de la tâche. Il y avait à peu près cinq recettes différentes, toutes des variations sur le même thème, et la seule véritable différence résidait dans le fait que Staline était présenté comme un dirigeant sage au pouvoir quasi divin ou bien n'était pas mentionné du tout. Ça, ça dépendait de la date de tournage. Staline était passé de mode dans l'industrie cinématographique locale aux alentours de 1956, peu après le discours fameux, quoique alors secret, de Nikita Sergueïevitch Khrouchtchev, révélant quel

240

monstre avait été l'ancien maître du Kremlin – un fait que certains citoyens soviétiques avaient encore du mal à assimiler, surtout les chauffeurs de taxi. Enfin, apparemment. La vérité dans ce pays était un luxe rare et presque toujours difficile à digérer.

Mais Zaïtzev ne regardait pas le film à la télé. Oleg Ivanovitch sirotait sa vodka, regardant l'écran sans le voir. Il venait à peine de se rendre compte du pas immense qu'il venait d'accomplir, l'après-midi même dans le métro. Sur le coup, cela n'avait été qu'une lubie, un coup de tête, comme une blague de gamin : fourrer la main dans la poche de cet Américain comme un vulgaire petit malfrat, juste pour voir s'il en était capable. Personne n'avait rien vu. Il s'était montré habile et prudent : même l'Américain n'avait rien remarqué – sinon, il aurait réagi.

Donc, il venait de prouver sa capacité à... à quoi, au juste ? À quoi faire, surtout ? Oleg Ivanovitch sentit la question soudain le tenailler.

Bon sang, mais qu'était-il allé faire dans cette voiture de métro ? À quoi avait-il donc pensé ? À vrai dire, à pas grand-chose. Il avait agi comme sur le coup d'une impulsion un peu ridicule... ou alors ?

Il secoua la tête, but une autre gorgée. Il était un homme intelligent. Il avait un diplôme universitaire. Il était excellent joueur d'échecs. Il avait un métier qui exigeait les plus hautes accréditations de sécurité, qui était bien payé et qui venait de le propulser au premier échelon d'accès à la nomenklatura. Bref, il était un individu d'importance. Enfin, d'une certaine importance. Le KGB lui confiait un certain nombre de secrets. Le KGB avait confiance en lui... mais...

Mais quoi ? se demanda-t-il. Oui, quoi ensuite ? Son esprit errait dans des directions nouvelles qu'il ne distinguait qu'à peine...

Le prêtre. Tout se ramenait à lui, n'est-ce pas ? Quoique... À quoi pensait-il donc ? Zaïtzev ne savait même plus s'il pensait à quoi que ce soit. Ç'avait été comme si sa main avait été dotée de sa propre capacité d'initiative, qu'elle avait agi sans demander la permission à son esprit ou à son cerveau, le menant dans une direction qu'il ne comprenait pas.

Oui, ce devait être à cause de ce satané prêtre. Était-il ensorcelé ? Une force extérieure prenait-elle le contrôle de son corps ?

Non ! Impossible ! se dit Zaïtzev. C'étaient des contes de bonne femme, le genre de fariboles dont elles jacassaient autour d'une soupière bouillonnante.

Mais, dans ce cas, pourquoi suis-je allé mettre la main dans la poche de cet Américain ? tenait à savoir son esprit. Toutefois, il n'y avait pas de réponse immédiate.

Veux-tu être complice d'un meurtre ? lui demanda une petite voix. *Veux-tu faciliter le meurtre d'un innocent ?*

Est-il innocent, d'abord ? se demanda Zaïtzev en buvant une nouvelle gorgée. Pas une seule des dépêches qui avaient transité sur son bureau ne suggérait autre chose. En fait, il aurait bien eu du mal à se souvenir de la moindre mention de ce père Karol dans les messages du KGB au cours des deux années écoulées. Oui, ils avaient bien pris note de son voyage de retour en Pologne peu après qu'il fut devenu pape, mais quel homme ne retournait pas chez lui après une promotion, voir ses amis et quêter leur approbation pour sa nouvelle place dans le monde ?

Le Parti était fait d'hommes, aussi. Et les hommes commettaient des erreurs. Il le constatait tous les jours, même de la part d'agents du KGB parfaitement formés et aguerris, qui étaient punis, tancés ou simplement réprimandés par leurs supérieurs. Leonid Illitch lui-même faisait des erreurs. Les gens s'en moquaient bien assez souvent au déjeuner – ou bien ils évoquaient plus simplement les actes auxquels le poussait l'avidité de ses enfants, sa fille, surtout. De la corruption minable, et quand les gens en parlaient, ils en parlaient en général sans trop s'émouvoir. Mais là, ce à quoi il songeait, c'était une forme de corruption bien plus vaste et dangereuse.

D'où provenait la légitimité de l'État ? Dans l'absolu, du peuple, mais le peuple n'avait pas son mot à dire. Le Parti, oui, mais seule une infime minorité du peuple était inscrite au Parti, et parmi celle-ci, seule une minorité plus minuscule encore possédait une once de pouvoir. Tant et si bien que la légitimité sur laquelle se fondait l'État reposait en toute logique sur... une fiction.

Et c'était là une autre idée d'importance. D'autres partis étaient dirigés par des dictatures, souvent fascistes d'extrême droite. D'autres, moins nombreux, étaient dirigés par un pouvoir de gauche. Hitler était l'exemple le plus puissant et le plus dangereux de la première catégorie, mais il avait été renversé d'un côté par l'Union soviétique et Staline, et de l'autre par les puissances occidentales. Les deux plus improbables des alliés s'étaient unis pour détruire la menace allemande. Et qui étaient-ils ? Ils se revendiquaient des démocraties, et alors que cette revendication était sans cesse dénigrée par son propre pays, les élections qui s'y déroulaient étaient bien réelles – elles devaient l'être, puisque son pays et son agence, le KGB, consacraient du temps et de l'argent à tenter de les influencer – et donc, là-bas en tout cas, la volonté du peuple avait un semblant de réalité... sinon, pourquoi le KGB aurait-il tenté de peser dessus ? Dans quelle mesure au juste, Zaïtzev l'ignorait. C'était impossible à dire à partir des informations disponibles dans son pays et il ne perdait pas son temps à écouter la Voix de l'Amérique ou les autres organes de propagande des nations occidentales.

Donc, ce n'était pas le peuple qui voulait tuer le prêtre. C'était le vœu d'Andropov, à coup sûr, et du Politburo, peut-être. Même ses collègues à la Centrale n'avaient rien de spécial à reprocher au père Karol. Aucune allusion à son caractère d'ennemi de l'Union soviétique. La radio et la télévision d'État n'avaient pas appelé à la haine de classe contre lui, comme elles le faisaient pour les autres ennemis étrangers. Il n'avait lu aucun article défavorable dans la *Pravda* ces derniers temps. Juste quelques récriminations au sujet des problèmes ouvriers en Pologne – du même ordre que ces plaintes de voisins contre un enfant mal élevé.

Mais cela devait être le nœud de l'affaire. Karol était polonais, c'était un motif de fierté pour les gens de là-bas, or la Pologne connaissait des problèmes politiques dus à des querelles syndicales. Karol voulait utiliser son pouvoir politique et spirituel pour protéger son peuple. C'était compréhensible, après tout.

Mais le tuer était-il compréhensible ?

Qui allait se dresser pour dire : « Non, vous ne pouvez pas tuer cet homme parce que vous n'aimez pas sa politique » ? Le Politburo ? Non, il suivrait la ligne d'Andropov, qui était l'héritier putatif. Après la disparition de Leonid Illitch, c'est lui qui prendrait sa place au bout de la table. Un autre apparatchik. Mais enfin, y avait-il le choix ? Le Parti était l'âme du peuple, disait-on. C'était à peu près la seule référence à l'« âme » qu'autorisait d'ailleurs le Parti.

Quelque chose d'un homme survivait-il après sa mort ? C'était censément son âme, mais ici, le Parti était l'âme, et le Parti était l'œuvre d'hommes, guère plus. Et d'hommes corrompus, qui plus est.

Et ces hommes voulaient tuer un prêtre.

Il avait vu les dépêches. À son très modeste niveau, lui, Oleg Ivanovitch Zaïtzev, était complice. Et cela, quelque part, le rongeait. Sa conscience ? Était-il censé en avoir une ? Une conscience, c'était ce qui évaluait un ensemble de faits ou d'idées par rapport à d'autres, et elle s'en trouvait ou non satisfaite. Si elle ne l'était pas, si elle trouvait à redire à un acte, alors la conscience commençait à se plaindre. À regimber. Forçant l'individu à poursuivre son examen jusqu'à ce que le conflit soit résolu, jusqu'à ce que l'acte contestable soit interrompu, ou inversé, ou expié...

Mais comment empêchait-on le Parti ou le KGB de faire quoi que ce soit ?

Pour y parvenir, Zaïtzev le savait, il fallait à tout le moins démontrer que l'action envisagée était contraire à la théorie politique ou qu'elle aurait des conséquences politiques défavorables, parce que la politique était l'aune du bien et du mal. Mais la politique n'était-elle pas trop imprécise ? Des notions comme le « bien » ou le « mal » ne devaient-elles pas reposer sur quelque chose de plus solide que de vagues considérations politiques ? N'y avait-il pas un système de valeurs supérieur ? La politique se ramenait à un jeu tactique, après tout. Et si la tactique était importante, la stratégie l'était plus encore, parce que la stratégie était la mesure de ce à quoi l'on employait la tactique, et que la stratégie en ce cas était censée représenter le vrai– au sens transcendantal du terme. Pas simplement le vrai sur le moment, mais le vrai absolu, un choix que les historiens du futur pourraient examiner dans un ou dix siècles et décréter comme la seule option valable.

Le Parti pensait-il en ces termes ? De quelle manière au juste le Parti communiste d'Union soviétique prenait-il ses décisions ? Et décidait de ce qui était bon pour le peuple ? Mais qui évaluait ? Des individus : Brejnev, Andropov, Souslov, le reste des membres du Politburo disposant d'une voix, eux-mêmes conseillés par les candidats ne disposant pas du droit de vote, ainsi que par le Conseil des ministres et les membres du Comité central du Parti, tous membres influents de la nomenklatura, ceux-là mêmes à qui le *rezident* de Paris expédiait du parfum et de la lingerie par la valise diplomatique. Combien Zaïtzev en avait-il vu, de ces dépêches ! Et il en avait entendu, des histoires. C'étaient ceux qui couvraient de cadeaux et de privilèges leurs enfants, ceux qui filaient sur la voie centrale des larges boulevards moscovites, les princes marxistes corrompus, c'étaient ceux-là mêmes qui dirigeaient son pays d'une main de fer.

Quand ils prenaient une décision, ces princes le faisaient-ils en songeant au bien du *narod* – le peuple... les masses, comme ils disaient –, ces innombrables ouvriers et paysans qu'ils dirigeaient et dont ils étaient censés faire le bien ?

Mais sans doute les petits princes sous Nicolas Romanov avaient-ils pensé et fait la même chose. Et Lénine avait ordonné qu'on les fusille comme ennemis du peuple. De même que les films récents parlaient de la Grande Guerre patriotique, les films précédents les avaient décrits à l'intention d'un public moins éduqué comme des bouffons malfaisants, des ennemis guère sérieux, faciles à haïr et faciles à tuer, des caricatures des vrais individus qui étaient tous bien différents de ceux qui allaient les remplacer, bien sûr...

De même que les princes d'antan passaient avec leur troïka sur le corps des paysans lorsqu'ils se rendaient en traîneau à la cour royale, les agents de la milice moscovite dégageaient la voie centrale des grandes artères pour éviter aux membres de la nomenklatura tout retard dans les embouteillages.

Rien n'avait vraiment changé...

Excepté que les tsars d'antan se disaient au moins redevables devant une autorité supérieure. Ils avaient financé la cathédrale Saint-Basile de Moscou, tandis que d'autres nobles avaient financé les innombrables autres églises dans les villes de moindre importance, parce que même les Romanov avaient reconnu un pouvoir supérieur au leur. Mais le Parti n'en reconnaissait aucun.

De sorte qu'il pouvait tuer sans états d'âme, parce que tuer était souvent une nécessité politique, un avantage tactique à tirer où et quand c'était le plus commode.

N'est-ce donc que cela ? se demanda Zaïtzev. *Tuer le pape par simple commodité ?*

Oleg Ivanovitch se servit une nouvelle rasade de vodka et but une autre lampée.

Son existence était pleine de désagréments. Trop de chemin entre son bureau et la fontaine à eau. Des collègues qu'il n'aimait pas – Stefan Evguenievitch Ivanov, par exemple, un de ses supérieurs aux transmissions. Ce type avait réussi à être promu quatre ans plus tôt et cela demeurait un mystère pour tous les membres de la section. La plupart de ses supérieurs le considéraient comme un vulgaire parasite incapable du moindre travail utile. Zaïtzev s'imagina que dans tout organisme il y avait de tels individus, une plaie pour le service, mais ils étaient indéboulonnables parce que... parce qu'ils étaient là, point final. En l'absence d'Ivanov, Oleg pourrait être promu – sinon en rang, du moins en statut, au poste de chef de section. Chaque souffle d'air qu'inspirait Ivanov était un souffle de trop pour Oleg Ivanovitch, mais cela ne lui donnait pas le droit de tuer son supérieur hiérarchique, n'est-ce pas ?

Non, il serait arrêté, poursuivi et peut-être exécuté pour meurtre. Parce que c'était interdit par la loi. Parce que c'était mal. La loi, le Parti et sa propre conscience le lui disaient.

Mais Andropov voulait tuer le père Karol et sa conscience ne lui disait pas non. Une autre conscience le ferait-elle ?

Encore une lampée de vodka. Un autre reniflement. *Une conscience, au Politburo ?*

Même au KGB, on ne cogitait guère. Pas de débats. Pas de discussions ouvertes. Rien que des ordres et des comptes rendus de réussite ou d'échec. Des évaluations d'étrangers, bien sûr, des débats sur ce que pensaient les étrangers, les véritables agents ou les simples agents d'influence, surnommés « idiots utiles » dans le jargon de l'Agence. Jamais un officier n'avait contesté un ordre en disant : « Non, camarade, nous ne devrions pas faire cela, parce que c'est moralement mal. » C'était Goderenko à Rome qui s'en était approché au plus près, en émettant l'observation que tuer Karol pouvait avoir des conséquences opérationnelles négatives. Cela signifiait-il pour autant que Russlan Borissovitch avait des remords de conscience ? Non. Goderenko avait trois fils – un dans la marine soviétique, un autre, avait-il entendu dire, à l'Académie du KGB, au-delà du périphérique, et le troisième à l'université d'État de Moscou. Si Russlan Borissovitch avait des problèmes avec le KGB, une action pouvait se traduire, sinon par sa mort, du moins par de sérieux ennuis pour ses enfants, et peu d'hommes courraient de tels risques.

Donc, était-il la seule conscience du KGB ? Zaïtzev but encore une gorgée pour soupeser cette réflexion. Sans doute pas. Il y avait des milliers d'hommes à la Centrale, et des milliers d'autres à l'extérieur, de sorte que les simples lois de la statistique rendaient probable l'existence de quantités de « gens bien » (quelle que soit la définition qu'on en donne), mais comment les identifier ? Vouloir les chercher, c'était signer son arrêt de mort – ou à tout le moins risquer un long emprisonnement. C'était là son problème de fond. Il n'avait personne à qui confier ses doutes. Personne à qui parler de ses inquiétudes – ni médecin, ni prêtre... ni même sa femme Irina...

Non, il n'avait que sa bouteille de vodka, et même si elle l'aidait à réfléchir, dans un sens, ce n'était pas vraiment une compagnie. Les Russes ne détestaient pas à l'occasion verser une larme, mais, là non plus, ça ne l'aurait guère aidé. Irina risquait de l'interroger et il ne saurait trouver de réponse satisfaisante pour l'un ou l'autre. Tout ce qui lui restait, c'était le sommeil. Cela ne l'avancerait guère, certes, et en cela, il n'avait pas tort.

Une heure et au moins deux autres rasades de vodka eurent raison de lui. Sa femme somnolait devant la télé – l'armée Rouge avait encore une fois remporté la bataille de Koursk, et le film s'achevait sur le début d'une longue marche qui allait la mener jusqu'au Reichstag à Berlin, pleine d'espoir et d'enthousiasme pour sa tâche sanglante. Zaïtzev gloussa. Il ne pouvait pas en dire autant pour le moment. Il rapporta son verre vide à la cuisine, puis réveilla sa femme pour qu'elle aille se coucher. Il espérait que le sommeil viendrait vite. Le quart de litre d'alcool dans son estomac devrait l'y aider. Ce fut le cas.

« Tu sais, Arthur, il y a quantité de choses sur lui que nous ignorons, dit Jim Greer.

— Tu parles d'Andropov ?

— On ne sait même pas s'il est marié, le vieux bougre, poursuivit le DAR.

— Ma foi, Robert, c'est ton rayon, observa Moore en lorgnant Bob Ritter.

— Nous pensons qu'il l'est, mais il n'a jamais convié sa femme, s'il en a bien une, à une manifestation officielle. C'est en général de cette façon qu'on le découvre, répondit le DAO. Ils cachent souvent leur famille, comme les pontes de la Mafia. Ils ont la manie de la rétention. Et ouais, c'est vrai, on n'est pas non plus des flèches pour déterrer ce genre d'info, parce que, du point de vue opérationnel, ce n'est pas essentiel.

— Savoir comment il traite sa femme et ses gosses, s'il en a, remarqua Greer, voilà qui pourrait servir à mieux cerner son profil psychologique.

— Bref, tu veux que je mette CARDINAL là-dessus ? Il pourrait y arriver, j'en suis sûr, mais pourquoi lui faire ainsi perdre son temps ?

— Est-ce vraiment le lui faire perdre ? Si l'autre bat sa femme, ça nous fournira une indication. S'il est un père attentionné, cela nous en fournira une autre, insista le DAR.

— C'est un voyou. Suffit de voir sa photo pour s'en convaincre. Regardez plutôt comment se comportent les gens de son entourage. Ils sont rigides, aussi rigides qu'on aurait pu l'imaginer de l'entourage d'Hitler », rétorqua Bob Ritter. Quelques mois plus tôt, un troupeau de gouverneurs d'État américains s'étaient rendus à Moscou pour une vague mission diplomatique secrète. Le gouverneur du Maryland, un démocrate libéral, avait rapporté que lorsque Andropov était entré dans le salon de réception, il l'avait pris aussitôt pour un voyou, avant d'apprendre qu'il s'agissait de Iouri Vladimirovitch, président du Comité pour la sécurité de l'État. Le gars du Maryland avait l'œil pour jauger les gens, et cette évaluation avait rejoint le dossier d'Andropov à Langley.

« Ma foi, il n'aurait pas fait un très bon juge », observa Arthur Moore. Lui aussi avait lu le dossier. « Du moins, en cour d'appel. Trop pressé de pendre le pauvre bougre, histoire de voir si la corde résiste. » Non pas que le Texas n'ait pas eu quelques juges de cet acabit, dans le temps, mais il était bien plus civilisé à présent. Il y avait moins de chevaux à voler que d'hommes à tuer, après tout. « OK, Robert, qu'est-ce qu'on peut faire pour le cerner un peu mieux ? C'est qu'il a des chances d'être leur prochain secrétaire général. Ça me paraîtrait une bonne idée.

— Je peux tirer quelques sonnettes. Pourquoi ne pas demander à sir Basil ce qu'il peut faire ? Ils sont meilleurs que nous côté questions de société, et ça dégagera d'autant nos gars.

— J'aime bien Bas, mais je n'ai pas trop envie non plus de lui déléguer trop de choses, répondit le juge Moore.

— Au fait, James, ton protégé est là-bas. Demande-lui de poser la question. Tu lui as fait transmettre un STU, non ?

— Il devrait l'avoir reçu aujourd'hui, oui.

— Eh bien, dans ce cas, appelle-le et dis-lui de tâter le terrain, comme ça, l'air de rien. »

Greer tourna les yeux vers le juge. « Arthur ?

— Approuvé. Cela dit, minimise la chose. Dis à Ryan que c'est pour sa gouverne personnelle, pas pour nous. »

L'amiral jeta un œil à sa montre. « OK, je peux le faire avant de rentrer.

— Bien, à part ça, Bob, du nouveau du côté du Masque de la Mort rouge ? » demanda Moore avec une pointe d'amusement, histoire de mettre un terme à la réunion d'après-midi. C'était une idée marrante, mais pas très sérieuse.

« Arthur, ne négligeons pas trop cette histoire, veux-tu ? Ils sont bel et bien vulnérables, si l'on choisit bien son projectile et que l'arme est chargée.

— Va pas raconter ça devant le Congrès. Ils risquent d'en chier dans leur froc, prévint Greer dans un rire. Nous sommes censés goûter avec eux les joies de la coexistence pacifique.

— Ça n'a pas trop bien réussi avec Hitler. Staline et Chamberlain ont essayé l'un et l'autre de faire des amabilités à ce fils de pute. Et ça les a menés où ? Ce sont nos ennemis, messieurs, et la triste vérité est que nous ne pouvons pas avoir de vraie paix avec eux, que ça nous plaise ou non. Leurs idées et les nôtres divergent par trop. » Il leva les mains. « Ouais, je sais, on n'est pas censés penser de la sorte, mais, Dieu merci, le Président, si, et jusqu'à plus ample informé, on travaille pour lui. »

Ils n'avaient rien à ajouter. Tous les trois avaient voté pour l'actuel Président, malgré la blague éculée qui voulait que les deux seules choses qu'on ne risquait pas de trouver à Langley, c'étaient des communistes et... des républicains. Non, le nouveau chef de l'exécutif en avait dans la culotte et il avait l'instinct d'un renard pour flairer la bonne occasion. Cela n'était pas pour déplaire à Ritter, le plus cow-boy des trois, et sans doute le plus mordant.

« OK. Bon, moi, j'ai ce budget à boucler pour la commission sénatoriale, après-demain », annonça Moore en levant la séance.

Ryan était devant son ordinateur et songeait à la bataille du golfe de Leyte, quand le téléphone sonna, émettant son trille bizarre si caractéristique. C'était la première fois. Il chercha dans sa poche la clé en plastique, l'introduisit dans la fente idoine, puis décrocha le combiné.

« NE QUITTEZ PAS, dit une voix mécanique, SYNCHRONISATION EN COURS ; NE QUITTEZ PAS, SYNCHRONISATION EN COURS ; NE QUITTEZ PAS, SYNCHRONISATION EN COURS ; NE QUITTEZ PAS,...– LIGNE VERROUILLEE », annonça-t-elle enfin.

« Allô ? » dit Ryan en se demandant qui avait un STU et pouvait l'appeler à cette heure tardive. Il s'avéra que c'était la réponse évidente.

« Salut, Jack », répondit une voix familière. Un point sympa avec le STU : la technologie numérique rendait les voix aussi distinctes que si votre correspondant s'était trouvé dans la même pièce.

Ryan lorgna la pendulette de bureau. « Plutôt tard chez vous, amiral.

— Pas autant que dans la riante Albion. Comment va la famille ?

— Presque tout le monde dort à l'heure qu'il est. Cathy est sans doute encore plongée dans une revue médicale », c'était en tout cas ce qu'elle faisait plutôt que regarder la télé. « Que puis-je pour vous, amiral ?

— J'aurais un petit boulot à vous confier.

— D'accord.

— Informez-vous autour de vous, l'air de rien, sur Iouri Andropov. Il y a deux ou trois choses sur lui que nous ignorons. Or il se pourrait que Basil ait l'information que nous cherchons.

— Laquelle au juste, monsieur ?

— S'il est marié, et s'il a des enfants.

— Nous ne savons pas s'il est marié ? » Ryan se rendit compte qu'il n'avait pas vu cette information dans le dossier, mais il avait supposé qu'elle était ailleurs et il n'avait pas cherché plus loin.

« C'est exact. Le juge voudrait voir si Basil le sait.

— D'accord, je peux demander à Simon. Est-ce important ?

— Comme je vous ai dit, tout ça mine de rien... comme si c'était par curiosité personnelle. Ensuite, rappelez-moi de là-bas. Enfin, de chez vous, je veux dire.

— Entendu, amiral. Donc, nous savons son âge, sa date de naissance, son cursus et le reste, mais pas s'il est marié ou s'il a des enfants, c'est bien ça ?

— Eh oui, c'est des choses qui arrivent.

— Oui, amiral. » Et cela amena Jack à réfléchir. Ils savaient tout sur Brejnev, à part la taille de sa bite. Ils savaient en revanche la taille des vêtements de sa fille – elle faisait du 46 –, une information que quelqu'un avait cru suffisamment importante pour l'obtenir de la modiste belge qui avait vendu la robe de mariage de soie à son père, via l'ambassadeur. Mais ils ignoraient si le probable prochain secrétaire général du Parti communiste d'Union soviétique était marié. *Bon Dieu, le gars approche de la soixantaine, et ils ne savent pas ça ? Mais qu'est-ce qu'ils foutent ?* « OK. Je peux demander. Ça ne devrait pas être trop difficile.

— Sinon, c'est comment, Londres ?

— Je m'y plais bien, Cathy aussi, mais elle nourrit quelques doutes sur l'état de leur système de santé.

— La médecine socialisée ? Je ne lui en fais pas reproche. J'arrive encore à faire bouger les choses à Bethesda, mais ça aide quelque peu d'avoir "amiral" devant mon nom. Ce n'est pas tout à fait aussi rapide pour un maître d'équipage en retraite.

— Je veux bien le croire. » Dans le cas de Ryan, ça l'aidait considérablement que sa femme appartienne à la faculté de Johns Hopkins. Il n'avait affaire qu'à des personnes sur la blouse blanche desquelles était épinglée la mention « professeur », et il avait appris que, dans le domaine médical, les plus doués étaient les enseignants, contrairement aux autres disciplines.

Les rêves vinrent passé minuit, même s'il n'avait aucun moyen de le savoir. C'était une belle journée d'été à Moscou, et un homme en blanc traversait la place Rouge. La cathédrale Saint-Basile était derrière lui, il remontait à contre-courant de la foule qui se pressait vers le mausolée de Lénine. Des enfants l'accompagnaient et il s'adressait à eux avec gentillesse, comme un oncle bien-aimé... ou peut-être un prêtre de paroisse. Puis Oleg sut que c'était bien ce qu'il était : un prêtre de paroisse. Mais pourquoi en blanc ? Et même avec des brocarts dorés. Les enfants, une dizaine de garçons et de filles, le tenaient par la main en levant vers lui leurs sourires innocents. Puis Oleg tournait la tête. Tout là-haut, au-dessus du mausolée, là où ils se tenaient pour le défilé du 1er Mai, il y avait les membres du Politburo : Brejnev, Souslov, Ustinov et Andropov. Il y avait d'autres personnes alentour, des individus sans visage qui marchaient sans but, vaquant à leurs affaires. Puis Oleg se retrouvait à côté d'Andropov, écoutant ses paroles. Il était en train de disputer du droit d'abattre l'homme. *Fais attention aux enfants, Iouri Vladimirovitch*, le mettait en garde Souslov. *Oui, fais attention*, renchérissait Brejnev. Ustinov se penchait pour rajuster le viseur sur le canon. Tous ignoraient Zaïtzev, qui évoluait parmi eux, cherchant à attirer leur attention.

— *Mais pourquoi ?* demandait-il. *Pourquoi faites-vous ça ?*

— *Qui est-ce ?* demandait Brejnev à Andropov.

— *Ne t'occupe pas de lui*, grondait Souslov. *Abats ce salaud !*

— *Très bien*, disait Andropov. Il visait soigneusement et Zaïtzev était incapable d'intervenir, bien qu'il fût sur place. Puis le président appuya sur la détente.

Zaïtzev était revenu sur la place. La première balle atteignit un enfant, un garçon à la droite du prêtre, qui s'effondra sans un bruit.

Pas lui, espèce d'idiot... le prêtre ! hurla Mikhaïl Souslov, tel un chien enragé.

Andropov tira de nouveau, touchant cette fois une petite fille blonde qui se tenait à la gauche de l'homme d'église. Sa main explosa dans une gerbe rouge. Zaïtzev se pencha pour lui porter secours, mais elle lui dit qu'elle allait bien, aussi la laissa-t-il pour retourner vers le prêtre.

— *Faites attention ! Pourquoi ne faites-vous pas attention ?*

— *Attention à quoi, mon jeune camarade ?* demanda le prêtre sur un ton aimable, avant de se tourner. *Venez, mes enfants, nous allons voir Dieu.*

Andropov tira encore une fois. Cette fois, le projectile frappa le prêtre en pleine poitrine. Il y eut un éclaboussement de sang, de la taille et de la couleur d'une rose. Le prêtre grimaça, mais continua d'avancer, les enfants, souriants, sur ses talons.

Encore une balle, encore une rose sur la poitrine, à gauche de la précédente. Mais il continuait d'avancer, à pas lents.

— *Avez-vous mal ?* demanda Zaïtzev.

— *Ce n'est rien*, répondit le prêtre. *Mais pourquoi ne l'empêchez-vous pas ?*

— *Mais j'ai essayé !* insista Zaïtzev.

Le prêtre s'arrêta, se tourna pour le regarder droit dans les yeux.

— *Vraiment ?*

C'est alors que la troisième balle l'atteignit en plein cœur.

— *Vraiment ?* insista le prêtre.

À présent, c'était lui que les enfants regardaient.

Zaïtzev se retrouva assis dans le lit. Il était presque quatre heures du matin, indiquait le réveil. Il transpirait abondamment. Plus qu'une chose à faire. Il se leva, gagna la salle de bains. Il urina, but un verre d'eau, puis se rendit à pas feutrés dans la cuisine. Assis près de l'évier, il alluma une cigarette. Avant de retourner dormir, il voulait être parfaitement éveillé. Il n'avait pas du tout envie de retrouver ce genre de rêve.

Dehors, Moscou était calme, les rues entièrement vides –

pas même un ivrogne rentrant chez lui en titubant. Tant mieux. Pas un ascenseur ne fonctionnait à cette heure. Pas une voiture à l'horizon, ce qui était un peu étrange, mais pas autant que dans une ville occidentale.

La cigarette avait atteint son but. Il était à présent suffisamment éveillé pour retourner dormir avec les idées claires. Malgré tout, il savait que la vision ne le quitterait plus. La plupart des rêves se dissipaient comme la fumée d'une cigarette, mais pas celui-ci.

Zaïtzev en était sûr.

10

Comme un coup de tonnerre

Il devait réfléchir à plein de choses. C'était comme si la décision s'était prise d'elle-même, comme si quelque force étrangère s'était emparée de son esprit et, par lui, de son corps, et qu'il s'était retrouvé transformé en simple spectateur. Comme bien des Russes, il ne prenait pas de douche. Il se débarbouilla, se rasa avec un rasoir à main – s'entaillant à trois reprises. Du papier-toilette régla la question – les symptômes, du moins, sinon la cause. Les images du rêve continuaient à parader devant ses yeux comme ce film de guerre à la télévision. Cela se poursuivit durant le petit déjeuner, lui donnant un regard lointain que sa femme remarqua mais qu'elle décida de ne pas relever. Puis vint bientôt l'heure d'aller au travail. Il effectua le trajet comme un automate, gagnant la station de métro en pilotage automatique, le cerveau engourdi et en même temps furieusement actif, comme s'il s'était soudain divisé en deux individus séparés quoique vaguement connectés, progressant sur des chemins parallèles vers une destination qu'ils ne pouvaient deviner ni comprendre. Il s'y sentait pourtant porté comme un bout de bois qui dévale un torrent de montagne, les parois rocheuses passant si vite de chaque côté qu'elles en devenaient invisibles. Il fut presque surpris de se retrouver dans la voiture de métro, filant dans les tunnels sombres creusés par les prisonniers politiques de Staline sous les ordres de Nikita Sergueïevitch Khrouchtchev, cerné par les silhouettes silencieuses et sans visage des autres citoyens soviétiques en route eux aussi vers des emplois pour lesquels ils n'avaient guère plus d'intérêt que de sens du devoir. Mais ils s'y rendaient malgré tout, parce que c'était leur gagne-pain qui leur permettait de nourrir leur famille, minuscules rouages de la gigantesque machine qu'était l'État soviétique, que tous prétendaient servir et qui prétendait en retour les servir eux et leur famille...

Mais tout cela n'était que mensonge, n'est-ce pas ? se dit Zaïtzev. En quoi le meurtre d'un prêtre servait-il l'État soviétique ? En quoi servait-il tous ces gens ? En quoi les servait-il, lui, sa femme et leur petite fille ? En les nourrissant ? En lui donnant la possibilité de faire ses courses dans les magasins réservés et d'acheter des choses que les autres travailleurs ne pouvaient même pas rêver d'acquérir ?

Mais il était certainement mieux loti que la majorité des autres voyageurs de la rame, se rappela Oleg Ivanovitch. Ne devrait-il pas en être reconnaissant ? Ne mangeait-il pas de meilleurs produits, ne buvait-il pas un meilleur café, ne regardait-il pas un téléviseur plus haut de gamme, ne dormait-il pas dans de meilleurs draps ? Ne jouissait-il pas de tout le confort domestique que ces gens auraient aimé posséder ? *Pourquoi suis-je soudain si mal à l'aise ?* se demanda l'officier de transmissions. La réponse était si évidente qu'il lui fallut près d'une minute pour appréhender la réponse. C'était parce que sa position, celle-là même qui lui apportait tout le confort dont il jouissait, lui apportait aussi la connaissance et que, dans ce cas, pour la première fois de sa vie, la connaissance était une malédiction. Il connaissait les pensées des hommes qui décidaient du destin de son pays, et cela lui permettait de voir que ce choix était erroné... néfaste... Dans sa tête, il y avait une entité qui examinait, analysait cette connaissance et la jugeait néfaste. Et avec ce jugement venait le besoin de faire quelque chose pour changer le cours des choses. Il ne pouvait pas protester et espérer conserver ce qui passait ici pour de la liberté. Il n'y avait aucun organisme vers qui se tourner pour faire connaître aux autres son jugement, quand bien même d'autres seraient enclins à le partager, à demander des comptes à ceux qui dirigeaient le pays. Non, il n'avait aucun moyen d'agir au sein du système tel qu'il existait. Pour ce faire, il fallait être suffisamment haut placé, même si, avant de formuler ses doutes, l'on devait peser avec soin les risques de perdre ses privilèges, de sorte que le peu de conscience qu'on était tempéré par la couardise qui naît d'avoir autant à perdre. Il n'avait jamais entendu parler d'un dirigeant politique de son pays qui se fût dressé de cette manière, pour une question de principe, en disant à ses pairs qu'ils commettaient quelque chose de mal. Non, le système l'empêchait par la sélection même qu'il imposait : des corrompus ne choisissaient que d'autres corrompus pour être leurs pairs, de peur de voir remise en question la machine qui leur procurait leurs vastes privilèges. De même que les princes du temps des tsars envisageaient rarement sinon jamais les conséquences de leur pouvoir sur les serfs, de même les nouveaux princes du marxisme ne remettaient jamais en question le système qui leur avait donné leur place dans le monde. Pourquoi ? Parce que le monde n'avait pas changé de forme – juste de couleur, du blanc des tsars au rouge du socialisme – et qu'en gardant sa forme, il avait gardé ses méthodes de travail, et que dans un monde rouge, un peu plus de sang répandu ne se remarquait guère.

La rame de métro entra dans la station de Zaïtzev et s'immobilisa. Il s'approcha des portes coulissantes, descendit sur le quai, gagna l'escalier mécanique et déboucha dans la rue sous une belle journée de fin d'été, réintégrant la foule, mais une foule qui s'éclaircissait à mesure qu'il avançait. Un contingent de taille modeste se dirigeait d'un pas régulier vers l'édifice de pierre de la Centrale, franchissait les portes de bronze et passait devant le premier poste de contrôle. Zaïtzev présenta son laissez-passer au vigile en uniforme, qui compara la photo à ses traits, avant, d'un brusque signe de tête vers la droite, de lui signifier l'autorisation de pénétrer dans le vaste immeuble de bureaux. Arborant le même visage dépourvu d'émotion que n'importe quel autre jour, Zaïtzev emprunta l'escalier pour descendre au sous-sol et franchit un autre contrôle avant de déboucher enfin dans la vaste salle du centre de transmissions.

L'équipe de nuit finissait son poste. Derrière son bureau, Zaïtzev avisa l'homme qui avait assuré le poste de minuit-huit heures : Nikolaï Konstantinovitch Dobrik, commandant comme lui, récemment promu.

« Bonjour, Oleg, dit Dobrik avec effusion, tout en s'étirant dans le fauteuil pivotant.

— Bonjour, Kolya. Comment s'est passée la nuit ?

— Pas mal de trafic hier soir en provenance de Washington. Ce cinglé de Président a remis ça. Est-ce que tu savais que nous étions "l'empire du Mal dans le monde moderne" ?

— Non, il a dit ça ? » fit Zaïtzev, incrédule.

Dobrik acquiesça. « Il l'a dit. La *rezidentura* de Washington nous a transmis le texte de son discours – c'était de la chair fraîche destinée aux fidèles de son parti, mais il n'en était pas moins incendiaire. J'imagine que notre ambassadeur va recevoir des instructions du ministre des Affaires étrangères à ce sujet, et que le Politburo aura sans doute son mot à dire. Mais au moins cela m'a fourni de l'animation pour mon quart !

— Tout n'était pas crypté au bloc, quand même ? » Une transmission intégrale en cryptage au masque jetable aurait été un cauchemar pour le personnel.

« Non, c'était un boulot fait à la machine, Dieu merci. Nos analystes sont encore en train d'essayer de décrypter ses paroles. Le service politique va plancher dessus pendant des heures – sinon des jours, et avec le renfort de psychiatres, je parie. »

Zaïtzev étouffa un rire. Ces échanges entre psys et espions seraient sans aucun doute divertissants à lire – et, comme tous les bons employés, ils avaient tendance à lire toutes les dépêches un peu divertissantes.

« On finit par se demander comment des types pareils arrivent à la tête de grandes puissances », observa Dobrik en se levant. Il alluma une cigarette.

« Je crois qu'ils appellent ça la voie démocratique, répondit Zaïtzev.

— Eh bien, dans ce cas, vive la volonté collective du peuple exprimée par la voix du Parti bien-aimé. » Malgré l'ironie voulue de la remarque, Dobrik était un bon militant du Parti, comme du reste tout le monde dans cette salle.

« En effet, Kolya. En tout cas... » Zaïtzev jeta un œil vers la pendule murale. Il avait six minutes d'avance. « Je te relève, camarade commandant.

— Je te remercie, camarade commandant. » Dobrik se dirigea vers la sortie.

Zaïtzev s'assit dans le siège encore chaud de l'arrière-train de son collègue et signa le registre en indiquant l'heure. Puis il vida le cendrier dans la corbeille – Dobrik ne le faisait apparemment jamais – et entama une nouvelle journée de bureau. Relever son collègue avait été une activité machinale, quoique agréable. Il connaissait à peine Dobrik, en dehors de ces brefs instants en début de journée. Qu'on puisse se porter volontaire pour assurer en continu les gardes de nuit le dépassait. Au moins Dobrik lui laissait-il toujours un bureau propre, pas encombré de piles de travail inachevé, ce qui lui donnait quelques minutes pour faire le point et organiser mentalement sa journée.

Dans le cas présent, toutefois, ces minutes ne firent que ramener les images qui n'étaient, semblait-il, pas près de disparaître. C'est ainsi qu'Oleg Ivanovitch alluma sa première cigarette et disposa ses papiers sur le plan de travail métallique avec l'esprit ailleurs, hanté par des pensées que lui-même ne voulait pas encore envisager. L'heure était passée de dix minutes quand un coursier vint lui porter une chemise.

« De l'antenne de Washington, camarade commandant, annonça l'employé.

— Merci, camarade. »

Zaïtzev saisit la chemise en kraft, l'ouvrit et se mit à feuilleter les dépêches.

Ah, ce fameux CASSIUS *a rendu compte...* oui, encore du renseignement politique. Il ignorait le nom ou le visage qui allaient avec CASSIUS, mais ce devait être l'assistant d'un parlementaire important, qui sait même un sénateur. Il leur procurait en effet des renseignements politiques de haute tenue qui révélaient un accès à des informations pointues. Donc, l'assistant d'un très important homme politique américain travaillait lui aussi pour l'Union soviétique. Il n'était pas payé, ce qui faisait de lui un agent à motivation idéologique. Les meilleurs.

Zaïtzev lut la dépêche de bout en bout, puis chercha, de mémoire, le bon destinataire dans les étages... Le colonel Anatoly Gregorivitch Fokine, au service politique, dont l'adresse exacte était : Bureau de Washington, service relations publiques, premier département, Première Direction principale, au troisième étage.

Dans la banlieue, le colonel Ilya Fedorovitch Boubovoï descendait de l'avion en provenance de Sofia. Pour avoir ce vol matinal, il avait dû se lever à trois heures et se faire conduire à l'aéroport par une voiture de l'ambassade. L'injonction émanait d'Alexis Rojdestvenski, qu'il connaissait depuis plusieurs années et qui avait eu la courtoisie de l'appeler la veille pour lui assurer que cette convocation à la Centrale ne sous-entendait rien de fâcheux. Boubovoï avait la conscience tranquille, mais c'était quand même plus rassurant d'en avoir confirmation. On n'était jamais sûr de rien avec le KGB. Comme les enfants convoqués chez le principal, les agents avaient souvent pas mal le trac lorsqu'ils se rendaient au QG. Toujours est-il que sa cravate était impeccablement nouée, que ses chaussures du dimanche brillaient comme il convient. Il ne portait pas l'uniforme, car son statut de *rezident* à Sofia était en principe tenu secret.

Un sergent en tenue de l'armée Rouge l'accueillit à la porte et le conduisit vers une voiture — en fait, le sergent appartenait lui aussi au KGB, mais ce n'était pas censé être de notoriété publique : qui sait si la CIA ou d'autres agences étrangères n'avaient pas des hommes dans l'aérogare ? Boubovoï acheta au passage à un kiosque un exemplaire de *Sovietskiy Sport*. L'équipe de foot de Sofia venait de battre 3-2 le Dynamo de Moscou. Le colonel se demanda si les journalistes sportifs locaux allaient réclamer la tête des dirigeants moscovites — le tout nappé de la rhétorique marxiste habituelle, bien entendu. Les bons socialistes étaient toujours victorieux, mais la défaite d'une équipe socialiste devant une autre tendait à semer la confusion chez les journalistes sportifs.

Foley était lui aussi dans le métro, avec un peu de retard ce matin-là. Une coupure de courant avait remis à zéro son réveil sans crier gare, si bien qu'il avait été réveillé par le soleil filtrant derrière la fenêtre au lieu du bourdonnement métallique habituel. Comme toujours, il essayait de ne pas trop regarder autour de lui, cependant il ne put s'empêcher de chercher du regard le propriétaire de la main qui s'était glissée la veille dans sa poche. Mais aucun visage ne lui rendit son regard. Il referait un essai l'après-midi, dans la rame qui quittait la station à 17 h 41, on ne savait jamais. On ne savait jamais quoi ? Foley l'ignorait, mais c'était un des trucs excitants du métier qu'il avait choisi. S'il ne s'était agi que d'un événement fortuit, tant mieux, mais pendant les quelques jours à venir, il comptait bien prendre le même train, dans la même voiture, et se poster à peu près à la même place. S'il était filé, l'autre ne le remarquerait pas. Les Russes trouvaient en fait plus agréable de filer un individu qui se conformait à une certaine routine – le côté aléatoire des Américains pouvait les mener à la distraction. Il serait donc un « bon » Américain, leur offrant ce qu'ils désiraient sans pour autant qu'ils trouvent la chose étrange.

Parvenu à destination, il rejoignit la rue par l'escalator et, de là, il n'était qu'à quelques pas de l'ambassade, juste en face de Notre-Dame des Puces et du plus gros four à micro-ondes de la planète. Foley aimait toujours voir le drapeau flotter au mât, et les marines à l'intérieur, preuve supplémentaire qu'il était à sa place. Ils avaient toujours l'air impeccable, chemise kaki et pantalon d'uniforme bleu marine, pistolet dans son étui et képi blanc.

Son bureau était toujours aussi miteux – ce côté négligé faisait partie de sa couverture.

Mais sa couverture n'incluait pas le service des transmissions. Impossible. À sa tête se trouvait Mike Russell, ancien lieutenant-colonel de l'Agence de sécurité de l'armée – l'ASA, le service spécialisé dans la sécurité des transmissions de l'armée de terre –, désormais passé au civil au sein de la NSA, qui remplissait officiellement la même tâche mais pour l'ensemble du gouvernement. Le poste à Moscou était une épreuve pour Russell. Noir, divorcé, il ne pouvait guère espérer de fréquentations féminines ici, car les Russes étaient connus pour se méfier des gens à la peau noire.

Le tambourinement à la porte était caractéristique.

« Entrez, Mike, dit Foley.

— 'Lut, Ed. » Russell faisait près d'un mètre quatre-vingts et il aurait eu besoin d'un régime vu son tour de taille. Mais c'était un bon, question codes et transmissions, et on ne lui demandait rien de plus pour l'instant. « La nuit a été tranquille.

— Oh ?

— Ouais, juste ça. » Il sortit une enveloppe de sa poche de pardessus et la lui tendit. « Rien d'important, apparemment. » Il avait également décrypté la dépêche. Même l'ambassadeur n'avait pas une habilitation aussi élevée que le chef des transmissions. Foley se prit soudain à apprécier le racisme des Russes. Cela rendait d'autant moins probable un retournement de Mike. Ce qui était une idée terrifiante. De tous les membres de l'ambassade, Mike Russell était en effet celui qui pouvait balancer absolument tout le monde, raison pour laquelle les services d'espionnage cherchaient toujours à corrompre les employés du chiffre, les sous-fifres mal payés et vilipendés qui avaient un énorme pouvoir d'information dans toute ambassade.

Foley saisit l'enveloppe et l'ouvrit. La dépêche à l'intérieur était ultra-routinière, preuve ultime que la CIA n'était qu'une bureaucratie gouvernementale comme une autre, si important que puisse être son travail. Il renifla et introduisit le papier entre les roues d'acier de la broyeuse qui le réduisirent en fragments de deux centimètres carrés.

« Ça doit être sympa d'avoir son boulot de la journée réglé en dix secondes, observa Russell avec un sourire.

— C'était pas comme ça au Viêt Nam, je parie.

— Pas vraiment. Je me rappelle quand un de mes hommes a repéré un gars des transmissions du Viet-Cong au QG, et c'était une nuit chargée...

— Vous l'avez eu ?

— Oh ouais, répondit Russell avec un hochement de tête. Les gars du coin ont pas vraiment apprécié. Il n'a pas eu une jolie fin, m'a-t-on dit. » Russell était sous-lieutenant à l'époque. Natif de Detroit, avec un père qui avait fabriqué des B-24 durant la Seconde Guerre mondiale et n'avait jamais cessé de répéter à son fils combien c'était plus gratifiant que de fabriquer des Ford. Russell détestait tout dans ce fichu pays (ils ne savaient même pas apprécier la bonne musique soul !), mais, le complément de solde – Moscou était officiellement un poste difficile – lui permettrait de s'acheter une chouette baraque en haut de la péninsule, un de ces jours, où il pourrait chasser le gibier à plumes et à poil tout son soûl. « Quelque chose à envoyer, Ed ?

— Négatif. Rien pour aujourd'hui – enfin, jusqu'ici en tout cas.

— Bien reçu. Allez, bonne bourre ! » Et Russell disparut derrière la porte.

Ce n'était pas comme dans les romans d'espionnage – le boulot d'agent de la CIA était composé d'une bien plus grande dose d'ennui que d'excitation. Les deux tiers au moins du temps que Foley consacrait à son travail d'espion étaient accaparés par la rédaction de rapports que quelqu'un à Langley lirait ou ne lirait pas, et/ou à attendre des réunions qui déboucheraient ou non sur quelque chose. Il avait des agents locaux pour s'acquitter de l'essentiel du travail sur le terrain, parce que son identité était trop sensible pour qu'il se risque à l'exposer – une question qu'il devrait bien aborder avec sa femme, un de ces quatre. Mary Pat avait tendance à un peu trop aimer l'action. C'était un léger souci, même si aucun d'eux n'était confronté à un réel danger physique. L'un et l'autre jouissaient de l'immunité diplomatique et les Russes, pour l'essentiel, s'y conformaient scrupuleusement. Même si les choses devaient devenir un rien tendues, elles ne le seraient jamais vraiment. Enfin, c'est ce qu'il se disait.

« Bonjour, colonel Boubovoï, dit Andropov d'un ton aimable, sans se lever.

— Bonjour à vous aussi, camarade président », répondit le *rezident* à Sofia, déglutissant en constatant, soulagé, que Rojdestvenski ne lui avait pas menti. On n'était jamais trop prudent – ou trop paranoïaque.

« Comment vont les choses à Sofia ? s'enquit Andropov tout en l'invitant à s'asseoir dans le siège en cuir face à l'imposant bureau en chêne.

— Eh bien, camarade président, nos fraternels collègues socialistes restent coopératifs, en particulier pour tout ce qui concerne la Turquie.

— Bien. Nous avons un projet de mission à entreprendre et j'aimerais votre opinion sur sa faisabilité. » La voix gardait toujours son ton aimable.

« Et de quoi s'agirait-il ? » demanda Boubovoï.

Andropov lui traça les grandes lignes du plan, sans cesser de guetter attentivement les réactions sur le visage de son interlocuteur. Il n'y en eut aucune. Le colonel avait trop d'expérience et, d'ailleurs, il était conscient de se savoir épié.

« Dans quel délai ? s'enquit-il.

— Quel délai minimal vous faut-il pour organiser la chose ?

— J'aurai besoin de la coopération de nos amis bulgares. Je sais à qui m'adresser – le colonel Boris Strokov, un élément très expérimenté du DS. Il dirige leurs opérations en Turquie – contrebande et compagnie –, ce qui lui donne ses entrées dans le milieu turc. Des contacts très utiles, surtout quand il s'agit d'organiser un meurtre.

— Poursuivez, le pressa le chef du KGB.

— Camarade président, une telle opération sera loin d'être aisée. Faute d'un moyen de faire pénétrer un tireur dans la résidence privée de la cible, cela signifie organiser l'attentat lors d'une apparition publique, à laquelle assisteront fatalement de nombreuses personnes. Nous pouvons dire à notre tireur que nous avons les moyens de lui permettre de s'échapper, mais ce sera bien sûr un mensonge. D'un point de vue tactique, il vaudrait mieux avoir un second homme sur place pour l'éliminer aussitôt après qu'il aura tiré – avec une arme à silencieux. Pour le second tueur, il sera bien plus facile de s'échapper, puisque toute l'attention de la foule sera polarisée sur le premier tireur. Cela règle en outre le problème toujours possible de confession de notre tireur à la police. La police italienne n'a pas très bonne réputation auprès de l'opinion publique, mais, d'un strict point de vue opérationnel, la critique est injuste. Comme pourra vous le confirmer notre *rezident* à Rome, leur service d'enquête est fort bien organisé et très professionnel. De sorte qu'il est dans notre intérêt de voir notre tireur éliminé au plus vite.

— Mais cela ne risque-t-il pas de suggérer l'implication d'un service de renseignement ? N'est-ce pas trop élégant ? »

Boubovoï se carra dans le siège pour délivrer son petit discours. C'était ce qu'Andropov voulait entendre et il était prêt à le lui livrer : « Camarade président, on doit savoir peser les risques respectifs. Le plus grand danger reste que notre assassin révèle dans quelles conditions il s'est retrouvé à Rome. D'un autre côté, comme on dit, un cadavre ne parle pas. Et une voix muette ne peut plus donner d'informations. L'autre camp pourra spéculer, mais cela ne restera que de simples spéculations. De notre côté, nous pouvons facilement diffuser par les organes de presse sous notre contrôle des témoignages sur l'animosité des musulmans envers le chef de l'Église catholique. Les agences de presse occidentales s'empresseront de reprendre l'information et, en nous y prenant bien, nous pourrons contribuer à modeler l'opinion publique sur le déroulement des événements. L'Institut américano-canadien a d'excellents éléments pour traiter la question, comme vous le savez. Nous pouvons les utiliser pour formuler la contre-propagande, puis utiliser les agents de la Première Direction principale pour la diffuser. L'opération projetée n'est pas sans risque, bien sûr, mais, bien que complexe, elle n'est pas si difficile d'un point de vue conceptuel. Les vrais problèmes surgiront avec son exécution et la sécurité opérationnelle. C'est pourquoi il est si crucial d'éliminer l'assassin sur-le-champ. Le plus important est de dénier à l'autre camp tout accès à l'information. Qu'ils spéculent tant qu'ils veulent, mais, sans informations concrètes, ils ne sauront absolument rien. Cette opération va demeurer extrêmememement confinée, je présume.

— À moins de cinq personnes à l'heure actuelle. Combien de plus ? demanda Andropov, impressionné par l'expertise et le sang-froid de son interlocuteur.

— Au moins trois Bulgares. Puis ils choisiront le Turc – ce doit être un Turc, voyez-vous.

— Pourquoi ? demanda Andropov, même s'il croyait deviner la réponse.

— La Turquie est un pays musulman et il existe une antipathie de longue date entre les Églises chrétiennes et l'Islam. De cette façon, l'opération entraînera un regain de discorde entre les deux groupes religieux – ce qu'on peut considérer comme un bonus, suggéra le *rezident* à Sofia.

— Et comment comptez-vous sélectionner l'assassin ?

— Je laisserai ça au colonel Strokov – il est d'origine russe, au fait. Sa famille s'est installée à Sofia au début du siècle, mais il s'estime l'un des nôtres. C'est un élément sûr, diplômé de notre académie, et un agent expérimenté.

— Combien de temps pour monter tout cela ?

— Ça dépendra plus de Moscou que de Sofia. Strokov aura besoin de l'aval de son propre commandement, mais c'est une question politique, pas opérationnelle. Une fois qu'il aura ses ordres... deux semaines, peut-être quatre, au maximum.

— Et les chances de succès ? demanda le président.

— De moyennes à grandes, je dirais. L'agent du DS conduira le tueur à l'emplacement convenu, puis il le tuera sitôt que celui-ci aura rempli sa mission, avant de s'échapper. C'est plus dangereux qu'il n'y paraît. L'assassin aura sans doute un pistolet et ce sera une arme dépourvue de silencieux. De sorte que la foule sera attirée par le bruit. La majorité des témoins reculeront, mais certains se précipiteront malgré le danger, espérant retenir le tueur. S'il tombe touché par une balle dans le dos tirée par une arme à silencieux, ceux-là continueront à converger tandis que notre homme, suivant le reste de la foule, se retirera. Comme les vagues se retirent de la plage », expliqua Boubovoï. Il voyait mentalement se dérouler le scénario. « Tirer au pistolet n'est pas aussi facile que le cinéma voudrait nous le faire croire, cependant. Rappelez-vous, sur le champ de bataille, pour chaque homme tué, deux ou trois sont blessés et survivent. Notre tireur ne pourra pas s'approcher à moins de quatre ou cinq mètres. C'est assez près pour un expert, mais notre homme ne sera pas un expert. S'y ajoute, complication supplémentaire, le facteur médical. Sauf impact direct au cœur ou au cerveau, des chirurgiens de talent peuvent souvent ramener un homme de la tombe à la vie. Bref, pour demeurer réaliste, une opération à cinquante-cinquante. Il convient par conséquent d'envisager les suites d'un échec éventuel. Ce qui est une question politique, camarade président », conclut Boubovoï, sous-entendant que ce n'était plus de sa responsabilité. Dans le même temps, il savait que le succès de la mission serait synonyme d'étoiles de général, ce qui était un pari acceptable, avec d'énormes avantages et bien peu d'inconvénients. Cela satisfaisait son carriérisme autant que son patriotisme.

« Fort bien. Que doit-on faire ?

— Avant tout, le DS opère sous notre tutelle politique. La section que commande le colonel Strokov utilise peu de données écrites, mais elle est sous le contrôle direct du Politburo bulgare. Donc, il nous faudra obtenir une autorisation des autorités, ce qui implique forcément l'aval de notre propre direction politique. Les Bulgares ne donneront le feu vert à leur coopération qu'avec une requête officielle de notre gouvernement. Après cela, c'est une opération simple et directe.

— Je vois. » Andropov garda le silence une bonne demi-minute. Il y avait une réunion du Politburo le surlendemain. *Est-ce trop tôt pour mettre cette mission à flot ?* Il s'interrogea, pesant les difficultés à défendre son cas. Il devrait leur montrer la lettre de Varsovie, et ils ne seraient certainement pas ravis. Il faudrait qu'il présente la chose de manière à rendre évidente l'urgence de l'affaire... et son côté effrayant pour eux.

Seraient-ils effrayés ? Eh bien, il pouvait toujours forcer le trait pour mieux les convaincre. Andropov soupesa la question quelques secondes encore avant de parvenir à une conclusion favorable.

« Autre chose, colonel ?

— Il va sans dire que la sécurité opérationnelle doit être parfaite. Le Saint-Siège dispose lui aussi d'un service de renseignement extrêmement efficace. Ce serait une grave erreur de sous-estimer ses capacités, avertit Boubovoï. Par conséquent, il faut que les Bulgares et notre Politburo sachent que cette affaire ne doit en aucun cas être discutée en dehors de leur cercle. Et de notre côté, cela signifie personne d'autre, pas même au sein du Comité central ou du secrétariat du Parti. La moindre fuite ruinerait la mission. Mais, dans le même temps, poursuivit-il, nous avons bien des points qui travaillent pour nous. Le pape ne peut s'isoler, pas plus qu'il ne peut être protégé comme nous pourrions le faire – ou pourraient le faire d'autres nations – face à une menace contre le chef de l'État. Dans un sens opérationnel, il constitue en fait une cible "molle" – si, bien sûr, nous pouvons trouver un assassin prêt à risquer sa vie pour s'approcher suffisamment de lui afin d'être en mesure de tirer.

— Donc, si je parviens à obtenir l'autorisation du Politburo, et qu'ensuite nous demandons l'aide de nos frères bulgares, et qu'alors vous pouvez faire agir ce colonel Strokov, combien de temps voyez-vous avant la conclusion ?

— Je dirais un mois, peut-être deux, mais pas plus. Nous aurons besoin d'un minimum de soutien de l'antenne de Rome, pour des questions de chronologie, ce genre de problème, mais c'est à peu près tout. Nous aurons les mains parfaitement propres, surtout si Strokov veille à l'élimination de l'assassin sitôt sa mission accomplie.

« — Vous voulez que ce Strokov agisse personnellement ?

— Boris Andreïevitch n'est pas contre le fait de se mouiller. Il l'a déjà fait.

— Fort bien. » Andropov baissa les yeux et considéra son bureau. « Il n'y aura aucune trace écrite de cette opération. Une fois que j'aurai obtenu l'autorisation nécessaire, vous recevrez l'ordre de procéder de mon bureau, mais uniquement sous la forme d'un code opérationnel, à savoir le 15-8-82-666. Toute information complexe sera transmise par coursier ou par entretien en tête à tête. Est-ce clair ?

— C'est clair, camarade président. Rien d'écrit sauf le numéro de code de l'opération. J'imagine que je ferai pas mal la navette en avion entre Moscou et Sofia, mais ce n'est pas un problème.

— Les Bulgares sont fiables ? demanda Andropov, soudain inquiet.

— Oui, tout à fait, camarade président. Nous avons une longue tradition de collaboration opérationnelle avec eux et ils sont experts en la matière. Bien plus que nous, en fait. Ils ont plus de pratique. Quand un élément doit disparaître, c'est souvent les Bulgares qui s'en chargent pour nous.

— Oui, le colonel Rojdestvenski m'en a parlé. C'est que je ne suis pas ces affaires de près.

— Je peux quand vous voulez vous présenter le colonel Strokov », suggéra Boubovoï.

Andropov secoua la tête. « Mieux vaut que je m'en abstienne, je pense.

— Comme il vous plaira, camarade président. » *Logique*, se dit Boubovoï. Andropov était un apparatchik peu habitué à se salir les mains. Les politiciens étaient tous les mêmes – assoiffés de sang, mais personnellement toujours propres sur eux, comptant sur les autres pour se charger de la sale besogne. Eh bien, c'était son boulot, décida le colonel, et puisque les politiciens contrôlaient les bons côtés de la société, il avait intérêt à leur plaire pour récupérer le miel de la ruche. Et il

272

était tout aussi gourmand que le reste de ses compatriotes. À l'issue de cette mission, il y avait la promesse d'étoiles de général, d'un bel appartement à Moscou, voire d'une modeste datcha dans les monts Lénine. Il serait ravi de retourner à Moscou – et sa femme, donc. Si le prix à payer était la mort de quelque étranger qui était un obstacle politique pour son pays, eh bien, tant pis. Il aurait dû se montrer plus prudent et veiller à ne pas offenser n'importe qui.

« Merci encore d'être venu et de m'avoir fourni votre expertise, camarade colonel. Vous aurez de mes nouvelles. »

Boubovoï se leva. « Je sers l'Union soviétique », dit-il avant de se diriger vers la porte dérobée.

Rojdestvenski l'attendait dans le bureau des secrétaires.

« Alors, comment ça s'est passé, Ilya ?

— Je ne suis pas sûr d'avoir le droit d'en parler, fut la réponse prudente.

— S'il s'agit de l'opération 666, alors tu en as tout à fait le droit, Ilya Fedorovitch, le rassura Rojdestvenski en le précédant dans le corridor.

— Dans ce cas, la rencontre s'est bien passée, Alexis Nikolaïevitch. En dehors de ça, je ne peux pas en dire plus sans l'accord du président. » On pouvait mettre sa prudence à l'épreuve, après tout, quand bien même Rojdestvenski était un ami.

« Je lui ai dit qu'on pouvait compter sur toi, Ilya. Tout cela pourrait être très bon pour nous deux.

— Nous servons, Alexis, exactement comme tout le monde en ces murs.

— Permets-moi de te raccompagner à ta voiture. Tu pourras sans peine attraper le vol de midi. »

Quelques minutes plus tard, il était de retour dans le bureau d'Andropov.

« Eh bien ? dit le président.

— Il dit que la rencontre s'est bien passée, mais qu'il n'en dira pas plus sans votre permission. Ilya Fedorovitch est un professionnel sérieux, camarade président. Serai-je votre contact pour la mission ?

— Oui, vous l'êtes, Alexis, confirma le chef du KGB. J'enverrai un message en ce sens. » Andropov n'éprouvait pas le besoin de diriger l'opération lui-même. Son esprit était taillé pour les projets d'envergure, pas pour l'échelon opérationnel. « Que savez-vous de ce colonel Boris Strokov ?

— Le Bulgare ? Le nom m'est familier. C'est un espion de haut niveau qui s'est par le passé spécialisé dans les opérations d'assassinat. Il a une vaste expérience et, à l'évidence, Ilya le connaît bien.

— Comment se spécialise-t-on dans les assassinats ? » voulut savoir le patron du KGB. C'était un aspect du service dont on ne l'avait pas informé.

« Sa vraie fonction est tout autre, bien sûr, mais le DS a un petit contingent d'officiers qui ont une expérience dans ce genre d'opération. C'est lui qui a la plus grande. Son palmarès est sans faille. Si ma mémoire est bonne, il a personnellement éliminé sept ou huit personnes dont la disparition s'avérait nécessaire – en majorité des Bulgares, me semble-t-il. Sans doute aussi un Turc ou deux, mais pas d'Occidentaux, que je sache.

— Est-ce une tâche difficile ? s'enquit Iouri Vladimirovitch.

— Je n'ai aucune expérience en la matière », admit Rojdestvenski. Il s'abstint d'ajouter qu'il n'était pas pressé d'en avoir. « Ceux qui en ont une disent que leur souci n'est pas tant d'accomplir une mission que de la réussir – à savoir, d'éviter toute enquête policière ultérieure. Les services de police modernes ont une grande efficacité en matière d'enquête criminelle, voyez-vous. Dans le cas qui nous préoccupe, on peut s'attendre à une enquête rondement menée.

— Boubovoï veut que ce Strokov accompagne la mission pour éliminer l'assassin aussitôt après. »

Rojdestvenski hocha pensivement la tête. « Cela se tient.

Nous avons nous-mêmes discuté de cette option, si je me souviens bien.

— Oui », confirma Andropov, qui ferma les yeux quelques instants. Une fois encore, l'image mentale vint parader devant lui. Nul doute que cela résoudrait pas mal de problèmes politiques. « Oui, ma prochaine tâche sera d'obtenir l'approbation du Politburo.

— Rapidement, camarade président ? demanda le colonel, incapable de réfréner sa curiosité.

— Demain après-midi, je pense. »

Tout en bas, aux transmissions, Zaïtzev s'était laissé absorber par le train-train quotidien. Il prit soudain conscience, comme un choc, à quel point sa tâche était machinale. Ils voulaient qu'elle soit réalisée par des machines, et il était devenu cette machine. Il avait tout mémorisé : quelle référence opérationnelle se rapportait à tel officier responsable dans tel bureau, et de quoi traitait telle ou telle opération. Il y avait tant d'informations qui transitaient par son esprit que cela l'ahurissait un peu. C'était venu si progressivement qu'il ne l'avait pas vraiment remarqué. Il le remarquait à présent.

Mais c'était ce 15-8-82-666 qui ne cessait de lui trotter dans la tête...

« Zaïtzev ? » demanda une voix. Le spécialiste des transmissions se retourna et découvrit le colonel Rojdestvenski.

« Oui, camarade colonel ?

— Une dépêche pour le *rezident* de Sofia. » Il tendit le formulaire du message, scrupuleusement rempli.

« À la machine ou au masque, camarade ? »

Le colonel réfléchit un instant, soupesant les deux options. Il opta pour la cohérence : « Le masque, j'imagine.

— Comme vous voudrez, camarade colonel. Je vous le fais expédier dans quelques minutes.

— Bien. Elle attendra Boubovoï sur son bureau à son

retour là-bas. » Il avait émis la remarque sans y réfléchir. Les gens partout parlent trop, quelle que soit leur formation.

Donc, le rezident *de Sofia était bien ici ?* n'eut même pas à demander Zaïtzev. « Oui, camarade colonel. Je vous rappelle pour vous confirmer la dépêche ?

— Oui, merci, camarade commandant.

— Je sers l'Union soviétique », lui assura Zaïtzev.

Rojdestvenski remonta dans les étages, tandis que Zaïtzev se lançait dans la routine abrutissante et familière du cryptage.

ULTRA-CONFIDENTIEL

IMMEDIAT ET URGENT

DE : BUREAU DU PRESIDENT, CENTRALE DE MOSCOU

A : REZIDENT SOFIA

REFERENCE : DESIGNATION OPERATIONNELLE 15-8-82-666

POUR TOUTE TRANSMISSION FUTURE, V/ CONTACT OPERATIONNEL SERA COLONEL ROJDESTVENSKI SUR ORDRE DU PRESIDENT.

Ce n'était qu'un message de cuisine interne, mais néanmoins codé « immédiat et urgent ». Cela voulait dire qu'il était important aux yeux du président Andropov ; quant à la référence, elle en faisait une opération et non une simple demande adressée à un quelconque *rezident*.

Ils sont vraiment décidés, se rendit compte Zaïtzev.

Que pouvait-il donc y faire ? Personne dans cette salle – personne dans l'immeuble entier – ne pouvait empêcher une telle opération. Mais à l'extérieur... ?

Zaïtzev alluma une cigarette. Il allait rentrer chez lui en métro tout à l'heure, comme d'habitude. L'Américain serait-il toujours là ?

Voilà qu'il était en train d'envisager de trahir, songea-t-il, pris d'un frisson. Le crime avait quelque chose de terrifiant, et sa réalité l'était encore plus. Mais l'autre possibilité était de rester ici à lire les dépêches tandis qu'on tuait un innocent... et non, il ne pouvait pas laisser faire ça.

Zaïtzev détacha un formulaire de message du bloc d'un centimètre d'épaisseur posé sur son bureau. Il posa la feuille sur le plan de travail et rédigea en anglais, à l'aide d'un crayon tendre 1B : « SI VOUS TROUVEZ CECI INTERESSANT, PORTEZ UNE CRAVATE VERTE DEMAIN. » C'était aussi loin que le menait son courage pour l'après-midi. Il plia le formulaire et l'introduisit dans son paquet de cigarettes, veillant à se limiter à des gestes naturels, parce que tout ce qui sortait un rien de l'ordinaire dans cette pièce était immédiatement remarqué. Il griffonna quelque chose sur un autre formulaire vierge, qu'il froissa et jeta à la corbeille, puis il reprit son travail habituel. Les trois heures qui suivirent, Oleg Ivanovitch n'allait cesser de repenser à son acte chaque fois qu'il plongeait la main dans sa poche pour en sortir une cigarette. Chaque fois, il songeait à ôter du paquet la feuille pliée et à la déchirer en tout petits morceaux avant de jeter ceux-ci à la corbeille, direction le sac pour l'incinérateur. Mais, chaque fois, il l'y laissait, se disant qu'il n'avait encore rien fait.

Il essayait par-dessus tout de se libérer l'esprit, de vaquer à ses occupations coutumières en se plaçant de lui-même en pilotage automatique, cherchant à laisser la journée s'écouler normalement. Au bout du compte, il se dit que son destin était en d'autres mains que les siennes. S'il rentrait chez lui sans que rien d'inhabituel ne survienne, il sortirait le bout de papier plié du paquet de cigarettes et le brûlerait dans sa cuisine, point final. Sur le coup de quatre heures de l'après-midi, Zaïtzev leva les yeux au plafond marqué de taches d'humidité de la salle de transmissions et murmura quelque chose qui ressemblait fort à une prière.

Enfin, la journée de travail s'acheva. Il prit l'itinéraire habituel, à son pas habituel, jusqu'à sa station de métro habituelle, descendit l'escalator, rejoignit le quai. L'horaire des trains était aussi prévisible que celui des marées et il embarqua dans la rame avec une centaine d'autres voyageurs.

Puis son cœur s'arrêta presque dans sa poitrine : l'Américain était là, exactement à la même place, lisant un journal tenu de la main droite, se retenant de la gauche à la main courante supérieure, son imperméable pendant sur sa grande carcasse mince. La poche ouverte du vêtement l'attirait comme les sirènes avaient attiré Ulysse. Zaïtzev se fraya un passage jusqu'au milieu de la voiture, bousculant les autres voyageurs. Sa main droite plongea dans sa poche chercher le paquet de cigarettes. Il retira prestement le message et le glissa dans sa paume, tout en se faufilant pour laisser passer un autre voyageur qui s'apprêtait à descendre à la prochaine station. Tout se déroula à merveille. Il bouscula l'Américain et opéra le transfert, puis s'écarta.

Zaïtzev prit une profonde inspiration. Le mal était fait. Ce qu'il adviendrait désormais était en d'autres mains que les siennes.

L'homme était-il réellement un Américain ? Ou bien une taupe envoyée par la Deuxième Direction principale ?

L'Américain présumé avait-il vu son visage ?

Quelle importance, du reste ? N'y avait-il pas ses empreintes sur le formulaire ? Zaïtzev n'avait aucun indice. Il avait été prudent lorsqu'il avait déchiré la feuille – si jamais on l'interrogeait, il pourrait toujours dire que le bloc était resté posé sur son bureau et que n'importe qui avait pu en prendre une feuille, voire la lui demander ! Cela suffirait peut-être à brouiller une enquête du KGB s'il s'en tenait à son récit. Bientôt, il descendit du métro et se retrouva dehors à l'air libre. Il espéra que personne n'avait vu ses mains trembler quand il avait allumé une clope.

Les sens aiguisés de Foley l'avaient trompé. Avec son imper déboutonné, il n'avait remarqué aucun contact, en dehors des bousculades habituelles lors d'un voyage en métro, que ce soit à Moscou ou New York. Mais, alors qu'il descendait de la rame, il glissa la main dans sa poche gauche : il s'y trouvait quelque chose... et il savait que ce n'était pas lui qui l'y avait mis. Un air intrigué traversa son visage, mais que son expérience fit vite disparaître. Il succomba toutefois à la tentation de se retourner pour chercher une filature, mais pensa aussitôt que, compte tenu de ses horaires réguliers, ce serait un nouveau visage qui le guetterait au sortir de la station, ou plus probablement une série de caméras de surveillance perchées au sommet des immeubles avoisinants. La bande magnétique était aussi bon marché ici que dans le reste du monde. Donc, il rentra chez lui du même pas que les autres jours, salua d'un signe de tête le garde à la porte, puis se dirigea vers l'ascenseur, monta, et enfin franchit la porte de chez lui.

« C'est moi, chéri », annonça-t-il, ne sortant le papier qu'une fois la porte de l'appartement refermée. Il était raisonnablement certain qu'il n'y avait pas de caméra dans l'appartement – même la technologie américaine n'était pas aussi avancée, et il connaissait suffisamment Moscou pour ne pas être impressionné par les capacités technologiques locales. Ses doigts déplièrent le feuillet et il se figea.

« Qu'est-ce qu'il y a pour le dîner ? lança-t-il.

— Viens donc voir, Ed », répondit la voix de Mary Pat, dans la cuisine.

Des hamburgers grésillaient sur la plaque. Purée de pommes de terre en sauce, plus des haricots blancs, le dîner de l'employé américain type. Mais le pain était russe, et ce n'était pas un mal. Le petit Eddie était devant la télé et regardait une cassette des *Transformers*, qui le tiendrait occupé vingt bonnes minutes.

« Quelque chose d'intéressant, aujourd'hui au bureau ? » s'enquit Mary Pat devant ses fourneaux. Elle se retourna pour l'embrasser et son mari lui répondit par leur phrase de code personnel signalant un événement inhabituel :

« Rien de rien, chou. » Ce qui piqua suffisamment sa

curiosité pour que, lorsqu'il brandit la feuille de papier, elle s'en saisisse aussitôt. Ses yeux s'agrandirent.

C'était moins le message manuscrit que l'en-tête imprimé sur la feuille : TRANSMISSION OFFICIELLE DE LA SECURITE D'ÉTAT.

Bigre, articula-t-elle sans émettre un son.

Le chef d'antenne de Moscou acquiesça, songeur.

« Peux-tu surveiller les hamburgers, chéri ? Il faut que j'aille chercher quelque chose. »

Ed prit la spatule et retourna l'un des steaks hachés. Sa femme revint bientôt, avec à la main une cravate d'un vert irlandais.

11

Jeu de mains

BIEN sûr, il n'y avait pas grand-chose à faire pour l'instant. Le dîner fut servi puis mangé, et Eddie retourna à son magnétoscope et ses cassettes de dessins animés. Les gamins de quatre ans sont faciles à contenter, même à Moscou. Ses parents se remirent au boulot. Dans le temps, ils avaient vu *Miracle en Alabama* à la télé, film dans lequel Annie Sullivan (jouée par Anne Bancroft) enseigne à Helen Keller, la jeune sourde-muette aveugle (jouée par Patty Duke), l'usage de l'alphabet des signes. Et ils avaient décidé que ce serait un moyen bien pratique à apprendre pour communiquer, sinon rapidement, du moins en silence et avec leur propre code.

Eh b[ien], k'en penses-tu ? demanda Ed.

Ça pourrait êt[re] 1 truc C-rieux, répondit sa femme.

O[uaip].

Ed, ce ga[rs] bosse à MERCURY, *l[eu]r version, en tt cas. Waouh !*

Pl[us] probabl. il a simplt accès à l[eu]rs formulaires 2 messg, tempéra lentement le chef d'antenne. *Mais je vs qd m̂ mettre la crav[ate] vte et prendrai le m̂ métro pdt encore 1 tite smn.*

BDAK, approuva sa femme, abrégé pour « bien d'accord ».

Spère ke c pas 1 piège ou une taupe, observa Ed.

T'es sur leurs terres, ch[ou], répondit MP. L'idée de se faire griller ne l'effrayait pas, même si elle n'avait pas envie d'endurer ce revers honteux. Elle cherchait les bonnes occasions plus que son époux – il était d'un naturel plus inquiet. Mais, curieusement, pas ce coup-ci. Si les Russes l'avaient « classé » chef d'antenne ou plus simplement officier traitant – ce qu'il estimait peu probable –, ils seraient de parfaits idiots de le griller ainsi, aussi vite et avec un tel amateurisme. Sauf s'ils désiraient faire une démonstration politique quelconque, et il ne voyait pas bien la logique d'une telle démarche... Or le KGB était aussi froidement logique que monsieur Spock sur la planète Vulcain. Même le FBI jouerait plus serré. Donc, l'occasion devait être réelle, à moins que le KGB ne s'amuse à secouer tous les employés d'ambassade passant à sa portée, juste pour voir lesquels étaient susceptibles de tomber de l'arbre. Possible, mais foutrement improbable. Par conséquent, le jeu en valait la chandelle, conclut Foley. Il mettrait donc la cravate verte et verrait ce qui allait se passer... et il comptait bien éplucher un à un tous les visages dans la voiture de métro.

On en parle à L[angley] ? fut la question suivante de Mary. Il hocha la tête. *Pas tt 2 ste.*

Elle acquiesça. Puis fit mine de chevaucher un cheval. Ce qui voulait dire qu'il y avait une chasse et qu'ils étaient vraiment embarqués, ce coup-ci. Enfin. C'était comme si elle avait redouté que ses capacités ne se rouillent. *Merde, ça risque pas*, songea son mari. Il était prêt à parier que sa femme avait dû réussir à faire toutes ses études chez les sœurs sans recevoir le moindre coup sur les doigts, parce qu'elles n'avaient pas dû réussir une seule fois à la prendre en défaut de mauvaise conduite...

Et moi non plus, songea Ed.

Eh b[ien], la journée 2 2main s'annonce 1-T réssante, conclut-il, ce qui lui valut un signe de tête éloquent.

Le reste de la soirée, le plus dur fut d'éviter le sujet. Malgré leur entraînement, ils ne cessaient de revenir à cette idée de manipuler un agent travaillant au MERCURY russe. Du point de vue conceptuel, cela revenait quasiment à infiltrer un avant dans l'en-but adverse en finale de championnat...

Bigre.

« Alors, Simon, que savez-vous au juste de notre bonhomme ?

— Pas grand-chose du point de vue personnel, admit Harding. C'est d'abord et avant tout un homme du Parti. Son horizon s'est élargi, je suppose, avec ses responsabilités à la direction du KGB. On dit qu'il préfère l'alcool occidental à la vodka locale, et qu'il apprécierait le jazz américain, mais il pourrait s'agir de bruits lancés par la Centrale pour lui donner l'image d'un homme sensible à l'Occident – ce qui à mon humble avis est foutrement improbable. Ce type est un voyou. Son parcours au sein du Parti n'est pas celui d'un enfant de chœur. On ne progresse pas dans cette organisation sans jouer sérieusement des coudes – et, détail notable, les élites de haut vol sont des hommes qui n'ont pas hésité à écraser leurs mentors en cours de route. On est devant un système darwinien pris de folie, Jack. Les plus aptes survivent, mais ils font leurs preuves en écrasant tous ceux qui sont une menace pour eux, voire simplement pour prouver leur caractère impitoyable dans le domaine qu'ils ont choisi.

— Intelligent ? » demanda Ryan.

Nouvelle bouffée de pipe de bruyère. « Ce n'est pas un imbécile. Un sens de la nature humaine hyper-développé, sans doute un bon – et même un brillant – psychologue amateur.

— Vous ne l'avez pas comparé à un personnage de Tolstoï ou de Tchekhov », nota Jack. Simon était agrégé de littérature, après tout.

Harding écarta la remarque : « Trop facile. Non, les individus comme lui le plus souvent n'apparaissent pas dans la littérature parce que les romanciers n'ont pas l'imagination requise. Il n'y avait aucun précurseur d'Hitler dans la littérature allemande, Jack. Staline se prenait à l'évidence pour un nouvel Ivan le Terrible, et Sergueï Eisenstein a exploité le parallèle dans son film à grand spectacle, mais ce genre de chose est réservé à ceux qui n'ont pas assez d'imagination pour voir les gens tels qu'ils sont, alors ils doivent les assimiler à un modèle qu'ils comprennent. Non, Staline était un monstre complexe et fondamentalement incompréhensible, à moins d'avoir une formation de psychiatre. Que je n'ai pas, lui rappela Harding. On n'a pas besoin de les comprendre complètement pour prédire leurs actes, parce que ces individus demeurent rationnels dans leur propre contexte. Il suffit de savoir cela, c'est en tout cas ce que j'ai toujours cru.

— Parfois, je me dis que je devrais convaincre Cathy de travailler dans cette branche.

— Parce qu'elle est médecin ?

— Ouais, elle s'y entend pour déchiffrer les gens. C'est pourquoi nous avons des rapports médicaux sur Mikhaïl Souslov. Et aucun n'était psy, rappela-t-il à son collègue britannique.

— Donc, nous en savons étonnamment peu sur la vie personnelle d'Andropov, admit Harding. Personne même n'a reçu mission d'approfondir spécialement la question. S'il est promu au secrétariat général, j'imagine que son épouse deviendra un personnage semi-public. En tout cas, rien n'autorise à penser qu'il est homosexuel ou quelque chose comme ça. Ce genre de déviation est assez mal vu là-bas. Un collègue aurait pu l'utiliser contre lui en cours de route et briser pour de bon sa carrière. Non, le placard auquel ils sont restreints en Union soviétique est des plus sombres. Autant rester célibataire », conclut l'analyste.

OK, se dit Ryan. *J'appellerai l'amiral ce soir pour lui dire que les Rosbifs n'en savent pas plus que nous.*

C'était étrangement décevant, mais plus ou moins prévisible. Si les services d'espionnage savaient quantité de choses, la fréquence des trous dans leurs informations était souvent surprenante aux yeux des gens extérieurs, mais bien moins à ceux des initiés. Ryan était encore assez nouveau dans ce jeu pour se montrer à la fois surpris et déçu. Un homme marié est accoutumé aux compromis, à laisser sa femme avoir le dernier mot dans plein de domaines, parce que tout homme marié finit plus ou moins par se laisser mener par le bout du nez – à moins d'être une brute finie, mais peu d'individus entrent dans cette catégorie. Plus rares encore sont ceux à même de s'élever de cette manière au sein d'une hiérarchie, parce que, dans toute organisation, il faut savoir se couler dans le moule si l'on veut s'adapter. C'est dans la nature humaine, et même le Parti communiste d'Union soviétique ne pouvait la chasser, nonobstant tous les grands discours sur le Nouvel Homme soviétique qu'ils s'acharnaient à tenter de bâtir là-bas. *Ouais*, se dit Ryan, *cours toujours.*

« Bien, dit Harding avec un coup d'œil à sa montre. Je crois que j'ai servi Sa Gracieuse Majesté suffisamment pour aujourd'hui.

— Entièrement d'accord. » Ryan se leva et décrocha sa veste au portemanteau. Prendre le métro, cette fois pour la gare de Victoria, et attraper son train de banlieue. La routine commençait à l'imprégner. Il aurait été plus agréable de trouver un appartement en ville pour éviter les trajets quotidiens, mais, dans ce cas, Sally n'aurait pas eu beaucoup de verdure pour jouer, or Cathy était inflexible là-dessus. Nouvelle preuve qu'il s'était lui aussi laissé mener par le bout du nez, se dit Jack en se dirigeant vers l'ascenseur. Enfin, ça aurait pu être pire. Il aurait pu épouser une mégère.

Le colonel Boubovoï regagna l'ambassade directement depuis l'aéroport. Une dépêche laconique l'attendait, qu'il décrypta rapidement. Son contact de travail allait être le colo-

nel Rojdestvenski. Rien là de bien surprenant. Alexis Nikolaïevitch était le petit toutou d'Andropov. Et c'était sans
doute un bon boulot, songea le *rezident*. Il suffisait de s'arranger pour que le patron soit toujours content, et Iouri Vladimirovitch n'était sans doute pas le salopard exigeant
qu'avait été Beria. Les membres du Parti pouvaient avoir des
exigences d'une précision outrancière, mais quiconque avait
travaillé au secrétariat du Parti ne pouvait que savoir manier
les hommes. L'époque stalinienne était définitivement
révolue.

Donc, il semblait bien qu'il avait un assassinat à préparer,
se dit Boubovoï. Il se demanda comment réagirait Boris Strokov. Strokov était un professionnel, sans émotion en excès,
et avec encore moins de scrupules. Pour lui, le travail était le
travail. Mais l'envergure de ce qu'on exigeait de lui transcendait tout ce qu'il avait pu connaître en travaillant pour le
Dirjavna Sugurnost. La mission allait-elle l'effrayer ou l'exci-
ter ? Ce serait intéressant à voir. Il y avait chez son collègue
bulgare une froideur qui impressionnait et inquiétait à la fois
l'agent du KGB. Ses talents particuliers pouvaient s'avérer
bien utiles à mettre à profit. Et si le Politburo avait besoin
d'éliminer ce Polonais gênant, alors, il faudrait qu'il meure,
point final. C'était regrettable, mais si ce qu'il croyait était
vrai, alors ils ne feraient jamais que l'expédier au paradis en
saint martyr, après tout. Sûr que c'était là l'ambition secrète
de n'importe quel prêtre.

Le seul souci de Boubovoï restait les répercussions politiques. Elles seraient d'ampleur, donc il était bon qu'il ne serve
que d'intermédiaire à l'opération. Si jamais celle-ci tournait
mal, eh bien, ce ne serait pas de sa faute. Que Strokov fût le
meilleur choix pour la tâche, compte tenu de ses états de
service, nul ne pouvait le contester, un fait que n'importe
quelle commission d'enquête pourrait confirmer. Il avait mis
en garde le président qu'un coup de feu, même tiré de près,
n'était pas obligatoirement fatal. Il faudrait qu'il consigne

cela dans une note pour s'assurer que la mince trace papier de l'opération 15-8-82-666 porte son évaluation officielle. Il en écrirait lui-même le premier jet, qu'il enverrait par valise diplomatique à la Centrale – non sans en garder une copie dans le coffre de son bureau, juste pour être sûr d'avoir convenablement couvert ses arrières.

Mais, pour l'heure, il allait devoir attendre le feu vert officiel du Politburo. Cette assemblée de vieilles femmes allait-elle sauter le pas ? Telle était la question, et il était difficile d'imaginer la réponse. Brejnev devenait gâteux. Cela le rendrait-il sanguinaire ou prudent ? La question était trop dure à élucider pour le colonel. On disait que Iouri Vladimirovitch était l'héritier putatif. Si oui, c'était là sa chance de faire ses preuves.

« Alors, Mikhaïl Evguenievitch, vas-tu me soutenir demain ? » demanda Andropov. Lui et son hôte buvaient un verre dans son appartement.

Alexandrov fit tourner la coûteuse vodka brune dans son verre. « Souslov ne sera pas présent demain. On dit que ses reins l'ont lâché et qu'il n'en a plus que pour une quinzaine de jours », dit le futur idéologue en chef, esquivant momentanément la question. « Vas-tu me soutenir à ce poste ?

— As-tu besoin de demander, Micha ? répondit le président du Comité pour la sécurité de l'État. Bien sûr que je te soutiendrai.

— Très bien. Alors, quelles sont les chances de succès dans l'opération que tu proposes ?

— Autour de cinquante-cinquante, me disent mes collaborateurs. Nous utiliserons un agent bulgare pour organiser le coup, mais pour des raisons de sécurité, l'assassin devra être un Turc...

— Un moricaud de musulman ? lança brutalement Alexandrov.

— Micha, qui que soit l'auteur, il sera presque à coup sûr appréhendé – mort, selon notre plan. Il est impossible d'espérer une fuite sans laisser de traces dans une telle opération. Par conséquent, il est exclu d'utiliser l'un des nôtres. La nature de la mission nous soumet à un certain nombre de contraintes. Dans l'idéal, nous aurions utilisé un tireur entraîné – un membre des Spetsnaz, par exemple – posté à trois cents mètres, mais cela désignerait aussitôt l'assassinat comme un meurtre ourdi par un État-nation. Non, il faut que cela apparaisse comme l'acte isolé d'un déséquilibré, comme aiment dire les Américains. Tu sais, même avec toutes les preuves dont ils disposent, il y a encore des abrutis là-bas qui font porter l'affaire Kennedy sur nous ou sur Castro. Non, les indices que nous laisserons doivent être un signe manifeste que nous ne sommes en rien impliqués. Cela limite nos méthodes opérationnelles. Je pense que c'est le meilleur plan auquel nous puissions parvenir.

— L'as-tu fait étudier de près ? demanda Alexandrov en buvant une gorgée de vodka.

— Absolument. C'est obligatoire pour des opérations de cet ordre. La sécurité doit être absolue, Mikhaïl Evguenievitch. »

L'homme du Parti admit le point : « Je suppose que oui, Iouri... Malgré tout, le risque d'échec...

— Micha, dans tous les aspects de l'existence, il y a des risques. L'important est que l'opération ne puisse être liée à nous. Cela, nous pouvons le garantir avec certitude. Faute de mieux, une blessure grave tempérera au moins sérieusement l'ardeur de Karol à nous mettre des bâtons dans les roues, tu ne crois pas ?

— Ça devrait...

— Et une demi-chance d'échec signifie une demi-chance de succès, rappela Andropov à son hôte.

— Dans ce cas, je te soutiendrai. Leonid Illitch suivra lui aussi. Ce qui emportera le morceau. Combien de temps ensuite pour tout mettre en branle ?

« — Un mois environ, peut-être six semaines.

— Si vite ? » Les affaires du Parti se réglaient rarement à ce rythme.

« À quoi bon décider d'une telle.... "action expéditive", comme disent je crois les Américains, si elle doit prendre du temps ? S'il faut y passer, autant que ce soit fait vite, pour entraver toute autre intrigue politique de cet homme.

— Qui lui succédera ?

— Un Italien, je suppose. Son choix a été une aberration majeure. Peut-être que sa mort encouragera les Romains à revenir à leurs bonnes vieilles habitudes », suggéra Andropov. Ce qui déclencha le rire de son hôte.

« Certes, ils sont tellement prévisibles, ces fanatiques religieux.

— Donc, demain, je mets à flot la mission, et tu me soutiendras ? insista Andropov, qui tenait à ce que les choses soient claires.

— Oui, Iouri Vladimirovitch. Tu auras mon soutien. Et tu me soutiendras pour ma succession au siège de Souslov.

— Demain, camarade », promit Andropov.

12

Pas touche

CETTE fois, le réveil marcha et les réveilla tous les deux. Ed Foley se leva et fila vers la salle de bain, laissant rapidement la place à sa femme, pour se diriger vers la chambre d'Eddie et lui secouer les puces, tandis que Mary Pat mettait en route le petit déjeuner. Leur fils alluma aussitôt la télé et tomba sur le sempiternel exercice de gymnastique matinale qui semblait au programme de toutes les chaînes du monde à cette heure-ci – avec en vedette, comme toujours, une femme au physique sculptural – celle-ci paraissait capable de faire valser toute l'école des cadets de Rangers à Fort Benning (Georgie). Mary Pat était d'avis que les cheveux blonds de la wonderwoman russe étaient sortis d'une bouteille alors qu'Ed trouvait pour sa part que le simple fait de la regarder faire ce qu'elle faisait était déjà douloureux. Mais, faute de journaux ou d'articles sportifs dignes de ce nom à parcourir, il n'avait guère le choix en la matière et donc stagnait devant la télé, tandis que son fils contemplait en gloussant le programme de réveil musculaire. Le chef d'antenne nota qu'il était diffusé en direct. Qui que soit la donzelle, elle devait se lever à quatre heures tous les matins, et donc, pour elle aussi, c'était son exercice matinal. Enfin, bon, c'était au moins une activité honnête. Son mari devait être para dans l'armée Rouge, et elle pouvait sans doute le dérouiller quand elle voulait, se dit Ed Foley en attendant la diffusion du journal matinal.

Qui commençait à 6 h 30. Le truc était de le regarder, puis ensuite d'essayer d'en déduire ce qui se passait réellement dans le monde – *exactement comme chez nous*, songea l'agent de la CIA avec un bougonnement bien matinal. Enfin, il aurait toujours l'*Early Bird* [1] à l'ambassade pour rectifier le tir – envoyé de Washington par fax crypté à tous les personnels diplomatiques importants. Pour un citoyen américain, vivre à Moscou, c'était comme vivre sur une île déserte. Au moins avaient-ils une parabole satellite à l'ambassade qui leur permettait de recevoir CNN et quelques autres programmes de télévision. Cela leur donnait l'impression d'être des gens normaux – presque.

Le petit déjeuner était on ne peut plus normal : Petit Eddie aimait les Frosted Flakes, et le lait venait de Finlande, parce que sa mère n'avait pas confiance dans les épiceries locales et que le magasin réservé aux étrangers était bien pratique. Ed et Mary Pat ne parlaient pas beaucoup durant ce repas, par égard pour les micros qui truffaient les murs. À la maison, ils ne parlaient jamais d'affaires importantes, sinon en langage codé – et cela, jamais, au grand jamais, devant leur fils, parce que les petits enfants sont totalement incapables de garder le moindre secret. Toujours est-il que l'équipe de surveillance du KGB devait sérieusement s'ennuyer avec les Foley à l'heure qu'il était. Il faut dire qu'ils avaient tout fait pour, introduisant juste assez d'aléatoire dans leur comportement pour avoir l'air d'Américains moyens. Mais dans une proportion raisonnée. Rien de trop. Ils avaient tout mis au point avec grand soin à Langley, avec l'aide et les conseils éclairés d'un transfuge de la Deuxième Direction principale du KGB.

---

1. Cet « *Oiseau matinal* » est une revue de presse réalisée par le service de presse de la Maison Blanche et distribuée, entre autres, aux principaux dirigeants de l'exécutif, aux diplomates et hauts fonctionnaires gouvernementaux.

Mary Pat avait disposé les habits de son mari sur le lit, y compris la cravate verte assortie à son complet marron. Elle trouvait que cette couleur lui allait bien, comme au Président. Ed mettrait encore une fois un imperméable, qu'il porterait lâche et déboutonné, au cas où un autre message serait transmis, et il garderait les sens en éveil toute la journée.

« C'est quoi, ton programme pour aujourd'hui ? demanda-t-il à Pat dans le séjour.

— Comme d'hab. Il se peut que je retrouve Penny après le déjeuner.

— Oh ? Eh bien, tu la salueras de ma part. Peut-être qu'on pourrait dîner ensemble d'ici la fin de la semaine ?

— Bonne idée, dit sa femme. Ils pourront en profiter pour m'expliquer les règles du rugby.

— C'est comme le football, chou, en un peu plus dingue, expliqua le chef d'antenne. Enfin, pourvu que ça amuse les journalistes.

— Tout à fait ! rit Mary Pat. Ce type du *Boston Globe* est un tel crétin. »

Dehors, la matinée n'était pas désagréable – juste un souffle d'air frais pour suggérer l'approche de l'automne. Foley se dirigea vers la station de métro et salua au passage le planton à la porte. Le gars de service le matin arrivait à sourire une fois de temps en temps. Il avait manifestement fréquenté un peu trop les étrangers, à moins qu'il ait été entraîné en ce sens par le KGB. Son uniforme était celui de la milice de Moscou, la police municipale, mais Foley jugeait qu'il avait l'air un peu trop intelligent pour ça. Les Moscovites considéraient leur police comme une forme de vie inférieure, de sorte que cet organisme n'attirait pas spécialement les lumières.

Les deux pâtés de maisons jusqu'à la station de métro furent vite dépassés. Il n'y avait pas grand risque à traverser les rues ici – bien moins qu'à New York, en tout cas –, car les voitures particulières étaient plutôt rares. Et c'était un bon point. Par comparaison, les chauffeurs russes feraient passer les Italiens pour des modèles de prudence et de discipline. Les gars qui conduisaient les omniprésents camions-bennes devaient être d'anciens tankistes, à en juger par leur comportement sur la voie publique.

Ed acheta au kiosque la *Pravda* et descendit par l'escalier mécanique jusqu'au quai. En homme d'une extrême ponctualité, il arrivait à la station toujours à la même heure chaque matin, puis consultait l'horloge pendue au plafond pour s'en assurer. Les rames se succédaient selon un horaire d'une précision surhumaine, et il monta à très exactement 7 h 43 du matin. Il n'avait pas regardé derrière lui. Il était désormais installé depuis trop longtemps à Moscou pour jouer les touristes curieux fraîchement débarqués, et il estimait qu'au contraire son attitude pousserait son ombre du KGB à juger ce sujet américain à peu près aussi passionnant que l'assiette de kasha[1] que les Russes appréciaient au petit déjeuner, accompagnée de l'infect café local. Le contrôle de qualité était une procédure que les Soviétiques semblaient réserver exclusivement à leurs armes nucléaires et leur programme spatial, même si Foley avait des doutes concernant ces derniers, compte tenu de ce qu'il avait pu constater en ville où seul le métro semblait fonctionner à peu près convenablement. Toujours cette si étrange combinaison de je-m'en-foutisme et de précision germanique... On pouvait déduire la qualité de fonctionnement des choses de leur usage et, selon ce schéma, les opérations de renseignement avaient la plus haute priorité, de peur que les ennemis de l'Union soviétique ne puissent découvrir non pas ce que les Soviétiques avaient, mais ce qu'ils n'avaient pas.

Foley avait l'agent CARDINAL pour lui dire, à lui et aussi à l'Amérique, ce que l'Union soviétique détenait dans le domaine militaire. Il s'agissait en général d'informations intéressantes, mais c'était surtout parce que plus on en apprenait,

---

1. Bouillie de sarrasin concassé.

moins on avait de soucis à se faire. C'était bien le renseignement politique qui comptait le plus ici, parce que, si arriéré que fût le pays, il restait assez vaste pour constituer une menace si l'on ne pouvait pas la contrer à temps. Langley se montrait fort préoccupé par l'affaire du pape. Le Saint-Père avait manifestement fait une chose susceptible de plonger les Russes dans l'embarras en matière politique. Et ces derniers n'aimaient pas plus être embarrassés en ce domaine que les politiciens américains – même s'ils n'allaient pas pour autant se plaindre au *Washington Post* pour se venger. Ritter et Moore se montraient très préoccupés par l'attitude que pourraient adapter les Russkofs, et plus encore par celle de Iouri Andropov. Ed Foley n'éprouvait pas une attirance particulière pour le bonhomme. Comme la plupart des gens à la CIA, il ne connaissait de lui que son visage, son nom et ses problèmes de foie manifestes – cette dernière information ayant filtré par un biais que le chef d'antenne ignorait. Peut-être via les Britanniques... *si toutefois on peut se fier aux Rosbifs...* Il devait leur faire confiance, mais il y avait toujours un truc chez eux qui le rendait nerveux. Enfin, eux aussi nourrissaient certainement des doutes sur la CIA. Quel jeu de dingues...

Il parcourut la une du quotidien. Pas de surprise, même si le papier sur le pacte de Varsovie était assez intéressant. L'OTAN les inquiétait toujours. Peut-être qu'ils redoutaient vraiment une nouvelle invasion de l'armée allemande par l'est. On pouvait dire qu'ils étaient paranoïaques... la paranoïa était sans doute une invention russe. *Peut-être que Freud l'a découverte lors d'un voyage ici*, observa-t-il, songeur, levant aussitôt les yeux pour voir s'il était observé... Non, personne. Était-il possible que le KGB ne le file pas ? Enfin, possible, oui, mais probable, sûrement pas. S'ils avaient placé sur lui un gars – ou plus probablement une équipe – en surveillance, la couverture devait être assurée par des experts... mais pourquoi mobiliser des experts pour un simple attaché de presse ?

Foley soupira. Serait-il trop inquiet ou au contraire pas assez parano ? Et comment discerner la différence ? Ou bien serait-il tombé dans le piège d'un coup monté en arborant cette cravate verte ? *Merde, comment savoir ?*

S'il était grillé, alors sa femme aussi, ce qui mettrait un terme définitif à deux carrières fort prometteuses à la CIA. Mary Pat et lui étaient le couple gagnant de Bob Ritter, l'équipe première de la jeune promo de pros de Langley, et c'était une réputation qui devait être à la fois protégée avec soin mais aussi savamment entretenue. Le président des États-Unis en personne lirait leurs « prises » et fonderait peut-être ses décisions sur les informations qu'ils rapporteraient. Des décisions importantes qui pouvaient affecter la politique de leur pays. La responsabilité n'était pas un vain mot. Elle pouvait vous faire péter les plombs, vous rendre par trop prudent – si prudent que vous n'arriviez plus à rien. Non, le plus gros problème dans le métier du renseignement était de savoir tracer la ligne entre circonspection et efficacité. Si vous versiez trop d'un côté, vous n'obteniez jamais le moindre résultat utile. Si, au contraire, vous basculiez trop de l'autre, alors vous vous grilliez, vous et vos agents, et par ici, cela signifiait virtuellement une mort certaine pour ceux dont vous étiez personnellement responsable de la vie. C'était là un dilemme qui en aurait poussé plus d'un à boire.

Le métro entra dans la station et il descendit du wagon, quitta le quai et prit l'escalator. Il était à peu près sûr que nul n'avait plongé la main dans sa poche. Une fois dans la rue, il vérifia. Rien. Donc, qui que fût le mystérieux opérateur, soit il ne prenait que le train du soir, soit le chef d'antenne de la CIA s'était fait avoir par l'opposition. Voilà qui allait lui donner du grain à moudre pour toute la journée.

« Celle-là est pour toi, dit Dobrik en tendant la dépêche. Ça vient de Sofia.

« — Oh ? fit Zaïtzev.

— C'est indiqué dans le manuel : confidentiel défense, Oleg Ivanovitch, annonça l'officier de garde de nuit. Enfin, au moins elle est brève.

— Ah. » Zaïtzev prit le message et reconnut l'en-tête : 15-8-82-666. Donc, ils avaient estimé qu'en utilisant un code chiffré au lieu d'un nom, l'en-tête n'avait pas besoin d'être crypté. Il s'abstint de réagir ou de dire quoi que ce soit. Ça ne se faisait pas. Kolya devait sans aucun doute s'interroger – c'était le sport officiel aux transmissions : s'interroger sur les messages qu'on ne pouvait lire. Celui-ci était parvenu quarante minutes après son départ. « Enfin, voilà de quoi m'occuper d'emblée. Autre chose, Nikolaï Konstantinovitch ?

— Non, en dehors de ça, je ne t'ai rien laissé. » Dobrik était un employé efficace, quels que puissent être ses défauts par ailleurs. « Bien, me voilà relevé de mes fonctions dans les formes. J'ai une bonne bouteille de vodka qui m'attend à la maison.

— Tu devrais manger un peu d'abord, Kolya.

— C'est ce que dit aussi ma mère. Peut-être que je me ferai un sandwich pour accompagner le petit déjeuner, blagua-t-il.

— Dors bien, camarade commandant, je te relève », conclut Zaïtzev en prenant son siège.

Dix minutes plus tard, il avait décrypté la brève dépêche. Le *rezident* de Sofia confirmait que le colonel Rojdestvenski était son point de contact pour l'opération 15-8-82-666. Donc, un point de réglé. Et la 15-8-82-666 était désormais une opération de plein droit. Il fourra le message décrypté dans une enveloppe kraft, la ferma, puis la scella à la cire chaude.

Ils vont vraiment le tuer, songea Oleg Ivanovitch en plissant le front. *Et moi, qu'est-ce que je fais, maintenant ?*

Accomplir sa journée de travail habituelle, puis chercher

une cravate verte dans le métro du retour. En priant pour la voir ? Ou bien l'inverse ?

Zaïtzev écarta cette pensée et appela un coursier pour qu'il livre la dépêche au dernier étage. Peu après, une pleine corbeille de dépêches atterrissait sur son bureau pour être traitées.

« Ouille ! » s'exclama tout haut Ed Foley. Il était à son bureau et le message – de bonne longueur – venait de Ritter et Moore, au nom du Président. Il allait devoir secouer pas mal de cocotiers.

L'antenne de Moscou n'avait pas de liste écrite des agents, même sous leurs noms de code, pas même dans le coffre du bureau de Foley, qui en plus d'une combinaison était doté d'une alarme à double détente avec un clavier numérique à l'extérieur et un second sur la paroi interne avec un autre code, que Foley avait choisi lui-même. Les marines de l'ambassade avaient ordre de réagir à l'une ou l'autre alarme en dégainant, car ce coffre contenait sans doute les documents les plus sensibles de tout le bâtiment.

Mais Foley avait les noms de tous les citoyens russes travaillant pour l'Agence littéralement gravés sous les paupières, en même temps que leur domaine de compétence. Il y en avait en ce moment douze en activité. Ils venaient d'en perdre un la semaine précédant son arrivée à Moscou – grillé. Nul n'avait su comment, même si Foley redoutait que les Russes aient placé une taupe à Langley même. C'était une hérésie de penser une chose pareille, mais, puisque la CIA essayait de doubler le KGB, le KGB ne pouvait que lui rendre la pareille, et il n'y avait aucun arbitre sur le terrain pour signaler aux joueurs la marque. L'agent perdu, dont le nom de code était Sousa, était un lieutenant-colonel au GRU, qui avait contribué à identifier un certain nombre de fuites graves au ministère allemand de la Défense et auprès d'autres sources de l'OTAN, grâce auxquelles le KGB avait obtenu des renseignements politico-militaires de la plus haute importance. Mais ce gars était mort : même s'il respirait peut-être encore, il était mort malgré tout pour eux. Foley espérait juste qu'ils ne le jetteraient pas vivant dans une chaudière, comme ils l'avaient fait avec une autre source du GRU dans les années 50. Un mode d'exécution pour le moins cruel, même pour des Russes du temps de Khrouchtchev, et qui avait sans doute donné pour longtemps des insomnies à son agent traitant, le chef d'antenne en était sûr.

Donc, il leur faudrait placer deux, voire trois agents sur cette affaire. Ils avaient un type de valeur au sein du KGB et un autre au Comité central du Parti. Peut-être que l'un ou l'autre aurait pu entendre parler d'une possible action contre le pape.

Bigre, se dit Foley, *seraient-ils vraiment cinglés à ce point ?*

Voilà qui exigeait un sérieux effort d'imagination. Irlandais par le sang et catholique par affinité et par l'éducation, Ed Foley dut faire un effort mental pour mettre de côté ses opinions personnelles. Un tel complot le dépassait, peut-être, mais il avait affaire à des gens qui ignoraient le concept de limites, en tout cas sûrement pas celles imposées par un service extérieur. Pour eux, Dieu était un concept politique et toute menace contre leur monde politique était assimilable à Lucifer défiant l'ordre divin. Hormis que la comparaison s'arrêtait là. C'était plutôt comme si l'archange saint Michel avait porté le défi au milieu des Enfers. Mary Pat pour sa part parlait du ventre de la bête et celle-ci était à coup sûr particulièrement vicieuse.

« Papa ! » s'écria Sally, s'éveillant avec son sourire habituel. Il l'accompagna aux toilettes, puis la fit descendre au rez-de-chaussée où l'attendaient ses flocons d'avoine. Sally avait encore son Babygro-lapin jaune. Il avait beau être de la taille la plus grande, ses pieds allaient au bout. Il ne faudrait pas tarder à renouveler sa garde-robe nocturne, mais ça, c'était le rayon de Cathy.

Le train-train était bien établi. Cathy faisait manger Petit Jack et, à mi-repas, son mari posait son journal et remontait se raser. Le temps qu'il soit habillé, elle avait fini le petit déjeuner et montait à son tour se doucher et s'habiller, tandis que Jack faisait faire son rot au petit bonhomme puis lui enfilait ses chaussettes pour qu'il ait les pieds au chaud, et aussi pour lui donner un truc à enlever afin qu'il puisse vérifier si ses petons avaient le même goût que la veille – c'était nouveau.

Bientôt, le carillon sonna à la porte : c'était Margaret van der Beek, talonnée par Ed Beaverton, ce qui permit aux deux parents de s'échapper pour aller au travail.

Arrivée à la gare Victoria, Cathy embrassa son mari et fila vers le métro pour se rendre à Moorefields, tandis que Jack prenait une autre rame, direction Century House, et commençait pour de bon sa journée.

« Bonjour, sir John.

— Hé, Bert ! » Jack marqua un temps. Bert Canderton avait le mot « armée » écrit sur toute sa personne et il était grand temps de lui demander : « De quel régiment êtes-vous ?

— J'étais adjudant-chef dans les Royal Green Jackets, sir.

— Infanterie ?

— Correct, sir.

— Je pensais que vous portiez des tuniques rouges, observa Jack.

— Ma foi, c'est de votre faute – enfin, à vous les Yankees. Durant les combats de votre révolution, mon régiment a subi tellement de pertes à cause de vos artilleurs que le colonel a décidé qu'une tunique verte serait plus sûre. On l'a gardée depuis.

— Comment vous êtes-vous retrouvé ici ?

— J'attends la libération d'un poste à la Tour pour y être

nommé garde, sir. Je devrais endosser une tunique rouge à nouveau d'ici un mois ou deux, enfin, c'est ce qu'on m'a promis. »

La vareuse de vigile de Canderton exhibait quelques rubans à la boutonnière, qui n'étaient pas là pour faire joli, et un adjudant-chef dans l'armée britannique, c'était quelqu'un, l'équivalent d'un sous-officier d'artillerie dans le corps des marines.

« J'y suis allé, confia Ryan. J'ai visité leur club. Une sacrée troupe.

— C'est bien vrai. J'ai un ami là-bas. Mike Truelove. Il était dans le régiment de la reine.

— Eh bien, adjudant, continuez de nous protéger comme vous le faites, dit Ryan en introduisant sa carte dans la fente du portique électronique d'entrée.

— J'y compte bien, sir », promit Canderton.

Harding était déjà installé à son bureau quand Ryan entra. Jack accrocha son veston au portemanteau.

« Tombé du lit, Simon ?

— Votre juge Moore a envoyé un fax à Bas hier soir – juste après minuit, à vrai dire. Tenez. »

Ryan le parcourut. « Le pape, hein ?

— Votre Président est intéressé, et notre Premier ministre aussi, à ce qu'il se trouve, expliqua Harding en rallumant sa pipe. Basil nous a appelés dès potron-minet pour éplucher tous les éléments à notre disposition.

— OK, et qu'est-ce que nous avons, au juste ?

— Pas grand-chose, admit Harding. Je ne peux pas vous parler de nos sources...

— Simon, je ne suis pas idiot. Vous avez quelqu'un de bien placé, soit un confident d'un membre du Politburo, soit quelqu'un au secrétariat du Parti. Et il ne vous raconte rien ? » Ryan avait déjà eu l'occasion de voir ici des « prises » très intéressantes, et elles ne pouvaient venir que de quelqu'un placé au sein du grand chapiteau rouge.

« Je ne peux confirmer vos soupçons, prévint Harding, mais non, aucune de nos sources ne nous a indiqué quoi que ce soit, pas même que la fameuse lettre de Varsovie était arrivée à Moscou bien que nous en ayons la certitude.

— Bref, on sait que dalle ? »

Simon acquiesça sobrement : « Correct.

— Incroyable le nombre de fois où ça arrive.

— Ce sont les aléas habituels du boulot, Jack.

— Et la Premier ministre a décidé de mouiller sa culotte ? »

L'expression fit quelque peu tiquer Harding. « C'est ce qu'il semblerait.

— Alors, qu'est-ce qu'on est censé lui raconter ? Sûr qu'elle n'a pas envie d'entendre qu'on ne sait rien.

— Non, nos dirigeants n'aiment pas trop entendre ce genre de chose. »

Les nôtres non plus, admit Ryan. « Et comment est Basil dans ce genre de numéro d'équilibriste ?

— Excellent, à vrai dire. En l'occurrence, il peut toujours dire que vous n'avez pas grand-chose vous non plus.

— Et demander aux autres services de l'OTAN ? »

Harding hocha la tête. « Non. Cela risquerait de se savoir dans l'opposition – et de révéler primo que nous sommes intéressés, et secundo, que nous n'en savons pas suffisamment.

— Quel est le niveau de nos alliés ?

— Ça dépend. Les Français du SDECE déterrent à l'occasion de bons tuyaux, mais ils n'aiment pas partager. Pas plus que nos amis israéliens. Les Allemands sont infiltrés jusqu'au cou. Ce Markus Wolf, en Allemagne de l'Est, est un vrai génie en la matière – peut-être bien le meilleur du monde, et il est sous contrôle soviétique. Les Italiens ont quelques bons éléments, mais eux aussi ont des problèmes de pénétration. Vous savez, le meilleur service sur le continent pourrait bien être celui du Saint-Siège. Mais si les Russkofs sont en train de préparer un coup, ils le cachent bien. Ils savent y faire, vous savez...

— C'est ce que j'ai cru comprendre, admit Ryan. Quand Basil doit-il se rendre à Downing Street ?

— Après le déjeuner... à quinze heures, m'a-t-on dit.

— Et que serons-nous en mesure de lui fournir ?

— Pas grand-chose, j'en ai peur... et le pire, c'est que Basil pourrait bien vouloir que je l'accompagne. »

Ryan grogna. « Ça serait marrant, tiens. Vous l'avez déjà rencontrée ?

— Non, mais elle a lu mes analyses. Bas dit qu'elle veut faire ma connaissance. » Il haussa les épaules. « Ce serait nettement mieux si j'avais quelque chose de concret à lui présenter.

— Ma foi, voyons déjà si on peut concocter une évaluation de la menace, OK ? » Jack s'assit au bureau. « Que savons-nous au juste ? »

Harding lui tendit une liasse de documents. Ryan se carra dans son siège pour les parcourir.

« Vous avez eu la lettre de Varsovie d'une source polonaise, n'est-ce pas ? »

Harding hésita, mais il était clair qu'il devait fournir une réponse : « C'est exact.

— Donc, rien de Moscou même ? »

Signe de dénégation. « Non. Nous savons qu'on l'a fait suivre à Moscou, mais c'est tout.

— Bien, donc, nous voilà déjà dans le noir. On a peut-être quand même intérêt à se munir de biscuits avant d'entamer la traversée, non ? »

Harding leva les yeux de ses notes. « Eh bien, merci beaucoup, Jack. J'avais vraiment besoin de ce genre d'encouragement. »

Tous deux gardèrent un moment le silence.

« Je bosse mieux sur un ordinateur, dit Ryan. C'est difficile d'en obtenir un, ici ?

— Pas évident. Ils doivent passer des tests pour s'assurer que personne à l'extérieur du bâtiment ne risque de détecter les frappes sur les touches par des moyens électroniques. Vous pouvez toujours demander au service administratif. »

Mais pas aujourd'hui, s'abstint de répondre Ryan. Il avait appris que les rouages bureaucratiques étaient au moins aussi grippés ici qu'à Langley et, après quelques années de travail dans le secteur privé, il y avait de quoi vous rendre marteau. Bon, d'accord, il essaierait de dégoter tout seul quelques idées pour éviter à Simon de passer à la casserole. Le Premier ministre était une dame, mais, question exigences, le père Tim du pensionnat de Georgetown n'avait rien à lui envier.

Oleg Ivanovitch revint du déjeuner à la cafétéria du KGB et se retrouva face aux faits. Très bientôt, il lui faudrait décider quoi dire à l'Américain et comment le lui dire.

S'il s'agissait bien d'un fonctionnaire de l'ambassade, il devait avoir transmis le premier message au chef de la CIA – il devait forcément y en avoir un, un *rezident* américain dont la tâche était d'espionner l'Union soviétique, tout comme les Russes espionnaient tout le monde partout ailleurs. La grande question était de savoir s'ils l'espionnaient, lui. Avait-il pu se faire « doubler » par la Deuxième Direction principale, dont la réputation avait de quoi terrifier le diable en personne ? Ou cet Américain bon teint pouvait-il être un Russe jouant les appâts ?

Donc, avant toute chose, Oleg devait s'assurer de la réelle identité de son interlocuteur. Mais comment faire... ?

Et puis soudain, ça lui vint. Mais oui, bien sûr. C'était un truc que le KGB ne pourrait jamais réussir. Cela lui garantirait de traiter avec une personne capable de faire ce qu'il désirait. Personne ne pourrait simuler une chose pareille. Pour fêter ça, Zaïtzev alluma une autre cigarette avant de revenir à l'examen des dépêches de la *rezidentura* de Washington.

Il était difficile d'aimer Tony Prince. Le correspondant du *New York Times* à Moscou était fort apprécié des Russes et, aux yeux d'Ed Foley, cela trahissait une faiblesse de caractère.

« Alors, qu'est-ce que vous dites de ce nouveau boulot, Ed ? demanda Prince.

— Je prends encore mes repères. Se confronter à la presse soviétique est assez intéressant. Ils sont prévisibles, mais d'une manière imprévisible.

— Comment des gens peuvent-ils être prévisibles de manière imprévisible ? s'enquit le correspondant du *Times* avec un sourire en coin.

— Eh bien, Tony, vous savez toujours ce qu'ils vont dire, mais jamais comment ils vont le formuler. » *Et la moitié d'entre eux sont des espions ou au moins des informateurs, de toute manière, au cas où t'aurais pas remarqué.*

Prince eut un rire affecté. Dans ce débat, il se sentait intellectuellement supérieur. Foley avait raté sa vocation de reporter à New York, tandis que Prince avait mobilisé tout son savoir-faire politique pour décrocher l'un des postes les plus en vue du journalisme américain. Il avait lié un certain nombre d'excellents contacts au sein du gouvernement soviétique qu'il cultivait avec assiduité, sympathisant souvent avec eux autour du comportement grossier et *niekulturniy* du régime en place à Washington, qu'il essayait à l'occasion d'expliquer à ses amis soviétiques, sans se priver de souligner à l'envi qu'il n'avait pas voté, lui, pour ce fichu acteur, pas plus du reste qu'aucun de ses collègues au bureau de Washington.

« Avez-vous déjà rencontré le nouveau, Alexandrov ?

— Non, mais un de mes contacts qui le connaît dit que c'est un homme raisonnable, qui semble, à l'entendre, favorable à la coexistence pacifique. Plus libéral que Souslov... J'ai entendu dire qu'il était gravement malade...

— Je l'ai entendu, moi aussi, mais je ne sais pas trop ce dont il souffre.

— Il est diabétique, vous n'étiez pas au courant ? C'est pour ça que les toubibs de Baltimore sont venus ici s'occuper de ses yeux. Rétinopathie diabétique, expliqua Prince en articulant lentement, pour que Foley puisse saisir.

— Il faudra que je demande au toubib de l'ambassade ce que ça signifie, observa Foley en l'inscrivant délibérément sur son calepin. Donc, cet Alexandrov serait plus libéral, pensez-vous ? » « Libéral » était synonyme de « type bien » pour Prince.

« Ma foi, je ne l'ai pas personnellement rencontré, mais c'est ce que pensent mes sources. Elles pensent également que le jour où Souslov ne sera plus de ce monde, c'est Mikhaïl Evguenievitch qui prendra sa place.

— Vraiment ? Il faudra que je dise ça à l'ambassadeur.

— Et au chef d'antenne ?

— Vous savez qui c'est ? Pas moi », dit Foley.

L'autre roula des yeux. « Ron Fielding. Enfin, merde, tout le monde sait ça.

— Non, sûrement pas, protesta Ed avec toute la véhémence qu'autorisaient ses talents de comédien. C'est le premier secrétaire d'ambassade, pas un espion. »

Sourire de Prince qui pensa : *Toi, t'aurais jamais été fichu de trouver ça tout seul, pas vrai ?* Ses contacts russes lui avaient désigné Fielding et il savait que jamais ils ne lui mentiraient. « Enfin, c'est juste une supposition, bien sûr », poursuivit le journaliste.

Et si tu pensais que c'est moi, tu ne le lâcherais pas comme ça, tout de go, pas vrai ? songea Foley, du tac au tac. *Monsieur Je-sais-tout.* « Eh bien, j'ai connaissance de certaines choses, comme vous le savez, mais pas de celle-ci.

— Moi, je sais qui sait, suggéra Prince.

— Ouais, mais je ne vais pas aller poser la question à l'ambassadeur, Tony. Il m'arracherait les yeux.

— Il n'est là que par magouille politique, Ed – rien de

spécial. Ce devrait être un poste réservé à un vrai diplomate, mais le Président ne m'a pas demandé mon avis. »

Dieu merci, commenta le chef d'antenne, *in petto*.

« Fielding le voit beaucoup, n'est-ce pas ? poursuivit Prince.

— Un premier secrétaire collabore directement avec l'ambassadeur, Tony. Vous le savez aussi bien que moi.

— Ouais. Bien pratique, non ? Combien de fois vous le voyez ?

— Le patron, vous voulez dire ? Une fois par jour, en général, répondit Foley.

— Et Fielding ?

— Plus. Peut-être deux ou trois fois.

— Eh bien voilà, vous l'avez, votre preuve, conclut Prince, grand seigneur. Ça se vérifie à chaque coup.

— Vous lisez trop de James Bond, lâcha Foley, dédaigneux. À moins que ce ne soit des Matt Helm.

— Revenez sur terre, Ed, contra Prince avec une fausse désinvolture.

— Si Fielding est le chef de l'espionnage, qui sont ses sous-fifres ? Du diable si je le sais.

— Ma foi, ceux-là ont toujours une bonne couverture, admit Prince. Non, de ce côté, je n'ai aucun indice.

— Dommage. C'est encore un de ces jeux qu'on affectionne dans les ambassades... de savoir qui sont les espions.

— Eh bien, je ne peux pas vous aider.

— Ce n'est pas une chose que j'ai besoin de savoir, j'imagine », admit Foley.

Toi, tu n'as jamais été assez curieux pour faire un bon reporter, se dit Prince avec un sourire agréable, dégagé. « Eh bien, tout cela vous donne du pain sur la planche, n'est-ce pas ?

— Ce n'est pas trop foulant. Quoi qu'il en soit, est-ce qu'on pourrait passer un marché ?

— Volontiers, répondit Prince. Lequel ?

— Si vous entendez quelque chose d'intéressant, vous nous faites signe ?

— Vous pourrez le lire dans le *Times*, en général en manchette à la une, ajouta-t-il, pour être bien sûr que Foley mesure son importance et la pertinence de ses analyses.

— C'est que, pour certains trucs, voyez-vous, l'ambassadeur aime bien avoir une avant-première. Il m'a dit de m'informer, tout cela à titre officieux, bien entendu.

— C'est là une question d'éthique, Ed.

— Si je raconte ça à Ernie, il ne sera pas vraiment content.

— Eh bien, vous bossez pour lui. Pas moi.

— Vous êtes citoyen américain, n'est-ce pas ?

— Ne me faites pas le coup du drapeau, voulez-vous ? rétorqua Prince d'une voix lasse. OK, si je découvre qu'ils s'apprêtent à balancer des missiles nucléaires, je vous le ferai savoir. Mais il me semble qu'on a plus de risques qu'eux de faire une chose aussi stupide.

— Tony, lâchez-moi un peu, voulez-vous ?

— Ce couplet sur "l'empire du Mal" n'était pas exactement du niveau d'Abraham Lincoln, non ?

— Vous êtes en train de dire que le Président a eu tort ? demanda le chef d'antenne, désireux de savoir jusqu'à quel tréfonds pouvait sombrer son opinion sur ce crétin.

— Je connais l'histoire du Goulag, OK ? Mais tout ça, c'est du passé. Les Russes se sont radoucis depuis l'époque de Staline, mais notre nouveau gouvernement ne semble pas encore s'en être rendu compte, pas vrai ?

— Écoutez, Tony, moi, je ne suis qu'une ouvrière dans cette ruche. L'ambassadeur m'a demandé de transmettre une requête toute simple. J'en déduis que votre réponse est non ?

— Votre déduction est correcte.

— Dans ce cas, n'espérez pas de carte de vœux d'Ernie Fuller.

— Ed, mon devoir est envers le *New York Times* et envers mes lecteurs, point final.

— OK, d'accord. Il fallait que je pose la question », répondit Ed, sur la défensive. Il n'avait pas espéré mieux du bonhomme, mais c'était de sa propre initiative qu'il avait suggéré à l'ambassadeur de sonder Prince, et le diplomate lui avait donné son accord.

« Je comprends. » Prince regarda sa montre. « Hé... j'ai un rendez-vous prévu au siège du Comité central du Parti communiste d'Union soviétique.

— Quelque chose d'intéressant pour moi ?

— Je vous l'ai dit, vous pourrez le lire dans le *Times*. Ils vous faxent bien l'*Early Bird* de Washington, non ?

— Ouais, ça finit par filtrer jusqu'ici.

— Eh bien, d'ici après-demain, vous pourrez le lire, suggéra Prince en se levant pour prendre congé. Dites-le à Ernie.

— Je n'y manquerai pas. » Foley tendit la main. Puis il décida de raccompagner Prince jusqu'à l'ascenseur. Au retour, il fit un crochet par les toilettes pour se laver les mains. Son étape suivante était le bureau de l'ambassadeur.

« Salut, Ed. Alors, vous avez vu ce Prince ? »

Foley acquiesça. « Je le quitte à l'instant.

— Est-ce qu'il a mordu à l'hameçon ?

— Négatif. Il me l'a recraché à la gueule. »

Sourire torve de Fuller. « Qu'est-ce que je vous avais dit ? On a encore connu quelques journalistes patriotes quand j'avais votre âge, mais ça leur est largement passé ces dernières années.

— Ça ne me surprend pas. Quand Tony débutait à New York, il n'aimait déjà pas beaucoup les flics, mais il s'y entendait pour les amener à se confier à lui. C'est qu'il est persuasif, ce salaud, quand il le veut.

— Vous a-t-il travaillé au corps ?

— Non, monsieur. Je ne suis pas assez important à ses yeux.

— Qu'est-ce que vous avez pensé de cette requête de

Washington au sujet du pape ? demanda Fuller, changeant de sujet.

— Je vais mettre du personnel dessus, mais...

— Je sais, Ed. Je ne veux surtout pas savoir dans le détail comment vous allez procéder. Si vous trouvez quelque chose, serez-vous à même de m'en parler ?

— Ça dépendra, monsieur », répondit Foley, sous-entendant *sans doute pas.*

Fuller en prit son parti. « OK. Autre chose sur le gaz ?

— Prince est sur un truc... ça devrait sortir dans la presse après-demain. Il partait pour le Comité central, enfin, c'est ce qu'il m'a dit. Il a confirmé qu'Alexandrov remplacera Mikhaïl Souslov quand Mike le Rouge aura avalé son bulletin de naissance. S'ils lui ont dit, c'est que ça doit être officiel. Je pense que ça au moins, on peut le croire. Tony a de bons contacts dans leurs milieux politiques, et ça corrobore ce que nos autres amis nous ont dit sur Souslov.

— Je ne l'ai jamais rencontré. Il est comment ?

— C'est un des derniers vrais croyants. Alexandrov en est un autre. Il pense que Marx est le seul vrai Dieu, que Lénine est son prophète, et que leur système économique et politique fonctionne à merveille.

— Vraiment ? Il y en a qui n'apprennent jamais rien.

— Ouais. Vous pouvez prendre ça pour argent comptant, monsieur. Il n'en reste plus beaucoup, mais Leonid Illitch n'est pas du nombre, pas plus que son héritier, Iouri Vladimirovitch. Mais Alexandrov est l'allié d'Andropov. Une réunion du Politburo doit avoir lieu dans la journée.

— Quand connaîtrons-nous la teneur de leur discussion ?

— D'ici quarante-huit heures, sans doute. » *Mais comment nous avons fait pour l'apprendre, vous n'avez pas besoin de le savoir, monsieur*, s'abstint d'ajouter Foley.

C'était d'ailleurs inutile : Ernie Fuller connaissait la règle du jeu. Quel que soit le pays, l'ambassadeur des États-Unis recevait un topo détaillé sur le poste dont il était chargé. Se rendre à Moscou signifiait accepter un lavage de cerveau en règle aux Affaires étrangères et à Langley. En réalité, l'ambassadeur des États-Unis à Moscou était le chef des espions américains en Union soviétique, et l'oncle Ernie était un excellent élément, estimait Foley.

« OK, tenez-moi au courant dans la mesure du possible.

— Sans problème, monsieur », promit le chef d'antenne.

13

Une décision collégiale

ANDROPOV arriva au Kremlin à midi quarante-cinq pour la réunion de treize heures. Son chauffeur fit passer la limousine ZIL construite à la main sous l'imposant porche en brique de la porte Spassky, devant les postes de contrôle de la sécurité, puis les soldats au garde-à-vous de la division des gardes Tamansky normalement stationnés en dehors de la ville et utilisés essentiellement pour les défilés et les missions de faction. Le soldat fit un salut impeccable, mais les occupants de la limousine ne le remarquèrent même pas. La voiture avait encore cent cinquante mètres à faire pour parvenir à destination, où un autre soldat s'empressa d'ouvrir la portière. Andropov nota cette fois le salut et répondit d'un vague signe de tête machinal, histoire de faire savoir au sergent-chef qu'on avait noté sa présence, puis il s'engouffra dans le bâtiment jaune et crème. Au lieu d'emprunter l'escalier de pierre, Andropov prit tout de suite à droite pour entrer dans l'ascenseur et se rendre au premier, suivi de son assistant, le colonel Rojdestvenski, pour qui cette entrevue était certainement l'expérience la plus intéressante et sans doute la plus intimidante depuis son entrée au KGB.

Il y avait d'autres mesures de sécurité à l'étage : des officiers de l'armée Rouge en uniforme, munis d'armes de poing dans leur étui, en cas de problème. Mais il n'y aurait pas de problème à son accession au poste de secrétaire général, se dit Andropov. Il n'y aurait aucune révolution de palais. Il serait élu par ses pairs, à la manière habituelle en Union soviétique lors de toutes les transitions de pouvoir : une élection bancale, difficile, mais somme toute prévisible. C'était celui qui détenait le plus grand capital politique qui siégeait à la tête de ce conseil des pairs, parce qu'ils comptaient sur lui pour diriger non par la force de sa volonté mais par un consensus collégial. Aucun d'eux ne voulait d'un nouveau Staline ou même d'un nouveau Khrouchtchev, qui pourrait les lancer dans des politiques aventureuses. Ces hommes n'aimaient pas l'aventure. L'histoire leur avait appris à tous que le jeu portait en soi le risque de la perte et aucun n'était allé aussi loin pour risquer de perdre quoi que ce soit. Ils étaient les petits chefs d'une nation de joueurs d'échecs, pour qui la victoire était déterminée par d'habiles manœuvres décidées patiemment et progressivement au fil des heures, et dont l'issue semblait aussi prévisible que le coucher du soleil.

C'était un des problèmes à présent, songea Andropov en prenant place à côté du ministre de la Défense Ustinov. Tous deux étaient assis près du bout de la table, aux places réservées aux membres du conseil de Défense – le *Soviet Orborony* – composé des cinq membres les plus éminents du gouvernement soviétique, au nombre desquels le secrétaire à l'Idéologie, Mikhaïl Souslov. Ustinov leva les yeux de ses documents de séance.

« Iouri, dit le ministre pour saluer son collègue.

— Bonjour, Dmitri. » Andropov était déjà parvenu à un accord avec le maréchal de l'Union soviétique. Il n'avait jamais fait obstruction à ses demandes de financement pour cette armée boursouflée et mal dirigée, qui était en train de patauger en Afghanistan comme une baleine échouée. Elle finirait bien par gagner, à la longue, pensait-on généralement. Après tout, l'armée Rouge n'avait jamais échoué... si l'on oubliait la première attaque de Lénine contre la Pologne en

1919, qui s'était conclue par une ignominieuse déroute. Non, ils préféraient se remémorer leur victoire contre Hitler après que les Allemands étaient arrivés en vue du Kremlin, pour ne se laisser arrêter que sous l'atttaque du plus fidèle allié des Russes tout au long de l'histoire : le général Hiver. Andropov n'était pas un partisan acharné de l'armée soviétique, mais celle-ci demeurait la couverture de survie pour le reste du Politburo, parce que c'était l'armée qui garantissait que le pays faisait ce qu'on lui disait de faire. Ce n'était pas par amour, mais parce que l'armée Rouge avait des canons en grand nombre. Le KGB aussi, et le ministère de l'Intérieur, afin de jouer les forces de contrôle sur cette dernière – inutile de lui donner des idées. Précaution supplémentaire, le KGB avait en outre la Troisième Direction principale, dont la tâche était de tenir à l'œil jusqu'à la dernière compagnie d'infanterie de l'armée soviétique. Dans d'autres pays, on appelait cela l'équilibre des pouvoirs. Ici, c'était l'équilibre de la terreur.

Leonid Illitch Brejnev entra le dernier, marchant comme le vieux paysan qu'il était, la peau flasque sur ses traits jadis virils. Il approchait des quatre-vingts ans, un âge qu'il atteindrait peut-être mais ne dépasserait guère, vu son état. C'était à la fois une bonne et une mauvaise nouvelle. Nul ne pouvait dire quelles pensées clapotaient dans son cerveau ramolli. Il avait été autrefois un homme de grand pouvoir personnel – Andropov s'en souvenait fort bien. Un homme vigoureux qui aimait sillonner à pied la forêt pour tuer les élans et même les ours – un formidable chasseur de bêtes fauves. Mais plus maintenant. Il n'avait plus tiré sur quoi que ce soit depuis des années – sinon peut-être sur des hommes, et par exécuteurs interposés. Mais cela ne l'avait pas pour autant ramolli avec l'âge. Bien loin de là. Le regard des yeux bruns restait rusé, toujours en quête de traîtrise, et en découvrant parfois là où il n'y en avait pas. Du temps de Staline, c'était souvent synonyme de sentence de mort. Mais plus maintenant. Maintenant, vous étiez simplement cassé, privé de pouvoir et relégué dans quelque lointain poste provincial, où vous étiez assuré de mourir d'ennui.

« Bon après-midi, camarades », dit le secrétaire général, aussi plaisamment que l'autorisait sa voix rocailleuse.

Au moins n'assistait-on plus aux léchages de bottes habituels, chaque courtisan communiste rivalisant avec les autres pour quémander les faveurs de l'empereur marxiste. On pouvait gâcher la moitié des réunions à ces fadaises, or Andropov avait à discuter de choses importantes.

Leonid Illitch avait déjà reçu un topo préliminaire et, après avoir bu une gorgée de son thé d'après déjeuner, le secrétaire général se tourna vers le président du KGB. « Iouri Vladimirovitch, vous avez à discuter de quelque chose avec nous ?

— Merci, camarade secrétaire général. Camarades, commença-t-il, un élément est survenu qui requiert notre attention. » Et il fit un signe au colonel Rojdestvenski, qui s'empressa illico de faire le tour de la table pour distribuer des copies de la lettre de Varsovie.

« Ce que vous voyez là est une missive envoyée la semaine dernière à Varsovie par le pape. » Chaque homme avait une photocopie de l'original – plusieurs parmi eux parlaient polonais – accompagnée de sa traduction exacte en russe, accompagnée de notes. « J'estime que cela constitue pour nous une menace potentielle.

— J'ai déjà vu cette lettre », observa Alexandrov depuis son lointain siège de « candidat ». Par respect en effet pour la position éminente d'un Mikhaïl Souslov en phase terminale, le fauteuil de ce dernier à la gauche de Brejnev (et à la droite d'Andropov) était demeuré vide, même si l'on avait posé devant, sur la table, la même pile de documents que pour le reste de l'assistance – peut-être Souslov les avait-il lus sur son lit de mort pour émettre un ultime commentaire avant d'intégrer bientôt la niche qui l'attendait déjà dans le mur du Kremlin.

314

« C'est un scandale ! » s'écria aussitôt le maréchal Ustinov. Lui aussi était largement septuagénaire. « Pour qui se prend-il, ce prêtre ?

— Eh bien, il est polonais, crut bon de rappeler Andropov à ses collègues, et il estime en quelque sorte devoir fournir à ses anciens compatriotes une protection politique.

— Une protection contre quoi ? demanda aussitôt le ministre de l'Intérieur. S'il y a une menace contre la Pologne, elle vient de ses propres forces contre-révolutionnaires.

— Et leur gouvernement n'a pas les couilles de les affronter. Je vous l'avais déjà dit l'an dernier, qu'il faudrait qu'on intervienne, rappela à ses collègues le premier secrétaire du parti de Moscou.

— Et s'ils résistent à notre intervention ? demanda le ministre de l'Agriculture, depuis son siège tout au bout de la table.

— Ça, vous pouvez en être certains, songea tout haut le ministre des Affaires étrangères. Politiquement du moins, ils résisteront.

— Dmitri Fedorovitch ? » Alexandrov s'adressait au maréchal Ustinov, assis en grand uniforme, avec son demi-mètre carré de brochettes de médailles et ses deux étoiles d'or de Héros de l'Union soviétique, gagnées l'une et l'autre pour courage politique et non au combat. Il restait néanmoins l'un des membres les plus intelligents de l'assemblée, après avoir fait ses preuves comme commissaire du peuple aux armements lors de la Grande Guerre patriotique, et pour avoir contribué à faire entrer l'URSS dans l'ère spatiale. Son opinion était prévisible, mais toujours respectée pour sa sagacité.

« La question, camarades, est de savoir si les Polonais résisteraient par les armes. Militairement, ce ne serait pas une menace, mais ce serait politiquement embarrassant, ici comme à l'étranger. Je veux dire qu'ils ne pourraient pas arrêter l'armée Rouge sur le terrain, mais que, si jamais ils s'y risquaient, les répercussions politiques seraient sérieuses.

315

C'est pourquoi l'an dernier j'ai soutenu notre choix d'exercer une pression politique sur Varsovie, décision qui fut couronnée de succès, dois-je vous le rappeler. » À soixante-quatorze ans, Dmitri Fedorovitch avait appris la prudence, du moins au niveau de la politique internationale. L'inquiétude non formulée était l'effet qu'aurait une telle résistance sur les États-Unis d'Amérique, qui se plaisaient à toujours fourrer leur nez partout.

« Eh bien, cela pourrait bien en effet inciter à l'agitation politique en Pologne, c'est en tout cas ce que m'indiquent mes analystes, déclara Andropov, ce qui jeta un léger froid.

— Quel est le niveau de gravité de la menace, Iouri Vladimirovitch ? Jusqu'où pourrait-elle aller ? » C'était Brejnev qui se manifestait pour la première fois, s'exprimant sous ses gros sourcils broussailleux.

« La Pologne reste instable, à cause de la présence d'éléments contre-révolutionnaires au sein de la société. Le milieu ouvrier en particulier s'agite. Nous avons des sources infiltrées dans cette cabale baptisée "Solidarité" qui nous confirment que l'ébullition continue. Le problème avec le pape est que, s'il met à exécution sa menace et se rend en Pologne, le peuple polonais aura un point de ralliement, or s'ils sont suffisamment nombreux à réagir ainsi, le pays pourrait bien vouloir changer de forme de gouvernement, crut bon de préciser avec précaution le chef du KGB.

— C'est inacceptable », observa Leonid Illitch d'une voix paisible. À cette table, un éclat de voix n'était qu'une façon d'évacuer son stress. Une voix tranquille était bien plus dangereuse. « Si la Pologne tombe, l'Allemagne aussi... », puis ce serait tous les pays du pacte de Varsovie, ce qui laisserait l'Union soviétique privée de zone tampon sur son flanc ouest. L'OTAN était forte et se renforcerait encore, à mesure que le nouveau dispositif américain de défense commencerait à faire effet. Ils avaient été informés de ce sujet préoccupant. Déjà, les premiers nouveaux modèles de chars étaient sortis des lignes de fabrication, en vue de leur expédition en Allemagne fédérale. Idem pour les nouveaux avions. Mais le plus terrifiant restait le régime accru d'entraînement des soldats américains. Comme s'ils se préparaient pour de bon à frapper à l'est.

La chute de la Pologne et de l'Allemagne signifierait que le trajet jusqu'en territoire soviétique serait réduit de plus de mille kilomètres, or aucun des hommes présents autour de cette table n'avait oublié la dernière fois que l'Allemagne avait pénétré en Union soviétique. Malgré les protestations que l'OTAN était une alliance défensive dont le seul but était d'empêcher que l'armée Rouge ne descende les Champs-Élysées, aux yeux de Moscou, cette organisation, comme toutes les autres alliances américaines, ressemblait à un énorme nœud coulant destiné à leur serrer le cou. Tous avaient déjà longuement étudié cette hypothèse. Et ils n'avaient vraiment pas besoin d'instabilité politique pour leur compliquer encore la tâche. Les communistes – même s'ils n'étaient plus aussi fervents que Souslov et son héritier idéologique Alexandrov – redoutaient par-dessus tout de voir le peuple se détourner de la Vraie Foi, qui était la source de leur pouvoir personnel fort confortable. Tous étaient venus au pouvoir à la suite d'une révolte populaire paysanne qui avait renversé la dynastie des Romanov, c'est du moins ce qu'ils se disaient tous, malgré ce qu'affirmait réellement l'histoire – et ils ne se faisaient aucune illusion sur les conséquences d'une révolte tournée contre eux.

Brejnev se trémoussa sur son siège. « Donc, ce prêtre polonais est un traître.

— Oui, camarade, en effet, dit Andropov. Sa lettre est une véritable pique qui vise délibérément à déstabiliser la Pologne et par conséquent l'ensemble du pacte de Varsovie. L'Église catholique demeure une force politique puissante dans toute l'Europe, y compris chez nos fraternels alliés socialistes. Si le pape devait se démettre de sa charge pour retourner dans son pays natal, ce serait déjà en soi un geste politique extrêmement fort.

— Josef Vissarionovitch Staline a demandé un jour de combien de divisions disposait le pape. La réponse était aucune, bien sûr, mais on ne peut pas fermer les yeux sur son pouvoir. Je suppose que nous pourrions tenter des contacts diplomatiques pour le dissuader de prendre une telle initiative...

— Une totale perte de temps, observa aussitôt le ministre des Affaires étrangères. Nous avons déjà eu des contacts diplomatiques occasionnels avec le Saint-Siège : ils nous écoutent poliment, répondent sur un ton raisonnable, et n'en font ensuite qu'à leur tête. Non, nous ne pouvons pas les influencer, même par des menaces directes contre l'Église. Ils ne voient dans les menaces que de nouveaux défis. »

Et c'était bien là le nœud du problème. Andropov en sut gré au ministre des Affaires étrangères – qui était par ailleurs dans son camp dans l'affaire de la succession. Il se demanda vaguement si Brejnev était au courant, ou si même il se souciait de ce qu'il adviendrait après sa mort... Enfin, il s'occupait en tout cas du sort de ses enfants et de leur protection, mais cela restait un problème facile à régler : on pourrait leur trouver à tous des sinécures dans le Parti, et il n'y aurait plus de nouveaux mariages en perspective pour mobiliser la vaisselle et la porcelaine de l'Ermitage.

« Iouri Vladimirovitch, que peut faire le KGB devant cette menace ? » s'enquit alors Brejnev. *Il est tellement prévisible*, nota fugitivement Andropov avec reconnaissance.

« Il peut être possible d'éliminer la menace en éliminant celui qui l'a émise, répondit le patron du KGB d'un ton dénué d'émotion.

— Le tuer ? demanda Ustinov.

— Oui, Dmitri.

— Quels sont les risques d'une telle mesure ? » demanda

aussitôt le ministre des Affaires étrangères. Les diplomates s'inquiètent toujours de ce genre de choses.

« On ne peut pas les éliminer entièrement, mais on peut les contrôler. Mes hommes ont mis au point un concept opérationnel qui envisagerait d'abattre le pape lors d'une de ses apparitions publiques. J'ai fait venir mon assistant, le colonel Rojdestvenski, pour nous faire un topo là-dessus. Avec votre permission, camarades... ? » Il reçut en réponse une kyrielle de signes d'assentiment. Et tourna alors la tête. « Alexis Nikolaïevitch... ?

— Camarades. » Le colonel se leva pour se diriger vers le pupitre, en essayant d'empêcher ses genoux de trembler. « L'opération n'a pas reçu de nom et n'en recevra pas pour des raisons de sécurité. Le pape fait une apparition publique tous les mercredis après-midi. Il fait en général le tour de la place Saint-Pierre à bord d'un véhicule qui n'offre aucune protection contre une attaque et passe à moins de trois ou quatre mètres de la multitude des fidèles. » Rojdestvenski avait choisi ses mots avec soin. Chaque homme autour de cette table connaissait la terminologie religieuse. On ne pouvait pas être éduqué, même ici, sans acquérir un minimum de connaissances sur le christianisme – même si ce n'était que pour mieux dénigrer tout ce qui avait trait à la religion.

« La question est donc de savoir comment amener un homme armé d'un pistolet au premier rang de la foule pour lui permettre de tirer en ayant de bonnes chances d'atteindre son objectif.

— Pas avec une absolue certitude ? » demanda sèchement le ministre de l'Intérieur.

Rojdestvenski fit de son mieux pour ne pas flancher. « Camarade ministre, nous manions rarement de telles certitudes. Même un tireur expérimenté ne peut garantir une réussite absolue contre une cible en mouvement et les réalités tactiques en présence ne permettent pas de viser en toute quiétude. L'assassin devra dégainer son arme rapidement depuis l'endroit où elle sera dissimulée, puis faire feu. Il pourra sans doute tirer à deux, peut-être trois reprises avant que la foule ne lui tombe dessus. À cet instant, un second agent abattra l'assassin par-derrière à l'aide d'un pistolet muni d'un silencieux – avant de prendre la fuite. Ce qui ne laissera personne derrière pour parler à la police italienne. Dans ce but, nous recourrons à nos alliés socialistes bulgares pour sélectionner l'assassin, l'amener sur les lieux de l'action, puis l'éliminer.

— Comment notre ami bulgare pourra quant à lui s'échapper dans de telles circonstances ? » s'enquit Brejnev. Sa connaissance personnelle des armes à feu lui permettait de s'affranchir des contingences techniques, nota Andropov.

« Il est probable que la foule se polarisera sur l'assassin et donc ne remarquera pas le coup de feu ultérieur de l'agent. Par ailleurs, la détonation sera quasiment silencieuse et noyée dans le bruit de la foule, certainement intense. L'homme n'aura qu'à reculer tranquillement pour s'échapper, expliqua le colonel. L'agent que nous désirons utiliser possède une grande expérience de ce type d'opération.

— A-t-il un nom ? s'enquit Alexandrov.

— Oui, camarade, et je puis vous le donner si vous voulez, mais pour des raisons de sécurité...

— Correct, colonel, intervint Ustinov. Nous n'avons pas vraiment besoin de le savoir, n'est-ce pas, camarades ? » Concert de hochements de tête autour de la table. Pour ces hommes, le secret était une seconde nature.

« Pas un tireur au fusil ? demanda le ministre de l'Intérieur.

— Ce serait trop risqué. Les bâtiments entourant la place sont surveillés par des patrouilles des forces de sécurité du Vatican, des mercenaires suisses, et...

— Quel est le niveau de compétence de ces fameux miliciens suisses ? s'enquit une autre voix.

— Quelle compétence faut-il pour repérer un homme armé d'un fusil et donner l'alarme ? rétorqua Rojdestvenski d'une voix posée. Camarades, quand on envisage une opération de cet ordre, on s'efforce de contrôler au plus près toutes les variables. La complexité est un ennemi dangereux dans une telle entreprise. Dans l'état actuel de notre plan, tout ce qu'il nous faut, c'est introduire deux hommes dans une foule de plusieurs milliers de personnes et leur permettre de s'approcher de la cible. Ne reste plus ensuite qu'à faire feu. Il n'est guère difficile de dissimuler un pistolet sous des vêtements un peu amples. Le public n'est ni surveillé ni fouillé. Non, camarades, ce plan est le meilleur que nous puissions établir – à moins que vous vouliez nous voir dépêcher un peloton des forces spéciales dans les appartements privés du pape au Vatican. Cela marcherait sans aucun doute, mais il serait impossible de dissimuler l'origine d'une telle opération. Cette mission, si elle doit se faire, ne dépendra que de deux hommes, dont un seul survivra, l'autre pourra presque à coup sûr s'échapper.

— Quel est le niveau de fiabilité des intervenants ? s'enquit le responsable de la commission de contrôle du Parti.

— L'agent bulgare a déjà tué huit personnes de sa main, et il a d'excellents contacts avec le milieu turc, au sein duquel il choisira notre assassin.

— Un Turc ? s'étonna un des apparatchiks.

— Oui, un musulman, confirma Andropov. Si un fidèle de Mahomet d'origine turque se voit porter le chapeau, tant mieux pour nous, correct ?

— Cela ne nuirait en rien à nos objectifs, convint le ministre des Affaires étrangères. En fait, cela pourrait bien même avoir l'effet de rendre l'Islam encore plus barbare aux yeux des Occidentaux. Ce qui conduirait l'Amérique à renforcer son soutien à Israël, et gênerait les pays arabes à qui ils achètent leur pétrole. Il y a dans tout cela une élégance qui me plaît assez, Iouri.

— Bref, la complexité de l'opération se limite entièrement

à ses conséquences, observa le maréchal Ustinov, et non à son exécution.

— Tout à fait, Dmitri, confirma Andropov.

— Quels sont les risques qu'on puisse nous attribuer cette action ? demanda le secrétaire du parti ukrainien.

— Si tout ce que nous laissons comme trace est le cadavre d'un Turc, il sera très difficile d'établir des connexions, répondit le patron du KGB. Cette opération est anonyme. Le nombre de personnes impliquées est inférieur à vingt, dont la plupart se trouvent ici même dans cette pièce. Il n'y aura aucune trace écrite. Camarades, la sécurité de cette opération sera absolue. Je dois insister sur le fait qu'aucun de vous ne doit en parler à quiconque. Pas même à vos épouses, à vos secrétaires particuliers ou même à vos conseillers politiques. C'est de cette façon que nous nous garantirons contre les fuites. Nous devons garder à l'esprit que les services de renseignement occidentaux cherchent en permanence à découvrir nos secrets. Dans ce cas précis, nous ne pouvons nous le permettre.

— Vous auriez dû limiter cette discussion au conseil de Défense, observa tout haut Brejnev.

— Leonid Illitch, j'y ai effectivement songé, répondit Andropov. Mais les implications politiques de cette affaire requièrent l'attention de l'ensemble du Politburo.

— Oui, je le vois bien », reconnut le secrétaire général en hochant la tête. Ce qu'il ne voyait pas, en revanche, c'est qu'Andropov avait soigneusement manœuvré pour ne pas passer pour un aventurier aux yeux de ceux qui bientôt l'éliraient à sa place même. « Fort bien, Iouri. Je n'y vois pas d'objection, conclut Brejnev, songeur.

— Cela reste malgré tout une initiative risquée, intervint le secrétaire de la République socialiste fédérative soviétique de Russie. Je dois dire que je suis loin d'être enchanté par ce plan.

— Gregori Vassilievitch, répondit le patron du parti

ukrainien, pour ce qui concerne la Pologne... si leur gouvernement tombe, il y aura des conséquences qui n'ont rien d'attrayant pour moi. Ni pour vous du reste..., prévint-il. Si ce Polonais s'en retourne chez lui, les résultats pourraient être catastrophiques pour nous tous.

— J'entends bien, mais l'assassinat d'un chef d'État n'est pas une chose à prendre à la légère. Je pense que nous devrions d'abord lui lancer un avertissement. Il y a des moyens d'attirer son attention. »

Le ministre des Affaires étrangères secoua la tête. « Je l'ai déjà dit... c'est une perte de temps. Des hommes comme lui ne comprennent pas ce qu'est la mort. Nous pourrions menacer des membres de son Église dans des pays du pacte de Varsovie, mais cela aurait sans doute l'effet opposé de celui escompté. Cela ne nous procurerait que tous les inconvénients des deux options : les conséquences d'une attaque contre l'Église catholique, sans pour autant avoir éliminé ce religieux encombrant. Non... » Il hocha la tête. « S'il faut le faire, il faut le faire convenablement, vite et bien. Iouri Vladimirovitch, quel délai vous faut-il pour accomplir cette mission ?

— Colonel Rojdestvenski ? » demanda le patron du KGB.

Toutes les têtes se tournèrent vers l'officier, qui fit de son mieux pour garder un ton égal. Il nageait là en eaux profondes. Toute l'opération reposait désormais sur ses épaules, une responsabilité qu'il n'avait jusqu'ici jamais pleinement envisagée. Mais, s'il voulait décrocher ses étoiles de général, il devait savoir prendre ses responsabilités, non ?

« Camarade ministre, j'estime le délai entre quatre et six semaines, si vous donnez l'autorisation aujourd'hui et en avisez le Politburo bulgare. Nous utiliserons un de leurs éléments, ce qui exige leur permission.

— Andreï Andreïevitch ? demanda Brejnev. Comment jugez-vous leur degré de coopération à Sofia ? »

Le ministre des Affaires étrangères prit son temps pour

répondre : « Tout dépendra de ce qu'on leur demande et de la façon de le demander. S'ils connaissent le but de l'opération, ils peuvent quelque peu temporiser.

— Pouvons-nous leur demander leur coopération sans leur dire pour quoi faire ? demanda Ustinov.

— Oui, je pense. Nous pourrions par exemple leur offrir une centaine de chars neufs ou quelques avions de chasse, en un geste de solidarité socialiste, suggéra le ministre des Affaires étrangères.

— Soyez généreux, acquiesça Brejnev. Je suis sûr qu'ils ont déjà une requête en cours au ministère de la Défense, pas vrai, Dmitri ?

— Toujours ! confirma le maréchal Ustinov. C'est ce qu'ils n'arrêtent jamais de demander : plus de chars et plus de MiG !

— Alors, chargez les chars sur un train et expédiez-les à Sofia. Camarades, nous avons une décision à mettre aux voix », dit au Politburo le secrétaire général. Les onze membres votants se sentirent quelque peu brusqués. Les sept « candidats » se contentèrent d'observer en hochant la tête.

Comme toujours, le vote fut unanime, bien que plusieurs aient eu des doutes dissimulés par leur silence. Dans cette pièce, personne ne voulait trop s'écarter de l'esprit collectif. Le pouvoir en ces lieux était aussi circonscrit que partout ailleurs dans le monde, un fait sur lequel ils ne s'appesantissaient guère et contre lequel ils n'agissaient jamais.

« Parfait. » Brejnev tourna la tête vers Andropov. Le KGB est autorisé à entreprendre cette opération, et que Dieu ait pitié de son âme de Polonais, ajouta-t-il avec une touche de bon sens paysan. Bien, quoi d'autre ?

— Camarade, si je puis me permettre..., intervint Andropov, qui recueillit un acquiescement. Notre frère et ami Mikhaïl Andreïevitch Souslov va bientôt nous quitter, après avoir longuement servi avec dévouement ce parti qui nous tient tous à cœur. Son siège est déjà vacant, à cause de sa maladie, et doit être pourvu. Je propose Mikhaïl Evguenie-vitch Alexandrov comme nouveau secrétaire à l'Idéologie du Comité central, avec droit de vote plein et entier au Polit-buro. »

Alexandrov réussit à rougir. Il leva les mains et s'exprima avec la plus grande franchise : « Camarade, mon... notre ami est encore de ce monde. Je ne peux pas prendre sa place tant qu'il est encore en vie.

— Ce scrupule vous honore, Micha », observa le secrétaire général, usant à dessein de son diminutif affectueux. « Mais Mikhaïl Andreïevitch est gravement souffrant et n'en a plus pour longtemps à vivre. Je suggère que nous ajournions pro-visoirement la motion de Iouri. Une telle nomination devra bien entendu être ratifiée par l'ensemble du Comité central. » Mais ce n'était que pure formalité, comme chacun ici le savait. Brejnev venait tout simplement de donner sa bénédic-tion à la promotion d'Alexandrov, et ce dernier n'en deman-dait pas plus.

« Merci, camarade secrétaire général. » Et désormais, Alexandrov pouvait lorgner le siège vide à la gauche de Brej-nev en sachant que d'ici quelques semaines tout au plus, il en serait officiellement titulaire. Il verserait comme les autres des larmes de circonstance à la mort de Souslov, des larmes tout aussi froides que les leurs. Et cela, même Mikhaïl Andreïevitch le comprendrait. Son plus gros problème était dorénavant d'affronter la mort, le plus grand mystère de l'existence, et de se demander ce qui résidait au-delà. C'était une question à laquelle tous autour de cette table devraient un jour faire face, mais pour tous, cette perspective était assez lointaine pour être écartée... provisoirement. Cela, songea Iouri Andropov, constituait une sérieuse différence entre eux et le pape, qui lui ne tarderait pas à mourir sous leur main.

La séance fut levée peu après seize heures. Les participants se séparèrent comme chaque fois, avec des poignées de main et des mots aimables, avant de partir vaquer à leurs occupations. Andropov, suivi du colonel Rojdestvenski, fut un des derniers à quitter la salle. Bientôt, il serait le dernier, puisque telle était la prérogative du secrétaire général.

« Camarade président, excusez-moi un instant, si vous permettez », dit Rojdestvenski en obliquant vers les toilettes. Il en émergea une minute et demie plus tard, d'un pas plus léger.

« Vous vous êtes fort bien débrouillé, Alexis », lui dit Andropov, comme ils reprenaient leur chemin vers la sortie – le président avait choisi l'escalier plutôt que l'ascenseur. « Alors, qu'est-ce que vous en pensez ?

— Le camarade Brejnev m'a paru dans un état plus précaire que je ne l'escomptais.

— C'est vrai, oui. Cela ne l'a guère aidé d'arrêter de fumer. » Andropov piocha ses américaines au fond de sa poche de gabardine – lors des réunions du Politburo, les participants évitaient désormais de fumer, par respect pour Leonid Illitch, et le patron du KGB avait hâte de griller une cigarette. « Quoi d'autre ?

— La réunion m'a paru remarquablement collégiale. Je m'attendais à plus de désaccords, plus d'objections, je suppose. » Les débats entre espions au 2, place Dzerjinski étaient autrement plus animés, surtout quand il s'agissait de discuter des opérations.

« Tous sont des joueurs prudents, Alexis. Tous ceux qui ont un tel pouvoir entre les mains le sont... et ils y ont intérêt. Mais il leur arrive souvent de s'abstenir d'agir parce qu'ils redoutent ce qui est nouveau et différent. » Andropov savait que son pays avait justement besoin de choses nouvelles et différentes et il s'interrogeait déjà sur les difficultés qu'il aurait à les mettre en œuvre.

« Mais, camarade président, notre opération...

— C'est différent, colonel. Quand ils se sentent menacés, alors ils peuvent prendre des décisions. Ils redoutent le pape. Et ils ont sans doute raison. Vous ne croyez pas ?

— Camarade président, je ne suis qu'un colonel. Je sers. Je ne commande pas.

— Et continuez ainsi, Alexis. C'est plus sûr. »

Andropov monta dans la limousine et aussitôt s'abîma dans ses réflexions.

Une heure plus tard, Zaïtzev avait terminé sa journée et attendait la relève. C'est alors que le colonel Rojdestvenski apparut à ses côtés sans crier gare.

« Capitaine, j'ai besoin que vous envoyiez ceci à Sofia immédiatement. » Il marqua un temps. « Quelqu'un d'autre a-t-il vu ces messages ?

— Non, camarade colonel. Leur label indique bien qu'ils ne doivent être visés que par moi seul. C'est indiqué dans le registre.

— Parfait. Continuons ainsi. » Il lui tendit le brouillon.

« À vos ordres, camarade colonel. »

Zaïtzev regarda l'officier s'éloigner. Il avait tout juste le temps de régler ça avant de prendre congé.

ULTRA-CONFIDENTIEL
IMMEDIAT ET URGENT
DE : BUREAU DU PRESIDENT, CENTRALE DE MOSCOU
À : REZIDENT SOFIA
REFERENCE : DESIGNATION OPERATIONNELLE 15-8-82-666
OPERATION APPROUVEE. PROCHAINE ETAPE APPROBATION PROVISOIRE POLITBURO BULGARE. APPROBATION DEFINITIVE ATTENDUE DIX JOURS OU MOINS. CONTINUER PLANIFIER OPERATION.

Zaïtzev surveilla l'émission du télex, puis confia la copie du message à un coursier pour la livrer en main propre au dernier étage. Ensuite, il quitta le bureau, d'un pas plus vif que d'habitude. Sitôt dans la rue, il pêcha son paquet de cigarettes pour allumer une nouvelle Trud avant de prendre l'escalator pour descendre sur le quai du métro. Dans la station, il vérifia l'heure à l'horloge pendue. Il avait en fait marché trop vite, remarqua-t-il, aussi laissa-t-il le train partir sans lui, tripotant maladroitement son paquet de cigarettes, en guise de prétexte au cas où on l'observerait – mais, encore une fois, si quelqu'un l'observait maintenant, alors il était un homme mort. L'idée lui fit trembler les mains, mais il était déjà trop tard pour se raviser. La rame suivante déboucha du tunnel à l'heure pile, et il embarqua dans la bonne voiture, jouant des épaules avec une quinzaine d'autres travailleurs pour monter.

Et l'autre était bien là. Lisant un journal, vêtu d'un imper déboutonné, la main droite sur la barre de maintien chromée courant au plafond.

Zaïtzev se laissa porter dans sa direction. Dans sa main droite, il y avait le second message qu'il venait d'extraire de son paquet de cigarettes. Oui, nota-t-il tardivement, l'homme arborait bien une cravate vert vif, retenue en place par une épingle dorée. Il portait un complet brun, une chemise blanche visiblement coûteuse, et il était absorbé dans son journal. Il ne détourna pas les yeux. Zaïtzev se coula vers lui.

Un des points qu'Ed Foley avait étudiés à la Ferme était les moyens d'améliorer sa vision périphérique. Avec de l'entraînement et de la pratique, l'œil pouvait embrasser un champ bien plus large que ne l'imaginait le béotien. Au camp d'entraînement de la CIA, il avait ainsi appris à parcourir une rue et déchiffrer les numéros des immeubles sans tourner la tête. Le mieux, c'est que c'était comme le vélo : une fois la technique apprise, on était toujours prêt à la mobiliser avec un minimum de concentration. De sorte qu'il remarqua que quelqu'un s'approchait lentement de lui – un homme, blanc, un mètre soixante-quinze environ, carrure moyenne, cheveux et yeux bruns, vêtements quelconques, pas très bien coiffé. Il ne distingua pas assez bien le visage pour le mémoriser ou l'identifier avec certitude. Des traits slaves, c'est tout. Dépourvus d'expression, mais des yeux manifestement tournés vers lui. Foley ne broncha pas, même si son rythme cardiaque avait dû légèrement s'accélérer.

Allez, Ivan. Merde, j'ai mis cette putain de cravate, juste comme tu demandais. L'homme était monté à la bonne station. Le siège du KGB n'était qu'à un pâté de maisons de celle-ci. Donc, ouais, ce mec était sans doute un espion. Et pas un leurre. S'il s'était agi d'un gars de la Deuxième Direction principale, ils auraient monté le coup autrement. Là, c'était trop gros, trop maladroit, pas vraiment dans la manière du KGB. Déjà, ils auraient choisi une autre station de métro.

Putain, ce mec joue franc-jeu, se dit Foley. Il se força à la patience, ce qui n'était pas facile, même pour un agent expérimenté comme lui, mais il prit, imperceptiblement, une profonde inspiration et attendit, ordonnant à ses terminaisons nerveuses de détecter le moindre changement dans l'équilibre de son imper sur ses épaules...

Zaïtzev regarda autour de lui aussi discrètement que possible. Pas un regard fixé sur lui, pas même tourné dans sa direction. Alors, sa main droite glissa dans sa poche ouverte, vite, mais pas trop. Puis elle en ressortit.

Gagné, se dit Foley, et son cœur manqua un ou deux battements. *OK, Ivan, c'est quoi le message, ce coup-ci ?*

Encore une fois, il devait être patient. Inutile de faire tuer ce gars. S'il appartenait vraiment à l'équivalent russe de MERCURY, alors nul ne pouvait présager de l'importance de la prise. Comme avec la pêche en haute mer. Serait-ce un marlin, un requin ou une vieille godasse ? Et si c'était un joli marlin bleu, de quelle taille ? Mais il ne pouvait même pas remonter la ligne pour mettre l'appât sur l'hameçon. Non, ça, ça viendrait plus tard, si cela devait venir. La phase de recrutement sur le terrain – prendre un innocent citoyen soviétique et en faire un agent, un élément actif de fourniture d'informations à la CIA, bref, en faire un espion –, c'était un peu plus coton que d'aller au bal pour tirer son coup. Le vrai truc était de ne pas engrosser la nana – ou de faire tuer l'agent. Non, si on voulait jouer dans les règles, on commençait par la première danse rapide, puis le premier slow, puis le premier baiser, puis la première caresse et puis, avec du bol, déboutonner le corsage, et alors...

La rêverie s'arrêta en même temps que le train. Foley lâcha la barre de maintien et regarda autour de lui...

Et le gars était là, il le regardait, même, et son visage entra aussitôt dans son album de photos mental.

Mauvais plan, mec. Tu sais qu'avec ça, tu pourrais te faire tuer. Ne jamais fixer son agent traitant dans un lieu public, songea Foley, dont les yeux glissèrent sur lui sans s'attarder, gardant un visage impassible, tandis qu'il passait devant lui en faisant délibérément un écart pour gagner la porte.

Zaïtzev fut impressionné par l'Américain. Il avait bel et bien regardé son nouveau contact russe, mais ses yeux n'avaient rien trahi, il ne l'avait même pas fixé directement, se contentant de le balayer du regard depuis l'extrémité de la voiture. Et, tout aussi vite, l'Américain s'était éclipsé.

Tâche d'être ce que j'espère, pensa Oleg Ivanovitch, de toutes ses forces.

Cinquante mètres plus haut, dans la rue, Foley se retint encore de fouiller dans sa poche d'imper. Il était certain qu'une main s'y était glissée. Il l'avait sentie, sans conteste. Et ce n'était sûrement pas pour y piquer de la petite monnaie.

Foley passa devant le concierge, entra dans l'immeuble et prit l'ascenseur. Sa clé entra dans la serrure et la porte s'ouvrit. Ce n'est qu'une fois à l'intérieur, et la porte refermée, qu'il mit la main dans sa poche.

Mary Pat était là qui le dévisageait et, le prenant au dépourvu, elle devina sur ses traits l'éclair de surprise de la découverte.

Ed sortit le billet. C'était le même formulaire de message vierge et, comme auparavant, une note était griffonnée dessus. Foley la lut, puis la relut, puis la relut une troisième fois avant de la tendre à sa femme.

Les yeux de Mary Pat s'agrandirent à leur tour.

C'est un poisson, songea Foley. *Et peut-être bien un gros.*

Et qui demandait quelque chose de concret. Qui que soit cet homme, il n'était pas stupide. Il ne serait pas facile d'arranger ce qu'il demandait, mais il devrait pouvoir y arriver. Cela voulait juste dire que ça mettrait en rogne le sergent d'artillerie et, plus important, que sa rogne serait visible, parce que l'ambassade était toujours sous surveillance. Un truc pareil ne devait pas avoir l'air d'être de la routine, il ne devait pas non plus paraître délibéré, mais il n'y avait pas besoin que ce soit digne de l'Actor's Studio. Il était sûr que le marine serait capable de jouer le jeu. Puis il sentit la main de Mary Pat se glisser dans la sienne.

« Hé, chou, dit-il à l'attention des micros.

— 'soir, Ed. » Sa main pianota sur la sienne.

Ce gars est 1 V[rai], dit la main. Il répondit en acquiesçant.

2main mat[in] ? demanda-t-elle. Nouveau signe d'acquiescement.

« Chérie, flûte, faut que je retourne à l'ambassade... J'ai oublié un truc sur mon bureau. »

Elle répondit en levant le pouce.

« Eh bien, ne traîne pas trop. Le dîner est en route. J'ai

trouvé un superbe rôti à la boutique finlandaise. Avec des pommes de terre sautées et des épis de maïs grillés.

— Hmm, ça m'a l'air fameux... Une demi-heure, maxi !

— Eh bien, tâche de faire vite.

— Où sont les clés de la voiture ?

— Dans la cuisine. » Et tous deux s'y dirigèrent.

« Est-ce que je dois partir sans un baiser ? lui demanda-t-il de sa plus belle voix enamourée.

— J'imagine que non, répondit-elle, amusée.

— À part ça, des trucs intéressants, aujourd'hui au boulot ?

— Bof, juste ce Prince, du *Times*.

— C'est un con.

— Ça, tu l'as dit. Allez, à plus, chou. »

Foley se dirigea vers la porte, toujours vêtu de son imper. Il adressa un petit signe au vigile en ressortant, y ajoutant une grimace de frustration, pour renforcer l'effet. Le planton consignerait sans doute par écrit son passage – voire donnerait un coup de fil – et, avec un peu de chance, son retour en voiture jusqu'à l'ambassade serait corrélé aux bandes enregistrées dans l'appartement, les connards de la Deuxième Direction principale cocheraient les cases idoines sur leurs formulaires de surveillance et décideraient qu'en fin de compte Ed Foley s'était planté et avait bel et bien oublié un truc quelconque au bureau. Il ne faudrait pas qu'il oublie de revenir avec une enveloppe kraft posée bien en évidence sur le siège avant de la Mercedes. Les espions gagnaient leur vie pour l'essentiel en se rappelant tout et en n'oubliant rien.

Le trajet en voiture jusqu'à l'ambassade était plus court qu'en métro à cette heure de la journée, mais il était intégré dans l'ensemble de sa routine de travail. En quelques minutes, il avait franchi la grille de l'ambassade, était passé devant la sentinelle et avait pris une fiche de visiteur avant de se précipiter à l'intérieur, de passer devant d'autres marines et de grimper jusqu'à son bureau. Là, il décrocha son téléphone et passa un coup de fil tout en prenant une enveloppe kraft, dans laquelle il glissa un exemplaire de l'*International Herald Tribune.*

« Ouais, Ed ? » La voix était celle de Dominic Corso, un de ses agents sur le terrain. En fait plus âgé que son chef, Corso avait la couverture d'attaché commercial. Cela faisait trois ans qu'il travaillait à Moscou et il était bien considéré par son chef d'antenne. New-yorkais lui aussi, il était natif du quartier de Richmond – sur Staten Island – et fils d'un inspecteur de la police municipale. Il avait tout à fait la tête de l'emploi : le Rital new-yorkais pur jus, mais il était bien plus malin que l'auraient admis les doctrinaires des groupes ethniques. Corso avait le regard brun extralucide d'un vieux renard roux, mais il gardait secrète son intelligence.

« J'aurais besoin de toi pour un truc...

— Quoi donc ? »

Foley lui expliqua.

« T'es sérieux ? » Ce n'était pas précisément une requête habituelle.

« Ouais.

— OK, j'en parle à la Mitraille. Sûr qu'il va demander pourquoi. » Le sergent d'artillerie Tom Drake, le sous-officier responsable du détachement de marines qui gardait l'ambassade, savait pour qui travaillait Corso.

« Dis-lui que c'est une blague, mais qu'elle est importante.

— D'accord. T'as autre chose à me dire ?

— Non, pas pour l'instant. »

Corso plissa les yeux. *OK, ça doit être un sujet sensible si le chef d'antenne ne veut pas partager l'information, mais ça n'a rien d'inhabituel, somme toute...*, s'avisa-t-il. À la CIA, il arrivait souvent qu'on ignore ce que faisait sa propre équipe. Il ne connaissait pas Foley si bien que ça, mais suffisamment quand même pour respecter le bonhomme.

« OK, je file le voir.

— Merci, Dom.

— Comment le petit gars s'habitue à Moscou ? demanda l'agent à son chef, alors qu'il s'apprêtait à sortir.

— Il s'habitue. Ça ira mieux quand il pourra faire un peu de patin. Il aime vraiment le hockey.

— Eh bien, il ne pouvait pas mieux tomber.

— C'est ma foi vrai. » Foley rassembla ses papiers et se leva. « Allons, réglons cette histoire, Dom.

— Tout de suite, Ed. À demain. »

14

Un signal de danger

S'IL y a bien une constante dans l'activité d'espionnage, c'est le manque de sommeil persistant des joueurs. Cela vient du stress, et le stress est l'éternel compagnon des espions. Quand le sommeil était long à venir pour Ed et Mary Pat Foley, ils pouvaient au moins discuter avec leurs mains, au lit.

Il est v[rai] 2 v[vrai], ch[érie], dit Foley à sa femme sous les couvertures.

O[uais], approuva-t-elle. *On en a déjà U d'1-filtré O-6 loin ?* demanda-t-elle.

N[égatif].

Vont saut[er] o plaf[ond], à L[angley]

Sûr & cert-1, acquiesça son mari. C'était un truc à gagner le match sur un coup d'anthologie... et c'était lui qui s'apprêtait à faire péter le tableau d'affichage. *À condition 2 pas tt foutre en l'R*, se morigéna-t-il.

T'veux me mettre ds le coup ? demanda-t-elle.

Faudra attendre v[oir].

Un soupir lui répondit : *Ouais, je C.* Même pour eux, la patience était parfois difficile. Foley voyait cette balle, en suspension juste au-dessus du milieu du terrain, à peu près à hauteur de ceinture, et la batte était serrée fermement dans

335

ses mains, ses yeux étaient rivés sur la balle, avec une telle intensité qu'il pouvait en voir les coutures tournoyer alors qu'elle approchait – et celle-ci allait partir à l'autre bout du terrain, sortir du stade, filer jusqu'à ce putain de centre-ville. Il montrerait à Reggie Jackson qui était le frappeur sur ce terrain...

S'il ne faisait pas le con, se redit-il. Mais Ed Foley avait déjà accompli ce genre d'opération à Téhéran, il avait infiltré un élément au sein de la communauté révolutionnaire et avait été le premier agent sur place de cette antenne à obtenir des infos sur la situation précaire du Shah. Cet ensemble de rapports avait allumé son étoile à Langley et avait bientôt fait de lui l'un des éléments de choc du contingent de Bob Ritter.

Et il s'apprêtait là aussi à plonger à fond.

À Langley, MERCURY était le seul endroit dont tout le monde avait peur – tout le monde sans exception savait qu'un employé de là-bas passé sous contrôle de l'étranger pouvait parfaitement provoquer l'effondrement de toute la fichue structure. C'était précisément pourquoi tous passaient « sur le grill » deux fois l'an, analysés au détecteur de mensonge par les meilleurs examinateurs du FBI – ils ne se fiaient même pas aux experts maison de la CIA pour s'acquitter de la tâche. Un mauvais officier de terrain ou un mauvais chef analyste pouvait compromettre agents et missions et c'était déjà moche pour tous les participants, mais une fuite au sein de MERCURY équivalait à lâcher une femme agent du KGB sur la Cinquième Avenue, munie d'une carte American Express Gold. Elle pourrait acheter tout ce qui lui fait envie. Merde, le KGB pourrait bien lâcher un million pour une telle source. Elle mettrait le compte en banque russe dans le rouge, mais ils auraient investi dans un des œufs Fabergé de Nicolas II et s'en montreraient ravis. Tout le monde savait qu'il devait y avoir au KGB un service équivalent à MERCURY, mais personne encore dans aucun service de renseignement n'avait réussi à en récupérer un citoyen russe.

Foley se prit à rêver à quoi cela ressemblait, à l'aspect que devait avoir la salle. À Langley, elle était immense, la taille d'un parking, sans murs ou cloisons internes, de sorte que tout le monde pouvait se voir. Il y avait sept structures de stockage de forme cylindrique pour les cassettes, chacune baptisée du nom d'un des sept nains ; elles étaient même dotées à l'intérieur de caméras, au cas où quelque insensé voudrait s'y introduire, même si pareille aventure lui coûterait presque certainement la vie, puisque les détecteurs motorisés s'orientaient rapidement et sans prévenir. Par ailleurs, seuls les gros ordinateurs – comme le plus rapide et le plus puissant de tous, fabriqué par Cray Research – savaient quelles données contenait chaque cassette et dans quel rayon de stockage elle était rangée. Le niveau de sécurité y était irréel : développé sur plusieurs échelons, vérifié chaque jour pour ne pas dire chaque heure. Les personnels qui y travaillaient étaient parfois, de manière aléatoire, suivis jusque chez eux au sortir du travail, sans doute par le FBI qui se débrouillait plutôt pas mal en la matière, pour une bande de flics en civil. Le climat devait être oppressant pour ces personnels, mais si quelqu'un un jour s'en était plaint, ces plaintes n'étaient jamais remontées jusqu'à Ed Foley. Les marines devaient courir leurs cinq bornes quotidiennes et subir des revues de détail, et les employés de la CIA devaient faire avec l'envahissante paranoïa institutionnalisée de la maison, point final. Le détecteur de mensonge était particulièrement pénible et l'Agence avait même des psys pour entraîner les gens à tromper la machine. Ed avait subi cet entraînement, sa femme aussi – et, malgré tout, la CIA continuait à les faire passer sur le grill une fois l'an... Mais nul n'aurait su dire si c'était pour tester leur loyauté ou simplement pour vérifier qu'ils n'avaient pas oublié leur entraînement.

Le KGB faisait-il de même ? Ils auraient été inconscients de s'en abstenir, mais Ed Foley n'était pas sûr qu'ils possèdent la technologie du détecteur de mensonge[1], alors... peut-être bien qu'oui, peut-être bien qu'non. Le KGB conservait tant d'inconnues pour lui comme pour la CIA. Langley faisait quantité de suppositions hasardeuses, voire délirantes – pour l'essentiel à l'intention de gens dont l'attitude était « puisqu'on procède ainsi, ils doivent donc faire pareil », ce qui était bien sûr de la couille en barre. Il n'y avait pas deux personnes au monde – encore moins deux pays – qui eussent jamais fait exactement la même chose, et c'était bien pour cela qu'Ed Foley s'estimait l'un des meilleurs dans ce métier de fou. Il n'était pas dupe, lui. Il restait toujours aux aguets. Il ne faisait jamais deux fois de suite la même chose, sauf par ruse, pour justement induire en erreur l'adversaire – en particulier les Russes, qui sans doute (et même presque à coup sûr, selon lui) souffraient de ce même mal bureaucratique qui engourdissait les esprits à la CIA.

E[t] si ce ga[rs] v[eut] 1 billet 2 sortie ? demanda Mary Pat.

En première sur Pan Am, répondit aussitôt son mari, aussi vite qu'il pouvait pianoter, *av[ec] en prime le droit 2 sauter l'hôtesse.*

T. immonde, répondit Mary Pat avec un gloussement de rire étouffé. Mais elle savait qu'il avait raison. Si ce gars voulait jouer aux espions, il serait sans doute plus prudent de l'exfiltrer vite fait d'URSS, de le mettre dans un avion pour Washington et de lui refiler un abonnement à vie pour Disney World, une fois son debriefing achevé. Au Royaume magique, un Russe se retrouverait bien vite en surcharge sensorielle – et ne parlons pas du nouveau parc d'Epcot qui venait d'ouvrir... De retour de stage d'entraînement, Ed avait un jour suggéré, en manière de plaisanterie, que la CIA

---

1. On précisera, incidemment, que c'est une spécifité exclusive des services de police et de renseignement étatsuniens, quasiment aucun autre pays ne prêtant foi à ces techniques qui relèvent plus de la méthode Coué que de la stricte rigueur scientifique.

devrait louer pour la journée le parc de loisirs et y balader les membres du Politburo soviétique, les laisser essayer librement toutes les attractions, se gaver de hamburgers et de coca, et puis, au retour, leur dire : « Voilà ce que les Américains sont capables d'inventer pour se distraire. Nous ne pouvons hélas vous montrer les trucs qu'on invente quand on est sérieux. » Si ça ne leur mettait pas le trouillomètre à zéro, rien n'y parviendrait. Et pourtant, le couple Foley en était sûr : ces gens-là – même les pontes qui avaient pourtant accès à tous les éléments obtenus par le KGB sur l'Ennemi principal –, même ceux-là demeuraient foncièrement insulaires et provinciaux. Pour la plupart, ils croyaient dur comme fer à la propagande, parce qu'ils n'avaient aucun élément de comparaison, parce qu'ils étaient tout autant victimes de leur système que les pauvres bougres de moujiks qui conduisaient les camions-bennes.

Mais les Foley ne vivaient pas dans le monde imaginaire d'un parc de loisirs.

Donc, on f[ait] kom il dit, et pis koi ap[rès] ? demanda Mary Pat.

Ch[a]q[ue] ch[ose] en s[on] t[em]ps, répondit-il, et il la sentit acquiescer dans l'obscurité. C'était comme pour faire un bébé, on ne pouvait pas presser la nature, sous peine d'avoir de drôles de résultats. Mais cela lui révéla que son mari n'était pas une brute insensible, ce qui lui valut un tendre baiser dans le noir.

Zaïtzev, quant à lui, ne communiquait pas avec sa femme. Pour lui, en ce moment, même un demi-litre de vodka ne pouvait l'aider à dormir. Il avait transmis sa requête. Ce n'est que le lendemain qu'il saurait avec certitude s'il était entré en contact avec quelqu'un susceptible de l'aider. Ce qu'il avait demandé n'était pas franchement raisonnable, mais il ne disposait ni du temps ni des conditions de sécurité pour l'être. S'il avait une certitude, c'est que même le KGB ne pourrait simuler ce qu'il avait spécifié. Oh, bien sûr, peut-être qu'ils pourraient l'obtenir de Polonais, de Roumains ou d'autres peuples frères socialistes, mais pas d'Américains. Même le KGB avait ses limites.

Donc, encore une fois, il était bien forcé d'attendre, mais le sommeil ne voulait pas venir. Le lendemain, il n'aurait rien d'un joyeux camarade. Il sentait déjà se pointer la gueule de bois, comme un séisme mal contenu à l'intérieur des parois de son crâne...

« Comment ça s'est passé, Simon ? s'enquit Ryan.

— Ça aurait pu être pire. La Premier ministre ne m'a pas dévissé la tête. Je lui ai dit qu'on avait ce qu'on avait, sans plus, et Basil m'a soutenu. Elle en veut plus. Elle l'a dit en ma présence.

— La belle surprise ! Déjà entendu un chef d'État réclamer moins d'information ?

— Pas récemment », admit volontiers Harding. Ryan sentait le stress littéralement suinter de son collègue. Sûr que tout à l'heure il passerait s'enfiler une bière au pub avant de rentrer chez lui. L'analyste britannique bourra sa pipe, l'alluma, tira une longue bouffée.

« Si ça peut vous consoler, Langley n'a pas grand-chose de plus que vous.

— Je sais. Elle a demandé, et c'est ce que lui a dit Basil. À l'évidence, il avait parlé à votre juge Moore avant cette entrevue.

— Bref, nous sommes tous dans le noir.

— Ça nous fait une belle jambe, merde », renifla Simon Harding.

L'heure de rentrer était largement passée. Ryan avait attendu de voir ce que Simon aurait à raconter de l'entrevue au 10, Downing Street, parce que sa mission comprenait également la collecte de renseignements sur les Rosbifs. Ils le comprendraient fort bien, parce que après tout, c'était le même jeu qu'ils jouaient tous. Il regarda sa montre.

« Eh bien, faudrait que je me dépêche de rentrer, moi. Allez, à demain.

— Dormez bien », dit Harding, comme Ryan se dirigeait vers la porte. Jack aurait volontiers parié que ce ne serait pas le cas de son collègue. Il savait combien gagnait Harding à son poste de fonctionnaire de niveau moyen, et ce n'était sûrement pas assez pour une telle journée de stress. Mais quoi, se dit-il une fois dans la rue, c'est la vie dans la grande ville.

« Qu'as-tu raconté à tes gars, Bob ? s'enquit le juge Moore.

— Juste ce que tu m'as dit, Arthur. Que le Président veut savoir. Qu'on n'a pas encore de retour. Qu'il devait se montrer patient.

— C'est ce que je lui ai dit, oui. Et il n'a pas été franchement ravi, répondit Moore.

— Eh bien, Arthur, je ne peux pas empêcher la pluie de tomber. Nous ne sommes pas tout-puissants, et le temps fait partie des éléments qui nous échappent. Le Président est un grand garçon, il est capable de comprendre ça, non ?

— Oui, Robert, mais il aime obtenir ce qu'il demande. Il se fait du souci pour le Saint-Père, maintenant que le pape a flanqué un coup de pied dans la fourmilière...

— Eh bien, c'est ce que nous pensons nous aussi. Les Russes pourraient avoir l'habileté de recourir aux voies diplomatiques pour lui dire de se calmer, de laisser la situation se décanter et...

— Bob, ça ne pourra jamais marcher, objecta l'amiral Greer. Il n'est pas du genre à se laisser dissuader par du blabla d'avocat.

— Non », admit Ritter. Le pape n'était pas un homme

de compromis pour des questions de cette importance. Il avait déjà traversé toutes sortes d'épreuves désagréables, des nazis d'Hitler au NKVD de Staline, et il avait réussi à préserver son Église en se retranchant, comme les colons derrière leurs chariots pour affronter les attaques des Peaux-Rouges dans les vieux westerns. S'il était parvenu à maintenir en vie son Église en Pologne, c'est parce qu'il n'avait jamais cédé sur les points essentiels. Et, en tenant bon, il avait réussi à conserver assez de poids moral et politique pour menacer les autres superpuissances de la planète. Non, ce bonhomme n'allait sûrement pas céder sous la pression.

La plupart des hommes redoutent la mort et la ruine. Pas lui. Les Russes ne comprendraient jamais pourquoi, mais ils comprendraient en revanche le respect que cela lui valait. Il devenait clair pour Bob Ritter et les autres patrons de l'espionnage présents dans cette salle que la seule réponse logique pour le Politburo serait une agression contre le pape. Et le Politburo s'était réuni le jour même, même si le contenu de ses débats et leurs conclusions demeuraient un mystère frustrant.

« Bob, avons-nous des éléments susceptibles de nous dire de quoi ils ont parlé au Kremlin aujourd'hui ?

— Nous en avons quelques-uns, et ils seront prévenus dans les deux prochains jours – ou, s'ils ont déniché quoi que ce soit d'important, ils peuvent décider d'eux-mêmes de faire sortir l'information. S'ils se rendent compte de l'existence d'un débat aussi brûlant, on peut s'attendre à les voir réagir et transmettre un paquet d'infos à leur contact, expliqua Ritter au DCR. Hé, Arthur, je n'aime pas plus que toi attendre en restant dans le noir, mais nous devons laisser les choses suivre leur cours. Tu connais aussi bien que moi les risques d'une mise en alerte inconsidérée de nos agents. »

Tous les trois les connaissaient. C'était le genre d'attitude qui avait entraîné la mort d'Oleg Penkovski. L'information qu'il avait fait sortir avait sans doute permis d'éviter une guerre nucléaire – et avait contribué au recrutement de CAR-DINAL, jusqu'ici leur agent resté le plus longtemps en place –, mais cela n'avait guère servi ce malheureux Penkovski. Lorsqu'il avait été démasqué, ce n'était pas moins que Khrouchtchev qui avait demandé sa peau... et qui l'avait eue.

« Ouais, approuva Greer, et ce n'est finalement pas si important dans le cours général des choses, pas vrai ?

— Non, en effet », dut bien admettre le juge Moore, même s'il n'était pas vraiment pressé d'avoir à expliquer cela au Président. Mais le nouveau patron arrivait à piger les trucs, une fois qu'on les lui avait bien expliqués. La partie la plus inquiétante était sa réaction éventuelle si le pape devait disparaître... prématurément. Le patron était lui aussi un homme de principes, mais il était également un homme d'émotions. Ce serait comme d'agiter un drapeau soviétique sous le nez d'un taureau de combat. On ne pouvait pas laisser les émotions interférer dans la gestion des affaires publiques – cela ne pouvait que provoquer d'autres émotions, en général pour pleurer de nouvelles victimes... Et le miracle de la technologie moderne ne servait qu'à faire encore grossir ce nombre. Le DCR se reprocha d'avoir des idées pareilles. Le nouveau Président était un homme affable. Ses émotions n'étaient qu'au service de son intellect, et celui-ci était bien plus développé qu'on ne le croyait en général, surtout dans les médias qui ne voyaient en lui que le sourire et la personnalité théâtrale. Mais les médias, comme une bonne partie de la classe politique, préféraient traiter des apparences que de la réalité. Cela demandait bien moins de réflexion, après tout. Le juge Moore considéra ses principaux subordonnés. « OK, mais tâchons de nous souvenir qu'on peut se sentir bien démuni, seul face à lui dans le Bureau Ovale, si l'on se présente les mains vides.

— Ça, je veux bien le croire », compatit Ritter.

Il pouvait encore reculer, se disait Zaïtzev, alors que le sommeil n'était toujours pas venu. À ses côtés, Irina dormait en respirant paisiblement. Du sommeil du juste, comme on disait. Rien à voir avec les insomnies du traître.

Tout ce qu'il avait à faire, c'était arrêter. C'est tout. Il avait fait deux tout petits pas, rien de plus. L'Américain pouvait reconnaître son visage, mais le problème était aisé à résoudre : prendre une autre rame, monter dans une autre voiture. Il ne le reverrait jamais plus ; leur contact serait rompu comme une goutte d'eau se détache pour tomber au sol, sa vie reprendrait son cours normal, et sa conscience...

... le laisserait-elle en paix ? Il renifla. C'était sa conscience qui l'avait mis dans ce guêpier. Non, il ne s'en tirerait pas comme ça.

Mais l'autre volet de l'alternative était l'inquiétude perpétuelle, les insomnies et la peur. La peur, il n'y avait pas encore vraiment goûté. Cela viendrait, forcément. La trahison ne connaissait qu'un seul châtiment : la mort pour le traître, accompagnée de la ruine pour ses proches. Ils seraient expédiés en Sibérie – pour compter les arbres, comme on disait par euphémisme. L'enfer, version soviétique, un lieu de damnation éternelle, d'où la seule issue était la mort.

En fait, c'était exactement ce que lui ferait subir sa conscience s'il ne suivait pas jusqu'au bout son idée initiale, réalisa soudain Zaïtzev en sombrant, finalement vaincu par le sommeil.

Une seconde plus tard – c'est du moins ce qu'il lui sembla –, le réveil se mit à sonner. Au moins n'avait-il pas été tourmenté par des rêves. À peu près le seul point positif en ce début de matinée. Sa tête était traversée d'élancements qui menaçaient de lui faire jaillir les yeux des orbites. Il tituba jusqu'à la salle de bain, où il s'aspergea le visage avant de prendre trois cachets d'aspirine qui, espérait-il sans trop y croire, apaiseraient peut-être sa gueule de bois pendant quelques heures.

Comme il ne se sentait pas capable d'avaler des saucisses au petit déjeuner, il se rabattit sur du lait et des céréales avec une tartine de pain beurré. Il pensa se faire un café, puis décida qu'un verre de lait serait moins irritant pour l'estomac.

« Tu as encore trop bu hier soir, lui dit Irina.

— Oui, ma chérie, je le sais maintenant », parvint-il à répondre, sans se fâcher. Elle n'y était pour rien, elle était une gentille épouse et une bonne mère pour Svetlana, son petit *zaïtchik*. Il savait qu'il survivrait à cette journée. Simplement, il ne l'apprécierait pas trop. Le pire, c'est qu'il devait se presser pour partir – ce qu'il fit, mal rasé, mais tout de même présentable avec une cravate et une chemise propre. Il fourra quatre autres aspirines dans sa poche de manteau avant de sortir, et pour faire circuler le sang, il prit l'escalier au lieu de l'ascenseur. L'air matinal était légèrement frisquet, ce qui n'était pas un mal, alors qu'il rejoignait le métro. Il acheta les *Izvestia* au kiosque et fuma une Trud, ce qui l'aida aussi à s'éclaircir les idées.

Si quelqu'un le reconnaissait... ça ne risquait guère : il n'était pas dans sa voiture habituelle, il n'avait pas pris le même train. D'habitude, il arrivait un quart d'heure plus tard. Non, il n'était qu'un autre visage anonyme dans une rame de métro remplie d'autres visages anonymes.

De sorte que personne ne risquait de remarquer qu'il ne descendait pas au bon arrêt.

L'ambassade des États-Unis n'était qu'à deux rues de là, et il en prit la direction, l'œil sur sa montre.

Il savait la bonne heure parce qu'il était déjà venu une fois dans les parages, quand il était cadet à l'Académie du KGB, conduit ici tôt le matin en bus, avec quarante-cinq autres élèves de sa promotion. Ils avaient même revêtu pour l'occasion leurs uniformes officiels, sans doute pour mieux garder à l'esprit leur identité professionnelle. Même alors, cela lui avait paru une absurde perte de temps, mais le commandant de l'Académie à l'époque était un rigoriste et nul doute que le but de son trajet ce jour-là aurait scandalisé cet homme. Zaïtzev alluma une autre cigarette en voyant le bâtiment apparaître au bout de la rue.

Il regarda sa montre. À sept heures trente précises, chaque jour, ils hissaient les couleurs. Le commandant de l'Académie, dix ans plus tôt, avait alors pointé le doigt vers le drapeau honni en leur disant : « Regardez bien, camarades, voici l'ennemi ! C'est là qu'il réside dans notre belle ville de Moscou. Dans ce bâtiment vivent des espions que ceux parmi vous qui intégreront la Deuxième Direction principale s'efforceront d'identifier et de chasser de notre patrie. C'est là que vivent et œuvrent ceux qui espionnent notre peuple et notre pays. Et voilà leur drapeau. Ne l'oubliez jamais. » Et à cet instant précis, comme à la parade, les couleurs américaines avaient été hissées au sommet d'un mât blanc surmonté d'un aigle de bronze, levées par des membres du corps des marines des États-Unis dans leur bel uniforme. Zaïtzev avait encore vérifié le réglage de sa montre dans la station de métro. Ce devrait être à peu près... maintenant.

Un clairon sonna un air inconnu. Il distinguait à peine la casquette blanche des marines, tout juste visible par-dessus la corniche de pierre surmontant le toit en terrasse du bâtiment. Il se trouvait sur le trottoir d'en face, tout près de la vieille église que le KGB avait bourrée d'équipements électroniques.

Là, songea-t-il en regardant avec une poignée d'autres passants sur le trottoir au ciment lézardé.

Oui... La partie supérieure du drapeau qui venait d'apparaître était rouge et blanche avec des bandes horizontales... ce n'était pas le canton bleu frappé de ses cinquante étoiles blanches. Le drapeau était hissé à l'envers ! C'était une erreur manifeste. Et il monta ainsi jusqu'au sommet du mât.

346

Donc, ils ont bien fait ce que j'avais demandé. Zaïtzev se dépêcha d'aller jusqu'au bout de la rue pour prendre à droite, puis encore à droite, et de revenir à la station de métro qu'il avait quittée un instant plus tôt. Ensuite, après avoir versé ses cinq kopecks, il embarqua dans une autre rame pour achever son trajet jusqu'à la place Djerzinski.

Presque aussi vite, sa gueule de bois disparut, comme par magie. Il ne s'en aperçut quasiment qu'au moment d'emprunter l'escalator pour regagner la rue.

Les Américains sont prêts à m'aider, se répéta l'officier de transmissions.

Oui, ils vont bel et bien m'aider. Peut-être qu'après tout je vais pouvoir sauver la vie de ce prêtre polonais. C'est d'un pas presque léger qu'il pénétra dans la Centrale.

« Chef, ça rime à quoi, ces conneries ? » demanda le sergent d'artillerie Drake à Dominic Corso. Ils venaient tout juste de hisser à nouveau le drapeau, cette fois à l'endroit.

« Sergent, je ne peux rien dire, répondit Corso, même si son regard était éloquent.

— À vos ordres, chef. Et je consigne quoi au rapport ?

— Vous ne consignez rien du tout, sergent. Quelqu'un a fait une erreur stupide et vous l'avez rectifiée.

— Si vous le dites, monsieur Corso. » Le sergent d'artillerie devrait l'expliquer à ses marines, mais il répercuterait l'explication à peu près dans les mêmes termes, quoique sans doute moins choisis. Si quelqu'un du régiment de marines de l'ambassade lui posait la question, il se contenterait de répondre qu'il avait reçu les ordres d'un fonctionnaire du corps diplomatique et le colonel d'Amici devrait faire avec. Merde, il pouvait toujours renvoyer le colonel sur Corso. Après tout, c'étaient deux Ritals, peut-être qu'ils arriveraient à s'entendre, espéra le sergent qui lui était d'Helena, Montana. Sinon, eh bien, le colonel d'Amici risquait de leur passer un sérieux savon, à lui et à ses marines.

Zaïtzev reprit sa place après avoir relevé le commandant Dobrik. Le trafic matinal était un peu moins dense que d'habitude et il entama normalement sa routine matinale. Quarante minutes plus tard, cela changea de nouveau.

« Camarade commandant », dit une voix désormais familière. Zaïtzev se retourna pour découvrir le colonel Rojdestvenski.

« Bonjour, camarade colonel. Vous avez quelque chose pour moi ?

— Ceci. » Le colonel lui tendit le formulaire de message. « Veuillez le transmettre tout de suite, avec masque jetable.

— À vos ordres. Avec copie de l'information pour vous ?

— Correct, acquiesça Rojdestvenski.

— Je présume qu'il est permis d'utiliser un coursier intérieur pour vous la faire parvenir en main propre ?

— Absolument.

— Très bien. Je vous la fais transmettre dans quelques minutes.

— Bien. » Rojdestvenski repartit.

Zaïtzev regarda la dépêche. Elle était d'une brièveté bienvenue. Le cryptage et la transmission ne lui prirent qu'un quart d'heure.

Ultra-confidentiel
Immediat et urgent
De : Bureau du president, Centrale de Moscou
À : Rezident Sofia
Reference : Designation operationnelle 15-8-82-666
Approbation de l'operation attendue aujourd'hui via canaux evoques durant n/ rencontre. Faites rapport sitot contacts voulus etablis.

Et cela signifiait que l'opération 666 était lancée. La veille encore, l'annonce aurait glacé Zaïtzev, mais plus à présent. Maintenant, il savait qu'il allait agir pour l'empêcher. Si jamais quelque chose désormais tournait mal, ce serait la faute des Américains. La différence était considérable. Ne lui restait plus qu'à trouver comment établir une forme de contact régulier avec eux...

En haut, Andropov recevait le ministre des Affaires étrangères dans son bureau.

« Alors, Andreï, comment allons-nous procéder ?

— En temps normal, notre ambassadeur rencontrerait leur premier secrétaire, mais, dans l'intérêt de la sécurité, il vaudrait sans doute mieux recourir à un autre mode de contact.

— Quelle latitude de pouvoir exécutif possède au juste leur premier secrétaire ? s'enquit le président.

— À peu près autant que Koba il y a trente ans. La Bulgarie est dirigée d'une main de fer. Les membres du Politburo représentent les sections locales, mais seul le premier secrétaire du Parti détient le vrai pouvoir de décision.

— Ah. » C'était une bonne nouvelle pour Iouri Vladimirovitch. Il décrocha son téléphone. « Envoie-moi le colonel Rojdestvenski », dit-il à son secrétaire.

Deux minutes après, le colonel franchissait la porte de la penderie. « Oui, camarade président.

— Andreï, je vous présente mon bras droit, le colonel Rojdestvenski. Colonel, notre *rezident* à Sofia s'adresse-t-il directement au chef du gouvernement bulgare ?

— Rarement, camarade, même si ça lui est arrivé à l'occasion par le passé. » Rojdestvenski fut surpris que le président l'ignore, mais il en était encore à apprendre le déroulement des opérations sur le terrain. Au moins avait-il la présence d'esprit de poser les questions, et de ne pas avoir honte de le faire.

« Très bien. Pour des raisons de sécurité, je préférerais que l'ensemble du Politburo bulgare continue d'ignorer l'ampleur de cette opération 666. Donc, pensez-vous que le colonel Boubovoï pourrait informer leur chef du Parti afin d'obtenir son aval par une voie plus directe ?

— Pour ce faire, une lettre signée du camarade Brejnev serait sans doute nécessaire, répondit le colonel.

— Oui, ce serait sans doute la meilleure façon de procéder, reconnut d'emblée le ministre des Affaires étrangères. Excellente idée, colonel, renchérit-il.

— Très bien. Nous l'aurons aujourd'hui. Leonid Illitch sera dans son bureau, Andreï ?

— Oui, Iouri. Je vais le prévenir pour lui dire ce qui sera nécessaire. Je peux rédiger un premier jet dans mon bureau si vous voulez, ou préférez-vous qu'on le fasse ici ?

— Avec votre permission, Andreï, dit aimablement Andropov, autant le faire tout de suite. Ce qui permettrait de faire porter la missive à Sofia pour qu'elle soit livrée demain ou après-demain.

— Mieux vaudrait laisser quelques jours à notre camarade bulgare, Iouri. Ce sont nos alliés, mais ils demeurent un État souverain, après tout.

— Absolument, Andreï. » Chaque pays du monde avait une bureaucratie dont le propos essentiel était de retarder l'exécution des choses importantes.

« Et nous ne voudrions pas non plus que le monde entier apprenne que notre *rezident* présente à ce dirigeant une requête importante », ajouta le ministre des Affaires étrangères, donnant ainsi au patron du KGB une petite leçon de sécurité opérationnelle, nota le colonel Rojdestvenski.

« Combien de temps ensuite, Alexis Nikolaïevitch ? demanda Andropov.

— Au bas mot, plusieurs semaines. » Il vit une lueur d'ir-

ritation dans les yeux de son chef et décida de s'expliquer :
« Camarade président, le choix de l'assassin qui convient à la
tâche ne se fera pas sur un simple coup de fil. Strokov devra
forcément redoubler de prudence dans son choix. Après tout,
les hommes ne sont pas aussi prévisibles que des machines et
il s'agit là de l'aspect le plus important – et le plus délicat –
de cette opération.

— Oui, je suppose que vous avez raison, Alexis. Très bien.
Faites prévenir Boubovoï qu'un message lui sera remis en
main propre.

— Sur-le-champ, camarade président ? Ou après qu'il
aura été visé et paraphé ? » demanda Rojdestvenski en
bureaucrate avisé – façon de suggérer à son patron la meilleure procédure à adopter sans toutefois le préciser de vive
voix.

Ce colonel ira loin, songea le ministre des Affaires étrangères, relevant son nom pour la première fois.

« Bon point, colonel. Fort bien, je vous ferai savoir quand
la lettre sera prête à partir.

— À vos ordres, camarade président. Avez-vous encore
besoin de moi ?

— Non, ce sera tout pour le moment, répondit Andropov
en le congédiant.

— Iouri Vladimirovitch, vous avez un excellent second.

— Oui, il me reste encore tellement de choses à apprendre ici, concéda Andropov. Et il parfait mon éducation chaque jour.

— Vous avez bien de la chance d'être entouré d'autant
d'experts.

— C'est vrai, Andreï Andreïevitch, c'est bien vrai. »

Sitôt de retour dans son bureau au bout du couloir, Rojdestvenski rédigea la brève dépêche pour Boubovoï. Les événements s'accéléraient, mais, estima-t-il, pas encore assez vite

au goût du chef du KGB. Il voulait réellement la mort de ce prêtre. Le Politburo semblait vraiment redouter les séismes politiques, mais Rojdestvenski, quant à lui, nourrissait des doutes. Après tout, le pape n'était qu'un individu comme un autre, mais, comme tout bon fonctionnaire, le colonel avait modelé son conseil en fonction de ce que son chef voulait entendre, tout en lui laissant deviner ce qu'il avait besoin de savoir. C'est que son poste s'accompagnait de grandes responsabilités. Rojdestvenski savait qu'il était en mesure de briser la carrière d'officiers qu'il n'aimait pas ou d'influer dans une certaine mesure sur le déroulement des opérations. Si la CIA s'avisait un jour de le recruter, il pourrait se montrer un agent de grande valeur. Mais le colonel Rojdestvenski était un patriote et, par ailleurs, les Américains n'avaient sans doute pas la moindre notion de son identité ou de son activité. La CIA inspirait des craintes certainement injustifiées. Les Américains n'étaient pas vraiment doués pour l'espionnage. Les Anglais, si, mais le KGB et ses prédécesseurs avaient malgré tout réussi à les infiltrer par le passé. Moins de nos jours, hélas. Les jeunes communistes des années 30 à Cambridge étaient tous bien vieux aujourd'hui, qu'ils croupissent dans les prisons britanniques, vivent une paisible retraite aux frais du gouvernement de Sa Majesté ou bien encore finissent leurs jours à Moscou, tel Kim Philby, considéré comme un ivrogne même par les Moscovites. S'il buvait, c'était sans doute parce qu'il s'ennuyait de son pays, qu'il regrettait sa terre natale, la boisson, la nourriture et les matches de foot, les journaux avec lesquels il avait toujours été en désaccord idéologique, mais qui lui manquaient quand même. *Quel terrible sort que celui de transfuge*, songea Rojdestvenski.

Qu'est-ce que je vais faire ? se demanda Zaïtzev. *Qu'est-ce que je vais leur demander ?*

De l'argent ? La CIA payait sans doute grassement ses

espions – plus qu'il ne serait sans doute capable de dépenser... Des produits d'un luxe inimaginable... Un magnétoscope ! Ils commençaient tout juste d'arriver en Russie – des appareils de fabrication hongroise, en général, copies conformes de leurs homologues occidentaux. Le plus gros problème était de trouver des cassettes – les vidéos X étaient particulièrement recherchées. Certains de ses collègues du KGB en parlaient. Zaïtzev pour sa part n'en avait jamais visionné, mais il était curieux, c'était humain. L'Union soviétique était dirigée par des hommes tellement conservateurs. Peut-être que les membres du Politburo étaient tout simplement trop vieux pour s'intéresser au sexe et donc ne voyaient pas l'intérêt de la chose pour leurs concitoyens plus jeunes...

Il hocha la tête. Assez ! Il devait décider de ce qu'il dirait à l'Américain du métro. Ce fut la tâche à laquelle il s'attela pendant son déjeuner à la cafétéria.

15

Un lieu de rencontre

Mary Pat devait à intervalles réguliers passer à l'ambassade, sous prétexte de voir son mari pour raisons familiales ou bien pour acheter de l'épicerie fine au magasin réservé au corps diplomatique. Chaque fois, elle s'habillait mieux que lorsqu'elle se promenait simplement dans les rues de Moscou, les cheveux bien coiffés et retenus par un bandeau qui lui donnait l'air juvénile, le visage bien maquillé, afin de passer pour l'archétype de la blonde Américaine évaporée. Elle sourit. Elle était ravie d'être une vraie blonde, et tout ce qui pouvait la faire passer pour une ravissante idiote était un bon point pour sa couverture.

C'est donc d'un pas alerte qu'elle franchit la porte d'entrée, saluant d'un geste dégagé les marines toujours polis, et se dirigea vers l'ascenseur.

Elle trouva son mari seul dans son bureau.

« Hé, chou ! » Ed se leva pour l'embrasser, puis recula d'un pas pour mieux profiter du tableau. « Pas mal...

— Ma foi, c'est un déguisement assez efficace. » En tout cas, il l'avait été également en Iran, surtout quand elle était enceinte. Ce pays ne traitait pas spécialement bien les femmes, mais il manifestait toutefois une étrange déférence à leur endroit quand elles attendaient un enfant, avait-elle découvert peu avant de devoir décamper pour de bon. C'était un poste qu'elle ne regrettait pas particulièrement.

« Ouais, chou. Il ne te manque plus que la planche de surf et une jolie plage...

— Oh, Ed, arrête. On croirait entendre les Beach Boys. » Puis, brusque changement de ton : « Le drapeau a bien été hissé à l'envers ?

— Ouais. Les caméras n'ont pas révélé de réaction notable chez les passants. Mais on pouvait le voir du bout de la rue, et la portée des caméras de surveillance ne s'étend pas jusque-là. On va bien voir si notre ami me glisse un message dans la poche quand je rentrerai ce soir.

— Qu'ont dit les marines ? s'enquit-elle.

— Ils ont demandé pourquoi, mais Dom ne leur a rien dit. Merde, il n'en sait rien non plus, après tout ?

— C'est un bon espion, ce Dominic, jugea Mary Pat.

— En tout cas, Ritter l'aime bien.... Oh... », se souvint Foley. Il piocha un message au fond de son tiroir et le lui tendit.

« Merde, lâcha-t-elle dans un souffle en le parcourant rapidement. Le pape ? Ces enculés veulent tuer le pape ? » Mary Pat ne s'exprimait pas toujours comme une blonde californienne.

« Eh bien, aucune information ne le suggère directement, mais si c'est bien le cas, nous sommes censés le découvrir.

— Ça me paraît un boulot pour PIVERT » – qui était leur élément infiltré au secrétariat du Parti.

« Ou peut-être pour CARDINAL ? songea tout haut Ed.

— On ne l'a pas encore activé », fit observer MP, mais il serait bientôt temps de le recontacter. Chaque soir, ils surveillaient son appartement, guettant le signal sous la forme de la bonne combinaison de rideaux et de lampadaires dans la salle de séjour. Son logement était – veine – proche du leur, et la connexion avait été solidement établie, pour commencer avec un bout de ruban adhésif collé sur un réverbère. Poser le signal, c'était le boulot de MP. Elle était déjà passée devant une demi-douzaine de fois en promenant le petit Eddie.

« C'est un boulot pour lui ?

— Le Président veut absolument savoir, fit remarquer son mari.

— Ouais. » Mais CARDINAL était le plus important de leurs agents infiltrés et certainement pas un élément à mettre en alerte, sauf raison vraiment cruciale. Par ailleurs, CARDINAL saurait de lui-même qu'il devait faire sortir une info de ce calibre si jamais il en avait connaissance. « Personnellement, je ne bougerai pas tant que Ritter n'en aura pas donné l'ordre.

— Entendu », concéda Ed Foley. Si Mary Pat prônait la prudence, alors la prudence était justifiée. Après tout, c'était elle qui aimait prendre des risques et se lancer à l'aventure. Mais cela ne voulait pas dire pour autant qu'elle avait une conduite inconsciente. « Je vais laisser ça de côté pour l'instant.

— Et sois gentil de voir ce que compte faire notre nouveau contact.

— Tu l'as dit, ma jolie. Bon, c'est pas tout, tu veux que je te présente à l'ambassadeur ?

— J'imagine que c'est le moment », approuva-t-elle.

« Alors, bien remis d'hier ? » demanda Ryan en voyant entrer Harding. C'était la première fois qu'il arrivait au bureau avant son collègue.

« Oui, j'imagine.

— Si ça peut vous réconforter, je n'ai pas encore eu quant à moi l'occasion de rencontrer le Président. Et je ne suis pas spécialement pressé. Comme disait Mark Twain du gars qui s'était fait badigeonner de goudron et de plumes : si ce n'avait pas été pour l'honneur de la chose, je m'en serais passé volontiers. »

Harding laissa échapper un petit rire. « Tout juste, Jack. C'est un truc à vous donner du mou dans les genoux.

— Elle est vraiment aussi coriace qu'on le dit ?

— Je ne suis pas sûr que j'aurais envie de l'avoir en mêlée en face de moi. Et elle est en plus d'une intelligence extrême. Rien ne lui échappe, elle sait toujours poser les bonnes questions.

— Eh bien, savoir y répondre, c'est à ça qu'on nous paie, Simon », fit observer Ryan. Il ne servait à rien d'avoir peur des gens qui, somme toute, ne faisaient eux aussi que leur boulot et qui avaient besoin d'informations de bonne qualité pour le faire convenablement.

« Et elle aussi, Jack. Elle doit affronter les séances de questions au Parlement.

— Oh, ce genre de truc ? demanda Jack, surpris.

— Plus exactement, elle doit parfois en discuter avec l'opposition, même si c'est encadré par des règles strictes.

— Et vous redoutez les fuites ? » demanda Jack, dubitatif. En Amérique, il y avait pour cela des commissions parlementaires nommées tout exprès, dont les membres étaient précisément informés de ce qu'ils pouvaient et ne pouvaient pas dire. L'Agence craignait les fuites – c'étaient des politiciens, après tout – mais il n'avait jamais entendu parler de fuite sérieuse en provenance du Capitole. Quand il y en avait, elles émanaient plus souvent de l'Agence même, et d'abord du sixième étage, celui de la direction... quand ce n'était pas de l'aile ouest de la Maison Blanche. Cela ne voulait pas dire que la CIA était ravie de constater des fuites, quelles qu'elles soient, mais au moins celles-ci étaient-elles le plus souvent sanctionnées, quand il ne s'agissait pas de tentatives de désinformation ayant une motivation politique. Il en allait sans doute de même ici, surtout avec une presse encadrée et contrôlée d'une manière qui aurait donné une sérieuse attaque à la rédaction du *New York Times*.

« On s'en inquiète toujours, Jack, admit Harding. Sinon, du nouveau, depuis hier soir ?

— Rien de neuf concernant le pape, rapporta Jack. Toutes nos sources se sont heurtées à un mur de briques. Et vous, vous allez lâcher dessus vos gars sur le terrain ?

— Oui, elle a bien fait comprendre à Basil qu'elle voulait plus d'informations. Si jamais il arrivait malheur au Saint-Père, ma foi...

— Elle en péterait une durite, c'est ça ?

— Vous autres Américains, vous avez toujours une façon imagée de voir les choses, Jack. Et votre Président ?

— Ça le ferait sérieusement chier, et je pèse mes mots. Son père était catholique, sa mère l'a élevé dans la foi protestante, mais il ne serait pas vraiment ravi de voir le pape se choper une mauvaise grippe de fin de saison.

— Vous savez, même si on parvient à déterrer une info quelconque, il n'est pas du tout certain qu'on puisse l'exploiter.

— Je m'en doute un peu, mais au moins ça nous donnerait des éléments à fournir à l'escorte chargée de sa protection. On peut déjà faire ça, et peut-être que ça le poussera à modifier son emploi du temps... non, il n'en fera rien. Il préférerait encore affronter les balles. Mais ça nous permettrait peut-être au moins d'entraver les projets des agresseurs. On ne peut pas dire, tant qu'on n'a pas un minimum d'éléments à coller bout à bout. Mais ça, ce n'est plus vraiment notre boulot, pas vrai ? »

Harding secoua la tête tout en touillant son thé matinal. « Non, les agents sur le terrain nous balancent les données, et c'est à nous de décider à quoi ça rime.

— Frustrant ? » demanda Ryan. Harding était dans la partie depuis bien plus longtemps que lui.

« Souvent, oui. Je sais que les gars sur le terrain suent sang et eau à faire leur boulot – qui peut s'avérer dangereux pour ceux qui n'ont pas une couverture "légale" –, mais nous autres utilisateurs de ces informations, nous ne sommes pas toujours capables de voir les choses selon leur point de vue.

Résultat, ils n'ont pas une opinion aussi favorable de nous que nous d'eux. J'ai eu l'occasion d'en rencontrer plusieurs toutes ces années, et ce sont de braves types, mais ça reste une affaire de choc culturel, Jack. »

Les gars sur le terrain sont sans doute aussi bons analystes que nous, si l'on veut bien y penser, estima Ryan. *J'aimerais bien savoir le nombre de fois où la petite confrérie des analystes s'est posé cette question.* Encore un truc à ranger dans son casier mental marqué « À ne pas oublier ». Après tout, l'Agence était censée former un gros tas de chouettes copains. Bien sûr, c'était faux, même si l'on se cantonnait au sixième étage.

« Toujours est-il qu'on a ceci qui nous est venu d'Allemagne de l'Est. » Jack lui passa la chemise de l'autre côté de la table. « De la grogne dans leur hiérarchie politique, la semaine dernière.

— Ah, ces fichus Prussiens..., laissa échapper Harding, qui avait saisi le dossier et l'ouvrait à la première page.

— Ne vous plaignez pas. Les Russes ne les aiment pas trop non plus.

— Et ce n'est pas moi qui leur en ferai reproche. »

Zaïtzev était en train de se creuser la tête derrière son bureau, l'esprit en pilotage automatique. Il fallait qu'il rencontre son nouvel ami américain. Il y avait des risques, tant qu'il n'aurait pas trouvé un lieu de rendez-vous anonyme et discret. Le bon point était qu'il n'en manquait pas à Moscou. Le mauvais, était que la Deuxième Direction du KGB les connaissait sans doute tous. Mais, même si l'endroit était très fréquenté, peu importait, au contraire, tant mieux.

Que dirait-il ?

Que demanderait-il ?

Que lui offrirait-il ?

Voilà de bonnes questions, estima-t-il. Les dangers ne feraient que croître. La meilleure issue possible pour lui serait de quitter définitivement l'Union soviétique, avec femme et enfant.

Oui, c'est cela qu'il demanderait, et si l'Américain répondait non, il retournerait simplement se fondre dans sa réalité coutumière, conscient toutefois d'avoir essayé. Il détenait des choses qui les intéresseraient, et il leur ferait bien comprendre que le prix de cette information était sa liberté.

Ah, la vie à l'Ouest... tous ces trucs décadents que l'État décrivait à tous ceux qui étaient capables de lire un journal ou de regarder la télé, toutes ces horreurs dont ils parlaient. La façon qu'avait l'Amérique de traiter ses minorités. Ils passaient même à la télé des images de leurs bidonvilles – mais ils montraient aussi leurs autos. Si l'Amérique opprimait ses Noirs, alors pourquoi les laissait-elle dans le même temps acheter autant de voitures ? Pourquoi les laissait-elle déclencher des émeutes dans les rues ? Le même genre de situation se produirait en URSS, le gouvernement ferait aussitôt appel à la troupe. De sorte que non, la propagande d'État ne pouvait pas être entièrement véridique. Et puis de toute façon, n'était-il pas blanc ? Qu'est-ce qu'il en avait à fiche du sort de quelques Noirs mécontents désireux d'acheter la voiture de leur choix ? Comme bon nombre de Russes, il n'avait vu des Noirs qu'à la télé – et sa première réaction était de se demander s'il était vrai qu'il puisse exister des hommes couleur chocolat, mais apparemment, oui. Le KGB menait des opérations en Afrique. Mais aussitôt il s'interrogea : avait-il souvenance d'une opération du KGB en Amérique qui aurait utilisé un agent noir ? Non, pas tant que ça... Une ou deux peut-être, et chaque fois il s'était agi de sergents de l'armée américaine. Si les Noirs étaient opprimés, comment se pouvait-il qu'ils deviennent sergents ? Dans l'armée Rouge, seuls les éléments politiquement fiables étaient admis à l'école des sous-officiers. Donc, encore un mensonge démasqué – et celui-là uniquement parce qu'il travaillait pour le KGB. Quels autres mensonges lui avait-on encore racontés ? Alors, pourquoi ne pas partir ? Pourquoi ne pas demander aux Américains un billet de sortie ?

Mais me l'accorderont-ils ? se demanda-t-il aussitôt.

Bien sûr. Il pouvait leur révéler quantité d'opérations du KGB à l'Ouest. Il détenait les noms d'officiers et les noms de code d'agents – des traîtres aux gouvernements occidentaux, des individus qu'ils voudraient sans aucun doute éliminer.

Cela ferait-il de moi un complice de meurtre ? se demanda-t-il.

Non, mais non. Après tout, ces gens-là étaient des traîtres. Et un traître restait un traître...

Et toi, qu'est-ce que tu es, dans ce cas, Oleg Ivanovitch ? demanda la petite voix dans sa tête, rien que pour le torturer.

Mais il se sentait désormais assez fort pour la balayer d'un simple hochement de tête de gauche à droite. Traître ? Non, pas du tout, il prévenait un assassinat, et cela, c'était un acte honorable. Et il était un homme honorable.

Restait toutefois à trouver un moyen. Il devait rencontrer un espion américain et lui dire ce qu'il voulait.

Où et comment ?

Il faudrait que ce soit un lieu fréquenté, où les gens pourraient se bousculer de manière si naturelle que même un as du contre-espionnage de la Deuxième Direction principale ne serait pas à même de voir ce qui se passait ou d'entendre ce qui se disait.

Et soudain, il réalisa : sa femme travaillait dans un endroit de ce genre.

Donc, il allait rédiger un autre message sur un formulaire vierge, qu'il ferait passer dans le métro, comme les deux fois précédentes. Il verrait alors si les Américains étaient vraiment décidés à jouer son jeu. Il était dans la position du chef, désormais, non ? Il détenait un élément qu'ils cherchaient, il maîtrisait le moyen de le leur transmettre, c'est lui qui allait établir la règle du jeu, et ils seraient bien forcés de la suivre. Pas plus compliqué que ça...

Oui, se dit-il.

N'était-ce pas ironique ? Il allait faire un truc que le KGB avait toujours voulu faire : dicter ses termes à la CIA.

Chef pour un jour, se dit l'agent de transmissions. Les mots avaient un goût délicieux dans sa bouche.

À Londres, Cathy regardait deux chirurgiens ophtalmologiques opérer un certain Ronald Smithson, un maçon affligé d'une tumeur derrière l'œil droit. Les radios révélaient une masse de la taille approximative d'une demi-balle de golf, si inquiétante que M. Smithson n'avait eu à attendre que cinq semaines pour subir l'intervention. Ça faisait peut-être quatre de plus qu'il n'en aurait fallu à Johns Hopkins, mais c'était notablement plus rapide que dans les circonstances habituelles ici.

Les deux chirurgiens de Moorefields étaient Clive Hood et Geoffrey Phillips, tous deux praticiens expérimentés. C'était une intervention de routine. Une fois la tumeur extraite, une lamelle en avait été coupée et congelée pour être transmise au service d'anatomopathologie – l'histopathologiste de garde analyserait le prélèvement pour décider si la tumeur était bénigne ou maligne. Cathy espérait bien que ce serait la première hypothèse, car dans la seconde le pronostic pouvait être sombre. Elle se montrait néanmoins optimiste. À l'œil nu, la tumeur n'avait pas l'air terriblement agressive, et elle savait son jugement fiable dans environ quatre-vingt-cinq pour cent des cas. Pas très scientifique comme méthode – elle en était parfaitement consciente. C'était presque de la superstition mais, de ce point de vue, les chirurgiens ne sont pas différents des joueurs de base-ball. C'est pour cela qu'ils enfilent leurs chaussettes toujours dans le même ordre chaque matin – le collant dans son cas – parce qu'ils tombent dans de petites habitudes de vie et que ce sont des créatures d'habitude, et que ces petites manies personnelles stupides tendent à déteindre sur leur pratique professionnelle...

Bref, une fois la biopsie transférée au labo, il ne s'agissait plus que d'exciser cette masse gris-rose...

« Quelle heure est-il, Geoffrey ? demanda le Dr Hood.

— Une heure moins le quart, Clive, répondit le Dr Phillips, après un coup d'œil à l'horloge murale.

— Bon, alors, qu'est-ce que tu dirais d'une pause déjeuner ?

— Pas de problème. Je me prendrais bien un petit truc. Il faudra qu'on appelle un autre anesthésiste pour maintenir M. Smithson dans le cirage, observa leur collègue anesthésiste.

— Eh bien, dans ce cas, allez-y, Owen, voulez-vous ? suggéra Hood.

— Tout de suite », acquiesça le Dr Ellis. Il quitta sa chaise, placée à la tête du patient, pour se diriger vers le téléphone mural. Il était de retour au bout de quelques secondes. « Deux minutes.

— Excellent. Tu veux aller où, Geoffrey ? demanda Hood.

— The Frog and Toad ? – « La Grenouille et le Crapaud ? » Leur sandwich bacon-laitue-tomates avec frites est de première qualité.

— Splendide », répondit Hood.

Cathy Ryan, qui se tenait derrière le Dr Phillips, resta bouche close sous le masque chirurgical, mais ses yeux d'un bleu de porcelaine s'étaient écarquillés. *Ils laissent un patient endormi sur le billard pendant qu'ils sortent déjeuner ?* Mais qui étaient ces types, des sorciers vaudous ?

L'anesthésiste remplaçant se présenta sur ces entrefaites, déjà en blouse et paré à prendre le relais. « Rien de spécial à m'indiquer, Owen ? demanda-t-il.

— Non, rien de spécial, la routine. » Et le chef anesthésiste d'indiquer les divers appareils surveillant les fonctions vitales du patient : tous affichaient des valeurs parfaitement normales, nota Cathy. Malgré tout...

Hood les précéda pour rejoindre le vestiaire où les quatre toubibs se débarrassèrent de leurs blouses avant de reprendre leur manteau, retourner dans le couloir et descendre l'escalier pour rejoindre la rue. Cathy avait suivi le mouvement, ne sachant trop que faire.

« Alors, Caroline, comment trouvez-vous Londres ? s'enquit Hood sur un ton plaisant.

— On s'y plaît beaucoup, répondit-elle, encore un peu abasourdie.

— Et vos enfants ?

— Ma foi, nous avons une très gentille nurse, une jeune femme originaire d'Afrique du Sud. »

Phillips acquiesça, semblant approuver le choix d'un signe de tête.

Le pub était à moins d'un pâté de maisons, vers l'ouest, sur City Road. On leur trouva vite une table. Sitôt assis, Hood piocha une cigarette et l'alluma. Il remarqua le regard désapprobateur de Cathy.

« Eh oui, madame Ryan, je sais que ce n'est pas bon pour la santé et que c'est un mauvais exemple pour un médecin, mais chacun de nous a droit à une faiblesse humaine, pas vrai ?

— Si vous cherchez une approbation, vous n'avez pas frappé à la bonne porte, répondit-elle.

— Ah, eh bien dans ce cas, j'éviterai de souffler ma fumée dans votre direction. » Et d'étouffer un petit rire, tandis que le garçon approchait. « Qu'est-ce que vous avez comme bière, ici ? » lui demanda-t-il.

Une chance pour lui qu'il fume, se dit Cathy. Elle avait du mal à gérer plus d'un choc à la fois, mais au moins ce dernier lui donnait-il un avertissement clair. Hood et Phillips optèrent l'un et l'autre pour une John Courage. Ellis préférait une Tetley. Cathy commanda un coca. Puis tous se mirent à parler boutique, comme souvent les toubibs.

Pour sa part, Caroline Ryan resta assise, silencieuse, sur sa chaise de bistrot, observant les trois médecins en train de déguster leur bière et, pour l'un d'eux, une clope, tandis que leur patient restait plongé dans une bienheureuse inconscience au protoxyde d'azote en salle d'opérations numéro 3.

« Alors, qu'est-ce que vous en pensez ? Ça vous paraît différent de Johns Hopkins ? » demanda Hood en écrasant son mégot.

Cathy faillit s'étrangler, mais décida de n'émettre aucun des commentaires qui lui trottaient dans la tête. « Ma foi, la chirurgie reste toujours de la chirurgie. Je suis toutefois surprise que vous ayez si peu de scanners à IRM ou de PET-scans. Comment faites-vous pour vous en passer ? Je veux dire, dans mon service, je n'aurais même pas songé intervenir sur M. Smithson sans une batterie de scans de la tumeur.

— Elle a raison, vous savez, nota Hood après un instant de réflexion. Notre brave maçon aurait pu attendre quelques mois de plus si nous avions eu une meilleure estimation de l'étendue de la grosseur.

— Vous attendez tout ce temps pour un hémangiome ? lâcha Cathy. Chez nous, on procède à une ablation immédiate. » Elle ne crut pas utile d'ajouter qu'avoir une de ces saletés dans le crâne était horriblement douloureux. Cela provoquait une saillie frontale du globe oculaire, avec parfois des troubles de la vision – c'était du reste la raison qui avait conduit M. Smithson à consulter son généraliste. Il avait également signalé d'épouvantables migraines qui avaient dû lui faire souffrir le martyre jusqu'à ce qu'on lui prescrive un analgésique à base de codéine.

« Ma foi, ici, les choses se déroulent un peu différemment. »

Hon-hon. Ça doit être une bonne façon de pratiquer la médecine à l'heure, plutôt qu'au patient.

Le déjeuner arriva. Le sandwich était succulent – meilleur en tout cas que ce à quoi elle était habituée avec la cantine de l'hôpital – mais elle n'arrivait toujours pas à se faire à l'idée de voir ces types boire de la bière ! La bière locale était à peu près deux fois plus chargée en alcool que celles qu'on buvait en Amérique, et ils en descendaient une pleine pinte – un bon demi-litre ! *Mais où suis-je tombée ?*

« Ketchup avec vos frites, Cathy ? » Ellis fit glisser vers elle le flacon. « Ou devrais-je dire Lady Caroline ? J'ai appris que Son Altesse était le parrain de votre fils ?

— Eh bien, en quelque sorte. Il a accepté. Jack le lui avait demandé, sur l'impulsion du moment, alors qu'il lui rendait visite à l'hôpital de l'Académie navale. Les vrais parrain et marraine sont en fait Robby et Sissy Jackson. Robby est pilote de chasse dans l'aéronavale. Sissy est pianiste de concert.

— C'était le type noir qu'on voyait dans les journaux ?

— C'est lui, oui. Jack a fait sa connaissance alors qu'ils enseignaient tous deux à l'Académie navale, et ce sont des amis très proches.

— Je veux bien le croire. Donc, les infos étaient exactes ? Je veux dire...

— J'essaie de ne plus y penser. Le seul bon point de cette soirée est que le petit Jack est arrivé.

— Je vous comprends tout à fait, Cathy, répondit Ellis, la bouche pleine. Si ce qu'a raconté la presse est vrai, vous avez dû passer une soirée horrible.

— Ça n'a pas été drôle. » Elle réussit à sourire. « Heureusement qu'il y a eu le travail et l'accouchement. »

Les trois Britanniques rirent de cette dernière remarque. Tous trois étaient pères, et tous trois avaient assisté aux accouchements, qui n'étaient pas plus amusants pour les femmes d'ici que pour celles d'outre-Atlantique.

Une demi-heure plus tard, ils reprenaient le chemin de Moorefields. Hood en avait profité pour fumer une autre cigarette, mais il eut la courtoisie de se tenir à l'écart de sa collègue américaine. Dix minutes après, ils étaient retournés en salle d'opérations. L'anesthésiste au pied levé ne leur signala rien d'anormal dans l'intervalle, et l'intervention reprit.

« Vous voulez que je vous assiste ? demanda Cathy, pleine d'espoir.

— Non, merci, Cathy », répondit Hood, penché sur son patient qui, profondément endormi, ne risquait pas de sentir l'haleine parfumée à la bière penchée sur lui.

Caroline Ryan, docteur en médecine, chirurgienne diplômée, tout en se félicitant d'avoir su se retenir de pousser une gueulante, restait néanmoins à proximité immédiate pour s'assurer que ces deux Anglais n'allaient pas déconner et procéder par erreur à l'ablation de l'oreille du patient.

Peut-être qu'après tout l'alcool leur rend-il la main plus sûre, se dit-elle en guise de consolation. Mais, pour sa part, elle avait toutes les peines du monde à empêcher ses mains de trembler.

Le Crown and Cushion – « La Couronne et le Coussin » – était un pub londonien délicieux, bien que typique. Le sandwich était excellent et Ryan avait apprécié une pinte de John Smith tout en parlant boutique avec Simon. La pensée l'effleura de voir servir de la bière à la cafétéria de la CIA, mais ça ne passerait jamais. Il y aurait bien un type au Congrès qui s'en apercevrait et ferait du barouf devant les caméras de C-Span, la chaîne parlementaire – ce qui ne l'empêcherait pas bien sûr d'arroser de chardonnay son déjeuner au Capitole, voire de déguster quelque breuvage un peu plus corsé quand il était à son bureau. *C'est simplement une culture différente, ici, et après tout, vive la différence,* songea-t-il en français, tout en arpentant Westminster Bridge Road en direction de Big Ben – la cloche, pas la tour, qui elle s'appelle en fait

St. Mary's Bell Tower – « le clocher de Sainte-Marie » –, contrairement à ce que croient les touristes. Les parlementaires devaient à coup sûr disposer de trois ou quatre buvettes au sein même du bâtiment. Et ils ne se saoulaient sans doute pas plus que leurs collègues américains.

« Vous savez, Simon, je crois que tout le monde est inquiet avec cette affaire.

— Mais quelle idée a-t-il eu d'envoyer cette lettre à Varsovie, n'est-ce pas ?

— Pouvait-on s'attendre au contraire de sa part ? rétorqua Ryan. C'est son peuple. C'est son pays natal, après tout, non ? Pour ainsi dire la paroisse que les Russes essaient de piétiner.

— C'est bien là le problème, admit Harding. Mais les Russes ne changeront pas. D'où impasse. »

Ryan acquiesça. « Quelles sont les chances de voir les Russes céder ?

— Sauf raison impérieuse, il n'y en a guère... Votre Président va-t-il tenter de les dissuader ?

— Le pourrait-il qu'il ne le voudrait pas. Pas sur un truc pareil, vieux.

— Donc, nous avons deux camps. L'un mû par ce qu'il estime être son impératif moral, et l'autre par la nécessité politique, de peur de ne pas agir. Comme je l'ai dit, Jack, c'est une fichue impasse.

— Le père Tim, à Georgetown, aimait à dire que les guerres sont déclenchées par la crainte des hommes. Crainte des conséquences de la guerre, mais plus encore de ne pas se battre. Drôle de fichue façon de diriger la planète », crut bon d'observer tout haut Ryan, ouvrant une porte dans laquelle s'engouffra son ami.

« Le modèle d'août 1914, j'imagine...

— Certes, mais au moins à l'époque, tous ces gars croyaient en Dieu. La deuxième partie a déjà été un rien différente sous cet aspect. Quant aux joueurs de celle-ci – les

Mauvais, en tout cas –, ce n'est plus vraiment une contrainte pour eux. Et pas plus pour les gars de Moscou. Vous savez, il doit exister certaines limites à nos actions si nous ne voulons pas nous transformer en monstres.

— Allez raconter ça au Politburo, Jack, suggéra Harding d'un ton léger.

— Ouais, Simon, bien sûr. » Ryan se dirigea vers les toilettes pour évacuer une partie de ses libations de midi.

La soirée ne vint pas aussi vite pour chacun des participants. Ed Foley se demandait ce qui allait se passer. Rien ne garantissait que ce type allait enchaîner sur ce qu'il avait lancé. Il pouvait se déballonner – et de fait, dans son cas, ce serait la meilleure chose à faire. Trahir était une activité dangereuse hors les murs de l'ambassade des États-Unis.

Il portait toujours une cravate verte – la seconde, il n'en avait emporté que deux –, comme un porte-bonheur, parce qu'il en était au point où il fallait désormais compter sur la chance. Qui que soit le gars, pour qu'il ne se dégonfle pas.

Allez, Ivan, ramène-toi et on te refilera la connexion, pensa Foley de toutes ses forces, comme pour envoyer un message télépathique. *Un abonnement à vie pour Disney World et des places pour tous les matches de foot que tu voudras. Oleg Penkovski voulait rencontrer Kennedy et, ouais, on pourra sans doute arranger ça avec le nouveau président. Merde, on t'offrira même une séance dans la salle de ciné privée de la Maison Blanche.*

À l'autre bout de la ville, Mary Pat pensait exactement à la même chose. S'ils franchissaient une nouvelle étape, ce serait à son tour de jouer un rôle dans le drame en cours. Si ce gars travaillait bel et bien à l'équivalent russe de MERCURY, et s'il désirait un billet de sortie de la Mère Russie, alors elle et son mari devraient imaginer un moyen de réaliser ce vœu. Il y avait toujours des moyens, on les avait déjà employés, mais on ne pouvait pas les qualifier de méthodes de « routine ». La sécurité aux frontières soviétiques était loin d'être parfaite, mais elle restait stricte – assez pour donner des sueurs froides quand on jouait avec –, et même si Mary Pat aimait le risque, ce n'était pas plus rassurant pour autant. Tant et si bien qu'à son tour elle se mit à ruminer quelques idées, tout en se livrant aux travaux ménagers dans l'appartement, pendant que le petit Eddie faisait sa sieste de l'après-midi et que les heures se traînaient avec lenteur, seconde interminable par seconde interminable.

Ed Foley n'avait toujours envoyé aucun message à Langley. Le moment n'était pas encore venu. Il n'avait rien de concret à signaler et il était inutile de faire fantasmer Bob Ritter sur un truc qui n'avait pas encore débouché. Cela se produisait bien assez souvent : les gens se rapprochaient de la CIA, puis se sentaient pris d'une grosse frousse et battaient en retraite. On n'allait pas leur courir après. Du reste, dans la majorité des cas, on ne savait même pas où ils étaient et, dans le cas contraire, s'ils avaient décidé de ne pas jouer le jeu, la réaction la plus logique pour eux était de vous balancer au KGB. Ce qui vous désignait comme espion – réduisant illico à zéro votre valeur pour le pays – et leur donnait de leur côté un moyen bien pratique de se couvrir en passant pour des citoyens soviétiques loyaux et vigilants, prompts à remplir leur devoir patriotique.

Les gens ne se rendaient pas compte que la CIA ne recrutait presque jamais ses agents. Non, ils venaient à elle – habilement parfois, parfois non. Ce qui laissait la porte ouverte à toutes les opérations d'infiltration. Le FBI s'y entendait à ce genre de jeu, tout comme la Deuxième Direction principale du KGB, ne serait-ce que pour identifier les espions dans le personnel diplomatique, ce qui valait toujours le coup. Si vous aviez su les identifier, vous pouviez alors les filer et les regarder alimenter leurs boîtes aux lettres ; il ne vous restait plus ensuite qu'à faire le guet aux alentours et voir qui venait les relever. Vous teniez dès lors votre traître, qui pouvait vous conduire à d'autres, et avec un peu de chance, vous pouviez débusquer un réseau entier, ce qui vous valait une étoile d'or – enfin, une chouette étoile rouge – sur votre cahier de notes. Des agents du contre-espionnage pouvaient bâtir toute une carrière sur ce type d'opérations, tant en Russie qu'en Amérique, d'où leur intérêt pour celles-ci. Les effectifs de la Deuxième Direction étaient nombreux – on supposait que la moitié du personnel du KGB y travaillait – et ils étaient doués : c'étaient des espions professionnels dotés de quantité de ressources, avec la patience du vautour qui décrit des cercles au-dessus du désert de l'Arizona, humant l'air pour déceler l'odeur d'un cadavre de lapin avant de plonger pour se repaître de la carcasse.

Mais le KGB était encore plus dangereux qu'un vautour. Un vautour ne chasse pas activement. Ed Foley ne pouvait jamais être certain de ne pas être filé lorsqu'il se baladait à Moscou. Oh, bien sûr, il pouvait toujours repérer quelqu'un, mais cela pouvait fort bien être à l'inverse un effort délibéré pour lui coller aux basques un agent maladroit – ou au contraire excessivement prudent – pour voir s'il allait chercher à se débarrasser de lui. Tous les espions étaient formés à la surveillance et la contre-surveillance, et les techniques étaient à la fois valides et reconnues absolument partout, tant et si bien qu'Ed Foley n'y recourait jamais. Au grand jamais. Pas une seule fois. Il était trop dangereux de jouer les petits malins à ce jeu, parce qu'on ne pouvait jamais l'être assez.

Il y avait d'autres contre-mesures à appliquer si nécessaire, comme le transfert de documents au passage par effleurement, une technique connue de tous les espions de la planète, mais néanmoins fort délicate à repérer, à cause même de sa simplicité. Non, les échecs venaient en général de ce que votre agent s'était énervé. Il était autrement plus difficile d'être espion qu'officier. Foley avait une couverture diplomatique. Les Russes pouvaient bien avoir un film le montrant en train de sodomiser la chèvre préférée d'Andropov sans rien pouvoir faire. Il était en principe un diplomate protégé par la Convention de Vienne, ce qui rendait sa personne inviolable – y compris en temps de guerre, même si les choses devenaient alors un peu plus délicates. Mais dans ce cas-là, estima Foley, ce ne serait plus vraiment un problème. Il serait grillé comme le reste de la population de Moscou et ne risquerait donc pas de se retrouver tout seul au paradis éventuel des espions.

Il détacha son esprit de ces balivernes, si distrayantes fussent-elles. Le problème se ramenait à un seul point : son ami russkof allait-il oui ou non franchir l'étape suivante, ou bien allait-il plutôt réintégrer ses boiseries, se satisfaisant d'avoir réussi à faire tourner en bourrique l'ambassade des États-Unis par un frais petit matin moscovite ? Pour le savoir, il fallait abattre ses cartes. Serait-ce un blackjack ou juste une paire de quatre ?

C'est bien pour cela que tu t'es lancé dans ce métier, Ed, se remémora Foley – le frisson de plaisir de la chasse. Et c'est vrai que c'était un plaisir, même si le gibier se fondait dans les brumes de la forêt. Et c'était encore plus bandant de dépecer l'ours que de le flairer.

Pourquoi ce type faisait-il ça ? Qu'est-ce qui le motivait ? Le Lucre ? L'Idéologie ? La Conscience ? L'Ego ? C'étaient les quatre raisons traditionnelles qui entraient en « LICE » pour reprendre, moyen mnémotechnique, l'acronyme de leurs initiales. Certains espions voulaient simplement une valise entière de billets de cent dollars. D'autres en venaient à croire à la politique du pays étranger qu'ils servaient avec la ferveur religieuse d'un nouveau converti. D'autres encore étaient troublés parce que leur patrie avait un comportement intolérable à leurs yeux. D'autres enfin étaient convaincus d'être meilleurs que leurs chefs et trouvaient là un bon moyen de damer le pion à ces enfoirés.

Du point de vue historique, les espions idéologiques étaient les plus productifs. Des hommes mettaient leur vie en jeu pour leurs convictions – raison pour laquelle les guerres de religion avaient toujours été si sanglantes. Foley préférait ceux que motivait le lucre. Ils étaient toujours rationnels et ils prenaient des risques, parce que plus le risque était gros, plus grosse était leur gratification. Les agents poussés par leur ego étaient en revanche susceptibles et pénibles. La vengeance n'a jamais été un motif louable, et ces individus étaient en général instables. La conscience était presque équivalente à l'idéologie. Au moins ceux-là étaient-ils motivés par une forme de principes.

Le fond du problème était que la CIA payait bien ses agents, pour de simples raisons d'équité, et par ailleurs, ça ne faisait pas de mal que le mot se répande. Savoir que l'on allait recevoir une juste rétribution contribuait fortement à lever les derniers scrupules des hésitants. Quelle que soit votre motivation foncière, être payé reste toujours intéressant. Même les idéologues ont besoin de manger. Idem pour ceux qui étaient mus par leur conscience. Et ceux qui l'étaient par leur ego constataient après tout que vivre dans l'aisance était une forme de vengeance fort satisfaisante.

Dans quelle catégorie rentres-tu, Ivan ? se demanda Foley. *Qu'est-ce qui te pousse à trahir ton pays ?* Les Russes étaient d'un patriotisme farouche. Quand Stephen Decatur disait « Notre pays a tort ou a raison », il aurait aussi bien pu parler à la place d'un citoyen russe.

Mais ce pays était si mal géré que c'en était tragique. La Russie devait être la moins chanceuse des nations de cette planète – d'abord, elle était bien trop vaste pour être gouvernée efficacement ; ensuite, elle était tombée aux mains de la dynastie désespérément inepte des Romanov, et après, quand ceux-ci n'étaient même plus arrivés à contenir la vitalité de leur nation, elle s'était retrouvée lâchée, hurlante, dans les mâchoires de la Grande Guerre, souffrant de telles pertes que Vladimir Illitch Oulianov, alias Lénine, avait réussi à prendre le pouvoir et à instaurer un régime politique calculé pour s'autodétruire ; enfin, les rênes de ce pays blessé étaient passées aux mains du psychopathe le plus vicieux depuis Caligula, en la personne de Joseph Staline. L'accumulation de tous ces déboires commençait à ébranler sérieusement la foi des autochtones...

Tu recommences à divaguer, Foley, se dit le chef d'antenne. Encore une demi-heure à tirer. Il quitterait l'ambassade à l'heure normale et prendrait le métro, imperméable ouvert, et il attendrait voir. Il se rendit aux toilettes. Il y avait des moments où sa vessie le titillait tout autant que son intellect.

De l'autre côté de la ville, Zaïtzev prenait son temps. Il n'allait pouvoir rédiger qu'un seul autre billet sur un formulaire vierge – en jeter un au vu et au su de tout le monde serait trop dangereux : on ne pouvait se fier au sac destiné à l'incinérateur, et il pouvait difficilement y mettre le feu dans son propre cendrier –, de sorte qu'il composa d'abord mentalement son message, puis le reformula, encore, encore et encore.

Tout cela l'occupa plus d'une heure, et enfin, il fut en mesure de le rédiger discrètement, de le plier et de l'introduire dans son paquet de cigarettes.

Petit Eddie glissa dans le magnétoscope sa cassette préférée des *Transformers*. Mary Pat regardait distraitement l'écran, derrière son petit bonhomme assis, fasciné, sur le tapis du salon. Et puis soudain, ça la frappa.

Voilà ce que je suis devenue. Je suis en train de me transformer de blonde ménagère évaporée en espion de la CIA. Et ça s'est fait sans hiatus. L'idée avait un certain attrait. Elle était en train de flanquer un ulcère à l'Ours soviétique, avec l'espoir que ce serait un bon ulcère hémorragique, qui ne partirait pas avec quelques verres de lait et des pansements gastriques. *D'ici une quarantaine de minutes, Ed saura si son nouvel ami a vraiment envie de jouer, et si oui, ce sera à moi de le manipuler. De le prendre par la main et de le mener pour lui soutirer ses informations et les transmettre à Langley.*

Que nous donnera-t-il ? Un truc bien juteux ? Travaille-t-il à leur centre de transmissions, ou n'a-t-il accès qu'aux masques jetables ? Ça ne doit sans doute pas être ça qui manque à la Centrale... quoique... tout dépend de leurs procédures de sécurité.

Celles-ci devaient être particulièrement drastiques. Seule une extrême minorité d'individus devaient avoir accès aux signaux du KGB...

Et c'était bien là l'appât qui frétillait au bout de l'hameçon, elle le savait, tout en regardant un tracteur diesel Kenworth se métamorphoser en robot bipède. Ce Noël, il allait falloir qu'ils se mettent à acheter ces jouets. Elle se demanda si Petit Eddie aurait même besoin qu'on l'aide à les transformer.

L'heure arriva. Ed allait franchir le seuil de l'ambassade à l'heure pile, ce qui serait un réconfort pour son ombre, s'il en avait une. Si oui, celui qui le filait noterait sans aucun doute encore une fois sa cravate verte, et penserait donc que la première n'avait rien d'inhabituel – en tout cas, pas au point de servir de signal pour un agent qu'il serait susceptible de manipuler. *Même le KGB ne peut imaginer que tous les employés d'une ambassade sont des espions.* Malgré la parano endémique en Union soviétique, même eux connaissaient les règles du jeu, et son ami du *New York Times* avait sans doute informé ses contacts personnels que ce Foley n'était qu'un pauvre abruti, trop con pour réussir à faire son trou comme journaliste de faits divers à New York, où pourtant l'activité policière rendait la tâche à peu près aussi difficile que regarder la télé le week-end. La meilleure couverture possible pour un espion était d'être trop con, et quel meilleur larron pour lui coller cette image que cet arrogant crétin d'Anthony – ne jamais l'appeler Tony – Prince.

Dans la rue, l'air avait des fraîcheurs annonciatrices d'automne. Ed se demanda si l'hiver russe était aussi terrible qu'on le disait. Si oui, il suffisait de s'habiller pour. C'était la chaleur que Foley détestait, même s'il avait le souvenir de parties de ballon dans la rue, sous le jet d'eau des bouches d'incendie... L'innocence de la jeunesse était loin derrière lui. Sacrément loin, même, se dit le chef d'antenne en consultant sa montre alors qu'il descendait dans la station. Comme les autres jours, la ponctualité du métro moscovite le servit et il monta dans sa voiture habituelle.

Là, se dit Zaïtzev, manœuvrant pour approcher. Son ami américain avait adopté exactement le même manège qu'auparavant, lisant son journal, la main droite accrochée à la main courante, l'imper déboutonné... et en moins de deux minutes, il se retrouva juste à côté de lui.

La vision périphérique de l'Américain était toujours en éveil. La silhouette était là, vêtue exactement pareil que les fois précédentes. *OK, Ivan, fais ton transfert... Mais sois prudent, mon gars*, très *prudent*, se dit-il mentalement, conscient que ce genre de manœuvre allait être trop dangereuse pour être longtemps renouvelée. Non, ils allaient devoir trouver un emplacement pratique pour installer une boîte aux lettres. Avant cela, il fallait arranger une rencontre, mais pour ça, il allait sans doute se rabattre sur Mary Pat. Elle avait une meilleure couverture que lui...

Zaïtzev attendit que le train ralentisse. Les gens furent alors poussés les uns contre les autres et il en profita aussitôt pour glisser prestement la main dans la poche offerte. Puis il se détourna, lentement, sans trop s'écarter pour ne pas se faire remarquer : juste un mouvement naturel qui s'expliquait sans peine par le tressautement du wagon de métro.

Oui ! Bien joué, Ivan. Chaque fibre de son être le poussait à se retourner pour jauger du regard le bonhomme, mais la règle du jeu l'interdisait. S'il était lui-même filé, ces types-là remarqueraient ce genre de détail, et son boulot n'était pas de se faire remarquer. Aussi attendit-il, patient, l'arrêt complet de la rame, et cette fois, il tourna à droite pour s'éloigner d'Ivan et descendre de la voiture sur le quai, puis monter rejoindre l'air frais de la rue.

Il ne mit pas la main dans la poche. Non, il marcha sans s'arrêter jusque chez lui, l'air aussi normal qu'un coucher de soleil par un jour de beau temps, entra dans l'immeuble, monta dans l'ascenseur – et même là s'abstint de tout mouvement parce qu'il pouvait y avoir une caméra dissimulée dans le plafond de la cabine.

Ce n'est qu'une fois à l'intérieur de son appartement que Foley sortit le formulaire de sa poche. Cette fois, il était tout sauf vierge : couvert de lettres à l'encre noire – comme précédemment, en anglais. Qui que soit son mystérieux correspondant, il était cultivé, et c'était déjà en soi une bonne nouvelle.

« Salut, Ed ! » Un baiser, pour les micros. « La journée a été intéressante ?

— Les conneries habituelles... Qu'est-ce qu'il y a pour le dîner ?

— Du poisson », répondit-elle tout en regardant le papier dans la main de son mari. Elle leva aussitôt le pouce en l'air.

Gagné ! songèrent-ils de concert. Ils avaient un agent. Un authentique espion du KGB. Et qui bossait pour eux. Pour eux !

16

Une chapka pour l'hiver

« Ⅰ<small>LS</small> ont fait quoi ? demanda Jack.

— Ils ont fait une pause déjeuner au beau milieu d'une intervention et ils sont allés tranquillement au pub se descendre chacun une bière ! répéta Cathy.

— Eh bien, moi aussi...

— Mais tu ne faisais pas d'intervention chirurgicale !

— Que se passerait-il si tu faisais pareil chez nous ?

— Oh, pas grand-chose. À part perdre le droit d'exercer la médecine, non sans que Bernie m'ait amputé de mes deux putains de mains à la tronçonneuse... »

La remarque de son épouse fit tiquer Jack. Ce n'était pas sa façon usuelle de s'exprimer.

« Sans blague ?

— J'ai pris un sandwich jambon-laitue-tomates accompagné de frites... Et au fait, moi, j'ai bu un coca.

— Ravi de l'apprendre, docteur. » Ryan s'approcha pour donner un baiser à sa femme. Elle semblait en avoir bien besoin.

« Je n'ai jamais vu une chose pareille, poursuivit-elle. Oh, peut-être qu'à Ploucville, Montana, ils ont ce genre de pratique, mais sûrement pas dans un vrai hôpital.

— Cathy, calme-toi. On croirait entendre un docker...

— Ou peut-être un ex-marine fort en gueule... » Elle finit

par esquisser un sourire. « Jack, je n'ai rien dit. Je ne savais pas quoi dire. Ces deux découpeurs d'yeux sont en principe mes patrons, mais si jamais ils se risquaient à faire ce genre de connerie chez nous, ils pourraient tirer un trait sur leur carrière. On ne les laisserait même pas se reconvertir dans la médecine vétérinaire.

— Est-ce que le patient va bien ?

— Oh, ça, ouais. La biopsie n'a révélé qu'une tumeur parfaitement bénigne, on la lui a extraite et on l'a refermé. Aucun problème pour lui. D'ici quatre ou cinq jours, il sera sur pied. Pas de baisse de l'acuité visuelle, plus de migraine, mais ces deux guignols l'ont quand même opéré en état d'alcoolémie !

— Pas de dégâts, pas d'infraction, bébé, suggéra-t-il sans conviction.

— Jack, ce n'est pas censé se passer de la sorte.

— Eh bien, dénonce-les à ton ami Byrd.

— Je devrais. Vraiment.

— Et que se passerait-il ? »

Ce qui eut la vertu de rallumer sa rogne : « Mais j'en sais rien, moi !

— Ce n'est pas une mince responsabilité de priver quelqu'un de son gagne-pain et tu te retrouverais illico cataloguée comme une chieuse, la mit en garde son mari.

— Jack, à Hopkins, je les aurais dénoncés sur-le-champ, et il y aurait eu un sacré scandale, mais ici... ici je ne suis qu'une invitée.

— Et les coutumes sont différentes.

— Pas si différentes que ça. Jack, ce comportement est parfaitement contraire à l'éthique de la profession. Il présente un risque potentiel pour le patient, et ça, c'est une ligne qu'on ne doit jamais, jamais, franchir. À Hopkins, quand tu as un patient en réa, ou que tu dois intervenir le lendemain, tu ne bois même pas un verre de vin au dîner, OK ? C'est parce que le bien de ton malade prime sur tout le reste. Bon, d'accord, si tu reviens en voiture d'une soirée et que tu vois un blessé sur le bord de la route, et que tu es le seul dans le coin, tu fais comme tu peux pour le secourir, puis tu le conduis à un toubib qui a les yeux en face des trous, et tu diras sans doute au médecin que t'avais bu un coup ou deux avant de tomber sur cette urgence. Et j'avoue que, bien sûr, durant l'internat, ils te soumettent à des horaires impossibles pour t'entraîner à prendre les bonnes décisions même quand tu n'es pas cent pour cent fonctionnel, mais dans ces cas-là, il y a toujours quelqu'un pour prendre le relais à tout moment, et tu es censé lui dire quand tu te sens débordé. OK ? Ça m'est arrivé une fois lors d'une garde en pédiatrie, et c'est vrai que j'ai paniqué à mort quand ce môme m'a fait un arrêt respiratoire, mais j'avais une bonne infirmière avec moi. On a fait descendre le patron du service en quatrième vitesse, et il a réussi à le faire repartir sans dégâts irréversibles, Dieu merci. Mais Jack, tu ne te places jamais délibérément en situation sub-optimale. Tu ne vas pas les chercher. Tu fais avec quand elles se présentent, mais tu ne vas pas délibérément te mettre dans la panade, d'accord ?

— D'accord, Cath, alors, qu'est-ce que tu comptes faire ?

— Je n'en sais rien de rien. Chez nous, j'irais aussitôt voir Bernie, mais je ne suis pas chez nous...

— Et tu veux mon avis ? »

Le regard de ses yeux bleus croisa celui de son mari. « Ma foi, oui. Qu'est-ce que t'en penses ? »

Ce qu'il en pensait n'avait pas de réelle importance, Jack le savait. C'était juste une manière de la guider vers sa propre décision. « Si tu ne fais rien, comment te sentiras-tu la semaine prochaine ?

— Au trente-sixième dessous, Jack. J'ai vu une chose qui...

— Cathy. » Il la serra dans ses bras. « Tu n'as pas besoin de moi. Va, fais ce que tu estimes être le mieux. Sinon, eh bien, ça n'arrêtera pas de te ronger. On ne regrette jamais d'avoir fait ce qu'il y avait de mieux à faire, peu importent les conséquences défavorables. Le bien reste le bien, *milady*.

— Ouais, ça aussi, j'y ai eu droit. Je ne peux pas dire que ça me mette à l'aise...

— Ouais, chou, je sais. De temps en temps au boulot, moi aussi, ils me donnent du sir John. Faut faire avec. Ce n'est quand même pas une insulte.

— Ici, ils appellent un chirurgien monsieur ou madame Machin, jamais docteur Machin. C'est quoi encore, ce binz ?

— Les traditions locales. Ça remonte à la Royal Navy au XVIIIe siècle. Le médecin de bord était en général un jeune lieutenant de vaisseau et, dans la marine britannique, on appelle ces officiers *monsieur* plutôt que par leur grade. L'usage a dû déteindre dans la vie civile.

— Comment sais-tu ça ? s'étonna Cathy.

— Cathy, tu es docteur en médecine. Moi, je suis docteur en histoire, je te ferai remarquer. Je sais tout un tas de choses, comme poser un sparadrap sur une écorchure, après nettoyage au Mercryl. Mais c'est à peu près la limite de mes connaissances médicales – enfin, on nous a bien enseigné des rudiments de secourisme durant nos classes, mais je n'escompte pas recoudre une blessure par balle dans un avenir immédiat. Je te laisse cette tâche. Tu sais faire ?

— Je t'ai recousu l'hiver dernier, lui rappela-t-elle.

— T'en ai-je déjà remerciée ? » Il l'embrassa. « Merci, chérie.

— Il faudra que j'en parle au Pr Byrd.

— Mon chou, dans le doute, fais ce que tu penses être le mieux. C'est pour ça qu'on a une conscience. Pour nous le rappeler.

— Ils risquent de ne pas m'aimer.

— Et alors ? Cathy, tu dois t'aimer toi-même. Ne t'occupe pas des autres. Enfin, moi, si, bien sûr, ajouta-t-il.

— Tu m'aimes ? »

Grand sourire de soutien. « Lady Caroline, je vénère jusqu'à vos culottes sales. »

Et enfin, elle se relaxa. « Eh bien, merci, sir John.

— Montons nous changer. » Il s'arrêta au seuil du salon. « Dois-je porter mon sabre d'apparat pour le dîner ?

— Non, juste l'arme de service. » Et cette fois, elle put sourire à son tour. « Bien, alors qu'est-ce qui se passe au bureau ?

— On passe notre temps à apprendre les choses qu'on ignore.

— Tu veux dire découvrir de nouveaux trucs ?

— Non. Je veux dire prendre conscience de l'étendue de ce qu'on ignore et qu'on devrait savoir. Ça ne cesse jamais.

— Ne t'inquiète pas. Pareil dans ma branche. »

Et Jack se rendit compte que le point commun entre leurs deux métiers était que si vous faisiez une connerie, des gens pouvaient en mourir. Et ça, ce n'était pas drôle du tout.

Il réapparut dans la cuisine. Dans l'intervalle, Cathy s'était occupée de donner à manger à Petit Jack. Sally regardait la télé, ce grand pacificateur des enfants – cette fois, une émission locale au lieu d'une cassette de *Bip-Bip et le Coyote*. Le dîner cuisait. Pourquoi une professeur assistante d'ophtalmologie tenait-elle absolument à faire elle-même la cuisine comme une simple épouse de routier, voilà qui dépassait l'entendement de son mari, mais il n'y voyait pas d'objection – elle était excellente cuisinière. Avaient-ils des cours de cuisine à Bennington ? Il prit une chaise, s'assit et se servit un verre de vin blanc.

« J'espère que le professeur n'y voit aucune objection.

— Tu n'opères pas demain, si ?

— Non, rien de prévu, Lady Caroline.

— Dans ce cas, c'est parfait. » Elle cala le petit bonhomme sur son épaule pour son rot, qu'il émit avec un entrain manifeste.

« Bigre, Junior. Ton père est impressionné.

— Ouais. » Elle prit le coin d'une serviette posée sur son épaule pour lui essuyer la bouche. « OK, et si on en revoulait un peu ? »

John Patrick Ryan Jr. ne dit pas non.

« Qu'est-ce que tu ignores au juste ? demanda Cathy, reprenant le fil de la conversation. Toujours inquiet au sujet de la femme de ce type ?

— Rien de nouveau sur ce front-là, admit Ryan. On craint leurs réactions éventuelles sur une affaire.

— Tu ne peux pas en dire plus ?

— Je ne peux pas en dire plus, confirma-t-il. Les Russes, comme dit mon pote Simon, sont une bande de soiffards.

— Tout comme les Rosbifs, observa Cathy.

— Dieu du ciel, j'ai épousé une mère-la-vertu. » Jack but une gorgée. C'était un blanc italien particulièrement bon, qu'on trouvait chez le caviste du coin.

« Seulement quand je dois découper quelqu'un au couteau. » Elle adorait formuler la chose ainsi parce que ça flanquait immanquablement la chair de poule à son mari.

Il leva son verre. « T'en veux un ?

— Peut-être, quand j'aurai fini. » Elle marqua un temps. « Tu ne peux vraiment rien me dire ?

— Désolé, ma puce. Mais c'est le règlement.

— Et tu ne l'enfreins jamais ?

— Pas une habitude à prendre. Autant ne pas commencer.

— Et quand il s'agit d'un Russe qui décide de travailler pour nous ?

— Là, c'est différent. Dans ce cas, il travaille pour les Forces de la Vérité et de la Beauté dans le monde. N'oublie pas que nous sommes les Bons.

— Qu'en pensent-ils ?

— Ils pensent que c'est eux. Mais c'était pareil pour le père Adolf, lui rappela-t-il. Et il n'aurait pas trop apprécié Bernie.

— Mais il est mort depuis longtemps.

— Lui, oui, mais il en reste pas mal d'autres, ma puce. Tu peux me croire.

— Toi, il y a un truc qui te tracasse, Jack. Je le sens bien. Et tu ne peux rien dire, hein ?

— Oui. Et non, je ne peux pas.

— OK. » Elle hocha la tête. La collecte de renseignement ne l'intéressait pas au-delà de son désir abstrait de connaître ce qui se passait dans le monde. Mais, en tant que médecin, il y avait quantité de choses qu'elle aurait vraiment voulu connaître – le remède au cancer, par exemple –, mais c'était impossible, et elle avait dû se faire à l'idée, à contrecœur. La médecine toutefois ne laissait guère de place aux secrets. Quand vous découvriez quelque chose susceptible d'aider les patients, vous publiiez votre découverte dans une revue médicale pour que le monde entier puisse l'apprendre au plus vite. Ça ne risquait pas de se produire avec la CIA, et quelque part, ça la frustrait. Elle tenta une autre approche : « OK, et si jamais tu trouves effectivement quelque chose d'important, qu'est-ce qui se passe ensuite ?

— On file à l'état-major. Et là, l'info va direct à sir Basil, et je la répercute sur l'amiral Greer. En général par un coup de fil sur la ligne cryptée.

— Comme le téléphone d'en haut ?

— Ouais. Ensuite, on envoie les données par fax crypté ou, si l'affaire est vraiment urgente, elle quitte l'ambassade par courrier diplomatique quand on ne veut pas se fier aux systèmes de cryptage.

— Et cela se produit souvent ?

— Pas depuis que je suis ici, mais ce n'est pas moi qui prends ces décisions. Mais merde, la valise diplomatique ne met que huit ou neuf heures pour parvenir à destination. Rudement plus vite que dans le temps.

— Je croyais que le bidule téléphonique là-haut était imperméable aux écoutes ?

— Mouais, certains des trucs que tu fais sont presque parfaits, toi aussi, mais ça ne t'empêche pas malgré tout de redoubler de précautions, pas vrai ? Eh bien, pareil pour nous.

— Dans quel cas servirait-elle, alors ? Théoriquement parlant, je veux dire... » Elle sourit de son adresse.

« Chou, tu t'y entends pour savoir formuler une question. Disons qu'on ait une info sur, mettons, leur arsenal nucléaire, un truc venant d'un agent bien infiltré, que ce soit quelque chose de solide, mais que toute fuite pourrait identifier l'agent pour l'opposition. Eh bien, c'est le genre de truc qu'on envoie par la valise diplomatique. La règle du jeu est de protéger sa source.

— Parce que s'ils identifient le gars...

— Il est mort, et peut-être dans des conditions particulièrement désagréables. On raconte qu'ils auraient un jour expédié un gars, vivant, dans un four crématoire, puis allumé le gaz – et qu'ils auraient filmé le tout, *pour encourager les autres*[1], comme disait Voltaire.

— Personne ne fait plus de choses pareilles ! objecta aussitôt Cathy.

— Il y a un gars à Langley qui prétend avoir vu le film. Le pauvre bougre s'appelait Popov, un agent du GRU qui travaillait pour nous. Ses chefs étaient très fâchés après lui.

— T'es sérieux ? persista Cathy.

— Comme un pape. Le film était censé être diffusé aux cadets de l'Académie du GRU en guise d'avertissement pour ne pas franchir la ligne rouge... Ça me paraît de la psychologie de bas étage mais, comme je t'ai dit, j'ai rencontré un gars qui dit avoir vu le film. Toujours est-il que c'est une des raisons pour lesquelles on essaie de protéger nos sources.

— C'est un peu dur à avaler.

— Oh, vraiment ? Tu veux dire, comme des chirurgiens

_____

1. En français dans le texte.

qui interrompraient une intervention pour aller déjeuner et boire une bière... ?

— Eh bien... oui.

— Nous vivons dans un monde imparfait, ma puce. »

Il décida d'en rester là. Elle aurait tout le week-end pour digérer ça, et pour sa part il avait à travailler sur sa biographie d'Halsey.

Du côté de Moscou, des doigts s'agitaient.

Cmt tu v[as] l'annon-C à L[angley] ? demanda-t-elle.

G-zite, répondit-il.

Cour[rier], suggéra-t-elle. *Ça risque 2 fr du bruit.*

Ed acquiesça : *Rit[ter] sera tt X-cité.*

Sûr. T'veux K j'arrange le RdV ?

T[on] russe E X-C-lent, admit-il.

Cette fois, ce fut son tour d'acquiescer. Elle s'exprimait dans un russe littéraire élégant, réservé ici aux classes cultivées, Ed le savait. Le Soviétique moyen n'imaginerait jamais qu'une étrangère puisse manier sa langue aussi bien. Quand elle se promenait dans la rue ou conversait avec un vendeur dans un magasin, elle n'en laissait bien sûr rien paraître, butant au contraire sur les phrases complexes. Faire autrement l'aurait fait repérer aussitôt, l'éviter à tout prix était donc une part essentielle de sa couverture, plus encore que ses cheveux blonds et ses petites manies d'Américaine.

Qd ? demanda-t-elle ensuite.

Iv[an] dit 2main. C bon ?

Elle lui tapota la hanche et lui adressa un petit sourire mutin qu'il traduisit par : *Compte là-dessus.*

Foley aimait sa femme de tout son être, et une partie de cet amour tenait au respect qu'il avait pour sa passion du jeu qu'ils jouaient tous les deux. L'agence de distribution de Paramount n'aurait pas pu lui donner une meilleure épouse. Ce soir, ils feraient l'amour. La règle en boxe était peut-être l'abstinence avant un combat, mais pour Mary Pat, c'était l'inverse, et si les micros intégrés aux murs le remarquaient, eh bien, qu'ils aillent se faire foutre, songea le chef d'antenne à Moscou avec un sourire matois.

« Quand pars-tu, Bob ? demanda Greer au DAO.

— Dimanche. Tokyo d'abord, puis Séoul.

— Je ne voudrais pas être à ta place. J'ai horreur de ces vols intercontinentaux, observa le DAR.

— Eh bien, t'essaies de roupiller la moitié du temps », et de ce côté-là, Ritter était champion. Il avait une conférence prévue avec la KCIA, la Centrale de renseignement sud-coréenne, pour récapituler la situation tant en Corée du Nord qu'en Chine, deux pays qui le préoccupaient – tout comme les Coréens. « De toute façon, je n'ai pas grand-chose de neuf en boutique en ce moment.

— Sympa de ta part de t'esquiver alors que le Président est en train de me tanner le cul à cause du pape, observa tout haut le juge Moore.

— Ma foi, j'en suis désolé pour toi, Arthur, répliqua Ritter, non sans un sourire ironique. Mike Bostock prendra le relais en mon absence. » Les deux dirigeants connaissaient et appréciaient Bostock, officier de renseignement de carrière et expert en relations avec les Soviétiques et les peuples d''Europe centrale. Il était néanmoins un peu trop cow-boy dans son attitude pour avoir la pleine confiance du Capitole, au grand regret de tous ses collègues. Même si les cow-boys avaient leur utilité – ou les cow-girls comme Mary Pat Foley.

« Toujours rien sur la réunion du Politburo ?

— Toujours pas, Arthur. Ils n'ont peut-être abordé que des questions de routine. Tu sais, ils ne passent pas leur temps à siéger pour planifier la prochaine guerre nucléaire.

— Certes non, rit Greer. Mais eux, ils croient qu'on y

passe notre temps. Bon Dieu, une vraie bande de paranoïaques.

— Rappelle-toi ce que disait Henry : "Même les paranoïaques ont des ennemis." Et ça, c'est justement notre boulot, lui rappela Ritter.

— Toujours à ruminer ton plan MASQUE DE LA MORT ROUGE, Robert ?

— Rien encore de concret. Les gars de la maison à qui j'en ai parlé... Merde, Arthur, tu dis à nos propres gars d'essayer de penser un peu en dehors de leur petit moule et qu'est-ce qu'ils trouvent de mieux à faire ? Construire un meilleur moule !

— On n'a pas tant de vrais entrepreneurs, par ici, souviens-toi. Les officines gouvernementales... Un ramassis de fonctionnaires. Ça tend à étouffer la pensée créatrice. C'est à ça qu'on sert, fit remarquer le juge Moore. Comment peut-on y remédier ?

— Nous avons quand même un certain nombre de gars venus du monde réel. Merde, j'en ai même un dans mon équipe – lui, il ne sait même pas penser dans le moule.

— Ryan ? demanda Ritter.

— Entre autres, confirma Jim Greer d'un hochement de tête.

— Il n'est pas des nôtres, observa d'emblée le DAO.

— Bob, c'est tout l'un ou tout l'autre, rétorqua aussitôt le DAR. Soit tu veux un gars qui pense comme un de nos bureaucrates, soit tu en veux un qui ait l'esprit créatif. Ryan connaît les règles, c'est un ex-marine qui sait même comment penser dans le feu de l'action, et d'ici peu, ce sera devenu un analyste de première. » Greer marqua un temps. « C'est quasiment le meilleur agent que j'aie vu depuis des années, et franchement, Robert, je ne comprends pas la dent que tu as contre lui.

— Basil l'aime bien, crut bon d'ajouter Moore, et Basil n'est pas né de la dernière pluie.

389

— La prochaine fois que je vois Jack, j'aimerais le mettre au courant de la Mort Rouge.

— Vraiment ? demanda Moore. C'est largement au-dessus de ses prérogatives.

— Arthur, il connaît l'économie mieux que quiconque à la direction du Renseignement. Si je ne l'ai pas mis dans ma section économique, c'est uniquement parce qu'il est trop bon pour être limité par ce carcan. Bob, si on veut détruire l'Union soviétique – sans guerre –, le seul moyen d'y parvenir, c'est de paralyser leur économie. Ryan a fait fortune parce qu'il connaît la question. Moi je vous le dis, il sait séparer le bon grain de l'ivraie. Peut-être qu'il saura nous trouver un moyen de brûler un champ de blé. De toute façon, quel mal y a-t-il à essayer ? Ton projet est entièrement théorique, non ?

— Eh bien ? » demanda le DCR en se tournant vers Ritter. Greer avait raison, après tout.

« Oh, et puis merde, d'accord, concéda le DAO. Qu'il s'abstienne simplement d'aller en parler au *Washington Post*. On n'a pas besoin que l'idée s'ébruite. Le Congrès et la presse en feraient tout un plat.

— Jack, aller parler aux journalistes ? intervint Greer. Ça risque pas. Il n'est pas homme à quémander des faveurs, y compris même auprès de nous. Non, je pense que c'est vraiment un gars à qui on peut faire confiance. Tout le KGB n'aurait pas assez de devises pour l'acheter. Je n'en dirais pas autant pour moi, ajouta-t-il en manière de plaisanterie.

— Ça, je m'en souviendrai, James », promit Ritter avec juste l'esquisse d'un sourire. Ce genre de blague restait en général strictement confiné au sixième étage à Langley.

Tous les grands magasins du monde se ressemblent et le GOUM était censé être l'équivalent de Macy's à New York. *En théorie*, se dit Ed Foley en franchissant l'entrée principale. Tout comme l'Union soviétique était en théorie une union volontaire de Républiques, et la Russie avait en théorie une constitution qui transcendait la volonté du Parti communiste d'Union soviétique. Et il y avait également en théorie un Père Noël, songea-t-il en regardant alentour.

Ils montèrent au premier par l'escalator – c'était un ancien modèle, avec d'épaisses rainures de bois au lieu des marches tout acier qui avaient depuis longtemps pris le dessus en Occident. Le rayon fourrures était sur la droite, vers le fond, et à première vue, le choix n'était pas si miteux.

On ne pouvait pas en dire autant de son Ivan qui portait les mêmes habits que la veille dans le métro. *Peut-être son costume du dimanche ?* se demanda Foley. Si oui, alors, il avait intérêt à filer à l'Ouest au plus vite.

En dehors de la qualité au mieux médiocre du reste des articles présentés, ce grand magasin ressemblait à tous les autres, sinon que les rayons ici étaient des boutiques semi-indépendantes. Mais leur Russkof était malin. Il avait suggéré un rendez-vous dans l'un des seuls endroits où il y aurait à coup sûr des articles de haute qualité. Depuis des millénaires, la Russie est un pays aux hivers froids, un coin où même les éléphants avaient eu besoin de manteau de fourrure et, comme vingt-cinq pour cent du flux sanguin de l'homme sert à alimenter le cerveau, où les gens ont besoin de couvre-chef. Le bonnet de fourrure classique s'appelait une chapka, un truc vaguement cylindrique sans forme précise, mais qui empêchait la cervelle de givrer. Celles de la meilleure qualité étaient en rat musqué – zibeline et vison étaient uniquement réservés aux fourreurs de luxe, et ceux-ci n'étaient fréquentés que par les femmes très aisées, épouses et/ou maîtresses des dirigeants du Parti. Mais bien que rongeur des marécages à l'odeur nauséabonde (même si, heureusement, les peaux étaient désodorisées pour éviter d'imaginer que leur porteur sortait tout droit d'une décharge publique), le noble rat musqué avait un pelage très fin, excellent isolant thermique. À la bonne heure, mais enfin, ce n'était pas l'essentiel de la question, ici.

Ed et Mary Pat savaient également communiquer par les regards, même si, dans ce cas, la bande passante était pour le moins limitée. Mais le temps et la météo jouaient en leur faveur. Les chapeaux d'hiver venaient d'entrer en rayon et la douceur de l'automne n'avait pas encore amené les clients à se précipiter pour renouveler leur garde-robe. Il y avait juste leur type en blouson marron et Mary Pat se dirigea vers lui, après avoir fait signe à son mari de s'éloigner, comme si elle avait l'intention de lui faire une demi-surprise.

L'homme faisait ses emplettes, comme elle, et il était au rayon des chapeaux. *Qui que soit ce type, ce n'est pas un imbécile.*

« Excusez-moi, lui dit-elle en russe.

— Oui ? » Il se retourna. Mary Pat le détailla : le début de la trentaine, mais l'air plus âgé, comme si la vie en Russie tendait à vieillir les gens prématurément, encore plus que la vie à New York. Cheveux bruns, yeux noirs – remplis d'intelligence. Bon point.

« Je suis en train de chercher un chapeau d'hiver pour mon mari », dit-elle, avant de préciser dans son meilleur russe : « Comme vous le lui avez suggéré, dans le métro. »

Il ne s'était pas attendu à ce que ce soit une fille, nota d'emblée Mary Pat. Il plissa violemment les yeux et la dévisagea, tâchant de faire cadrer son russe impeccable avec le fait qu'elle devait être américaine.

« Dans le métro ?

— C'est exact. Mon mari s'est dit qu'il vaudrait mieux que ce soit moi qui vous rencontre, plutôt que lui. Alors... » Elle prit un chapeau et en ébouriffa la fourrure avant de se tourner vers son nouvel ami, comme pour lui demander son opinion : « Alors, que désirez-vous de nous ?

— Que voulez-vous dire ? bredouilla-t-il.

— Vous avez contacté un Américain en demandant un

rendez-vous. Voulez-vous me conseiller pour acheter un chapeau à mon mari ? enchaîna-t-elle aussitôt.

— Vous êtes de la CIA ? demanda-t-il, reprenant à moitié ses esprits.

— Mon époux et moi travaillons pour le gouvernement américain, oui. Et vous travaillez pour le KGB.

— Oui, confirma-t-il. Aux transmissions. Les communications centrales.

— Vraiment ? » Elle se retourna vers le rayon et prit une autre chapka. *Sacré nom de Dieu*, songea-t-elle, mais leur disait-il la vérité ou bien cherchait-il juste à décrocher un billet à prix réduit pour New York ?

« Vraiment ? Comment puis-je en être sûre ?

— Si je vous le dis », répondit-il, surpris et un rien outré qu'on pût ainsi mettre sa parole en doute. Cette femme s'imaginait-elle qu'il risquait sa vie pour rigoler ? « Pourquoi me parlez-vous ?

— Le formulaire de message que vous avez passé dans le métro a attiré mon attention, dit-elle tout en soulevant un couvre-chef marron foncé, avant de froncer les sourcils, comme si elle le trouvait trop sombre à son goût.

— Madame, je travaille à la Huitième Direction principale.

— Quel service ?

— Le traitement des communications. Je ne fais pas partie du service d'analyse des signaux. Je suis un officier de transmissions. Je transmets les messages adressés aux diverses *rezidenturas*, et quand des signaux arrivent du terrain sur mon bureau, je les fais suivre aux bons destinataires. Le résultat est que je vois passer quantité de signaux opérationnels. Est-ce suffisant pour vous ? » Au moins jouait-il le jeu dans les règles, indiquant la chapka, puis hochant la tête, avant d'en désigner une autre à la fourrure teinte d'un brun plus clair, presque blond.

« Je suppose que oui. Que voulez-vous de nous en échange ?

— Je détiens une information de la plus grande importance, d'une importance capitale. En échange de cette information, je réclame le passage à l'Ouest pour moi, ma femme et ma petite fille.

— Quel âge a votre fille ?

— Trois ans et sept mois. Pouvez-vous accéder à ma requête ? »

Cette question lui fit l'effet d'une injection d'adrénaline. Elle devait prendre cette décision presque sur-le-champ, et avec cette décision, elle engageait toute la puissance de la CIA sur un cas isolé. Faire sortir trois personnes d'Union soviétique n'allait pas être une promenade de santé.

Mais ce gars bosse à MERCURY, se rendit compte Mary Pat. Il aurait connaissance de trucs auxquels une centaine d'agents bien placés ne pouvaient accéder. Ce Russkof était le gardien des joyaux de la couronne russe, plus précieux encore que les couilles de Brejnev, et par conséquent...

« Oui, nous pouvons vous faire sortir, vous et votre famille. Quand ?

— L'information que je détiens est d'une actualité brûlante. Dès que possible. Je ne la révélerai que dès que je serai passé à l'Ouest, mais je peux vous garantir qu'elle est d'une importance capitale – suffisamment pour m'avoir poussé à une telle action », crut-il bon d'ajouter.

N'en fais pas trop non plus, Ivan, songea-t-elle. Un agent poussé par son ego leur aurait raconté qu'il détenait les codes de lancement des missiles balistiques stratégiques soviétiques, quand il ne s'agissait que de la recette familiale du bortch, et exfiltrer ce con serait un gâchis de ressources qu'il convenait de ménager avec le plus grand soin. Mais pour démentir cette hypothèse, Mary Pat avait ses propres yeux. Elle sondait son âme et ne crut pas y lire « menteur ».

« Oui, on peut faire ça très vite si nécessaire. Il faut qu'on discute du lieu et des méthodes. Nous ne pouvons plus prolonger cette conversation. Je vous suggère un autre lieu de rendez-vous pour mettre au point les détails.

— C'est simple », répondit Zaïtzev, indiquant l'endroit pour le lendemain matin.

T'es bougrement pressé. « Comment dois-je vous appeler ? demanda-t-elle enfin.

— Oleg Ivanovitch, répondit-il machinalement, avant de s'apercevoir qu'il avait dit la vérité dans une situation où la dissimulation aurait pu mieux le servir.

— Bien. Moi, c'est Maria, répondit-elle. Alors, quelle chapka me conseillez-vous ?

— Pour votre mari ? Celle-ci, sans aucun doute, dit le Russe en lui tendant la blond sale.

— Dans ce cas, je vais la prendre. Merci encore, camarade. » Elle continua quelques instants de tripoter le couvre-chef, puis le prit, s'écarta, consulta l'étiquette du prix. 180 roubles, plus que la paie mensuelle d'un ouvrier moscovite. Pour régler son achat, elle tendit la chapka à une employée, puis se dirigea vers une caisse, où elle régla en liquide – les Soviétiques n'avaient pas encore découvert les cartes de crédit –, obtint en échange un ticket de caisse, qu'elle tendit à la première employée qui lui rendit le couvre-chef.

C'était donc bien vrai : les Russes étaient vraiment plus inefficaces que le gouvernement américain. Incroyable, mais il suffisait de le voir pour le croire, se dit-elle en serrant contre elle le sac d'emballage avant de retrouver son mari et de ressortir rapidement avec lui.

« Alors, qu'est-ce que tu m'as acheté ?

— Un truc qui te plaira », promit-elle en levant le sac, mais l'éclat dans ses yeux bleus était éloquent. Puis elle regarda sa montre. Il était pile trois heures du matin à Washington et, s'ils téléphonaient pour annoncer la nouvelle, il serait encore trop tôt. Ce n'était pas un truc pour l'équipe de nuit, même pas pour les éléments de confiance de Mer-cury. Une leçon qu'elle avait apprise à ses dépens. Non, cette info-ci allait être couchée par écrit, cryptée et placée dans la valise diplomatique. Ensuite, il n'y aurait plus qu'à attendre le feu vert de Langley.

Leur voiture venait d'être soigneusement inspectée par un mécano de l'ambassade la veille – tout le monde ici le faisait régulièrement – pour éviter de les faire désigner comme espions, et les repères sur la portière et le capot indiquaient qu'on n'avait pas touché au véhicule la nuit précédente. La Mercedes 280 était en outre dotée d'un système d'alarme perfectionné. Aussi Ed Foley monta-t-il tranquillement le son de l'autoradio-cassette. Il y avait dans le lecteur une cassette des Bee Gees, histoire de taper sur les nerfs de celui qui pourrait les écouter – jouée assez fort pour saturer un éven-tuel micro. Assise à sa droite, Mary Pat se trémoussait en rythme, comme une vraie Californienne.

« Notre ami a besoin d'un billet, dit-elle, juste assez fort pour être entendue de son mari. Pour lui, sa femme et sa fille, trois ans et demi.

— Quand ?

— Bientôt.

— Comment ?

— À nous de décider.

— Il est sérieux ? » demanda Ed. Sous-entendu : *Ça vaut la peine qu'on y passe du temps ?*

« Je crois, oui. »

On ne pouvait jamais être sûr, mais MP savait jauger les gens, et il était prêt à parier sur de telles cartes. « D'accord.

— De la compagnie ? » demanda-t-elle ensuite.

Le regard de Foley se partageait équitablement entre la rue et les rétros. S'ils étaient suivis, alors c'était par l'Homme invisible. « Négatif.

— Bien. » Elle baissa légèrement le son de l'autoradio. « J'aime bien, tu sais, moi aussi, mais pas besoin non plus de me casser les oreilles.

— Pas de problème, chou... Il faut que je retourne au bureau cet après-midi.

— Pourquoi ? demanda-t-elle de cette voix teintée de colère que tous les maris du monde connaissent.

— Eh bien, j'ai de la paperasse en retard d'hier...

— Ouais, tu veux surtout savoir les résultats de base-ball, fit-elle, vexée. Ed, pourquoi ne peut-on pas avoir une antenne satellite à la maison ?

— Ils s'en occupent, mais les Russes se font tirer l'oreille. Ils craignent que ce soit un instrument d'espionnage, ajouta-t-il d'une voix dégoûtée.

— Ouais, c'est ça. Arrête... Me fais pas rire. » Ça, c'était au cas où le KGB aurait un agent parfaitement camouflé qui rôderait dans leur parking la nuit. Peut-être que le FBI pourrait faire un truc pareil, mais même s'ils devaient se prémunir contre une telle possibilité, elle doutait que les Russes aient quelqu'un d'assez habile pour ça. Leur équipement radio était simplement trop encombrant. Enfin, malgré tout, oui. Ils étaient paranos, mais finalement, l'étaient-ils assez ?

Cathy emmena promener Sally et Petit Jack. Il y avait un parc à deux rues de là, avec des balançoires et des manèges que Sally aimait bien, et de l'herbe que le petit bonhomme pouvait arracher pour essayer de la brouter. Il venait de découvrir comment se servir de ses mains, avec maladresse, certes, mais tout ce qui pouvait se trouver dans sa menotte se retrouvait illico dans sa bouche, un fait bien connu de tous les parents de la planète. Malgré tout, c'était une occasion de leur faire prendre le soleil – les nuits d'hiver s'annonçaient longues et sombres, ici – et cela redonnait du calme à l'appartement pour mieux permettre à Jack de travailler un peu sur sa biographie d'Halsey.

Il avait déjà sorti un des manuels de Cathy, *Les Principes de la médecine interne*, pour se documenter sur le zona, la maladie de peau qui avait tourmenté l'amiral américain au moment le moins opportun. À la simple lecture du paragraphe décrivant les symptômes du mal – lié à la varicelle, découvrit-il –, il put déduire que ç'avait dû être pire qu'une torture médiévale pour l'officier d'aéronavale vieillissant. D'autant plus que son groupe de porte-avions bien-aimé, l'*Entreprise* et le *Yorktown,* avait dû se livrer à un engagement majeur sans lui. Mais il avait pris la chose en homme – la seule façon pour William Frederick Halsey, Jr – et avait recommandé à son ami Raymond Spruance de prendre sa place. Les deux officiers auraient eu du mal à être plus différents. Halsey, l'ex-joueur de football, buveur, fumeur et bon vivant. Spruance, l'intellectuel non-fumeur et abstinent, réputé ne jamais hausser le ton, même en colère. Ils étaient pourtant devenus les meilleurs amis du monde, et devaient un peu plus tard au cours du conflit échanger leurs commandements dans le Pacifique Est, rebaptisant pour l'occasion la Troisième en Cinquième Flotte, et inversement, quand les commandements furent à nouveau échangés. *Et ça, c'est l'indice le plus flagrant qu'Halsey était également un intellectuel, et pas seulement cet agresseur rentre-dedans que se sont plu à décrire les journaux de l'époque.*

Spruance l'intellectuel n'aurait jamais pu se lier d'amitié avec une tête brûlée. Mais leurs états-majors n'avaient cessé de s'écharper comme deux matous se disputant les faveurs d'une chatte en chaleur, probablement l'équivalent militaire du « mon papa est plus fort que ton papa » des gamins de moins de sept ans – et pas plus intellectuellement respectable.

Il avait les confessions personnelles de l'amiral sur sa maladie, même si ses paroles exactes avaient dû être adoucies par l'éditeur et le co-auteur, car Bill Halsey s'était toujours exprimé comme un charretier dès qu'il avait deux-trois coups dans l'aile – sans doute une des raisons qui l'avaient rendu si populaire auprès des journalistes. Il leur permettait de si bons papiers.

Tous ses documents et notes étaient empilés à côté de son Apple II. Jack utilisait le traitement de texte WordStar. Le logiciel était plutôt compliqué, mais c'était bougrement mieux que de se servir d'une machine à écrire. Il se demanda quel serait le meilleur éditeur pour son bouquin. Naval Institute Press l'avait encore pressenti, mais il se prit à songer à une maison de plus grande diffusion. Il devait toutefois achever d'abord ce fichu manuscrit. Et donc, retour au cerveau compliqué de Bill Halsey.

Mais ce jour-là, il n'avançait pas. C'était inhabituel. Sa dactylographie – trois doigts et le pouce, les deux, les bons jours – était la même, mais il n'arrivait pas à se concentrer convenablement, comme si son esprit voulait travailler à autre chose. C'était parfois la malédiction dans son boulot d'analyste pour la CIA. Certains problèmes ne voulaient pas le laisser tranquille, forçant son esprit à ressasser sans cesse les mêmes éléments jusqu'à ce qu'enfin il bute sur la réponse à une question qui bien trop souvent ne tenait pas debout. La même chose lui était arrivée parfois quand il travaillait chez Merrill Lynch, lorsqu'il évaluait des titres, traquant les valeurs ou les risques cachés sur telle opération financière visant une entreprise cotée. Cela l'avait à l'occasion conduit à se frotter aux grands pontes du siège de New York, mais Ryan n'avait jamais été homme à faire un truc simplement parce qu'un supérieur le lui avait dit. Même chez les marines, un officier, si bleu soit-il, était censé réfléchir... et un négociant en Bourse devait gérer le portefeuille de ses clients et préserver leur argent comme si c'était le sien. Dans l'ensemble, il y avait réussi. Après avoir placé ses fonds personnels dans une compagnie ferroviaire, la Chicago and Northwestern Railroad, il s'était fait taper sur les doigts par ses supérieurs, mais il avait tenu bon, et ceux de ses clients qui avaient suivi ses conseils n'avaient eu qu'à s'en féliciter – ce qui lui en avait amené une foule de nouveaux. Tant et si bien que Ryan avait appris à se fier à son instinct, à creuser les trucs qui le titillaient de manière plus ou moins imperceptible. C'était précisément ce qui se passait en ce moment, et le sujet en était le pape. L'information qu'il détenait ne formait pas encore une image complète, mais ça, il y était habitué. Dans le milieu boursier, il avait appris comment et quand placer son argent sur des images incomplètes et, neuf fois sur dix, il avait eu raison.

Il n'avait rien à placer sur cet indice-ci, toutefois. Quelque chose était en train d'arriver. Simplement, il ignorait quoi. Tout ce qu'il avait vu, c'était la copie d'une lettre d'avertissement envoyée à Varsovie et certainement transmise à Moscou, dans laquelle une bande de vieillards allait sans doute voir une menace.

C'était un peu mince, s'avisa Ryan. Il se surprit à vouloir une cigarette. Ça l'aidait parfois à réfléchir, mais attention les yeux, si jamais Cathy flairait l'odeur de tabac dans l'appartement. Seulement, le chewing-gum et même le bubble-gum ne suffisaient pas en des moments pareils.

Il avait besoin de Jim Greer. L'amiral le traitait souvent en fils adoptif – son propre fils avait été tué au Viêt Nam, alors qu'il était lieutenant de marines, avait appris Jack –, ce qui lui donnait parfois l'occasion de s'ouvrir à lui d'un problème. Mais il n'était pas aussi proche de sir Basil Charleston et Simon, quant à lui, était trop proche de lui par l'âge, sinon par l'expérience. Or ce n'était pas un problème à ruminer seul. Il aurait bien aimé pouvoir en discuter avec sa femme – les toubibs avaient de la jugeote –, mais il n'en avait pas le droit et, de toute manière, Cathy ne connaissait pas assez bien la situation pour en saisir les menaces. Non, elle avait grandi dans un milieu plus privilégié, fille d'un courtier en Bourse multi-millionnaire, habitant dans un vaste appartement de Park Avenue, ayant fréquenté les meilleures écoles, ayant eu sa première voiture pour ses seize ans, bref une vie largement préservée de tous les aléas de l'existence.

Pas Jack. Son père avait été flic, pour l'essentiel du temps à la brigade criminelle, et même s'il n'avait jamais ramené de travail à la maison, Jack lui avait posé suffisamment de questions pour comprendre que le monde réel pouvait être le lieu des plus imprévisibles dangers et que certains individus ne pensaient pas comme les gens ordinaires. Ceux-là, on les appelait les Méchants – et ils pouvaient l'être vraiment s'ils le voulaient. Il n'avait jamais agi sans conscience. Que ce fût une habitude acquise dans la petite enfance ou à l'école catholique, ou que cela eût fait partie de son patrimoine génétique, il n'aurait su dire. Mais ce qu'il savait, c'est qu'enfreindre les règles était rarement bien ; il savait aussi que les règles étaient le produit de la raison, et que la raison primait sur tout, et donc que les règles pouvaient bel et bien être enfreintes si vous aviez une bonne – une excellente – raison de le faire. On appelait cela le jugement, et les marines, assez curieusement, avaient cultivé cette fleur. Vous évaluiez la situation, pesiez l'ensemble des options, puis agissiez ensuite. Parfois, vous deviez le faire en toute hâte – et c'était pour cela que les officiers étaient mieux payés que les sergents, même si vous aviez toujours intérêt à prendre conseil auprès de votre sous-off si vous en aviez le temps.

Mais Ryan n'avait aucun de ces moyens à sa disposition et c'était le point négatif. En revanche, il n'y avait aucune menace identifiable en vue, et ça, c'était le côté positif. Cela dit, il se trouvait désormais dans un environnement où les menaces n'étaient pas toujours clairement visibles, et sa tâche était de les trouver en assemblant comme il fallait les divers éléments d'information disponibles. Mais voilà, il n'en avait pas tant que ça non plus. Juste une possibilité... un jugement qu'il devait appliquer à l'esprit d'individus qu'il ne connaissait pas et ne connaîtrait jamais, sinon par le truchement de documents écrits par d'autres individus qu'il ne connaissait pas non plus. C'était comme s'il était le navigateur d'une des caravelles de Christophe Colomb, croyant deviner que la terre est proche, mais sans savoir ni où ni quand il pourra tomber dessus – en espérant de tout cœur que ce ne sera pas de nuit, en pleine tempête, et sous la forme d'une barrière de récifs qui déchirera la coque. Sa propre vie n'était pas en danger mais, de la même manière qu'il avait été poussé par obligation professionnelle à gérer l'argent de ses clients comme le sien propre, de même il devait considérer la vie d'un homme en danger potentiel comme aussi importante que celle de son propre enfant.

Et voilà d'où provenait cette sensation de gêne. Il pouvait certes appeler l'amiral Greer, mais il n'était même pas encore sept heures du matin à Washington et il n'allait sans doute pas rendre service à son chef en le tirant du lit au son strident de son STU personnel. Surtout s'il n'avait rien de précis à lui dire, juste quelques questions à lui poser. Alors, il se carra dans son siège et fixa l'écran vert de son moniteur Apple, pour y chercher en vain une chose qui n'y était pas.

17

Un message exprès

Dans son bureau, Ed Foley écrivit :

PRIORITÉ : EXPRÈS
À : DAO / CIA
CC : DCR, DAR
DE : CDA MOSCOU
SUJET : LAPIN RUSSE
TEXTE SUIT :
AVONS UN LAPIN, CLIENT HAUT PLACÉ, SE PRÉTEND OFFICIER DE TRANSMISSIONS À CENTRALE KGB AVEC INFORMATIONS DU +HT INTÉRÊT POUR GOUV. US. ESTIMATION : FIABLE. 5/5.
REQUIERT D'URG. AUTORISATION EXFILTRATION IMMÉDIATE DE CHEZ LES ROUGES. COLIS INCLUT ÉPOUSE ET FILLE (3) DU LAPIN
PRIORITÉ 5/5 REQUISE.
FIN

Là, pensa Foley. *On peut difficilement faire plus concis.* Pour ce genre de message, le plus court était le mieux – cela laissait moins de place à l'adversaire pour travailler sur le texte et en craquer le chiffre, dans l'hypothèse où il mettrait la main dessus.

Mais les seules mains qui le toucheraient étaient celles de la CIA. Il jouait gros sur cette dépêche opérationnelle. L'indication 5/5 estimait l'importance de l'information disponible, en même temps que sa précision supposée, quant à la priorité qu'il avait assignée à l'action proposée, elle était également de classe 5, la plus haute. Évaluation identique pour la fiabilité du sujet. Carré d'as... pas vraiment le genre de dépêche qu'on expédiait tous les jours.

C'était la classification qu'il avait donnée à un message d'Oleg Penkovski, alias l'agent CARDINAL lui-même, bref, la vraie patate chaude. Il réfléchit un moment pour se demander si son estimation était correcte, mais, à la longue, Ed Foley avait appris à se fier à son instinct. Il avait en outre confronté son opinion avec celle de sa femme, dont l'instinct était tout aussi bien affûté. Leur Lapin – le terme employé par la CIA pour qualifier toute personne désireuse de filer au plus vite de l'endroit où elle se trouvait – prétendait beaucoup de choses, mais il donnait tous les signes d'être ce qu'il prétendait être : le détenteur d'informations explosives. Cela faisait de lui un « transfuge de conscience » – comme on parlait d'objecteurs de conscience – et par conséquent un élément plutôt fiable. S'il avait été une taupe, il aurait réclamé de l'argent, parce que c'était ainsi que le KGB imaginait que fonctionnaient les transfuges – et la CIA n'avait jamais rien fait pour les dissuader de cet a priori.

Donc, il le « sentait bien », ce coup, même si les « bonnes sensations », ce n'était pas le genre de truc qu'on expédiait par courrier diplomatique au sixième étage de Langley. Ils devraient pourtant faire avec. Lui faire confiance. Il était le chef d'antenne à Moscou, le poste extérieur le plus élevé à la CIA, qui s'assortissait d'une crédibilité en béton. Ils devaient mettre en balance cette responsabilité avec tous les doutes ou craintes qu'ils pouvaient éprouver. Si une rencontre au sommet était prévue, ils pourraient contrecarrer ce marché, mais le Président n'avait aucun plan de cette sorte dans un avenir proche, pas plus que les Affaires étrangères. Bref, il n'y avait rien pour entraver le feu vert éventuel de Langley – s'ils estimaient l'action justifiée...

Foley ne savait même pas pourquoi il se posait la question. Il était après tout l'homme de la situation à Moscou, et cela mettait un terme à toute discussion. Il décrocha le téléphone et pressa trois touches.

« Russel, dit une voix.

— Mike, Ed à l'appareil. J'ai besoin de vous.

— J'arrive. »

Il fallut une minute et demie. La porte s'ouvrit.

« Ouais ?

— Un truc pour la valise. »

Russell consulta sa montre. « C'est limite, gars.

— Le message est bref. Il faudra que je descende vous accompagner.

— D'accord, dans ce cas, allons-y, vieux. » Russell sortit, Foley sur les talons. Par chance, le couloir était vide et l'autre bureau proche.

Russell s'assit dans un siège tournant et alluma sa machine à crypter. Foley lui tendit la feuille. Russell la fixa à un porte-copie au-dessus du clavier. « Assez bref, en effet », approuva-t-il, et de se mettre aussitôt à taper. Il avait presque la dextérité de la secrétaire de l'ambassadeur : la tâche était achevée en une minute, y compris l'habillage – seize noms pris au hasard dans l'annuaire téléphonique de Prague. Quand la nouvelle page sortit de la machine, Foley la prit, la plia et la glissa dans une enveloppe kraft qu'il colla. Puis il la scella à la cire et la tendit à Russell.

« Je reviens dans cinq minutes, Ed », promit l'agent de transmissions en filant vers la porte. Il prit l'ascenseur pour descendre au rez-de-chaussée. C'était là que se trouvait le courrier diplomatique. Son nom était Tommy Cox. Ancien adjudant de l'armée et pilote d'hélico, il s'était fait descendre à quatre reprises sur les plateaux centraux du Viêt Nam au

405

sein de la 1re division de cavalerie, et il ne nourrissait que les sentiments les plus négatifs vis-à-vis des adversaires de son pays.

La valise diplomatique était en réalité une serviette en toile qu'il porterait fixée au poignet par une menotte durant tout le trajet. Il avait déjà pris une place sur un vol direct Pan Am en 747 pour l'aéroport Kennedy à New York, douze heures de vol, durant lesquelles il n'allait ni boire ni dormir, mais il avait emporté trois polars en édition de poche pour passer le temps. Il devait quitter l'ambassade dans une voiture officielle d'ici dix minutes et, grâce à son passeport diplomatique, il n'aurait pas à subir les tracasseries des douanes ou de l'immigration. Les Russes se montraient relativement cordiaux en la matière, même s'ils devaient brûler d'envie de voir ce que contenait la sacoche en toile. Sûr qu'il ne devait pas s'agir de parfum ou de lingerie russe pour quelque amie à New York ou Washington.

« Bon vol, Tommy. »

Cox hocha la tête. « Bien reçu, Mike. »

Russell remonta au bureau de Foley. « OK, le message est dans la valise. L'avion décolle dans une heure dix, mec.

— Bien.

— Est-ce qu'un Lapin est ce que j'imagine ?

— Peux pas dire, Mike, remarqua Foley.

— Ouais, je sais, Ed. Pardon d'avoir posé la question. » Russell n'était pas homme à enfreindre les règlements, même s'il était aussi curieux que n'importe qui. Et il savait bien sûr ce qu'était un Lapin. Il avait passé toute sa vie dans ce monde clandestin, à l'un ou l'autre titre, et le jargon n'était pas si dur à mémoriser. Mais le monde clandestin avait ses murs, point final.

Foley prit sa copie du message, la rangea dans le coffre-fort, puis referma celui-ci avec la combinaison et l'alarme. Il redescendit ensuite à la cafétéria de l'ambassade où une télévision captait ESPN, la chaîne de sports. Là, il apprit que ses

Yankees avaient encore une fois perdu – trois matches d'affilée dans le championnat.

N'y a-t-il donc aucune justice en ce bas monde ?

Mary Pat vaquait à ses tâches ménagères, ce qui était d'un ennui profond, mais bien pratique pour laisser le cerveau au point mort pendant que l'imagination tournait à plein régime. OK, elle allait donc rencontrer à nouveau Oleg Ivanovitch. Ce serait à elle qu'incomberait la tâche de trouver un moyen de conduire en lieu sûr le « colis » – encore un terme du métier, désignant le matériel ou la (ou les) personne(s) à faire sortir du pays. Il y avait plusieurs moyens. Tous étaient dangereux, mais Ed et elle, comme les autres agents de la CIA, étaient entraînés à faire des trucs dangereux. Moscou comptait des millions d'habitants et, dans un tel environnement, trois individus en déplacement se noyaient dans le bruit de fond habituel, telle une feuille morte tombant dans une forêt en automne, un bison dans un troupeau du parc national de Yellowstone, ou une voiture sur l'autoroute de Los Angeles à l'heure de pointe. Ce n'était pas si dur, en fin de compte...

Eh bien, en fait, si. En Union soviétique, tous les aspects de la vie personnelle étaient sujets à contrôle. Pour reprendre la métaphore américaine, le colis n'était certes qu'une voiture de plus sur l'autoroute de Los Angeles, mais se rendre à Las Vegas signifiait traverser une frontière d'État et, pour cela, il fallait une bonne raison. Or ici, rien ne se faisait avec la même facilité qu'aux États-Unis.

Et puis, il y avait autre chose...

Il vaudrait mieux que les Russes ne sachent pas qu'il est parti. Après tout, il n'y a pas de meurtre s'il n'y a pas de cadavre pour révéler à tout le monde que quelqu'un est mort. Et il n'y aurait pas de transfuge tant qu'ils ne sauraient pas qu'un de leurs citoyens était réapparu ailleurs... là où il n'était pas censé se trouver.

Bien... d'autant mieux, donc.... Mais est-ce possible ?

Ce serait vraiment le coup de pied de l'âne. Oui, mais comment y arriver ? Encore une idée à creuser tandis qu'elle passait l'aspirateur sur le tapis du séjour. Et, oh, au fait, passer l'aspirateur devait neutraliser tous les micros qu'ils avaient pu encastrer dans les murs... Puis elle s'interrompit aussitôt. Pourquoi ne pas profiter d'une telle chance ? Certes, Ed et elle pouvaient communiquer avec les mains, mais la bande passante était aussi fluide que du sirop d'érable en janvier.

Elle se demanda si Ed serait d'accord. Il pouvait bien. Ce n'était pas le genre d'idée qui lui serait venue. Malgré son talent, Ed n'était pas un cow-boy. Même s'il avait des qualités, et elles étaient nombreuses, il tenait plus du pilote de bombardier que du pilote de chasse. Mais Mary Pat pensait plutôt comme Chuck Yeager aux commandes du X-1[1] ou comme Peter Conrad à bord du module lunaire. Elle était plus à l'aise sur les coups de grande envergure.

L'idée avait en outre des implications stratégiques. S'ils pouvaient exfiltrer leur Lapin à l'insu de l'adversaire, alors, ils pourraient utiliser indéfiniment ce qu'il savait, et cette possibilité, si on trouvait un moyen de la concrétiser, était pour le moins attrayante. Ce ne serait pas facile, cela pouvait même s'avérer une complication inutile – auquel cas, elle serait rejetée – mais cela valait le coup d'y réfléchir. Si elle pouvait convaincre Ed de creuser la question. Elle aurait en effet besoin de ses talents de planificateur, de sa capacité à jauger la réalité concrète de l'hypothèse, mais l'idée de base la faisait planer. Tout se ramènerait à une question d'effectifs disponibles... et ce serait justement ça le plus dur. Mais dur ne voulait pas dire impossible. Et pour Mary Pat, impossible ne voulait pas dire non plus impossible. Pas vrai ?

Si.

---

1. Le Bell X-1, l'avion-fusée expérimental à bord duquel Yeager fut le premier pilote d'essai à franchir le mur du son, en 1947.

Le vol Pan Am s'élança à l'heure prévue, tressautant sur la piste inégale de l'aéroport internationanl Cheremetyevo, célèbre dans le monde de l'aéronautique pour son revêtement cahoteux. Mais le roulage se passa bien et les gros turboréacteurs Pratt et Whitney JT-9D réussirent à arracher du sol la lourde carlingue. Assis à la place 3-A, Tommy Cox nota avec un sourire la réaction habituelle des passagers quand l'avion de ligne américain quitta Moscou : tous se mirent à applaudir ou à pousser des vivats. Il n'y avait là nulle règle, et l'équipage ne l'encourageait pas. Ça venait tout naturellement... c'est dire l'impression qu'avait faite sur les Américains l'hospitalité soviétique. Ce qui n'était pas pour déplaire à Cox, qui n'avait aucune affection pour les fournisseurs des mitrailleuses qui avaient envoyé au tapis son Huey à quatre reprises – ce qui, incidemment, lui avait valu trois Cœurs de pourpre[1], dont le ruban décorait le revers de tous ses costumes, avec les deux étoiles de citations. Il regarda par le hublot le sol s'effacer sur sa gauche et, sitôt entendu le « ding » bienvenu, il sortit une Winston qu'il alluma avec son Zippo. C'était bien dommage qu'il ne puisse pas boire ou dormir durant ces vols, mais, coup de veine, il n'avait pas encore vu le film diffusé en cabine. Dans ce boulot, on apprenait vite à goûter les moindres petites choses. Douze heures à tirer jusqu'à New York, mais un vol direct était toujours préférable à des escales à Francfort ou Heathrow qui n'étaient pour lui que l'occasion de devoir se balader à l'aérogare avec cette putain de sacoche, parfois sans même un chariot. Enfin, il avait un plein paquet de clopes et le menu avait l'air mangeable. Et puis en définitive le gouvernement le payait à rester avachi douze heures dans un fauteuil pour jouer les nounous pour une vulgaire sacoche. C'était quand même mieux que de piloter un Huey au-dessus du Viêt Nam. Cox avait depuis longtemps cessé de

---

1. Décoration américaine accordée aux victimes de guerre, blessées ou mortes au combat.

fantasmer sur l'importance des informations qu'il transportait dans son sac. Si d'autres se passionnaient pour ça, grand bien leur fasse.

Ryan avait réussi à pondre trois pleines pages : pas une journée très productive, et il ne pouvait pas prétendre que la qualité artistique de sa prose exigeait un rythme d'écriture aussi posé. Son style était certes érudit – c'étaient des curés et des bonnes sœurs qui lui avaient enseigné la grammaire, et il savait manier le vocabulaire –, mais il n'avait rien de particulièrement élégant. Dans son premier ouvrage, intitulé *La Malédiction des Aigles*, toutes ses tentatives de style littéraire avaient été implacablement sabrées du manuscrit, à son grand dam. De sorte que les quelques critiques qui avaient lu et commenté son épopée historique avaient mollement loué la qualité de son analyse, mais presque aussitôt sèchement noté que si l'ouvrage pouvait constituer un bon manuel pour des étudiants en histoire, il ne valait pas la dépense pour le lecteur moyen. Tant et si bien que le bouquin s'était vendu en tout et pour tout à 7 865 exemplaires, pas grand-chose pour deux ans et demi de travail, mais, se répétait-il, ce n'était jamais que son premier essai ; peut-être que chez un autre éditeur, il trouverait un directeur de collection qui serait plus un allié qu'un ennemi. L'espoir fait vivre, après tout.

Mais le satané truc n'allait pas se finir tout seul, et trois pages, c'était un maigre bilan pour une journée entière enfermé dans sa tanière. Son cerveau travaillait en temps partagé avec un autre problème, et le résultat n'était guère productif.

« Comment ça se passe ? s'enquit Cathy, soudain apparue derrière son épaule.

— Pas trop mal, mentit-il.

— T'en es où ?

— En mai. Halsey se débat avec sa maladie de peau.

— Une dermatite ? Ça peut être méchant, encore aujourd'hui. Il y a de quoi rendre ces malheureux patients complètement cinglés.

— Depuis quand es-tu dermatologue ?

— Je te précise que je suis docteur en médecine. Je ne sais peut-être pas tout, mais j'en sais l'essentiel.

— Et pleine d'humilité, en plus. » Il fit la grimace.
« Écoute, quand t'as un rhume, je ne te soigne pas trop mal ?

— Je suppose... » De fait, c'était l'absolue vérité. « Comment vont les petits ?

— Bien. Sally s'est bien amusée à la balançoire et elle s'est fait un nouveau petit copain. Geoffrey Froggatt. Son père est avocat.

— Bien. N'y a-t-il que des juristes dans ce quartier ?

— Eh bien, il y a aussi une toubib et un espion, fit remarquer Cathy. Le problème, c'est que je ne peux pas dire aux gens ce que tu fais, pas vrai ?

— Alors, tu leur dis quoi ?

— Que tu travailles pour l'ambassade. » En gros.
« Encore un de ces ronds-de-cuir de bureaucrates, bougonna Jack.

— Ma foi, t'as envie de retourner chez Merrill Lynch ?

— Beurk. Plus jamais ça.

— Certains ne crachent pas sur l'idée de se faire des tonnes de fric, observa-t-elle.

— Uniquement à titre de passe-temps, ma puce. » Si jamais il devait retourner à la Bourse, son beau-père en ferait des gorges chaudes pendant un an. Non, plus question. Il avait déjà donné, comme un bon marine. « J'ai des trucs plus importants à faire.

— Quoi par exemple ?

— Je ne peux pas te dire.

— Je sais, répondit-elle avec un sourire mutin. Enfin, tu ne risques pas le délit d'initié. »

En fait, c'en était proche, s'abstint de répondre Ryan, et même pire. Des milliers de gens s'escrimaient chaque jour à découvrir des choses qu'ils n'étaient pas censés savoir, avant de prendre des initiatives qu'ils n'étaient pas censés prendre.

Les deux camps jouaient le même jeu – et avec assiduité – parce que justement il n'y était pas question d'argent. Il y était question de vie ou de mort, et ces jeux-là sont les plus impitoyables qui se puissent imaginer. Mais Cathy ne perdait pas le sommeil à cause des échantillons de cellules cancéreuses promises à l'incinérateur de l'hôpital, et sans doute ces cellules cancéreuses avaient-elles envie de vivre, elles aussi, mais enfin bon, tant pis, pas vrai ?

Le colonel Boubovoï avait lu la dépêche arrivée sur son bureau. Ses mains ne tremblaient pas, mais il alluma une cigarette pour favoriser sa réflexion. Donc, le Politburo désirait poursuivre dans cette voie. Leonid Illitch en personne avait signé la lettre adressée au secrétaire du Parti communiste bulgare. Il faudrait qu'il demande à l'ambassadeur d'appeler le lundi matin pour organiser la réunion, qui ne devrait pas prendre longtemps. Les Bulgares étaient les valets de l'Union soviétique, mais à l'occasion des valets bien utiles. Les Soviétiques avaient participé au meurtre de Georgiy Markov sur le pont de Westminster à Londres – c'est le KGB qui avait fourni l'arme, si on pouvait employer ce terme : en fait, un parapluie transformé en seringue pour injecter la dose mortelle de ricine et faire taire le transfuge gênant qui s'était montré un peu trop loquace sur BBC World Service.

Cela faisait certes un bail, mais ce genre de dette n'avait pas de date d'expiration, n'est-ce pas ? Pas en tout cas à ce niveau des affaires d'État. Et donc Moscou réclamait désormais la monnaie de sa dette. Par ailleurs, il y avait l'accord de 1964 qui avait entériné le fait que le DS se chargerait du sale boulot du KGB à l'Ouest. Et Leonid Illitch avait promis en échange la livraison d'un bataillon entier de la nouvelle version du char de combat T-72, le genre d'offre qui avait toujours tendance à rassurer un chef d'État communiste vis-à-vis du maintien de sa sécurité politique. Et il était toujours moins cher que les MiG-29 que réclamaient les Bulgares. Comme si un pilote bulgare pouvait manier une telle machine – la blague qui courait en Russie était qu'ils devaient d'abord fourrer leurs moustaches dans le casque avant de pouvoir rabattre la visière, se souvint Boubovoï. Moustachus ou pas, les Bulgares étaient considérés comme les enfants de la Russie – une attitude qui remontait aux tsars. Et pour l'essentiel, ils se montraient des enfants obéissants, même si, comme ces derniers, ils avaient une assez mauvaise apprécia-tion du bien et du mal, tant qu'ils ne s'étaient pas fait pren-dre la main dans le sac.

Il comptait donc montrer le respect convenu à ce chef d'État et recevoir un accueil cordial en tant qu'émissaire d'une plus grande puissance – et le président se ferait peut-être un peu tirer l'oreille, mais il finirait par accepter. Ce serait un numéro aussi réglé qu'une figure de ballet du danseur-étoile Alexandre Godounov, et tout aussi prévisible dans sa conclusion.

Puis il rencontrerait Boris Strokov et aurait alors une idée de la vitesse de déroulement de l'opération. Boris Andreïe-vitch trouvait la perspective excitante. Ce serait la plus grande mission de toute sa vie, un peu comme une sélection olympi-que, moins intimidante qu'exaltante, avec à la clé une pro-motion obligée après sa réussite – peut-être une nouvelle voiture ou une chouette datcha dans la banlieue de Sofia. Voire les deux.

Et pour moi ? se demanda l'agent du KGB. *Une promotion, à tous les coups.* Des étoiles de général et un retour à Moscou, un somptueux bureau à la Centrale, un bel appartement sur la Perspective Koutoussovski. Rentrer à Moscou attirait le *rezident* qui avait passé pas mal d'années à l'extérieur des frontières de la mère patrie. *Trop d'années*, se dit-il, *bien trop.*

« Où est le coursier ? demanda Mary Pat tout en passant l'aspirateur sur le tapis du salon.

— Au-dessus de la Norvège, à l'heure qu'il est, songea tout haut son mari.

— J'ai une idée, fit-elle.

— Oh ? demanda Ed, non sans un brin d'impatience.

— Si on exfiltrait notre Lapin sans qu'ils le sachent ?

— Et comment diable ferons-nous une chose pareille ? » demanda son mari, surpris. À quoi avait-elle encore pensé ?

« Réussir déjà à les faire sortir, lui et sa famille, ce ne sera pas vraiment du gâteau. »

Elle lui exposa l'idée qui avait cheminé dans sa petite tête astucieuse, une idée originale à coup sûr.

C'est bien de toi de pondre un truc pareil, songea-t-il sans en rien laisser paraître. Et puis, il se mit à phosphorer.

« Compliqué, observa le chef d'antenne d'une voix sèche.

— Mais jouable.

— Chérie, c'est un gros truc. » Mais il y réfléchissait déjà, Mary Pat le voyait dans ses yeux.

« Ouais, mais si on y arrive, quel coup d'éclat ! » dit-elle en passant le tuyau sous le canapé. Eddie s'était rapproché de la télé pour entendre ce que racontaient les robots de son feuilleton. Bon signe : si le petit bonhomme n'entendait rien, alors il en était de même des micros du KGB.

« Ça mérite réflexion, concéda Ed. Mais à réaliser... bigre.

— Eh bien, on nous paye pour être créatifs, non ?

— Hors de question qu'on puisse réussir un coup pareil ici » – car cela nécessitait d'impliquer une tripotée d'éléments, dont une bonne partie risquant de ne pas être cent pour cent fiables, ce qui était bien entendu leur plus grande crainte, et bien difficile à esquiver. C'était un des problèmes du métier d'espion. Si les agents du contre-espionnage du KGB identifiaient un de leurs hommes, ils sauraient fort bien comment le manipuler. Ils pourraient par exemple avoir une petite conversation avec lui, lui dire de continuer d'opérer, de sorte qu'il pourrait fort bien survivre encore jusqu'à la fin de l'année. Chacun de leurs agents infiltrés était formé pour donner un signal d'alarme en cas de danger, mais qui pouvait présager de sa réaction dans un cas pareil ? Cela exigeait un degré d'abnégation sans doute supérieur à celui dont la plupart – sinon la majorité – d'entre eux étaient capables.

« Donc, ils pourraient se rendre ailleurs. En Europe de l'Est, par exemple. Et on les ferait sortir par là, suggéra-t-elle.

— J'imagine que c'est possible, concéda-t-il derechef. Mais la mission ici même est déjà d'arriver à les faire sortir, pas de soutirer une meilleure note de style à la juge d'Allemagne de l'Est.

— Je sais, mais réfléchis. Si l'on parvient à le faire sortir de Moscou, cela élargit tout de même l'éventail de nos possibilités, non ?

— Oui, mon chou. Mais cela signifie aussi des problèmes de transmissions. » Avec le risque de tout faire capoter. Le principe de simplicité maximale faisait autant partie de l'éthique du KGB que la gabardine et le feutre pour le privé dans les films de série B. Trop de cuistots gâchent la soupe.

Pourtant ce que sa femme suggérait avait un vrai mérite. Faire disparaître le Lapin d'une manière qui laisserait croire à sa mort par les Russes signifiait qu'ils n'auraient pas à prendre de précautions. Ce serait comme expédier par téléporteur le capitaine Kirk au sein même du QG du KGB – et extraire le sujet sans que personne s'en aperçoive, et avec lui, des tonnes d'information brûlante. Ce serait à peu près ce qu'on pouvait rêver de mieux. La perfection même. *Merde*, se dit Ed, *une perfection comme on n'en a jamais connu dans la vie réelle.* Il songea durant quelques instants que c'était vraiment un don du ciel d'avoir une femme aussi imaginative au travail qu'elle l'était au lit.

Et de côté-là, il n'avait pas à se plaindre.

Mary Pat vit le visage de son mari et déchiffra ses pensées. Il était un joueur prudent, mais elle avait su effleurer un bonton sensible, et il était assez intelligent pour voir le mérite de ce qu'elle proposait. Son idée était une complication... mais peut-être pas si grande. Même dans le meilleur des cas, faire sortir le colis de Moscou ne serait pas une promenade de santé. Le plus dur serait de franchir la frontière finnoise – ils passaient toujours par la Finlande, et tout le monde le savait. Il y avait des moyens, la plupart mettant en jeu des voitures trafiquées munies d'un compartiment secret. Les Russes avaient du mal à contrecarrer cette tactique, parce que si le chauffeur avait des papiers diplomatiques, les conventions internationales limitaient leurs possibilités de fouille. Un diplomate qui voulait gagner de l'argent à bon compte pouvait amasser un joli magot en trafiquant de la drogue – certains ne s'en privaient pas, elle en était sûre, et bien rares étaient ceux à se faire prendre. Avec un billet de sortie de prison garanti, on pouvait faire pas mal de choses. Mais même là, ce n'était pas une garantie automatique. Si les Soviétiques savaient que ce gars avait disparu, ils pouvaient alors enfreindre la règle du jeu, parce que les données inscrites dans sa tête avaient une valeur inestimable. Le revers de la violation des règles de la diplomatie était qu'elle déboucherait tout au plus sur une protestation officielle, qu'on ferait mousser par la révélation publique qu'un diplomate étranger accrédité se livrait à l'espionnage – même si certains de leurs diplomates en faisaient les frais, les Soviétiques étaient connus pour avoir laissé sacrifier des masses de soldats pour des raisons politiques, en estimant que c'était simplement le prix à payer. Vu les informations détenues par le Lapin, ils seraient prêts à faire couler le sang, y compris le leur. Mary Pat se demanda jusqu'à quel point ce gars était conscient du danger qu'il courait, et du formidable arsenal mobilisé contre lui. Tout se ramenait à savoir si oui ou non les Soviétiques se doutaient que quelque chose se préparait. Si tel n'était pas le cas, leurs procédures de surveillance, si minutieuses fussent-elles, demeuraient prévisibles. Si en revanche ils étaient en alerte, alors ils pouvaient boucler l'ensemble de l'agglomération de Moscou.

Mais tout ce qui s'opérait au sein du service clandestin de la CIA était réalisé avec précaution, et il y avait des procédures de substitution si les choses tournaient mal, tout comme d'autres mesures, certaines désespérées, qui avaient fait la preuve de leur efficacité sur le terrain. On essayait juste d'éviter d'avoir à y recourir.

« Bientôt fini, prévint-elle.

— OK, Mary Pat, tu m'as donné à réfléchir. » Et sur ces mots, son esprit formidable se mit à trier les idées.

Parfois, il suffit de le pousser un peu, songea Mary Pat, mais une fois lancé dans la bonne direction, il était comme le général Patton avec une rage de dents. Elle se demanda combien de temps il allait dormir cette nuit. Enfin, elle serait aux premières loges pour avoir la réponse, pas vrai ?

« Basil t'aime bien », dit Murray. Les femmes étaient à la cuisine. Jack et Dan étaient dans le jardin et faisaient mine d'examiner les roses.

« Vrai ?

— Beaucoup.

— Je ne sais pas pourquoi, observa Ryan. Je n'ai pas livré beaucoup de résultats, ces temps derniers.

— Ton copain de bureau lui rend compte chaque jour. Simon Harding vient du renseignement. C'est pour ça qu'il a accompagné Bas au 10, Downing Street.

— Dan, je pensais que tu dépendais du FBI, pas de la

417

CIA, lança Jack, en s'interrogeant sur l'étendue des prérogatives de l'attaché d'ambassade.

— Ma foi, les gars du couloir sont des potes, et j'ai d'assez bons contacts avec les espions du coin. » *Les gars du bout du couloir*, c'était la façon qu'avait Dan de qualifier les membres de la CIA. Une fois encore, Jack se demanda à quel service du gouvernement Murray appartenait au juste. Mais tout en lui désignait le flic, pour peu qu'on gratte le vernis. Était-ce là aussi une forme de camouflage élaborée ? Non, impossible. Dan avait été le consultant personnel d'Emil Jacobs, le calme et compétent directeur du FBI, et c'était un peu trop recherché pour une couverture gouvernementale. Par ailleurs, Murray ne dirigeait pas non plus d'agents à Londres.

Quoique ? Rien ne semblait jamais ressembler aux apparences. Ryan détestait cet aspect de son boulot à la CIA, mais il devait bien admettre que ça contribuait à lui tenir l'esprit en éveil. Même lorsqu'il sirotait une bière dans son jardin.

« Eh bien, voilà une bonne nouvelle, je suppose.

— Basil n'est pas facile à impressionner, mon garçon. Mais lui et le juge Moore s'apprécient l'un l'autre. Jim Greer, aussi. Basil adore ses capacités d'analyse.

— C'est vrai qu'il est intelligent, admit Ryan. Il m'a beaucoup appris.

— Il est en train de faire de toi une de ses étoiles montantes.

— Vraiment ? » Ça n'avait pas toujours semblé le cas à ses yeux.

« N'as-tu pas remarqué à quelle vitesse il te pousse ? Comme si tu étais prof à Harvard ou je ne sais quoi, vieux...

— Boston College et université de Georgetown, quand même, je te signale.

— Ouais, enfin, nous autres produits des Jésuites menons le monde... Simplement, on fait preuve d'humilité. L'humilité, ça n'a pas l'air d'être une notion qu'on enseigne à Harvard. »

Sûr qu'ils n'encouragent pas leurs diplômés à se lancer dans une carrière aussi plébéienne que celle de flic, songea Ryan. Il se remémora les étudiants de Harvard à Boston, dont bon nombre étaient persuadés que le monde leur appartenait – parce que papa le leur avait acheté. Ryan préférait faire ses achats lui-même, sans doute à cause de ses origines ouvrières. Mais Cathy n'était pas comme ces snobinardes de la haute, pourtant elle était née avec une cuiller dorée dans la bouche. Bien entendu, personne n'avait jamais le mauvais goût de montrer du doigt son fils ou sa fille médecin, et encore moins quand il ou elle sortait de Johns Hopkins. *Peut-être que Joe Muller n'est pas un si mauvais bougre, après tout*, songea fugitivement Ryan. Il avait contribué à élever une fille extra. Dommage qu'il se soit comporté comme un tel connard hautain vis-à-vis de son gendre.

« Alors, tu te plais à Century House ?

— Mieux qu'à Langley. L'ambiance là-bas est par trop monacale. Au moins, à Londres, tu vis en pleine ville. Tu peux sortir descendre boire une bière ou faire des courses à l'heure du déjeuner.

— Dommage que le bâtiment tombe en ruine. C'est un mal répandu dans pas mal d'immeubles londoniens – une histoire de mortier ou d'enduit, je ne sais plus le nom exact. Résultat, les façades s'écaillent. Ennuyeux, mais l'entrepreneur est mort depuis belle lurette. Difficile de traîner un cadavre devant les tribunaux.

— Ah bon, t'as jamais fait ? » demanda Jack d'un ton léger.

Murray hocha la tête. « Non, je n'ai jamais tiré sur personne. Ça a failli m'arriver, de justesse. Heureusement. Il s'est avéré que le client n'était pas armé. Ça n'aurait pas été facile à expliquer au juge, ajouta-t-il en sirotant sa bière.

— Bien, et qu'est-ce que tu penses des flics locaux ? » Après tout, c'était la mission de Murray d'assurer la liaison avec eux.

419

« Ils sont vraiment bons. Vraiment. Bien organisés, excellents enquêteurs pour les affaires importantes. Et ils n'ont pas trop de problème avec la petite criminalité.

— Pas comme à New York ou Washington.

— Ça risque pas. À part ça, des trucs juteux à Century House ? demanda Murray.

— Pas vraiment. Pour l'essentiel, je passe en revue de vieux dossiers, je révise des analyses anciennes au regard des données récemment acquises. Pas de quoi faire un rapport à la maison mère, mais faut que je le fasse malgré tout. L'amiral me laisse la bride sur le cou, mais c'est toujours une bride.

— Qu'est-ce que tu penses de nos cousins ?

— Basil est un type intelligent, observa Ryan. Mais il fait gaffe à ce qu'il me montre. C'est de bonne guerre, je suppose. Il sait que je rends compte à Langley, et en fait, je n'ai pas vraiment besoin de savoir grand-chose sur leurs sources... mais je peux faire quelques suppositions. Le MI-6 doit avoir pas mal d'éléments de valeur à Moscou. » Ryan marqua un temps. « Faudrait me payer cher pour jouer à ce petit jeu. Nos prisons ne sont déjà pas agréables. Je n'ose pas imaginer à quoi ressemblent les russes.

— Tu ne vivrais pas assez longtemps pour le savoir, Jack. La clémence n'est pas leur fort, surtout en matière d'espionnage. Tu cours bien moins de risques à tabasser un flic juste devant un commissariat qu'à jouer à l'espion.

— Et avec nous ?

— C'est incroyable... le patriotisme que montrent les détenus, en fait. Les espions n'ont pas la vie belle derrière les barreaux des prisons fédérales. Eux et les bourreaux d'enfants. Ils ont droit à toutes les attentions des caïds et de leurs potes – les honnêtes voyous, si tu préfères...

— Ouais, mon vieux m'avait déjà parlé de l'existence de cette hiérarchie chez les taulards, et du fait qu'on n'a pas intérêt à se retrouver tout en bas.

— Vaut toujours mieux être du bon côté du bâton », rit Murray.

Il était temps de passer à une question sérieuse : « Dis-moi un peu, Dan, est-ce que t'as des liens étroits avec les repaires d'espions ? »

Le regard de Murray se perdit à l'horizon. « Oh, on s'entend plutôt pas mal, fut tout ce qu'il s'autorisa à dire.

— Tu sais, Dan, observa Jack, s'il y a un truc dont j'ai appris à me méfier par ici, c'est la litote. »

Murray parut apprécier la remarque. « Dans ce cas, tu t'es trompé de boutique. Ils ont tous un goût prononcé pour cette forme d'expression, dans le coin.

— Ouais, surtout dans les repaires d'espions.

— Ma foi, si on s'exprimait comme le commun des mortels, toute la mystique entourant le milieu s'envolerait, et les gens comprendraient dans quel merdier on baigne vraiment tous. » Murray but une gorgée et sourit de toutes ses dents. « Ce n'est pas dans ces conditions qu'on pourrait conserver la confiance des gens. Je parie que c'est pareil avec les toubibs et les types de la Bourse, suggéra le représentant du FBI.

— Chaque métier a son jargon d'initiés. »

La raison supposée est qu'il permet une communication plus rapide et plus efficace à ceux qui sont dans le coup – mais la raison véritable est bien sûr d'interdire toute information et/ou tout accès aux éléments extérieurs. En revanche, c'est parfait tant qu'on fait partie de ceux de l'intérieur.

La mauvaise nouvelle survint de Budapest et fut le résultat d'une pure malchance. L'agent n'était même pas si important que ça. Il fournissait certes des renseignements sur l'armée de l'air hongroise, mais personne ne la prenait trop au sérieux, pour dire le moins, à l'instar du reste des forces armées hongroises qui ne s'étaient jamais franchement illustrées sur le champ de bataille. Le marxisme-léninisme n'avait jamais vraiment réussi à s'implanter en Hongrie, mais l'État disposait en revanche de services de renseignement et de contre-espionnage industrieux, sinon particulièrement compétents, et tous leurs éléments n'étaient pas idiots. Certains avaient même été formés par le KGB, et s'il y avait un domaine que les Soviétiques connaissaient, c'était bien celui du renseignement et du contre-espionnage. Cet agent, du nom d'Andreas Morrisay, était assis en train de boire son petit noir matinal dans un café sur Andrassy utca quand il vit quelqu'un commettre une erreur. Il ne l'aurait jamais remarqué si son journal ne lui était pas tombé des mains, mais voilà, il la remarqua. Un citoyen hongrois – ça se voyait à sa tenue – fit tomber un objet. De la taille d'une petite tabatière pour pipe. Il se pencha prestement pour le ramasser, puis, détail remarquable, le plaqua sous le plateau de la table. Et, nota aussitôt Andreas, l'objet ne retomba pas. Il devait être revêtu d'adhésif sur une face. Et ce genre de chose était non seulement inhabituel, mais c'était surtout un des trucs qu'on lui avait montré dans un film de formation à l'Académie du KGB, dans la banlieue de Moscou. C'était une forme de boîte aux lettres aussi simple que démodée, une méthode utilisée par l'ennemi pour transférer des informations. C'était, se dit Andreas, comme s'il venait d'entrer à l'improviste dans un cinéma pour voir un film d'espionnage en devinant d'emblée ce qui allait se passer, d'instinct. Sa réaction immédiate fut de filer aux toilettes où se trouvait un taxiphone. Là, il composa le numéro de son bureau et parla moins de trente secondes. Puis, il se rendit aux urinoirs, parce que l'opération pouvait prendre un certain temps et qu'il se sentait soudain tout excité. Cela n'avait pas été difficile. Le siège de son agence n'était qu'à quelques rues de là, et deux de ses collègues se présentèrent, s'assirent et commandèrent des cafés, tout en faisant mine de deviser avec animation. Andreas était relativement nouveau dans le métier – à peine deux ans – et il n'avait pas encore surpris qui que ce soit se livrant à un manège incongru. Mais cette fois-ci, c'était son jour, il le savait. Il était en train de contempler un espion. Un citoyen hongrois qui travaillait pour une puissance étrangère, et même si c'était pour fournir des informations au KGB soviétique, c'était un crime qui pouvait justifier son arrestation – même si, en l'occurrence, l'affaire serait prestement étouffée par l'officier de liaison du KGB. Au bout d'une dizaine de minutes, le Hongrois se leva et sortit, filé par un des deux agents.

S'ensuivit... eh bien, rien du tout, pendant plus d'une heure. Andreas commanda des strudels – tout aussi succulents qu'à Vienne, à trois cents kilomètres de là, et ce malgré le gouvernement marxiste, parce que les Hongrois aimaient bien manger, et que la Hongrie était un pays à l'agriculture productive, nonobstant l'économie imposée aux paysans des pays de l'Est. Andreas grilla une succession de cigarettes, lut son journal, et attendit qu'il daigne se passer quelque chose.

Et à la longue, ce fut le cas. Un homme un peu trop bien mis pour être un Hongrois vint s'asseoir à la table voisine de la sienne, alluma lui aussi une cigarette et se plongea lui aussi dans son journal.

Là, pour une fois, la myopie extrême d'Andreas joua en sa faveur : ses verres étaient si épais qu'il fallait un certain délai pour discerner la direction de son regard, et il se souvenait suffisamment de son instruction pour ne pas le laisser s'attarder plus de quelques brèves secondes. Bref, il donnait surtout l'impression de lire son journal, comme une demi-douzaine d'autres clients de cet élégant petit salon de thé qui avait réussi on ne sait trop comment à survivre à la Seconde Guerre mondiale. Il observa l'Américain – Andreas avait décidé que l'individu devait être américain – qui lisait son journal en buvant son café, jusqu'au moment où, après avoir reposé la tasse sur sa soucoupe, il mit la main dans sa poche de pantalon pour en sortir un mouchoir, s'essuyer le nez, et enfin le remettre dans sa poche...

Mais non sans avoir auparavant récupéré la tabatière de sous la table. Le geste avait été effectué avec une telle adresse que seul un agent du contre-espionnage bien entraîné aurait pu le remarquer mais, nota Andreas, c'était précisément ce qu'il était. Et ce fut cette bouffée d'orgueil qui lui fit commettre sa première erreur de la journée – et certainement la plus coûteuse.

L'Américain termina son café et sortit, aussitôt talonné par Andreas. L'étranger se dirigea vers la station de métro à une rue de là et il y parvint presque. Mais pas tout à fait : il se retourna en effet, surpris, en sentant une main se poser sur son bras.

« Puis-je examiner la tabatière que vous avez prise sous la table ? demanda Andreas, poli, parce que cet étranger devait avoir presque à coup sûr le statut de diplomate.

— Veuillez m'excuser ? dit l'étranger, et son accent confirma son origine américaine ou britannique.

— Celle dans votre poche de pantalon, précisa Andreas.

— J'ignore de quoi vous voulez parler et j'ai des choses à faire. » L'homme fit mine de repartir.

Il n'alla pas loin. Andreas dégaina son pistolet. C'était un Agrozet modèle 50, une arme tchèque, et il mit un terme à la conversation. Mais pas tout à fait pourtant.

« Qu'est-ce que c'est ? Qui êtes-vous ?

— Vos papiers. » Andreas tendit la main gauche, le pistolet toujours braqué. « Nous tenons déjà votre contact. Vous êtes, ajouta-t-il, en état d'arrestation. »

Au cinéma, l'Américain aurait dégainé son arme de poing et tenté de s'échapper en dévalant les vingt-huit marches d'accès à l'antique station de métro. Mais sa crainte était justement que ce type ait vu un peu trop de films lui-même et qu'un tel mouvement le rende nerveux et l'amène à presser la détente de son flingue tchèque de merde. Aussi glissa-t-il la main dans sa poche intérieure de pardessus, avec une extrême lenteur et en décomposant le geste, pour ne pas effrayer cet idiot, et il en retira son passeport. Le document était noir, comme ceux délivrés aux diplomates, et aussitôt reconnaissable même par les ânes bâtés comme ce crétin de Magyar. L'Américain s'appelait James Szell et il était d'origine hongroise, une des nombreuses minorités accueillies en Amérique au siècle précédent.

« Je suis un diplomate américain, dûment accrédité auprès de votre gouvernement. Vous allez me conduire sur-le-champ à mon ambassade. »

Szell fulminait intérieurement. Son visage n'en trahissait rien, bien sûr, mais ses cinq années de travail sur le terrain venaient de connaître une fin brutale. Et tout ça pour une bleusaille d'agent de second ordre, qui fournissait des tuyaux percés sur une armée de l'air communiste de troisième catégorie. *Putain de merde !*

« C'est d'abord vous qui allez m'accompagner », lui dit Andreas. Et il agita son arme. « Par ici. »

Le 747 de la Pan Am se posa à Kennedy avec une demi-heure d'avance, poussé par des vents favorables. Cox rangea ses bouquins dans son sac de voyage et se leva, s'arrangeant pour être le premier passager à descendre, avec un petit coup de main de l'hôtesse. Franchir ensuite la douane ne fut qu'une simple formalité – sa serviette en toile révélait son statut de manière éloquente –, et bien vite il se retrouva dans la navette suivante pour Washington National. Une heure et demie plus tard, il était à l'arrière d'un taxi en route pour l'immeuble du département d'État. Une fois dans le vaste bâtiment du ministère américain des Affaires étrangères, il ouvrit la valise diplomatique et en tria le contenu. L'enveloppe de Foley fut confiée à un coursier qui repartit aussitôt en voiture par l'autoroute George Washington pour se rendre à Langley, où les choses allaient vite, là-bas aussi.

Le message fut transmis par porteur à MERCURY, le centre

répartiteur de la CIA, et, une fois décrypté et imprimé, délivré en main propre au sixième étage. L'original fut placé dans le sac à incinération et aucune copie papier n'en fut conservée, même si une copie électronique fut dûment transférée sur une cassette VHS qui alla trouver sa place dans un rayon d'Atchoum.

Mike Bostock était à son bureau et, dès qu'il vit l'enveloppe de Moscou, il décida que tout le reste pouvait bien attendre.

Un bref coup d'œil le lui confirma, mais quand il regarda sa montre, il vit que Bob Ritter devait se trouver au-dessus de la partie est de l'Ohio, à bord d'un 747 d'All Nippon Airlines en route vers l'ouest. Il appela donc à la place le juge Moore à son domicile, en lui demandant de se rendre à son bureau. Le DCR acquiesça aussitôt en bougonnant, avant de dire à Bostock de prévenir également Jim Greer. L'un comme l'autre avaient la chance d'habiter à proximité du siège de la CIA, et ils débouchèrent bientôt de l'ascenseur réservé à la direction, avec huit minutes d'écart.

« Que se passe-t-il, Mike ? demanda aussitôt Moore.

— Ça vient de Foley. On dirait qu'il a pêché un truc intéressant. » Cow-boy ou pas, Bostock était un adepte de la litote.

« Bigre, souffla le DCR. Et Bob est déjà parti ?

— Oui, monsieur, il y a juste une heure.

— Qu'est-ce que c'est, Arthur ? demanda à son tour l'amiral Greer, vêtu d'une chemisette de golf bon marché.

— On s'est trouvé un Lapin. » Et Moore de lui tendre le message.

Greer prit le temps de le parcourir. « Ça pourrait être très intéressant, estima-t-il après un instant de réflexion.

— Ça pourrait, oui. » Moore se tourna vers le sous-directeur adjoint des Opérations. « Mike, dis-m'en plus.

— Foley pense que c'est un gros poisson. Ed est un de nos meilleurs agents, tout comme sa femme. Il pense pouvoir

426

exfiltrer le gars et sa famille dans les plus brefs délais. Je crois qu'on a tout intérêt à se fier à son instinct sur ce coup-là, juge.

— Des problèmes ?

— La question est : comment accomplir la mission ? D'ordinaire, on laisse faire les gars sur le terrain, sauf s'ils veulent se lancer dans un truc insensé, mais Ed et Mary Pat sont trop intelligents pour ça. » Bostock prit une inspiration et considéra la vallée du Potomac qui s'étendait derrière la large baie vitrée, au-delà du parking réservé aux hôtes de marque.

« Juge, Ed semble penser que son gars détient des informations de première bourre. C'est un point qu'on ne peut pas discuter. La supposition évidente est que le Lapin est très bien implanté dans la hiérarchie et qu'il veut se tirer en catastrophe. Ajouter au colis sa femme et sa fille complique sérieusement les choses. Encore une fois, nous avons tout intérêt à nous fier à l'instinct de notre personnel sur le terrain. Ce serait chouette si on pouvait retourner le gars et le faire travailler comme agent, l'amener à nous fournir de l'information de manière régulière, mais pour une raison quelconque, soit c'est infaisable, soit Ed pense qu'il détient déjà ce dont on a besoin et qu'on cherche justement.

— Pourquoi ne nous en a-t-il pas dit plus ? observa Greer, qui tenait toujours la dépêche.

— Ma foi, il est possible qu'il ait été pressé par le temps et l'heure de départ du courrier, ou bien il a préféré ne pas lui confier des éléments susceptibles de permettre l'identification du gars par l'adversaire. Qui que ce soit ce bonhomme, Ed n'a pas voulu se fier aux canaux de transmissions habituels, et cela, messieurs, représente déjà un message en soi.

— Donc, tu approuves la requête ? demanda Moore.

— Je ne vois pas trop ce qu'on pourrait faire d'autre, fit remarquer Bostock, assez inutilement.

— OK... approuvé, dit le DCR, officialisant la chose. Fais-lui-en part, sur-le-champ.

427

— Oui, monsieur. » Et Bostock quitta la pièce.

Greer ne put étouffer un rire. « Bob va être dans une de ces rognes...

— Qu'est-ce qui pourrait être assez important pour pousser Foley à court-circuiter les procédures d'une manière aussi brutale ? s'interrogea tout haut Moore.

— Il va nous falloir attendre pour le savoir.

— Je suppose... mais, tu sais, la patience n'a jamais été mon fort.

— Eh bien, vois ça comme une occasion d'acquérir cette vertu, Arthur.

— Super. » Moore se leva. Il pouvait à présent rentrer chez lui et ruminer toute la journée, comme un môme la veille de Noël se demande ce qu'il peut bien y avoir sous l'arbre... et si même le Père Noël va passer cette année.

Achevé d'imprimer en septembre 2003
N° d'édition : 21909 - N° d'impression :
Dépôt légal : octobre 2003

IMPRIMÉ AU CANADA